赵世家风云录

张建新　耿学良　张曦川◎著

安徽师范大学出版社
ANHUI NORMAL UNIVERSITY PRESS
·芜湖·

图书在版编目(CIP)数据

赵世家风云录 / 张建新,耿学良,张曦川著 .— 芜湖: 安徽师范大学出版社,2021.1
ISBN 978-7-5676-4670-4

Ⅰ.①赵… Ⅱ.①张… ②耿… ③张… Ⅲ.①长篇历史小说 — 中国 — 当代
Ⅳ.①I247.5

中国版本图书馆 CIP 数据核字(2021)第 001839 号

赵世家风云录　　　　　　　　　张建新　　耿学良　　张曦川◎著
ZHAOSHIJIA FENGYUN LU

责任编辑:房国贵　　　责任校对:潘　安
装帧设计:张　玲　　　责任印制:桑国磊
出版发行:安徽师范大学出版社
　　　　　芜湖市北京东路1号安徽师范大学赭山校区

网　　　址:http://www.ahnupress.com/
发 行 部:0553-3883578　5910327　5910310(传真)
印　　刷:江苏凤凰数码印务有限公司
版　　次:2021年1月第1版
印　　次:2021年1月第1次印刷
规　　格:700 mm×1000 mm　1/16
印　　张:20.5
字　　数:298千字
书　　号:ISBN 978-7-5676-4670-4
定　　价:68.00元

如发现印装质量问题,影响阅读,请与发行部联系调换。

序　言

　　《邯郸日报》原文艺编辑张胜女同志请我为她同学张建新的新书《赵世家风云录》写一篇序言。接到书稿才发现这是一部描写赵世家族和赵国历史的长篇著作。手捧20余万言的《赵世家风云录》书稿，我从它的书名和体量上已经预感到了这部书沉甸甸的分量，一种先睹为快的冲动油然而生。当读完这部书之后，一幅风云际会的春秋画卷、波澜壮阔的赵国风云生动形象地展现在我的面前！《赵世家风云录》不愧为一部动人心魄的史书和雅俗共赏的文学著作。

　　作者张建新先生全景式地再现了赵国的兴衰。这个研究方向选择得非常好，好就好在它弥补了赵世家族零散而欠系统、残破而非完整的史料记载，将赵世家族从上古时期说起，历经夏、商、周，重点把春秋战国时期繁衍发展的历史完整无缺地叙述下来，在国内史学界尚属首次。

　　赵氏是中国古老的姓氏之一，也是赵文化重要创造者和体现者。赵世家溯源久远，司马迁说：赵姓与秦氏家族共祖。他们的始祖当然是轩辕黄帝。赵氏家族的发展几乎与中华民族"有文字可考的历史"并驾齐驱。赵氏先人服务于商、周两个朝代。周缪王（前976年至前922年在位）把赵城分封给造父，从此以赵为氏。至前403年，三国分晋，赵氏立国，直至前222年赵国灭亡，有文字可考的历史就达700年。尤其是纵横于春秋战国时期的历代赵氏先人与赵国君主多有建树，他们是赵国历史的创造者，是邯郸的名牌。

　　由于历史的久远、史料的湮灭，关于赵世家的记载在《史记》中过于简略，其他历代图书之中也较为分散，近人对赵文化虽有不少论著，也是各执一端，难窥全貌。多少代人都有一种求其全貌的念想，《赵世家风云录》生逢其时，恰恰满足了人们的这种渴望。

多年来张建新同志不辞劳苦，博览群书，把散落在古籍之中关于赵家先祖演进的历史记载进行了广泛收集，耐心整理，拾遗补阙，不仅让赵氏家族繁衍、世代更替的脉络更加清晰明了，也把赵国兴起过程中历经的艰辛、改革的壮举、创造的业绩，以及对中国历史的推动作用生动、完整地呈现在读者面前。

《赵世家风云录》是人们了解春秋战国特别是了解赵国的通俗读本。作者以严谨的治学态度，尽最大努力使作品贴近历史原貌，并对每个历史事件、历史人物进行了独具慧眼的分析和画龙点睛的点评，为历史工作者解疑释惑，为研究赵文化提供了帮助，也为广大普通读者奉送了一部读得懂的信史。《赵世家风云录》是赵文化爱好者梦寐以求的佳作，是弘扬赵文化的新力作。

《赵世家风云录》是历史评话，由于采用了章回小说的叙述方式，大大增加了作品的可读性，真正做到了脉络清晰，娓娓道来，令人印象深刻。

《赵世家风云录》的文学性还表现在作品的字里行间和每章的开头结尾。每一章的标题都是一个对仗工整的概括性词句，如：第二十六章《赵雍即位正年少　鸿鹄展翅待长风》，第四十三章《居奇货不韦助子楚　觊东疆嬴政占晋阳》，都能极好地概括出每一章的主体故事，引发读者的阅读兴趣。

此外，《赵世家风云录》每章前都用一首七言律诗开篇，用一阕词结尾。这样写的好处是：用诗词议论可以点明主题、概括全文大意，可以烘托某种情绪、抒发一定的感慨，也可以论说作品主旨、进行劝诫。仅摘录一例，如：

第二十一章开篇诗曰：

> 西来紫气瑞祥生，北渐滏河弄管笙。
>
> 黍饱粱红衔锦绣，天蓝地阔露峥嵘。
>
> 君王发迹英才聚，黎庶辛劳物产盈。
>
> 杏尽邯山兴大邑，千锤百炼锻名城。

结尾词：

望海潮

中原形胜，河漳都会，邯郸自古繁华。云戏殿楼，烟游巷陌，参差十万人家。莺唱柳荫退。蜿蜒溢河里，帆拥船叉。玉饰闳门，峨冠罗绮跨新骅。

名城荟萃名家。有公孙"白马"，慎到言嘉。荀子大儒，谈天讲地，吟诗论剑吹笳。悠步舞朝霞。扁鹊医妇症，令誉声遐。勇武轩车箭弩，操练日西斜。

从上例不难看出作者以诗词叙事表情的造诣，体现其诗词功底的深厚。每首诗都是符合格律对仗严谨的七律。每阕词的创作严格遵循词牌，而且使用的是难度较大的《词林正韵》。把诗词引入《赵世家风云录》，既是导读，又平添了文学的欣赏性，读者可以细细品读欣赏。这里开篇诗曰："西来紫气瑞祥生"是邯郸特有的说法。就在邯郸城西十五公里处有一座紫山，因岩间有紫石英，故有蕴生紫气的奇异景象，足见作者引经据典、字斟句酌的认真态度。

作者张建新先生没有机会上大学，但他不失大志，从基层干部岗位上退下来之后，仍然想着为社会多做些贡献，因此养成了爱读书、爱学习的好习惯。他自学诗词精通声韵，诗作千首一发豪情。他酷爱乡土，热心赵文化研究。他说，能读一读《史记》和《赵世家》，对他是一种享受。退休后，他一头扎进故纸堆，在《史记》《左传》《战国策》等史书之中发掘资料，深钻细研，从《诗经》《楚辞》《国语》等先秦文学中觅英集萃，吸取精华。一位古稀老人：三冬挥笔风云录，十载潜心古籍间。最终，他有所成就，残璧遗珠得补缀，欣然付梓献邯郸。我为张建新先生耐得寂寞、奋力笔耕点赞！

觉悟决定高度，起点决定难度。《赵世家风云录》是作者十年磨一剑的成果，是作者多年心血的结晶，是作者家国情怀的抒发，是献给家乡的厚礼。

张建新先生把我选为《赵世家风云录》一书的第一读者，我已经很

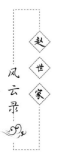

幸运了。不料张先生提出让我为此书写序，我确实诚惶诚恐。虽感力不从心，可受朋友之托，盛情难却，只好把读后感奉上，权作序言吧。

王君清

二〇二〇年农历七月初六

（王君清：大学学历，酷爱古诗词，著有《旅中吟》《格律诗写作入门》。曾任第十届全国人大代表、河北省第九届政协委员、邯郸市政协副主席、中国民主促进会邯郸市委主任委员等。）

自　序

诗　曰：

　　读史钻研《赵世家》，兴衰胜败几嗟咤。

　　佶屈聱牙三番念，隐晦艰深九次查。

　　暮想朝思求喻义，前稽后核赏奇葩。

　　磨针铁杵虽然重，怎抵光阴日夜加。

　　《史记》是一部伟大著作，全书130卷，50多万字，包括12本纪、10表、8书、30世家、70列传。《赵世家》是其中一卷，记录赵氏家族3000多年的繁衍发展兴衰历史，捧而读之，对我是一种享受。

　　我是一个土生土长的邯郸人，从小是听着《胡服骑射》《完璧归赵》等故事长大的。2009年因工作需要，对《赵世家》用功啃了一回，让我实实在在尝到了一次梨子香甜的滋味。不读不知道，一读吓一跳，我深感司马迁果真了不起，治学之严谨，文笔之优美，感情之充沛，见解之精辟，让我拍案叫绝，仅此一卷，后人对《史记》的"史家之绝唱、无韵之离骚"的评价让我口服心服，因此来了劲，体验了一把"涉浅者见虾，其颇深者察鱼鳖，其犹深者观蛟龙"（《论衡·别通》）的乐趣。退休之后，我彻底闲下来了，一改之前浅尝辄止或囫囵吞枣的习惯，沉下心来认真读书。庆幸自己以往还积存了数量不多的旧版书，如《左传集注》等，又到书店买了一些其他的历史著作，如《国语》《资治通鉴》等，也包括《古汉语字典》等工具书，这样读书就更方便了。几年下来，我对赵氏家族来龙去脉了解得越来越清晰、越来越深刻，就在以前的读书笔记的基础上写了这本书。

与其说是写作的过程，不如说是一个老邯郸人对家乡历史深入触摸、攻疑问惑的过程。我觉得，邯郸人不懂邯郸历史，不懂赵文化，似乎配不上"邯郸人"这个称谓。年轻时虚度光阴、万事蹉跎，人老了，时间不能再荒废。好好地读读家乡历史，了解家乡文化，不仅能找到精神寄托、激发无穷乐趣，还能老有所为。进一步说，如果写成了，还能让朋友、同学、同志、家人分享，以这本小书作载体，向外人宣传春秋战国时期活跃在邯郸的那些人和事，宣传桑梓文化，为家乡做一点点贡献，也算一件好事。

邯郸历史和赵文化值得讴歌和赞扬，邯郸已经有近3000年的建城历史，是国家级历史文化名城。1959年9月24日，毛泽东视察邯郸市成安县棉花生产情况时对在场的干部群众说："邯郸是赵国的都城，是五大古都之一，那时有邯郸、洛阳、淄博……邯郸是要复兴的。"①领袖对邯郸评价甚高，希望极大，也为我们认识邯郸和赵文化指明了方向。

我发现，写春秋战国时期邯郸典故的书多如星云，很多故事和典故都已广为流传且脍炙人口，不少典故已凝练为成语，邯郸因此获得中国成语之乡的美誉。然而，到目前为止，整体地系统地叙述赵世家来龙去脉的历史小说还没出现，恰好给我留下了创作的空间。

毛泽东在《中国革命和中国共产党》中说："中国是世界文明发达最早的国家之一，中国已经有了将近四千年的有文字可考的历史。"②毛泽东还指出："在中华民族开化的历史上，有素称发达的手工业和农业，有许多伟大的思想家、科学家、发明家、政治家、军事家、文学家和艺术家，有丰富的文化典籍。"③习近平在十九大报告中说："文化是一个国家、一个民族的灵魂。文化兴国运兴，文化强民族强。"④还说："中国特色社会主义文化，源自于中华民族五千多年文明历史所孕育的中华民族优秀传统文化，熔铸于党领导人民在革命、建设、改革中创造的革

---

① 赫良真.邯郸史话[M].石家庄:河北人民出版社,2017:132.
② 毛泽东.毛泽东选集:1—4卷合订本[M].北京:人民出版社,1964:586.
③ 毛泽东.毛泽东选集:1—4卷合订本[M].北京:人民出版社,1964:585.
④ 朱鸿亮,鲁宽民.习近平新时代文化建设思想的鲜明特色[N].光明日报,2017-11-20(5).

命文化和社会主义先进文化，植根于中国特色社会主义伟大实践。"①

赵氏家族的发展几乎与中华民族"有文字可考的历史"如影随形、同步推进。早在春秋战国时期，这个家族生活在今天山西中北部、河北大部广袤地域，创造了灿烂的文化和高度文明，成为中华文明的一部分。

赵氏先祖大费因功被舜赐为嬴姓，造父因战功被周缪王分封在赵城，从此以赵为氏，历经31代，直至赵国失国。其中，赵衰、赵盾、赵武、赵鞅、赵毋恤是晋国著名的政治家、军事家，是赵国的奠基者。赵武、赵鞅两代在自己领地上完成了由奴隶社会的生产方式向封建社会生产方式的伟大转变。三国分晋后，赵雍实行胡服骑射，成为杰出的改革家，对整个战国时期军事改革产生了深远影响。他们是历史的创造者，在春秋战国时期，乃至中国历史上都占有重要位置。

赵文化并不是赵世家族自己的文化，而是以赵世家族为核心，包括赵国领地内各阶级、各阶层人民共同创造、共同支撑、共同发展、共同繁荣的文化。其中，廉颇、蔺相如、毛遂、李牧等人为代表的"士大夫"阶层也各自演绎了波澜壮阔的历史大剧。

我对赵氏文化和文明心驰神往，对那些历史人物仰慕已久，下笔写这些人和事，不仅让自己的兴趣得到用武之地，还为自己履行挖掘、传播、弘扬中华民族优秀传统文化职责增添了动力。

写赵世家有意义，却不容易。有时候为了斟酌一个字、一句话，可谓达到"吟安一个字，拈断数茎须"（卢延让《苦吟》）的地步。虽然苦了些，却富有一点点挑战性，换来的是心情愉悦，甚至一波波振奋。

我把这本书定名为《赵世家风云录》，基于多方面考虑：本书既不是专业的历史研究，也不是单纯的章回传记，而是一部忠于历史的小说，可以突破"述而不作"的限制，让写作自由一些。在叙事中，一些地方说不定冒出一两句邯郸方言俗语，目的是拉近与邯郸人的距离。再说，邯郸话属于晋语，有古汉语活化石之称。同时，邯郸话是赵文化元素之一。从某种角度说，准确地阅读、写作古诗词，有时用普通话很难

———————
① 习近平:习近平谈治国理政:第三卷[M].北京:外文出版社,2020:32.

表达，用邯郸话却比较容易些，因为它保留着现代汉语已经丢失的"入声"，用它读出或写出的"平仄"与古汉语高度契合，我为自己还能知道一点点邯郸话而感到自豪。

　　本书每章前都写了一首七言律诗，每章后也写了一阕词，用的是《词林正韵》，绝大部分经过了检验，格律基本符合。起于诗，结于词，立意抒情，兴致使然也。

少年游

　　史家绝唱世无双，跌宕满篇章。悠悠韵味，激扬文字，吟处是纸香。

　　追寻赵氏渊源事，攻读不彷徨。不工留言，一丝感悟，耄耋也癫狂。

张建新

二〇二〇年七月六日

目　录

第一章　轩辕本是赵氏祖　赵凤屡功封耿地

诗　曰：

> 先贤在陕与秦亲，大戊中宗驾驭人。
>
> 造父因功名赵氏，玄孙弃暗别周宸。
>
> 文侯纳士迎书带，赵凤如齐请霍宾。
>
> 后世繁延成望族，枭雄业绩写秋春。

司马迁一提到显赫家族，尤其是帝王，免不了用些神话渲染烘托，例如，写刘邦，说他母亲刘媪曾经在湖岸边休息，睡着做了一个梦，与神仙相遇。这时雷鸣电闪，天昏地暗，刘邦的父亲不放心，急忙去找刘媪，发现一条蛟龙盘旋在刘媪的上空。回来以后，刘媪有了身孕，于是生下刘邦。写得非常传神而逼真。这是民间传说，还是司马迁自己杜撰的，不得而知，估计多与古人的图腾崇拜有关，正好能附会皇帝是真龙天子之说。这样的写法在前期的一些史书中，如《左传》《国语》中很少见，这些史书比较严肃，司马迁的文笔有些浪漫。

但是仔细一想，这样写自然有这样写的道理。首先，中华民族历史虽然悠久，但是有文字记载的历史不过4000年，再往上实在不好追溯，用神话编造一个起始，好给读者一个终极的答案。其次，帝王将相向来自我标榜血统高贵，他们具有天权神授的特质，好让老百姓甘心受其统治。还有一个原因可能是司马迁写《史记》时，是一个刑余之人，如果把那些显贵帝胄写成跟老百姓一样肉体凡胎，恐怕要得罪当政的汉武帝。这位汉武帝是一位极迷信的人，以致《史记·孝武本纪》几乎通篇写的只是封禅、祭祀方面的事情。司马迁写帝王的时候肯定是战战兢兢的，把帝王都写成神，汉武帝自然不会鸡蛋里挑骨头。

其实，用神话寄托一种情怀未必不是一件好事。毛泽东在《矛盾论》中就对神话进行一番精彩的论述。他说："神话中有很多变化，例如《山海经》中所说的'夸父追日'，《淮南子》中所说的'羿射九日'，《西游记》中所说的孙悟空七十二变和《聊斋志异》中的许多鬼狐变人的故事等等，这种神话中所说的矛盾的互相变化，乃是无数复杂的现实矛盾的互相变化对于人们所引起的一种幼稚的、想象的，主观幻想的变化，并不是具体的矛盾所表现出来的具体变化。"①毛泽东的论述表明，神话故事的演绎与现实矛盾多少有着关联。

不妨沿司马迁的笔锋慢慢道来，我对其中神话情节只是姑妄听之，这些神话从正史的角度评论，无论怎样荒诞无稽，毕竟读起来还是挺美妙的，我也不回避了，但重点是要摸清赵氏的世系沿袭脉络。

司马迁说：赵姓与秦氏家族共祖。他们的始祖当然是轩辕黄帝。黄帝正妻叫嫘祖，生子二人，一个叫玄嚣，一个叫昌意。其中昌意生子叫高阳，高阳继承帝位，就是帝颛顼。

颛顼的后裔子孙叫女脩。一天，女脩正在纺织，一只黑色的神鸟飞过头顶，一颗鸟蛋掉下来，正好掉进她的嘴里，女脩一口吞下，随后怀孕生下儿子大业。大业娶妻女华。女华生儿子大费。时间已经到了尧、舜时期，大费跟随大禹治理水患。待九河疏浚，水患消退，舜对禹的德才很肯定，赐给大禹一只黑色的玉器——玄圭，以示奖励。大禹说："不是我治水有功，其间大费帮了很大的忙。"于是，帝舜夸奖大费说："啊，大费！你帮助禹治水有功，我赐给你一条黑色飘带，你的后代一定繁荣昌盛。"舜还把姚姓的女子赐予大费做妻子。大费当然非常高兴了，之后辅佐帝舜训练鸟兽，把鸟兽调训得活蹦乱跳，服服帖帖。随后，大费还建了一个鸟兽训练场——柏翳。帝舜赐大费嬴姓。嬴者，鹰也，是出于对鹰的崇拜，这就是嬴姓的源头。

大费生二子：一个叫大廉，实鸟俗氏；另一个叫若木，实费氏。实费氏的玄孙叫费昌，他的子孙分布各地，有的在中原，有的在夷狄。古

① 毛泽东.毛泽东选集：1—4卷合订本[M].北京：人民出版社，1964：305.

代规定，距离王城四千里为夷，距离王城五千里为狄。这里，夷狄泛指边远地区。费昌在夏桀时，离开夏朝归附商朝，做商汤王的驾车人。汤王乘坐费昌驾驶的车辆与夏桀的军队作战，在鸣条这个地方把夏桀打得丢盔卸甲。

大廉的玄孙叫孟戏中衍，鸟身人言。商朝第十个帝王大戊通过占卜选定他做驾车人，中衍干得挺出色，受到太戊赞赏并给他赐婚。

大戊任命伊陟做相国。一天，帝都亳的朝堂上突然长出一棵穀树和一棵桑树，一夜之间疯长成合抱粗。大戊大惊，赶忙问伊陟是怎么回事。伊陟说："臣听说妖孽压不倒德政，鬼怪抵不住善良。两树共生，一夜合抱，是不是帝王您的朝政有什么过错了？帝王您从速修德驱邪吧。"于是，大戊发扬商汤王的勤政德政传统，三更起床，五鼓上朝，不辞劳苦。深入巷间探访老者，走进田间慰问百姓，婚娶祝贺，丧葬凭吊。仅仅三天，政通人和，百姓称赞。两棵怪树自知没趣，瞬间枯萎。这三天，也忙坏了车夫中衍，他驾车载着帝王走乡串户，东奔西跑，吃饭无常，睡觉无几，虽如此，心情还是挺愉快的。

自中衍以下，其子孙服务商朝，逐世有功，嬴姓声名远扬，终成望族，跻身诸侯。

之后其玄孙叫中潏，在西戎戍边。后蜚廉出生，蜚廉子恶来。恶来有勇力，蜚廉善走，父子俩以自己的特长侍奉商纣王。周武王讨伐纣王，恶来在战乱中被杀。蜚廉奉纣王之命出使北方，回来后，儿子已死了，没办法祭奠儿子亡灵，于是在霍太山作坛祭奠。祭奠时发现一个石棺，上有铭文，意思是帝命你不要再参与商朝乱局了，赐你石棺以繁盛家族。蜚廉死后被装进石棺葬在霍太山之上。

蜚廉生前还有一个儿子，名季胜，季胜子孟增。孟增宠信于周成王，周成王是周武王之子，雄才大略，孟增得到倚重，因干练和雷厉风行，获得"宅皋狼"雅号。皋狼子衡父，衡父子造父。造父善于驾车，深得周幽王的欣赏和信任。造父一生驾车，深谙马的品质和习性，得到骥、骊、骅、䮅四匹好马，跑起来风驰电掣。周成王经常坐车巡游西方，春风得意，乐而忘归。成王之后，造父先后供职于周康王、周昭

王、周缪王。一年，徐偃王在京畿作乱，周缪王正在外巡游。听到报告，缪王令造父驾车，一日跑了一千里，长驱返回镐京及时平息了叛乱，京城转危为安。为表彰造父功勋，缪王把赵城（在今天山西省洪洞县境内）分封给造父，从此以赵为氏，成了嬴姓赵氏，距今3000多年了。

秦国的嬴姓，没有获得其他姓氏，一直到秦始皇还姓嬴名政，但与赵氏共祖同宗。

以后6世赵人都供事于周王朝，职业仍是驭手。

在先秦驾车是一个很重要的角色，也是技术含量很高的职业。当时马车一般套四匹马，每匹马两根缰绳，除辕马的两条缰绳拴在车轼上，其余六根都攒在驭手手中。就凭牵动六根缰绳，驭手指挥三匹马前进、后退、拐弯、加速、减速。论技术含量，比现在开汽车要复杂多了。开汽车，一个方向盘、一个刹车、一个调档器即可。而驾车要调教活蹦乱跳的四匹马，非常不容易。因此在战场上，驾车人的职业精神和技术关乎主帅的生死。尤其为帝王、诸侯驾车，驾车人与指挥千军万马的将军地位同等。当时，民间都把驭手当做勇士加以崇拜、歌颂。《诗经·邶风·简兮》歌曰："简兮简兮，方将万舞。日之方中，在前上处。硕人俣俣，公庭万舞。有力如虎，执辔如组。"大意是：卫国举行盛大舞会，舞至中午时分，领舞的舞师正在舞蹈队伍的前头。那舞师身材高大健壮，万名舞者跟随他的节拍威武起舞。有力如虎，且模仿驾车动作，做牵动六根马缰绳状，一招一式如同让车子疾驶飞奔一样豪壮潇洒。

第六世赵人叫奄父，又名公仲，又给周宣王做驭手。周宣王荒废公田"千亩"的耕种和管理。千亩是公田的代名词，俗称"阡陌"。大臣虢文公谏言，说这样会让公田土地荒芜，粮食减产，财政缩水，祭祀无钱，百姓穷困。周宣王左耳听，右耳出，没放在心上。结果真让虢文公说中了，周朝因此国力衰减。周宣王时，姜姓戎大举进犯，周宣王仓皇迎敌，在"千亩"耕地上，周朝军队被打得大败。周宣王的车子被围在中间，公仲驾车，凭借娴熟的技艺和超人的胆略，驾车冲出重围，摆脱了敌军的追赶，救了周宣王一条命。

周幽王时，第八世赵人叔带不满幽王无道，离开周朝去了晋国，供职于晋文侯姬仇。

说着说着到了第九世人赵夙。晋献公十六年（前661）进行军队建制改革，始建二军，每军2500人，自己统率上军，让太子申生统率下军。然后攻打耿、霍、魏三个小国。战役开始，赵夙担任晋献公驭手。不久，赵夙改任将军，率军攻打霍国。霍国被攻陷，霍公被俘。霍公向赵夙请求去齐国居住，赵夙放了他一马。不巧这年晋国大旱，晋国人卜卦说是"霍太山带来的祸乱"。晋献公让赵夙到齐国召回霍公，让霍公专职负责霍山的祭祀。霍公当然愿意。从此晋国风调雨顺，五谷丰登，赵夙又立了一功，晋献公把耿地赐给了他。耿地大概在黄河与汾河交会的地方。从此赵人有了地盘。尽管记述迷信色彩浓厚，不可信，但有一点可说明，赵夙已是晋君所倚重的大臣。

赵族人出身驭手，给王侯驾车，按现在的话就是"领导的司机"，又名"领导身边的人"，深得领导倚重，然而他们不是阿谀奉承之徒。他们能为"领导"提供好马（骥、骝、骅之类），业务精通，又能在战争中建功立业，凭本事晋升，因此能从一名"工人编制"跨入"公务员编制"就毫不奇怪了。

历史上巧合无处不在。赵家世代养马赶车，十分熟悉马匹，是职业"伯乐"。这种优良职业基因代代相传，到赵武灵王时，一举成就"胡服骑射"伟大壮举，是不是与爱马懂马有关？

词　曰：

长相思

驾车优，相马优，挑好千年一骏骝，追封赵地酬。

灭汾谋，消灾谋，五谷丰登三晋道，老臣名望优。

第二章 赵衰跟定贤重耳 齐女婉劝痴公子

诗　曰：

> 姬人毒蝎害申生，重耳逃亡避祸横。
> 白狄连襟遭劫杀，临淄劝主解迷醒。
> 农夫献土朝天泣，无赖看骈动地惊。
> 友善襄公情意在，南辕策马向云荆。

让赵族人真正成为晋国股肱之臣的关键人物是第十一世赵人赵衰。赵衰很有政治远见，当初，他为诸位公子占卜，晋献公儿子8人，唯独公子重耳是吉卦，其余皆凶，"良禽择木而栖，贤臣择主而事"，赵衰从此一生跟随重耳。

晋献公五年（前672），重耳26岁。晋献公很有本事，但不少时候不顾后果胡作非为，薄情寡恩。这年，晋国攻下骊戎，俘获女子骊姬和她的一个弟弟，因骊姬美貌，被晋献公收入房中当了小老婆，他被狐狸精迷住了，从此祸起萧墙。骊姬生下儿子奚齐，备受献公宠爱，早就觊觎太子的位子，只是嘴上没说。骊姬的弟弟也有一个儿子，同样眼巴巴盯着权力和地位。

这时的太子是申生。申生的母亲是齐国女子，早亡，申生成了没娘的孩子。自有了奚齐，献公就看申生不顺眼了，告诉骊姬："我想把太子申生废掉，让奚齐当。"骊姬巴不得这一天了。但是，这个人很有心计，反而假惺惺劝说献公："申生当太子，诸侯各国都知道了，今年又掌管下军，有军权，百姓都拥护他。怎能因为我废嫡立庶？如果君主您非要这样做，我只好自杀。"假话说得跟真事儿一样，献公就把这事儿撂下了。

骊姬不是一般女流之辈，知道硬干会招惹众怒，即使自己儿子当了太子，也不会安生，得另想办法。

办法总会有的，献公二十一年（前656），骊姬对申生说："你父亲梦见你母亲了，你赶紧到曲沃祭祀，给你爹还愿。"于是申生到曲沃给母亲上香，另外给献公送上一扇猪肉，摆在献公的行宫。骊姬在肉上撒上毒药。两天后，献公打猎回来，厨师告诉献公，这是申生孝顺您的肉，饥肠辘辘的献公正要下口，骊姬赶紧过来说："不能吃，您从外地来，为了您的安全，还是试试吧。"

于是，把肉放在地上，地上发黑；喂狗，狗死；给侍从吃，侍从死。骊姬这下来劲了，大哭着说："太子好残忍啊，连自己的父亲都想杀，何况别人呢！君主老了，黄土都埋到脖颈了，太子即位是早晚的事儿，可他连这点时间都等不及了。"

随后对献公说："太子下这样的黑手，无非是因为我和奚齐罢了。我娘俩愿意躲到别国去，以免被太子当做案板上的肉给剁了。当初，主公想废掉太子，我还不同意，才落得今天的结果。"

献公看到这一幕大怒，下令把申生的师傅杜原款杀了。

骊姬说这话时，申生正好不在跟前。听到消息，申生赶紧逃到新城去了。有人悄悄对申生说："放毒药的是骊姬，太子您应对主公说明。"申生说："父亲老了，离开骊姬寝食不安，挑明了，万一气大伤身，闹出乱子，不好。"还有的人劝申生："到别国避难吧。"申生说："我摊上了杀父恶名，谁肯收留我？不如自杀。"当年十二月戊申日，申生自杀身亡。

申生忠厚孝顺，宁愿自己死也不让父亲难受，是个愚忠愚孝的好人。

这当口，恰好公子重耳、夷吾来朝见献公。骊姬要斩尽杀绝，对献公说："放毒药的事儿，重耳、夷吾知道，他俩是同犯。"二人听到信儿，非常害怕，重耳去蒲城，夷吾奔屈，说是担任守备，实则避祸。第二年（前655），献公恼怒二人不经批准出走，竟派宦官勃鞮去杀重耳。

勃鞮找到重耳，先是劝重耳自杀，重耳不是申生，没那么傻，翻墙逃跑，勃鞮上来一刀，重耳被劈下衣袖，脱身走脱，死里逃生。重耳决定出走，身边有几十人不离不弃，其中不乏贤良之士，如赵衰、狐偃、贾佗、先珍、魏武子等，还有一位叫介子推。其中，狐偃是重耳的舅舅，君臣们从此开始了长达19年的流亡生活。

奇怪的是，晋献公没派人刺杀夷吾，也没有下令杀死"有意谋害自己"的申生，单单要杀重耳，可见重耳不受献公待见。

重耳流亡的第一站是狄国，也是重耳母亲的故乡，离晋国也比较近，是理想的栖身之地，狄国人对重耳一行也非常好。这年，重耳已经43岁了。狄国讨伐咎如，虏得美女姊妹二人，狄人将大的嫁给重耳，将小的嫁给赵衰，从此，重耳与赵衰成了"条船"，用邯郸话说是"一条杆子"，成了亲戚。赵衰在狄国生下赵盾，往后成为晋国的重臣。

赵衰随重耳在狄国生活到第五个年头，晋献公去世，晋国大臣们早对骊姬恨之入骨，大臣里克杀掉骊姬、奚齐、悼子（骊姬弟之子），派人迎接重耳回国继承君位，重耳对国内的形势琢磨不透，还对五年前屡被追杀心有余悸，于是婉言拒绝："我违背父亲仓皇出逃，父亲去世时不能在灵前尽孝，我回去必遭国人唾骂，请立其他兄弟为君主吧！"。于是，重耳的弟弟夷吾即位，他就是晋惠公。

谁知晋惠公是一个十足的市侩加无赖，说了不算，算了不说，对待有恩于己的秦国屡屡背信弃义。当初，他被逼无奈流亡到梁国，居住多年，里克杀了骊姬要迎他回国即位，身边的谋士们劝他说："国内的公子很多，不立国内的而在外面找人，难以置信。贸然回国将很危险，不如派人到秦国，求秦国帮忙，让他们护送你回国。"于是，夷吾派人携带重金贿赂秦国，向秦国承诺："我如果能回国即位，愿意将黄河以西的国土送给贵国。"当时，晋国疆域广大，北至翟狄，南接卫、宋，东到卫国边境，西边在黄河以西，包括今天陕西大部，也就是整个黄河中下游中北部都属晋国版图，秦国不过憋屈在陇东、渭河流域一小块地方。晋惠公还写信给这次立君主的策划者里克，承诺："如果我能即位，将汾阳城分封给你。"

善良的秦缪公信以为真，果然派兵把夷吾送到国内，继承大统。即位后的晋惠公翻脸不认账，派人告诉秦国："谢谢了，河西之地是祖宗留下的，不能给你们。"他还小肚鸡肠，担心自己的位子不稳当，主要是重耳还在外边流浪，论才能、威望都在自己之上，害怕里克故伎重演，把重耳弄回来取而代之，不但不给里克汾阳封地，反而一道命令将里克赐死。

还有更不像话的事。惠公四年（前647），晋国饥荒，向秦国借粮。秦缪公问计贤臣百里奚，百里奚说："天灾流行，国家代有，救灾恤邻，国之道也，与之。"有人反对，说晋惠公不怎么样，秦缪公说："其君是恶，其民何罪！"还是把粮食借给了晋国。

但是，换来的却是晋惠公乘人之危的恩将仇报。翌年（前646），秦国饥荒，向晋国借粮。这时，晋国一臣子叫虢射的说："秦国天灾，这是上天给我们灭掉秦国的好机会，请大王不要错过机会，出兵攻打它。"晋惠公听从这个人的意见，计划出兵伐秦。

秦缪公大怒，还没等晋国动手，秦国就在第三年（前645）出兵讨伐晋国。这年九月，秦、晋两国军队在韩原这个地方交战，一场鏖战，晋军理亏，最终战败，晋惠公被俘。秦缪公夫人哭得死去活来，秦缪公只好将晋惠公放回国。这位夫人是晋惠公之姐。

谁知这个人刚回到晋国，知道自己一战下来威信扫地，无颜面再做国君，立即决定立儿子圉为太子，择机接班。但是一想："重耳在外流浪，在诸侯中很有影响，不少诸侯都想把重耳引渡回国即位。不行，这是一个心头大患。"想到这儿，他立即派杀手跨境去杀重耳。消息传来，看来狄国也待不下去了，重耳与赵衰等人商议去向，星夜决定去齐国投奔齐桓公。此刻是重耳外出的第12个年头。

一行人驾车出发了。目的地是齐国，齐国是一个大国，重耳、赵衰他们希望得到齐国的帮助，寻求有朝一日返回晋国的途径和办法。

一路颠簸路过卫国，卫国君见重耳失魂落魄，就是不接待。重耳一行只有继续东行，过五鹿，就是现今河南省濮阳东北的莎鹿城（一说河北大名县东）一带，一行人饿得前心贴后背，没法子，赵衰下车伸手向

田间耕作的农民要吃的。一个农民捧着一捧土坷垃递给他们。重耳以为受到侮辱，怒不可遏，抽起鞭子要打，赵衰急忙上前拦住，劝说他："这是上天的赏赐啊！老百姓奉献土地服侍公子您，您还有什么要求呢！天下大事，事事都有征兆，再过十二年，您必然能得到这里的土地，请各位记住今天的日子。岁在寿星、鹑尾之际，大概就是我们得到这块地方的时候啊！天命下达了，再到岁星运行到寿星星次之时，我们一定能称霸诸侯了。上天之道，就从此时此地开始了。赶快跪拜接受吧！"一句话提醒重耳，转怒为喜，一行人赶快跪下参拜，毕恭毕敬地双手接过土坷垃。

由此透视赵衰两方面素质：一是体察民情，知道老百姓不容易，更不能得罪，二是知识渊博，能浮想联翩，深谙"皇天后土"的含义。至于他说的占据五鹿这块地方与称霸的年份，不会那么精准。司马迁这里取材于《国语》，估计是《国语》作者左丘明的杜撰。

重耳在齐国住了4年，齐国对重耳一行礼遇很高，车马就送了二十乘，生活悠闲，待遇优厚。饭来美味佳肴，衣送绫罗绸缎，出则车马，住则笙歌，还安排了一个齐国才貌双全的宗室女子作为侍妾，我们暂称她"齐女"吧。吃好住好待好，就是不提帮助重耳复国的事儿。幸好，重耳与那位齐国美姬耳鬓厮磨，朝暮相处，弄得重耳乐不思蜀，哪儿也不想去了。

赵衰看不下去了，他一心想盼着重耳能回国即位，一展宏图。于是他把狐偃拽出来，在一棵桑树下商量怎么办。两人清楚一般劝说不起作用，就商定一个法子先把重耳带出齐国，再辗转回晋国。这次商议被齐女的一个侍从听到了，回头告诉了齐女，谁知这位齐女有胆有识，知道重耳是雄才大略之人，在齐国不过是老虎打个盹，歇会儿罢了，不是终老。为防止赵衰他们的计划泄露，齐女果断杀掉这个侍从，以免她在外乱嚷嚷。回过头来劝说重耳赶快离开齐国，想法回国发展才是正理。谁知重耳却说："人生但求安乐，还顾得其他，我死也要死到这里，不能离开。"他心灰意懒了。

这位齐女深明大义，不忍心重耳"斗争意志衰退"，她对重耳说：

"你作为一国公子，穷途末路来到这里，十几个士人跟着你吃苦受累，拼死为你效命，而你不回国一展宏图，回报臣子忠心，却贪图安乐和女色，我私下为你感到羞耻。像你这样得过且过，何时能建功立业？"重耳还是听不进去。

没办法，赵衰依计而行。几个人把重耳灌醉，愣是把身如泥胎的重耳抬上车子，赶紧离开齐国。半道上，重耳醒来，十分恼怒，抄起戈要刺杀偃狐，狐偃机智说："公子你杀了我吧，只要您能成大业，我死无憾！"一句话让重耳气消了一半，有这样的臣子，他打心眼里高兴。但是嘴上还不服输："如果回国的事情成不了，我吃你狐偃的肉。"狐偃急忙回答："好，好。"听罢，其他人都大笑起来。重耳已经无可奈何，只有听凭几人摆布。

赵衰、狐偃"兵谏"成功。

到了曹国都城陶邱（今山东省菏泽市定陶区境内）。曹国安排他们驿馆住下，但是曹国国君曹共公却是一个无聊之徒，非但不礼遇，他听说重耳的肋骨是连成一片的，急忙探听重耳什么时候洗澡，到时候在外面吊了一块帷幕，在外边偷看，以满足自己畸形的好奇心。

曹共公身边还有明白人。大臣釐负羁劝说曹共公："晋公子到此，与您地位对等，难道不值得我们礼遇吗？主公不可无礼。"曹共公说："各国诸侯的逃亡公子多得像苍蝇一样，一个个路过这里，我礼遇得过来吗？况且都是一些不懂礼数的人，不想搭理他们。"

釐负羁说："我们曹国的先君是周文王之子，晋国的祖先唐叔是周武王之弟。既是本家，又同为姬姓。二王之嗣，世世代代打断骨头连着筋，当然包括您与重耳在内。今天您慢待重耳，是废亲嫌戚，有悖伦理。晋公子虽然长期流亡，却有赵衰、狐偃、贾陀等不离不弃，他们个个都是上卿之才，可见重耳有多大的吸引力，是多么贤明。别说重耳落魄到此，实在可怜，就是一般的宾客，也不可不以礼相待。请大王斟酌。"任凭釐负羁苦口婆心，曹共公就是不听。

惨遭人身侮辱，此处不宜久留，第二天一早，赵衰等人就拉着重耳离开了。

已经是初冬了，到达宋国都城商丘（今河南省商丘市）。宋襄公是个大好人，他早听说重耳贤良，用国君大礼接待了他。然而，这时宋国刚刚被楚国打败，宋襄公在战役中伤了大腿，正在难处。

战败是因为宋襄公这个人太善良也太迂腐了。这年夏天，宋国讨伐郑国，郑国向楚国求援。秋天，楚国攻打宋国借以救郑国。两国军队在一条叫"泓"的河隔岸对峙。战役开始，楚国军队正从对面过河，大臣目夷说："敌众我寡，趁着他们正在过河，应立即进攻！"宋襄公不听。楚国军队渡过河，还没有完成布阵，目夷又催襄公说："可以进攻了。"宋襄公还是说："等他们布完阵势吧。"等楚军布阵完成，宋襄公下令进攻，结果被楚军打败，襄公被击伤大腿。宋国人都埋怨襄公，而襄公说："君子不在别人有灾的时候给人家增加困难，不在对方还没成列的时候击鼓进攻。"大臣子鱼反驳他说："战争以取胜为主，这是再明白不过的大白话了。如果像主公您说的那样讲仁慈，是伸出脖子让别人砍啊，哪里是在作战呢！"

因此，毛泽东在《论持久战》中论述"主动性、灵活性、计划性"时说："我们不是宋襄公，不要那种蠢猪式的仁义道德。"①

宋国担任司马的公孙与狐偃是老熟人，悄悄地告诉狐偃："宋国小国新困，帮不了大忙，解决不了你们回国的问题，请向大国求援吧。"重耳体谅宋国的苦衷，与赵衰他们悄悄离去了。

期间经过郑国，又碰了一个大钉子，郑国国君一脸不高兴，与曹共公如出一辙："诸侯国流亡公子路过我们这里的太多了，哪里接待得过来？"大臣叔瞻奸佞、毒辣，建议郑君说："对重耳这样的非等闲之人，要么好好接待，作感情投资，以备以后有用，要么杀了他，以绝后患。"郑君既不接待又不杀害，而是驱逐出境，重耳一帮人怏怏离去。

重耳在卫、宋、曹、郑四国都无法停留。这四个国家都是小国弱邦，夹在大国之间苟延残喘，接待重耳不但花钱，而且风险极大，说不定要得罪晋国现任国君，落一个吃不了兜着走。还是宋国大夫公孙说实话，他们确实没能力管重耳这些人的闲事。不过，宋国善良，热情接

① 毛泽东.毛泽东选集：1—4卷合订本[M].北京：人民出版社，1964：460.

待，后有善报；卫、曹、郑三国缺德，侮辱亵渎，埋下祸根。

别无选择，只有楚国了，于是朝南向云梦泽奔去。

词　曰：

江城子

赵衰仰慕一贤良，水齐泱，火同殇。不忘初心，唯有侍衷肠。荆棘百千箪缺食，衣露絮，汗流浆。

土黄天旷兆开疆，野人亢，麦花香。宋国新惊，无力助图强。纵使曹君睁白眼，应暂忍，怨心藏。

第三章 赵衰拨亮失魂心 缪公妙解黍苗诗

诗　曰：

> 初冬也暖落沦人，荆楚廷中座上宾。
>
> 去国多年仪态失，推心一句面容春。
>
> 秧苗苗壮因行雨，大鸟飞翔谢义秦。
>
> 百姓壶浆迎重耳，何亏策划几贞臣。

向南折到楚国，重耳一行受到楚成王高规格的礼遇，大国就是不一样，底气足。这年是楚成王三十五年（前637）。

这位楚成王，芈姓，名恽，是个有作为的国君。即位元年，布德施惠，交好诸侯，尊奉周天子，携带大批礼物敬献周朝，周天子当然很高兴，不吝赏赐，委以重任，嘱咐他：“委托你镇守南方，负责安抚统领各部落，别让他们进犯中原。”楚国得到了“尚方宝剑”，发展环境良好，领地很快扩展到方圆千里，成了南方泱泱大国。楚成王十六年（前656），霸主齐桓公进犯楚国，楚成王毫不示弱，派将军屈完领兵抵御，遏制了齐国的金戈铁马，逼迫齐桓公会盟，罢战言和。

楚成王以国君礼节接待重耳：将奉送的上百件礼品摆在宴会厅上，并要施以九献之礼。所谓“九献”，即东道主敬酒一次，然后宾客还敬一次为一献，这样的程序重复九次，隆重得很。重耳一路上吃尽了苦头，看惯了白眼，受尽了凌辱，心情压抑，说话自卑，举止猥琐。还没进入宴会厅，只是从门口往里一瞅，“呀”了一声，里面的琳琅满目的礼品，顿时让他头晕目眩，再一看司陪的官员黑压压一片，重耳心里像揣了只小兔子，立马慌了神儿，不敢进门，一再对赵衰几个人说，不敢接受如此厚遇。

赵衰看不下去了，他劝说重耳："公子您在外流亡十几年，就连小国寡民都敢轻视您，而今天楚国对您格外尊敬，能有这样礼遇，这是上天对您的恩宠啊，请您再不要谦让了。"

重耳心里踏实了些，恢复了沉稳心态，随后进入大厅，以晋国公子的身份拜见楚成王。成王设宴隆重款待重耳，重耳谦恭入座，侃侃而谈。

楚成王说话了，单刀直入地问："您如果能回国即位，打算怎样报答我的厚遇？"意思不说自明，我不能白接待您。也表明楚成王对重耳有良好的预期，他是在做政治投资。

重耳回答："美女玉帛，大王您应有尽有，翡翠、孔雀羽毛、象牙、牦牛尾、牛皮，就出产楚国，在晋国稀罕的珍宝，在您这里似乎是破砖烂瓦了，我还拿什么报答大王您呢？"

"难道就没有别的办法吗？说来听听。"楚成王要把话题引申到今后的楚、晋两国的关系上面。

"托大王您的福，一旦我能返回晋国即位，在万不得已的情势下，假如在平原、山泽上与大王您的军队遭遇，我将先退避三舍，以示礼让。"重耳毕竟是政治家，他深知国与国交往之道，他们之间既有友好往来，也有兵戎相见。

这样回答本是老实人说老实话。楚成王虽不满意，却喜怒不行于色。而旁边的楚国大臣们一听炸了锅，一个个愤愤不平。宴会下来，楚国大臣子玉怒气冲冲地禀告楚成王："大王把重耳捧上了天，他却出言不逊，这样的人留下迟早是祸害，不如把他杀了。"

楚成王说："晋公子是贤能之人，在外流亡十几年，颠沛流离，穷途末路，跟随的赵衰、狐偃等都是国家栋梁之人，此上天的安排，我们不能动手杀人，况且我已答应帮助他回国，说出的话岂能失信！"

楚成王是成熟老练的政治家，掂量着晋是大国，在诸侯中举足轻重，况且现任晋国国君晋惠公夷吾无论在国内还是在国外，口碑极差，重耳复国的可能性很大，奇货或许可居也，赌一把吧。

在楚国一住就是几个月。一天，突然传来消息：在秦国当人质的晋国太子圉突然逃亡回国，秦缪公很生气，火速派人到楚国，邀请重耳到秦国去，说是商议郡国大事。

春秋战国时期，盛行人质制度。一国对另一国有所求，为表示诚意一般都把太子或公子一类的人物送到另一国做人质，人质逃跑被视为违约或背叛，非同小可。

原来，晋惠公被释放回国后，册立自己的儿子圉为太子。自战败被秦国俘虏，尝到了秦国的厉害，似乎得了战败惊吓症，整日坐卧不宁，唯恐秦国再次进犯，所以在回国后的第三年，干脆就把太子圉质押到秦国，意在服软，求得寝食之安。又过了5年，晋惠公生命垂危，身在秦国的太子圉听到消息，立刻想到国内还有几个兄弟，大臣们会不会让其他兄弟即位，把自己甩到半股叉（邯郸方言，意为"半路"）上？于是抛下秦国的妻子，只身跑回国去了。于是引发了秦穆公邀请重耳聘秦的事儿来。

临行，楚成王语重心长地对重耳说："楚国偏远，与晋国中间隔着好几个国，来往不方便。秦国与晋国接壤，秦缪公贤能，一定会帮助你的。"于是，重耳、赵衰他们启程去秦国。

晋惠公十四年（前637）夏末秋初，重耳、赵衰一行人到达秦国，雄才大略的秦缪公深知重耳的价值，对他非常好，光女人就送了5位，而且都是宗室女子，缪公也在做感情投资。

赵衰知道秦国不是目的地，又怕重蹈在齐国乐不思蜀的覆辙，心急如火，夜不能寐。在一次宴会上，趁着缪公高兴，赵衰吟起了《丰年》诗："丰年多黍多稌，亦有高廪，万亿及秭。为酒为醴，烝畀祖妣，以洽百礼，降福孔皆。"①

绝顶聪明的秦缪公听出了弦外之音："哈哈，你们想回国了。"秦缪公话音刚落，赵衰赶忙拉起重耳走下席位，倒头再三叩谢说："大王圣明！我们敬仰大王，就像百谷盼及时雨啊！"

其实，谋划重耳回国，是秦缪公早有的打算，只是时机未到。他瞧

① 诗经·颂·丰年[M]//程俊英.诗经译注.上海：上海古籍出版社,2004：525-526.

不起晋惠公，当然也包含晋惠公的儿子。他预料，晋惠公一死，圉必然即位，这个圉远不是秦缪公心中理想的晋国国君。

这年九月，晋惠公死去，十一月，惠公下葬，圉做了国君，史称晋怀公。但是，晋国人绝大多数不服他。从惠公死的那天起，晋国重臣栾氏、郤氏悄悄来到秦国，拜见重耳和赵衰，劝他们回国，并且告诉重耳和赵衰，国内的老百姓也像大旱盼甘霖一样，都盼着他们回去，这些人甘愿为重耳回国内应。重耳回国遂成大势所趋，人心所向。

时机成熟了，当年十二月，秦缪公派军队护送重耳回国。重耳从43岁出亡，终于在62岁的垂暮之年步入回国之途。刚当了一个月君主的晋怀公听到消息，也发兵阻拦，与秦军形成对峙，毕竟螳臂当车，无济于事了。重耳派狐偃咎犯联络晋国大臣，第二年（前636）二月（周历，相当于公历一月）辛丑日（十一日），咎犯与前来的晋国朝臣们在晋国边境一小城苟盟誓，表示一致促成重耳复国。壬寅日（十二日），晋军倒戈，重耳一行进入晋国军队驻地。丙午日（十六日），重耳进驻曲沃，丁未日（十七日），在武宫上朝举办典礼，即位晋国国君，称晋文公，晋国群臣几乎都来觐见。晋怀公闻讯逃往高粱，戊申日（十八日），重耳派人将他杀死，一切紧锣密鼓地进行。从此，晋国进入晋文公时期。

重耳复国还有不少麻烦事儿等着他。第一件是敌对势力的反抗。晋怀公的亲信吕省、郤芮策划放火烧晋文公的公室，阴谋烧死文公。还是那个早年刺杀重耳的宦官勃鞮告密，文公才免于难。当初，勃鞮追杀重耳是演了一场戏，故意砍断衣袖放重耳逃跑。关键时刻，勃鞮把消息告诉了文公，文公躲避出去。吕省、郤芮烧了公室，却扑了空。文公侍卫把他们打败，二人最后被秦缪公诱杀。

第二件是跟随他流亡的人邀功请赏。

两千多年后，中国共产党的领袖毛泽东在中国革命胜利前夕，就预见革命胜利后干部队伍会遇到各种问题。毛泽东在中国共产党第七届中央委员会第二次全体会议上告诫党的干部："因为胜利，党内的骄傲情绪，以功臣自居的情绪，停顿起来不求进步的情绪，贪图享乐不愿再过艰苦生活的情绪可能生长。"①由于毛泽东早有预知并适时告诫，所以中国共产党干部中的绝大多数在较长时间内保持了健康良好状态。而两千多年前的重耳的团队，同样存在这样的问题。只是他见事迟，行动慢，招来不少麻烦。

第一个在回晋国路上提出隐退的是狐偃咎犯。就在重耳一行人渡黄河回国的船上，狐偃对重耳说："臣子跟随您周旋天下，暴露出来的错误和缺点太多了。我对自己的过失尚有了解，何况公子您呢，估计看得更清楚。所以，我想从今儿辞职离开，请公子您批准。"狐偃咎犯以敢于犯颜直谏闻名，在离开齐国的路上，差一点被重耳一椠戳死。

士大夫在功成名就时急流勇退，这样的人不少。最著名的还数一百多年后越国的范蠡，范蠡辅佐越王勾践苦心勠力20多年，灭掉吴国，然后率领越国军队北渡淮河逼近齐国和晋国，称霸诸侯，功劳很大。但为避免"飞鸟尽，良弓藏；狡兔死，走狗烹"的下场，他断然辞去一切职务，经商去了。在这方面，狐偃咎犯是范蠡的先师，虽然只是动了动嘴皮子。他怕重耳当了国君秋后算账，投石问路，想试试重耳这洼水的深浅。

这时的重耳深知"革命尚未成功，同志仍需努力"的道理，立即承诺："若能返回晋国即位，到时候不能与咎犯你休戚与共者，愿沉河喂鱼。黄河的河伯作证！"于是把一块玉璧投进河中，表示与咎犯立下誓言，狐偃就此作罢。

另一人却动了真格，他就是大名鼎鼎的介子推。这时他也在同一条船上，也是一位从亡义士。介子推不理解狐偃的苦衷，以为他在邀功请赏。听罢狐偃说辞，介子推大笑着说："上天垂爱公子，大业将成，而狐偃以功邀赏，是晋国的耻辱。我羞耻与这样的人同朝为官！"不能怪介子推古怪，在古今士大夫心目中，居功自傲是可耻的。但他也怨错人了，邀功请赏的人肯定有，但不是狐偃。介子推说完就下了船，独自渡过黄河不辞而别。

晋文公即位后对跟随他流亡的人，功劳大的分封城邑，功劳小的给

① 中央纪委宣传教育室.党的作风建设学习问答[M].北京:方正出版社,2013:1-2.

予爵位。介子推回到晋国，背着老母亲一头扎进一座叫绵山的山中隐居起来。晋文公想封赏介子推，就是找不到人。晋文公没办法，把他隐居的绵上山分封到他的名下，赐名"介山"，并说"我命名它为介山，是记录我的过失，表彰介子推的善行"。

民间传说文公为逼介子推出山，放火烧了绵山，结果介子推抱着树烧死在里面。民间把这天定名为冷食节，禁烟火，只吃冷食，这天在每年清明节前一二日。但是，《史记》无此记载，介子推被烧死传说出于《吕氏春秋》。

还真有人邀功请赏来了，而且不少。其中一人是跟随文公流亡的下级官员叫壹叔，找到文公申辩："君王您三次行赏，就是没有我，我是不是有什么过错，特来向您请罪。"文公回答说："我把功劳大的先赏赐完了，下面就轮到你了，不会忘记你的。"这人听了十分高兴，拥有同样经历和心态的人当然也三呼万岁。

奖赏功臣弄得文公焦头烂额，却非办不可。通过这一招，文公笼络了朝野人心，巩固了君权君位。司马迁说：封赏后，"晋人闻之，皆悦。"皆大欢喜也。

词　曰：

青玉案

流亡漂泊三千路，怎排遣、胸中雾。柳暗花明河有渡。楚天明湛，九宾礼晤。三舍承回驻。

不离不弃鞍前护，苦尽甘来志难蠹，不学绵山心结户。黄金虽贵，赤诚难估，冷眼封官处。

第四章　入周襄王获正统　救宋城濮登盟伯

诗　曰：

> 晋政刚颁大国隆，周王复位谢元戎。
> 三军虎踞争援外，六士龙蟠悦选雄。
> 避让骄人先示弱，消除旧恨也赢躬。
> 疑兵巧用高招在，子玉残收溃散骢。

就在群臣或请赏邀功，或闹辞官或闹失联一片聒噪中，只有一个人出奇冷静，他既不要官，也不请赏，三不添麻烦，他就是赵衰。他知道，晋文公日理万机，国政百废待兴，虽然奖励安抚功臣也是其中的大事，但自己却不能凑热闹，不能再给已经精疲力竭的晋文公添乱了。对自己来说，是赶紧为晋文公谋划大事，才是正事。

第一件是敦促文公施行新政，改善民生。犒赏功臣只是文公新政的一部分，经赵衰、狐偃一班人推动，文公新政内容非常宽泛，也很深入。《晋语四》记载：消灭吕省、郤芮叛乱后，文公告诫百官，要"赋职任功。弃责薄敛，施舍分寡。救乏振滞，匡困资无。轻关易道，通商宽衣。懋穑劝分、省用足财。利器明德，以厚民性。举善援能，官方定物，证名育类"。大意是，官员尽职，百姓安分。轻徭薄赋，济贫助困。勤俭节约，开关通商。选贤任能，发展经济。措施也很具体："昭旧族，爱亲戚，明贤良，尊贵宠，事耆老，礼宾旅，友故旧。胥、籍、狐、箕、栾、郤、柏、先、羊舌、董、韩，实掌近官。诸姬之良，掌其中官。异姓之能，掌其远官。公食贡，大夫食邑，士食田，庶人食力，工商食官，皂隶食职。"意思是让社会分配合理，各阶层都各尽其能、各得其所。新政下来，"政平民阜，财用不匮"，经济繁荣，社会进步，国家富强，实现预期目标。

第二件事是赵衰建议晋文公"入周襄王"。

为什么要"入周襄王"？原来，周惠王二十五年（前652），周惠王驾崩，他儿子周襄王姬郑即位。周襄王生母早死，后娘惠后霸道强势，周襄王对她挺发怵。她的亲生儿子叫叔带，周惠王在世时很受宠爱。周襄王即位，叔带一直想取而代之。周襄王二年，叔带暗地纠集翟、戎的军队，打算进攻周襄王。此事被周襄王发觉，下令杀叔带，吓得叔带逃到齐国避难。齐桓公不忍心看周王室内讧，于是派管仲到周找戎人调和，派隰朋到晋国劝说戎人罢兵，阻止了戎、翟的不义之举。周襄王九年，齐桓公去世，又过了三年，叔带回到周。

周襄王十三年，就是叔带回来的第三年，周襄王怨恨郑国扣留自己派出的两位使臣，就委派翟国军队攻打郑国，压服了郑国。为感激翟人，周襄王娶了翟国一位女子做王后。第二年，忽觉得这位翟国女子不够温顺贤惠，又将她废掉。这时，惠后和叔带看到有机可乘，于是派人联络翟国人，说周襄王朝三暮四，恩将仇报，鼓动翟人攻打周襄王。叔带还亲自为翟人带路，把翟人引入周的京城。周襄王知道大事不好，只好逃到郑国，郑文公还算是讲大局、识大体，没有以怨报怨，把周襄王安顿在氾城。结果，叔带窃取了王位，好不得意，把那位被襄王废黜的翟王后收入房中，带着她到温（今河南省温县）卿卿我我去了。又过了一年，在外流亡的周襄王不甘心流亡生活，于是向晋文公求援。

晋文公二年（前635）开春，赵衰向文公进言："想谋求霸权，头等大事是尊崇周天子。周天子与晋君同为姬姓，如果不能抢在秦国之前把流亡在外的周襄王接回国，就会失去号令天下的资本。机不可失，时不再来。"

这时，秦国已经动了同样的心思，已经把军队摆在黄河之上，看来准备抢先动手了。晋文公听取赵衰的建议，这年三月甲辰日，晋国兵发阳樊（今河南省济源市西南），围住温，俘获叔带。随后把周襄王从郑国送回周的京城。四月，晋国杀掉叔带，让周襄王复位。周襄王感激不

尽，把一大堆美玉、佳酿、良弓、利箭赏赐给晋文公。封晋文公为伯，即盟主，把位于河内的阳樊一大块地方送给了晋国。

晋文公四年（前633），楚成王率领各诸侯国军队气势汹汹地朝宋国杀来，嫌宋国自重耳复国以后，对晋国亲近了一些，对楚国稍微疏远了一点，被楚成王视为"背叛"。宋国自宋襄公以来，老是受楚国欺负，连宋襄公本人也被楚国射伤，活活气死。

宋国大臣公孙固到晋国求援。接到宋国报急，晋文公开会商议。大臣先轸兴奋地说：再登霸主位，在此一役了！他说得很有道理，虽然周襄王封晋文公为伯，但并未得到诸侯各国的承认。如果救宋成功，将挫败楚国气焰，提高晋国的威望，到时候霸权就唾手可得了。再说，晋文公当年落难时，宋国虽然很困难，还是盛情接待了他，滴水之恩当涌泉相报，宋国必救。

问题是如何救。狐偃献计：楚国新近征服了曹国，楚成王又刚娶了卫国宗室女子做媳妇，楚、曹、卫三国结盟联姻，我们如果讨伐曹国和卫国，楚军必然前去救援，那么宋国之围困就可以解除了。此计叫围卫打曹救宋。

晋文公一听，觉得此计甚妙。于是，下令成立中军、上军、下军三支军队。每军各设将和佐各一名。将为主官，佐为副职。其中，中军为主力，中军将既是中军主将，又是三支军队的统帅。这种军事体制，虽然中间多少有些变化，但大抵上延续到赵、韩、魏三家分晋。

选择三支军队将领至关重要。赵衰于是向晋文公推举郤縠为中军将。关于推荐过程，《左传》的叙述要详于《史记》。据《左传》记载，推荐时，赵衰列举了郤縠的长处：郤縠可做中军将。他的言谈话语我听得多了，他喜欢礼、乐，崇尚《诗经》《尚书》。《诗经》《尚书》是道义的府库；礼、乐是道德的准则；而道德、道义，是成功和利益的根本。在赵衰眼里，郤縠是一位儒将。

赵衰接着说："《夏书》说得好：'广泛接纳民众意见，公开考察百姓功绩，酬谢他们以车马衣服。'这种办法既可用于治民，也可以用于选帅。您不妨用这样的方法考察一下郤縠。"文公一听非常赞成，经过认真考察，任命郤榖为中军将，郤溱佐之；任命狐偃为上军将，令狐毛佐之；任命栾枝为下军将，先轸佐之；任命荀林父为主帅座驾主驾驶，魏犨为副驾驶。文公任命赵衰为上卿，相当于相国，总揽朝中日常事务，成晋国第一重臣。

用人得当，将帅一心，上下用命，晋军势如破竹，这年十二月到达太行山以东，马嘶平原。为表彰赵衰的功绩，晋文公把"原"城分封给赵衰，赵氏家族一步踏在了华北平原。"原"城大概位于今天河南省济源市境内，这里原先是夏朝都城，夏帝王少康迁都于此，人杰地灵，积淀深厚。

晋文公五年（前632）开春，晋军想借道卫国，好东渡黄河攻曹国，卫国不同意，没办法，只好南渡黄河，绕个大弯子然后再东征曹国。这年正月戊申日（十一日），攻占卫国五鹿，此时距重耳路经此地被农人奉献土坷垃正好十二年，印证了赵衰的预言。

晋军兵临曹都陶邱城下。文公下令攻城，曹人拼命抵抗，晋军死伤不少。曹人把晋人尸体摆在城楼上，叫喊你再攻城将这些尸体剁成肉泥。晋文公一时犹豫，中军将郤榖建议诈他一下，对城上高喊："你若不仁，我可不义，你若毁尸就去挖你们祖坟。"曹人害怕了，赶忙把晋人尸体装上棺椁，抬出城来。随后，晋文公再次下令攻城，三月丙戌日（初十），晋军攻入城内。晋文公把曹共公叫过来，当着曹国三百名大臣的面，劈头盖脸地教训了曹国国君，数落曹国君不听釐负羁忠告侮辱自己的旧账。文公指着自己的胸脯，痛斥曹公共当年的卑劣行径。骂得曹国君脸上红一块，黑一片，汗流浃背，恨不得有个老鼠洞钻进去。

文公对釐负羁十分尊重，下令晋军不许惊扰他家住宅，晋文公爱憎分明。可惜，晋国两个愣头青将军郤犨、颠颉，怨恨釐负羁有劝谏之力，没劝谏之效，防火烧了釐负羁家族的房子。文公大怒，又惜郤犨有才，且在战役中负伤，免他一死，只杀掉了颠颉。然后把被烧的房子修复，安顿好釐负羁一家。

正在这时，楚国大军已经把宋国团团围住，晋国"攻曹打卫救宋"战略目标未能实现，宋国再次告急。这时，晋文公进退两难，救宋须攻楚，不攻楚则宋亡，两国都有恩于自己。还是狐偃和赵衰二人商量了一下，向晋文公建议："让宋国把送给晋国的钱物送给齐、秦两国，我们把曹、卫两国的好田好地切割出来送给宋国，再把消息传给楚国。齐、秦受宋贿赂必不助楚，楚国孤立；楚怕曹、卫受损，一定会放弃攻打宋国。"此计果然见效，楚成王真退了。

楚成王退回楚国申邑，命令围困宋国的楚军撤回，告诉围宋将领子玉说："不要跟晋军较劲儿了。晋文公重耳在外十九年，历尽艰难险阻，尝遍酸甜苦辣，最终得到晋国君位。回国之前，百姓拥护，朝臣拥戴。回国之后，除掉奸佞，稳定政局，此乃天意啊。《军志》说：'该放当放'，还说'知难而退''仁者无敌'，都是针对晋国说的啊。"楚成王是战略家，他知道晋国强盛、占理，且有秦、齐两大国支持，不好招惹。

但是，楚国大将子玉不识时务，他对重耳当年说"退避三舍"很有意见，不听楚成王的劝告，一定要与晋军决一高下。不得已，楚成王给了他少量的部队，包括右军、太子统领的部队及子玉祖父亲兵600人，让他去试试。楚军一到，子玉气焰嚣张，要求晋国立即退还曹国、卫国土地，楚国然后放弃攻宋，遭到晋国拒绝。但出于策略考量，晋文公暗地把土地归还给曹、卫两国，两国感激涕零，当即表示归顺晋国，晋军解除了后顾之忧。

听说曹、卫背叛楚国，子玉大怒，率全军向晋军阵地逼近。晋文公履行当年向楚成王的承诺，命令军队退避三舍（一舍相当三十里），一则报恩，二则诱敌深入。楚军中有明白人，揣摩到了晋军的战略意图，劝子玉不要追了，子玉不听。

楚军来的虽不多，但却带来了陈、蔡两国军队，人数上却超过晋军。况且楚军兵精粮足，剑拔弩张，很瞧不起晋军。晋文公不是怕他们，而是对楚成王的热情招待资助念念不忘，不忍心与楚军交手，内心纠结。赵衰看出他的心思，劝文公说："主君不要顾虑，我军退避三舍以示礼让，已报答楚成王了。而且楚国一再欺负宋国，楚国理亏，正义在我们一方，勿虑。"

晋文公邀请齐国、秦国出兵抗楚。四月庚辰日（初三），晋、秦、齐、宋四国军队在城濮（今河南省濮阳市西）布阵，以逸待劳。战前，晋文公召开军事会议。中军将郤縠对战役作了整体部署，这时的晋军士气旺盛，军旗招展，装备优良，光战车就有七百乘，连战马都套上了皮革盔甲。

面对敌众我寡，晋文公亲自站在已经亡国的莘国的废墟上观战。郤縠命令将士们砍掉附近的小树，装扮成士兵模样，给楚军以晋军漫山遍野的错觉。己巳日（初四），晋军主力布阵在莘古城北。郤縠命令下军佐胥臣的部队抵御陈国、蔡国军队。

楚军这边，子玉命若敖率领600亲兵作中军，命子西率领左军、子上率领右军。他傲慢地说："今天这里就是晋军的葬身之地！"

胥臣将所有的马匹都蒙上了虎皮，率先向陈、蔡两国军队发动进攻。陈、蔡军队战斗力太差，一触即溃，士兵们像决口的河水一样败退下去，立马将布置在身后的楚军右路军冲垮。晋军上军佐狐毛举着两面大旗佯败，下军将栾枝让一两匹马用尾巴拽上树枝假装逃跑，腾起狼烟滚滚。楚军一看晋军败退，追了上来。这时，先轸、郤犨带着公族部队中间一刀，将追赶的楚军拦腰截断。狐毛、狐偃的上军部队从两边夹击楚军子西的部队，楚军左路军被击溃。至此楚军全线溃败。子玉自己侥幸收拢了亲兵部队，所以还没被冲垮。

晋军大获全胜，占据楚军的营地，缴获大批粮食、草料、辎重，将士们敞开肚皮吃饱喝足，到四月癸酉日（初八）才退了回来。楚军将领子玉落荒而逃，回国后遭到楚成王斥责而自杀。

这是历史上著名的"城濮之战"。这次战役中，晋文公君臣战略对头，战术对路。先打弱敌，后打强敌的战术非常奏效。佯败诱敌，马尾巴拽树枝制造烟尘迷惑敌军的办法精彩绝伦，屡被后人仿效。《三国演义》中多处描述诸葛孔明用此战术。在抗日战争中，八路军、民兵在铁皮桶中点鞭炮，吓唬敌人的妙招，也是对晋军城濮战役中制造虚拟场景的创造性运用。所以，此役被毛泽东评价为历史上以少胜多的经典战役之一。[1]

① 毛泽东.毛泽东选集：1—4卷合订本[M].北京：人民出版社，1964：458.

大战取胜，吓坏了郑国。这个国家起初还帮助楚国进攻晋军，一看楚军战败，急忙派人向晋军求和，表示归顺。

晋文公取胜，不忘向周天子进贡。把俘获的战车马匹一百多乘、步兵一千人敬献给周天子。周襄王虽然很穷，这次也十分慷慨，委派王太子任命晋文公为伯，这是第二次了。赏赐晋文公大马车一辆，各种弓箭几百，美酒、佳玉各一件，另加虎贲三百人。还颁发诏书，就是表彰文书一帧。大意是：天子说：这次胜利意义重大，彰显了文王、武王之道，上对得起天帝，下布施于百姓。也是我（指周襄王）执行文、武之命的结果。周襄王在表扬与自我表扬。

晋文公身价大涨。当年（前632），晋文公通知周襄王会晤。周襄王虽贵为天子，也只能唯重耳马首是瞻，与晋文公连续在河阳（今河南省孟州）、践土（今河南省境内）两次会晤，鲁、齐、郑、蔡、宋等国诸侯都来参加，晋文公正式被推选为盟主。关于这两次会晤，孔夫子为顾及周襄王的天子面子，修订《春秋》时把它记载成"天王狩于河阳"。

赵衰二十几年的辛苦没有白费，他所辅佐的重耳终于成为霸主，自己的治国平天下的理想终于实现了。

晋襄公六年（前622），赵衰去世。赵衰出生在哪一年，司马迁没说。他在重耳17岁那年跟随重耳，假定他当时与重耳同岁，也是17岁，去世时或许77岁，算得上高寿了。赵衰死后被追谥号"成季"，史称成季子。

词 曰：

念奴娇

大河初醒，绽流凌万朵，争奇凝艳。万壑千峰添点绿，气爽风和天澹。战马萧萧，戈茅相拨，利剑青光闪。涌泉相报，谢襄公一愚胆。

礼让退避先恭，列兵城濮，巍立莘门槛。马尾挂松枝疾骋，尘上兮苍天暗。击败陈曹，坝堤崩溃，荆楚拦腰斩。北军全胜，晋文公祭盟剑。

第五章　赵盾年少主晋国　缪嬴泼赖立灵公

诗　曰：

青春得志莅朝卿，为选贤君以理争。

怎抵缪嬴装泼妇，终扶幼子上王闳。

西邻履约偏遭袭，小弟昏头反放生。

手软心慈多局促，真诚缺失毁名声。

晋文公九年，重耳去世，其子姬欢继任，史称晋襄公。第二年是晋襄公元年（前627）。晋襄公六年（前622），赵衰去世，他的小儿子赵盾接任上卿，主持晋国国政，史称赵宣孟，也叫赵宣子。可以推测赵衰在世时，赵盾已经涉足政坛，经过了不少历练，否则不会被朝野认可。

历史上的赵盾是怎样的？《赵世家》介绍，赵衰有4个儿子，原配夫人在赵衰流亡之前就生下了赵同、赵括、赵婴齐。赵盾出生狄国，母亲是狄女。与赵盾同时，在晋国还活跃着另一位赵族人赵穿，是赵盾的昆弟。这一辈人应属于赵姓第十五世。

赵盾出生在哪一年司马迁也没说。赵盾假定最早出生在父亲赵衰逃亡狄国的第二年（前654），到晋襄公六年应为27岁；假定出生在离狄奔齐那一年（前642），这一年应该是15岁。所以，可以推测这时赵盾的年龄在27岁到15岁之间，最有可能是20岁，正当指点江山、激扬文字的好年华。赵盾生于狄国，母亲狄人，与父亲赵衰出生地较远，不是近亲结婚。根据现代医学原理，赵盾应该天资聪明，且父亲在外流亡，他与母亲生活在异国他乡，想必不会怎么享福，从小知道世事艰难，思想比较成熟。因此，赵衰一返回晋国，就把赵盾母子接回了，将赵盾立为嫡嗣，三个哥哥都得听他的，赵衰一死，赵盾接班上任，当了上卿，少年得志。

赵盾年纪轻轻就承袭了父亲的爵位，主政晋国多年，权倾朝纲。"赵孟"甚至成了赵氏家族的统称，包括赵武、赵鞅都被后人称为"赵孟"。《孟子·告子章句上》："赵孟之所贵，赵孟能贱之。"意思是说，赵盾一句话能使你富贵，也能一句话使你贫穷。

赵盾上任的第二年八月，晋襄公去世，赵盾突然面临一起严酷的选嗣的争斗，对他来说也是一场严峻的考验。

此时，太子夷皋年少，晋国朝廷一致认为国家正处于多事之秋，不看好他，都主张另选新君。这时夷皋才4岁，让一个孩子当国君，实在不合适。

在选谁的问题上，赵盾与另一权臣贾季发生了重大分歧。赵盾力主立晋襄公弟姬雍，当时在秦国当人质。贾季主张立襄公的另一个弟弟，也是雍的弟弟姬乐，当时在陈国。双方由此展开了激烈的廷论。

贾季是狐偃的儿子，原名狐射古，因封地在贾城，亦名贾季，史学界认定他是贾姓始祖。父亲狐偃死后，先担任中军将，后降为中军佐，职位仅次于赵盾。与赵盾一样，刚接上他父亲的班。因与赵盾旗鼓相当，敢于与赵盾叫板。

赵盾说："雍年长善良，受先君的垂爱。而且长期寓居在秦国，与秦国亲近，在秦国人脉很广。册立善良的国君则国家稳固，侍奉年长的国君则国事顺当，拥戴有爱心的国君则国家弘扬孝悌，结交传统领邦则国家安宁。"赵盾说得没错，与秦国的关系历来是晋国最重要的对外关系之一。当时，两国已到剑拔弩张的程度。六年前，即晋襄公元年，晋国与秦国打了一仗，这年四月，晋军在崤山打败秦军，俘虏秦国将领孟明视、西乞术、白乙丙。晋襄公三年，秦国派孟明攻打晋国，以报崤山之仇，夺取了晋国的汪城。晋襄公四年（前624），秦缪公亲率大军进攻晋国，渡过黄河，夺取晋国王官城，吓得晋国不敢出战。晋襄公五年，晋国反过头来进攻秦国，夺取秦国新城。至此两国处于战争状态，说不定哪一天秦军又来了。而且，现在晋襄公刚死，新君未定，国家处于非常敏感时期。

赵盾也深知秦缪公对晋国的恩惠。在晋惠公时，晋国大旱，秦国资助过晋国粮食，秦缪公帮助重耳复国，滴水之恩，当涌泉相报，当下最重要的是与秦国实现关系正常化。

可贾季不这样想。贾季说："姬乐的母亲辰嬴先后受到文、襄二公的宠爱，立他为君老百姓会安然接受。"其母受两代君主宠爱，未必与他能被国人接受有因果关系。

赵盾反驳说："辰嬴地位低下，在后宫中排位第十，哪来的威望？被二君婆爱，未必真贤惠。姬乐作为先君文公的儿子，不去当大国人质而躲避一偏远小国，缺乏起码的担当精神。母亲卑微，儿子猥琐，权威何在？陈国弱小，一旦有事，晋国将处于无援的境地。"陈国都城在婉丘（今河南省淮阳境内），与毗邻的秦国比，距离晋国确实太远了。

双方闹翻了，一赌气都去迎接各自要立的人选。赵盾派士会、先蔑去秦国接公子雍，贾季也派人到陈国去接公子乐，看来一场火拼在所难免。赵盾当机立断，行使正卿职权，以贾季刚刚谋杀阳处父为由废除贾季六卿之位，追究他的谋杀之罪。贾季自知斗不过赵盾，吓得逃到翟国。

贾季杀阳处父是怎么回事？阳处父，晋国大夫。当晋国在夷国检阅军队时，贾季担任中军将，赵盾佐之。阳处父认为赵盾无论能力还是人品都比贾季强，就假借已经病入膏肓的晋襄公之名，让赵盾担任中军将。殊不知，在晋国政坛上，早已形成一种潜规则，就是论资排辈。按照此规则，除非贾季死了，赵盾方能替补。阳处父打破潜规则，罢免贾季，成为赵盾的伯乐，却成贾季死敌。晋襄公死后，贾季立即买通一个叫续鞫居的宦官刺杀了阳处父。

公子乐不用接了，公子雍回国即位眼看就水到渠成了。这时远在秦国的秦康公也十分高兴，派了一大堆护卫护送公子雍回国。十七年前，重耳回国时，就因为送行的卫队人数不多，重耳回到晋国险遭暗算，前车之鉴必须吸取。

而赵盾他们突然遭到了一个变故，让他措手不及。

他碰到了另一个对手，就是现太子的母亲缪嬴。缪嬴太能死打难缠了，整天抱着年幼的夷皋在朝堂上又哭又闹，理由很充分："夷皋是襄公法定继承人，现在你们舍弃嫡子而求立外人，置现太子于何地？"甚至跑到赵盾家中，又是磕头又是作揖，搬出襄公的遗嘱吓唬赵盾："先君（襄公）看重这个孩子，让我把他培养成才。现在先君走了，我怎么向他的在天之灵交代！"赵盾十分难堪，或许有些不占理，或许惧怕这个缪嬴在宫廷中颇有些势力，更害怕自己遭这些宗族人的暗算，与大臣们商量后无奈妥协让步，不得不立夷皋为君，这就是晋灵公，赵盾退而求其次。

麻烦远不止于此，秦国那边护送公子雍的队伍已经浩浩荡荡出发了。如果让秦国军队进入晋国都城，得知晋灵公已经即位，秦军必然会斥责赵盾言而无信，出尔反尔，说不定会大动干戈，晋国京城或许生灵涂炭。权衡利弊，赵盾说："现在既然不接受公子雍，我们就要先发制人，抢先一步进攻秦国护送部队，让他们还不知道咋回事的时候，打垮他们。"于是决定出兵阻击秦国送亲的部队。他亲自任中军将，早早把部队开拔到边境，厉兵秣马，犒劳三军，在令狐这个地方趁着夜晚突然向秦军发起进攻，打得还蒙在鼓里的秦军措手不及，大败而回。

倒霉的是去接公子雍的士会和先蔑二人，处境尴尬，他们对赵盾极为不满，一气之下干脆跑到秦国去了。

这一仗，晋国与秦国再次结下了死结。还不大要紧，晋文公创下的霸业余威尚存，秦国秦缪公已死，新上来的秦康公还没有那么强势。

虽然册立晋灵公不是赵盾初衷，但是让一个幼儿当君主，加上其母亲缪嬴多少有些感恩戴德，客观上给了赵盾长达10年专权时间。在晋灵公十四年（前607）之前，赵盾在朝廷说一不二，地位显赫达到顶峰，权力鼎盛无以复加。

第二年是晋灵公元年（前620）。新君登基，就要庆祝一下。晋灵公元年秋天，赵盾把齐、宋、卫、郑、曹、许的国君召集到扈城会盟，这些国家除齐国和宋国是带着友谊来的，其余的都是国小势微，慑于晋国的权势，不得不来。

秦康公没来，他在找机会报送公子雍败仗之仇。

果然，晋灵公二年，秦康公出兵讨伐晋国，夺取了晋国的武城，狠狠地出了一口恶气。

晋灵公四年，赵盾出兵回敬秦国，攻取秦国少梁城。但是，秦国也趁机夺取了晋国的觳，两国谁也没沾上光。

晋灵公六年，秦康公又伐晋，夺取羁马城。这时，晋灵公10岁了，虽少不更事，却不愿意受欺负，用娃娃腔一个劲儿地大骂秦康公太坏，立即命令赵盾反击。这一仗，《左传·晋人秦人战于河曲》有详细记载。

赵盾率领三军出征御敌。自己任中军将，荀林父佐之。郤缺将上军，臾骈佐之。栾盾将下军，胥甲佐之。范无恤为赵盾驾车，迎敌于河曲。河曲是黄河一大湾流，大致位于晋、陕交界处山西省河曲县一带。

臾骈是赵盾新提拔的一个将领，年轻而足智多谋。他分析了敌我双方态势，建议赵盾说：“秦军远道而来，粮草供应困难，必不能持久，我们应该高筑壁垒以逸待劳。”赵盾采纳了他建议。

秦康公想速战速决，于是问随军的原晋国大臣士会：“我军应该怎样作战？”

士会对晋国的底数一清二楚，说：“赵盾新提拔了一个将领叫臾骈，此人务实而有谋略，他是想把我军拖住拖垮而后击之。但赵盾有一个堂弟叫赵穿，是晋襄公的女婿，年方弱冠（刚20岁），平日特受宠爱，尚勇好斗，正为臾骈佐上军憋着一肚子气。不如让一支轻骑前去挑战，要是把赵穿惹急，我们就成功了。”

这年十二月戊午日，秦军派出一支轻骑袭晋国上军，打了一下火速撤回，就像一个人扇了另一人一耳光后扭身跑了。这下真把愣小子赵穿惹急了，赵穿提刀上马，率军追赶。谁知秦军比兔子跑得还快，赵穿没有追上，回来以后大发脾气，朝发令官大喊大叫：“我们在这里藏粮坐甲，守株待兔，简直是缩头乌龟！敌军已经突袭过来了，还不出击，还等什么？”传令官说：“这是以逸待劳，等待战机。”赵穿说：“你们不出击，我自己去。”于是，带领自己的部属突了出去。这下可急坏了赵盾，他深知赵穿有勇无谋，孤军深入，凶多吉少。他说：“赵穿一旦战败被

俘，秦国得到的不是一个普通士兵，而是晋国一名卿大夫。秦国得胜回国，我怎么向国人交代？"于是，率领全军出击，与秦军混战一场，不分胜负，双方退兵。

秦军沉不住气了，当晚派了一个联络官到晋军大营，神色诡异地试探晋军，见到臾骈说："两国军士都不愿意撤退，咱们明天再见。"臾骈听后对赵盾说："秦国使者眼珠乱转鬼鬼祟祟，说明他们十分害怕，不如趁机偷袭，把他们逼到河边，一定会战而胜之。"

赵盾指挥大军正要出征，胥甲、赵穿这时却犯了浑，挡住辕门大喊大叫："我们刚才一仗死伤的将士还来得及收拢，不顾他们死活还要征战不道德。再说与秦国没有约定好开战时间，进行偷袭，把人家逼到绝境不仁不义。"活脱脱的又一个宋襄公再世。

赵盾一听，就让部队停止进攻，秦军却趁着夜色逃跑了。

读罢上面记载，我倒吸一口凉气，觉得赵盾遇事缺乏定力。对正确的意见不能坚持，对错误的意见不能抵制，以致进退失据，错失良机。头一次，不能坚持接回公子雍的正确决策，立了一个娃娃国君，还得罪了秦国，酿成晋、秦连年战乱。这一次，不能坚持臾骈的正确建议，纵容赵穿先鲁莽冒进，后胆小怯战，丧失了全歼秦军的大好时机，令人扼腕。赵盾的错误决策给晋国带来麻烦，同时让他付出了代价，甚至差点丧命。

词　曰：

喝火令

重负休嫌重，朝纲莫讳深，少年穿上正卿襟。怎奈百般周折，伤透敬诚心。

立幼非臣愿，先君有此钦。出迎公子又浮沉。得罪秦廷，枉费好方针。两国交兵河曲，战火扰飞禽。

第六章　桑下施舍困饿人　宫中拯救好朝臣

诗　曰：

> 躬耕垄亩一青山，救助穷人济寡鳏。
>
> 郑国因情倾苦水，赵卿顺势缔邦关。
>
> 昏君作孽常儿戏，肱骨忠心险命菅。
>
> 逆施横行遭众怒，灵公名分一戈删。

尽管赵盾处理重大国事出现过失误，但作为晋国主政者，纵观他全部的主政经历，堪称亮点频发、好戏连台。

晋灵公元年（前620），赵盾发出邀请，齐国、宋、卫、郑、曹、许等诸侯（国君）云集郑国扈诚（今河南省沁阳市境内）会盟，主持者也是赵盾，晋国霸主地位得到延续。

晋灵公八年（前613），周倾王死，公卿争位。灵公派赵盾带领八百乘车平息了周朝的内乱，并且扶立了周匡王，稳定了周朝局势。

晋国强盛，晋灵公对小国一贯颐指气使，傲慢无礼，对郑国尤为如此。《左传》记载：晋灵公十年（前611），晋灵公在黄城（今河南境内）检阅部队，随后把各诸侯国召集到扈城（今河南境内）开会，即使在郑国地盘上，晋灵公也不召见郑穆公，说郑国暗地里背叛晋国献媚楚国，弄得郑国十分尴尬。于是郑国大臣郑子家写了一封信托人带给了赵盾，狠狠倒了一次苦水。

信中写道：我们郑穆公即位第三年（前625），就协同蔡庄公一起去朝见你们晋襄公。这年九月，蔡庄公来到我国，又准备前去觐见，只因我国发生了一件事需要处理，我们国君未能与蔡庄公一同前去。十一月，我国平息了事件，国君立即前往贵国拜见您。前616年，我陪同我国太子，为谋求楚国与陈国讲和事宜事先朝见贵国君主。前614年，这件事办妥了，我们国君又到贵国前去汇报。前613年，陈灵公又路经我国去朝见贵国。前612年，我国大臣烛之武陪同太子前去贵国朝见。陈国、蔡国虽然与楚国来往很多，但始终不敢背叛贵国，都缘于我国告诫。虽然我们这样尊重贵国，为何还是屡遭你们的责难？我们虽是小国，做得已经相当好了，但是贵国仍还说"不满意"。如此说来，我们只有灭亡了你们才高兴吧？

但是，郑国不想窝囊下去，于是信中语气一转，说："大国对待小国，态度好，小国会感激；态度不好，小国也会铤而走险。鹿将死时，声音会很吓人，兔子急了还会咬人。我国知道就要亡国了，将拼死一搏，所以将军队布置在郑、晋边境，你们看着办吧。"

赵盾不是晋灵公，他对小国有分寸，既维护晋霸主权威，也不逼人太甚。针对郑国北有晋、南有楚，从晋文公时期就是摇摆于两国之间的骑墙派，赵盾软、硬两手都很硬。一发现郑国稍有忤逆苗头，就出兵征讨。例如，晋灵公十三年（前608），楚国太子商臣杀父篡位，联合宋国打郑国。宋国主将华元宰羊犒劳士兵，没给自己的驾车人斟酒，一怒之下，这个人驾车载着华元驶进郑国军营，华元被郑国扣押。宋国用钱财去赎华元，华元早已逃跑。赵盾知道了，派赵穿攻打郑国，吓得郑国浑身发抖。

另一方面，他没忘记拉拢安抚郑国。就在郑子家来信之后，赵盾赶紧派巩朔去郑国缔结和平合约，并把赵穿、公婿池送到郑国作为履行合约的人质。

赵盾很看重人才。士会，即范武子，晋国六卿之一，著名的政治家、军事家。第五章说过，晋襄公去世，赵盾派士会、先蔑去秦国迎接公子雍。转脸，赵盾又改变主意，立太子夷皋为君，并派军队阻止公子雍回国，让士会处于尴尬难堪境地，不得已返回秦国。

士会被迫留在秦国，由于对晋国情况了如指掌，为秦国出谋划策，三番五次让秦国对晋战争中占了上风。据《秦世家》记载：晋灵公二年（前619），"秦伐晋，取武城，报令狐之役。"（"令狐之役"指晋襄公七年晋军阻止秦军护送晋公子雍的战争，秦国战败。）晋灵公六年（前615），"秦伐晋，取羁马（今天山西省永济市南三十六里）。战于河曲，大败晋军"。

对于这样的一位干才，赵盾不甘心士会为秦所用。晋灵公七年（前614）让魏雠余诈降秦国。魏雠余巧舌如簧，怂恿秦康公派士会夺取晋国魏邑（在今山西省），作为秦国在黄河东的据点，并建议士会跟随自己，当面说服魏人投诚，秦康公果然上当。士会东渡后，即被晋军擒获。

赵盾并没有以叛国罪将他惩治，而是恢复他的爵位田产，加以任用。士会不辱使命，在晋国屡建战功。《左传》记载，晋景公元年（前599），"楚子伐郑，晋士会救郑，逐楚师于颖北。"楚子就是楚庄王，是春秋五霸之一，士会能战而胜之，足以证明士会是位帅才。《史记·晋世家》记载："晋景公七年（前593），晋使随会灭白狄。"白狄，春秋时期的一游牧部落，在今天陕西一带，晋文公重耳在此暂栖身十二年。灭白狄，我理解是攻克其聚居地。

士会先后辅佐晋国五代国君，被赵盾之孙赵武视为偶像。

晋灵公十四年（前607），赵盾的厄运来了。

这年，灵公18岁了，生活非常奢侈，性格极端残忍。这也难怪，知其母就知其子，没有受过良好的教育，也没有经历丁点儿磨难，幼儿即位，在蜜罐里长大，注定不会有大出息。他大肆敛财兴建雕墙，从台子上拿弹弓弹人，看人如何躲避取乐。厨师烹熊掌，嫌不熟怒杀了厨师，眼也不眨一下，吩咐几个宫女把尸体搬出去扔掉，如同踩死一只蚂蚁。在场朝臣无不大惊失色。

赵盾奉劝一次不听，两次规劝不理，三次、四次劝说，晋灵公不耐烦了，再劝让晋灵公动了杀机。派一个叫钼麑的刺杀赵盾。当时，赵盾内室的门敞开，钼麑扒头一看，赵盾的家非常节俭，倍感意外，才知赵盾是忠臣，感叹曰："杀忠臣，弃君命，罪一也。"意思是忠臣杀不得，君命违不得，生不如死。于是出门就撞树而死。

关于这一情节，左丘明在《国语·晋语五》中的记载与司马迁略有不同，里面侧重表现了赵盾忠于职守的一面。

《国语》说：晋灵公暴虐，赵盾屡次犯颜规劝，被晋灵公视为隐患，指派力士钼麑刺杀他。天还不明，钼麑赶到赵盾府邸，见内室的门开着。赵盾穿上了朝服准备上朝，因为时间还早，赵盾坐在那里和衣打盹。见此状，钼麑赶紧退了出来，感叹不已："赵孟对朝廷真是毕恭毕敬啊，堪称国家重臣。杀了国家重臣，不忠；受命于君主而不为，不信。背负不忠、不信二者其中一项名声，都生不如死。"于是一头撞死在院子外面的槐树上。

晋灵公未善罢甘休，这年九月，灵公宴请赵盾，在四周埋伏刀斧手，赵盾并不知情。好人天助，一位叫示眯明的人在这里当大厨，他事先知道内情，恐怕赵盾喝醉，进去对赵盾说："君主赏赐你喝酒，酒过三巡就打住吧。"赵盾心领神会，就在离席当中，灵公先放狗咬赵盾，这时示眯明与狗搏斗。而后灵公命令刀斧手来杀赵盾，又是示眯明抵挡住这些武士，赵盾才逃脱。赵盾急忙问他因何救自己，示眯明说："我乃桑下饿人。"事后，示眯明也逃亡了。

原来，赵盾身为正卿，却爱躬耕垄亩，因此有机会接近下层社会、体察民情。一天，他到首山下田种地，一片桑树枝叶葳蕤，见一人正在采摘桑葚。这人身材高大，衣衫破旧。赵盾问他采桑葚作何用。那人说肚子饿，用来充饥。赵盾急忙让随从把饭食拿过来让他吃，闲谈中，得知这人叫示眯明。那人吃一半停住了，赵盾问他咋回事儿。那人说：自己做官为宦三年，背井离乡，想母亲了，不知母亲还健在不，想把剩下的饭食留给母亲。赵盾听后很感动，又给了他一些饭食和酒肉。

赵盾一路狂奔，东躲西藏，却始终未出晋国。他知道，晋国是祖国，他不愿意流亡。不久，愣小子赵穿知道了这一切，气愤不过，干脆在桃园袭杀了灵公，把赵盾迎接回来，赵盾继续执政。

国不可一日无君，赵盾复位，派赵穿从周朝接回晋襄公弟黑臀立为新君，这就是晋成公。

晋国的太史令董狐在史书上记录这一事件时写成"赵盾弑其君"，并在朝堂上公布出来。"弑君"罪可当诛。赵盾申辩说："杀灵公者是赵穿，我无罪。"董狐说："你是当朝正卿，是第一主政人，虽然被迫逃亡也没出境，却没站出来制止这次动乱，不是你的过错还是谁的？"后来，孔子知道这件事后，大发感慨："董狐，自古以来的好史官，照实记录不替权臣隐瞒。而宣子（指赵盾），也是好大夫啊，无辜被晋灵公迫害，也值得同情啊。"

我赞赏董狐的正直、坦诚，能照实记录史事，且在朝堂上义正词严地指责赵盾的过错，不仅需要良好的职业道德，也需要过人的胆量，毕竟，赵盾是晋国正卿。但是，董狐忽视了事件的另一面：晋灵公确实是一个昏君。在缺乏正常废黜国君机制的情况下，赵盾属不得已而为之，毕竟在春秋时期，类似这样的事件在各诸侯国屡见不鲜。还是孔夫子有水平，他既肯定了董狐的负责，又肯定了赵盾的人品。孔夫子虽高明，也很难摆脱当时"法"与"理"相悖的困惑。

弑君事件由于存在争议，恰给赵家埋下了祸根，不久几乎使赵家亡族灭种。

值得提及的是赵穿因晋襄公女婿身份，被封在邯郸做食邑，他本人由此成了赵姓邯郸氏的始祖。这是邯郸二字首次见于史书。

赵盾死于哪一年，司马迁语焉不详。《史记·十二诸侯年表》记载："晋成公黑臀元年（前606），伐郑。"《春秋左传正义》记载："楚子（楚庄王）、郑人侵陈，遂侵宋，晋赵盾帅师救陈。传言救陈、宋。"大意是：楚国、郑国进犯陈国，随后进犯宋国。赵盾率军救援陈国。这是赵盾见于史籍的最后一笔，之后淡出史迹。《左传·鲁宣公八年》记载，赵朔（赵盾之子）这年秋天担任下军佐。由此推测这年赵盾不是病入膏肓，就是去世。因此推测赵盾在晋成公六年（前601）前后去世。赵盾死后谥号"宣孟"。

词　曰：

浣溪沙

宣孟衷心鉴日星，黎明上殿起三更。正襟危坐待天明。

剑影刀光难改志，金山玉海未移行，叛逃怎把丈夫称。

第七章　屠岸起心害忠良　公程舍命救遗孤

诗　曰：

> 灵公作孽被人诛，得罪奸臣种祸辜。
>
> 宣孟刚抛肌骨热，屠夫便杀胃门孥。
>
> 程婴后死藏孤幼，忤臼先亡设局枢。
>
> 韩厥申冤昭雪案，传奇美誉火如荼。

关于赵朔的事迹，《左传》记载有两笔。"鲁宣公八年（晋成公六年，前601），晋胥克有蛊疾，郤缺为政。秋，废胥克。使赵朔佐下军（副将）。"这年，赵朔担任下军佐，进入史册。第二笔，鲁宣公十二年（前598），左丘明以详尽的笔墨记载了晋楚"邲之战"，赵朔以下军将之职参战。

《史记·赵世家》记载了赵朔的身世及参加了"邲之战"。《赵世家》是这样说的："赵朔，晋景公三年（前597），朔为晋将下军救郑，与楚庄王战河上。朔娶晋成公姊为夫人。"这时，赵朔已经升任下军将（主官）。但赵朔出师不利，上来就打了败仗。

关于"邲之战"，为节省篇幅，本书参照《左传》，大体采用《晋世家》记载加以叙述。

晋景公（晋成公之子）三年（前597），楚庄公围困郑国，郑国求救。晋景公命荀林父率中军，郤克佐之；命士会率上军，栾书佐之；命赵朔率下军，先縠佐之。六月，进至黄河北岸，得知郑国国君已肉袒降楚，并与楚结盟。主帅荀林父提议：既然郑国已经投楚了，还救个啥，不如回去吧。士会、赵朔等支持回撤。先縠却说："既然来了，不到救援地点就回去，岂非出师无名。"见多数将军同意回辕，性急之下，便拉起中军渡河，年迈的荀林父拦都拦不住。

荀林父缺少赵盾一言九鼎的权威，可惜，赵盾已仙逝了。荀林父清楚，一支部队单独前往，必败无疑，只好命令全军南渡黄河。

恰好，战胜了郑国的楚军将士们都想到黄河边上看看，饮饮战马，以壮"不到黄河非好汉"雅致，于是从新郑北上，与已渡河的晋军碰了个满怀，两军不期而遇，混战在一起。谁知，降楚后郑军上来也攻击晋军，晋军两面受敌，仓皇掉头渡河。因船少人多，众多晋国士兵扒着船帮逃命，每条船四边都是手指，狼狈之极。此役下来，连晋国将军智䓨也被楚国俘虏，这人直到晋景公十二年冬天才被放回来。

邲之战败，是晋国的奇耻大辱，也给每位参战的将士留下了灰暗惨淡的一笔。虽然赵朔不是主帅，而且战前也主张北撤，但由于先縠一意孤行，晋军惨败。先縠是赵朔的副将，铸成大错，赵朔负有直接的领导责任，实难辞其咎。这让赵朔威信扫地，颜面全无，在人前抬不起头来，朝野上下都看不起他，厄运正悄悄向他走来。

在这里，不得不提到一个人，就是屠岸贾，此人是晋灵公的宠臣。他人品如何，司马迁没说，但不难想象，受到灵公的宠爱，不是与灵公意气相投，就是与灵公有某种利益瓜葛，反正他对赵盾怀有刻骨仇恨。

屠岸贾任司寇，就是管司法的官员。此人也很精明，很会察言观色、审时度势，也很能培植私人势力。赵盾刚死，他见赵朔打了败仗，朝野上下议论纷纷，于是开始发难了。就在晋军邲之战大败而归不久，屠岸贾翻出晋灵公被杀的陈年旧账，大做文章。他抓住了一些参与此案件的杀手，经过审理，牵涉赵盾。于是他对每一个将军说："杀灵公，赵盾虽然事先不知道，但是这些贼子都与赵盾有牵连，赵盾是贼首。臣子弑君，理应死刑。"还说："赵盾虽死，其子抵罪！"

可怕的是绝大多数将军表示支持。只有韩厥站出来仗义执言："灵公遇贼，赵盾在外，我们的先君（指晋成公）认定他不是当事人，所以没有治罪。现在诸位将军要杀他的后代，是违背先君的意愿的。枉杀无辜叫作乱政，而且不报告在任君主擅自行动，是欺君罔上。"

屠岸贾根本不听。没办法，韩厥告知赵朔赶快逃亡。赵朔不肯，恳求韩厥："你一定会想办法保住赵氏家族的根苗，不让我族断了香火，诚如此，我死了，在天之灵会记住你的大恩大德，死无遗憾了。"韩厥应允，于是称病不出。

屠岸贾之所以胆大妄为，比较合理的解释是：他"占理"，符合太史令董狐的"不能弑君"的信条，顺乎当时朝野主流意识，难怪得到多数人的支持。连晋景公也难以出来说话，面对自己的姑父一族将被杀，只好睁一只眼闭一只眼。

不久，屠岸贾不请示晋景公，就伙同不少将军进攻赵家的下宫，杀死赵朔、赵同、赵括、赵婴齐等，在世的赵氏族人被斩尽杀绝。

赵朔的妻子是晋景公的姑母，事发时已怀有身孕，逃到王宫躲避。

赵朔有一个门客叫公孙杵臼问赵朔的好朋友程婴："赵家罹难，你是他的挚友，为什么不去殉葬？"

程婴说："赵朔之妻有遗腹子，若有幸是个男孩，我奉养他；如果是个女儿，我没有奉养的必要，我会去死的。"

过了不久，赵朔妻分娩，生下一男孩。屠岸贾闻讯，竟然到王宫中搜索。连王宫也敢搜，屠岸贾的势力大到何等程度。赵朔妻把孩子藏在裤子的胯之间，心里不停地念叨着："儿啊，千万千万忍住。如果让赵氏亡族灭种，你就哭；如果让我们家香火延续，你就忍住！"屠岸贾一行近前，儿子果然没哭，暂时躲过一劫。

程婴对公孙杵臼说："今天屠岸贾搜查没得手，想必还会搜查，怎么办呢？"公孙杵臼问："是殉死难还是保住赵氏孤儿难？"程婴说："殉死容易，保住赵氏孤儿难。"公孙杵臼说："赵家先君待你不薄，难事你干，易事我做，我先死吧！"

协商已定，两人找到一百姓家的弃婴抱过来，为不引起屠岸贾等人的怀疑，用一块也只有王侯将相家庭能用得起的花纹布包裹，趁着黑夜藏入山中。

程婴找到抄家的将军，一本正经地说："程婴我少廉寡耻，我不想包庇赵孤。谁能给我一千金，我就报告藏匿赵孤的地方。"

这些将军喜出望外，真是踏破铁鞋无觅处，得来全不费功夫。跟随程婴到达那一处山陵。很快，搜到了公孙忤臼和那个婴儿。公孙忤臼见状，非常气愤，大骂程婴："程婴，你真是小人！前不久我们下宫大难不死，你我商议共同藏匿赵孤，你曾信誓旦旦，对天盟誓。今天你却出卖我，真是无耻之极。纵然你不愿保护赵孤，也不至于出卖我啊？"

公孙忤臼此刻紧紧抱住婴儿，大哭着说："天啊，赵氏孤儿何罪？请求保住他一条性命，只杀我公孙忤臼一人吧！"

在场的将军不答应，手起刀落，顷刻间，公孙忤臼和婴儿身首异处，鲜红血液染红了一片山岗。这些刽子手们验明正身，发现包裹华贵，确实是王侯家物品，也不生疑，满意而归。

程婴得以保全，他掩埋了公孙忤臼与被杀婴儿的尸体，潜入王宫，从赵朔妻手中抱出真赵孤，从此隐姓埋名，藏入山中，暗暗抚养赵孤。

一晃十五年，到晋景公十九年，景公卧病，占卜吉凶寻找原因，答案是：有位勋臣宿将和他的家族没有得到善终，正在鸣冤叫屈。

晋景公就找来韩厥询问。韩厥知道赵氏孤儿尚在，就说："我们晋国，功勋卓著却断了祭祀的，大概只有赵氏了吧？"接着，他历数赵氏富有神话色彩的家史："自中衍那个时候以来，商朝人都是嬴姓。中衍人面鸟喙，从天而降辅佐商太戊。到周朝他的后代都有明德。及周幽王、周厉王无道，赵氏先祖叔带离周入晋，供事于晋文侯，一直到晋成公，世代都有功绩，不曾绝祀。15年前，唯独你当政时，赵家断了香火，国人都很同情悲哀。所以占卜中现出这样的龟策。请大王斟酌。"韩厥话中流露出明显的埋怨情绪，因为这件事或许得到晋景公的默许。

晋景公问："赵家还有后人吗？"韩厥就把赵氏孤儿的前因后果详细禀报给景公。赵氏的无辜与凄惨、义士的慷慨与悲壮让晋景公很震撼，当即决定为赵家平冤昭雪，随即派人找到赵氏孤儿和程婴并安置到宫中。

一天，当年参与抄检赵氏的将军们前来探视，韩厥预先作了布置，宫里宫外密密麻麻全是人，暗中刀剑在身。

将军们近前问候："君主病情好些了吗？"晋景公面带愠色地说：

"我能好得了吗？"将军们诧异："这是为何？"

晋景公愤愤地说："我已经占卜了，龟策上说，一位屡建功勋的家族沉冤未昭，所以我的病好不了！"

将军们问："是谁家有冤？"

晋景公趁着人多胆壮，大手一挥："今天，我让你们见一个人。"不一会儿，一位风度翩翩的少年进来了。将军们看得真切：这个孩子好面熟，好像在哪见过？记忆力好的将军一眼认出，这不是赵朔将军年轻时的样子吗？

晋景公说："他叫赵武，是赵朔之子，赵盾之孙，功臣之后啊！"

众将军大惊失色，面面相觑，全明白了，众口一词推卸责任："以前下宫之难，是屠岸贾假借大王之命，我们才跟着干的，非如此，我们怎敢轻举妄动！为了让大王康复，我们一致请求大王册立赵家后代。大王的意见也是我们的心愿。"

于是，程婴带领赵武轮流拜访各位将军。反过头来，将军们帮助程婴、赵武杀了屠岸贾，灭其族，终于报仇雪恨。

赵武收回了田产与城邑，恢复了贵族身份。及赵武束冠之年，程婴逐一辞别各位大夫，然后对赵武说："从前下宫之难，别人都能死，唯独我不能死，我是要保住赵家的后代。现在，你已经成人，又恢复了爵位和封地，我将报告赵家先君和公孙忤臼去了。"

赵武跪在地再三挽留，哭泣着说："我愿意肝脑涂地为你养老送终，你怎忍心离开我去死呢？"

程婴说："不可。公孙忤臼以为我能成就大事，说先死。现在我不去报答，是以为我还没办成事。现在大事已成，我必须去告知他。"于是自刎。而后赵武重孝守孝三年。之后每春秋祭祀，世世不绝。

读完可歌可泣的这个故事，我非常感动。然而对照司马迁的《晋世家》与《赵世家》，发现两篇记载有矛盾。《赵世家》记载屠岸贾杀赵家在晋景公三年，即前597年，原文是这样记载的："贾（屠岸）不请而擅与诸将攻赵氏下宫，杀赵朔、赵同、赵括、赵婴齐，皆灭其族。"恢复赵家宗祀是在晋景公十七年即前583年。《晋世家》却说灭赵和复赵

都在晋景公十七年。原文记载："（晋景公）十七年，诛赵同、赵括，族灭之。韩厥曰：'赵衰、赵盾之功岂可忘乎？奈何绝祀！'乃复令赵庶子武为赵后，复与之邑。"司马迁在同书中出现矛盾记载，令我惊诧而费解。

我又查了《左传·成公》关于赵氏孤儿的故事，与《史记》记载大相径庭：赵朔死得较早，其妻赵庄姬（晋成公之妹）把自己的儿子赵武安置在宫中抚养。后来，赵庄姬与赵婴齐私通，赵同、赵括看不惯、嫌丢人，就把赵婴齐赶出国门。赵庄姬大为不满，就向晋景公进谗言："赵同和赵括要造反。"还找来栾氏和郤氏两家一些人前来作证。晋景公信以为真，于是在鲁成公八年（晋景公十七年），派兵讨伐赵同和赵括，杀掉二人，灭掉其族人，并把赵家的土地给了祁奚。这时，晋国大臣韩厥仗义执言，他对晋景公说："赵衰建不世之功，赵盾尽万古之忠，晋人皆知。而今让赵氏断绝爵禄，会让做好事的人寒心的。尧、舜、禹三代贤主之所以能数百年保持福禄延绵，并不是中间没有坎坷，而是有赖于先哲的理解和保护，以及社会伦理的制衡。《周书》说：'不敢侮辱鳏夫、寡妇'，就是要坚持仁德的。"晋景公一听觉得有道理，下令赦免赵家。这时，赵武已经十五岁了，于是让赵武继承赵氏宗族，把送给祁奚的土地归还给赵武。

《左传》把赵氏宗族遭横祸的责任说成是赵庄姬做的孽，没有屠岸贾作梗，更无公孙忤臼和程婴两位义士舍命救孤的动人情节。我妄断，《左传》记载比较靠谱，根据有二：一是司马迁在两篇世家中记载都不一致，甚至难自圆其说，说明这种记载不太可靠；二是赵朔夫人赵庄姬是晋成公的妹妹，当朝晋景公的姑母，即使有个屠岸贾，即使赵盾在世"弑君"，他也不敢进宫搜索赵氏孤儿，要知道晋景公并不是傀儡君主。因此，《左传》的记载比较可信。

不过，《左传》的记载也有疑问，赵朔是怎么死的，他的家产有多少，都没有交代。如果赵朔的家产还在，即使赵同、赵括的家产不给赵武，赵武依然可以腰缠万贯，因此同样存有不解之谜。

毕竟，司马迁对赵氏孤儿的描写是绘声绘色的，生动感人，千百年来被传为佳话。元代致和年间，被元杂剧家纪君详改编为戏剧搬上舞台，近代被京剧、豫剧等多剧种演得如火如荼，广泛流传，家喻户晓，人人皆知。从个人感情上说，对程婴救孤的故事，我宁可信其有，不愿信其无。因为它高度契合我国民间舍生取义的道义标准，我希望这种流传永远继续下去，所以我仍推崇司马迁的"赵氏孤儿"故事原版。

司马迁在《史记·三代世表第一》中说："故疑则传疑，盖其慎也。"对待历史事件，信则传信，疑则传疑，这是读史的基本遵循。赵氏孤儿到底是怎么回事儿，有待后世研究吧。

词 曰：

忆秦娥

遭毒蝎，赵家梦断三宫月。三宫月，风腥雨血，财殄人殁。

公孙抱假深山别，程婴骗贼真孤脱。真孤脱，名臣烟续，士声彰烈。

第八章　贤赵武乱世隐忍　张孟老箴言启蒙

诗　曰：

> 死里逃生二十年，韬光养晦慢行船。
>
> 躬身拜见贤良将，洗耳聆听励志弦。
>
> 盖屋休忘先辈辱，闻笙莫赏淫逸篇。
>
> 黄金岂缺增辉日，振翅高飞是大鸢。

司马迁对赵武的记载既概略又模糊，而《国语·晋语》《礼记》有关赵武的记录相对丰富。糅合《史记》《国语·晋语》《礼记》《左传》四部典籍，赵武传奇的一生会渐渐明朗起来。

赵武生于晋景公三年（前597），卒于晋平公十七年（前541），享年56岁。赵武15岁那年（前583），韩厥伺机说服景公，赵家被豁免，赵武继承了赵氏祭祀，拿到原属于赵氏的土地和财产。20岁（前578）时，义士程婴殉节，赵武终生为程婴守孝，而且留下遗嘱，令赵氏宗族世代祭祀程婴。

20岁前，赵武在程婴那里读书，程婴是个能干人才，对他的德智体教育肯定错不了。然而家族的变故使赵武刻骨铭心，从小经历世事艰难，因此他为人低调，处事谨慎小心。

程婴撒手人寰后，赵武身边几乎一个亲人也没有了，孤苦伶仃，出入家门"茕茕孑立，形影相吊"，必须走自己的路了。他办的第一件事是走向社会，聆听教诲，培植人缘，积累经验。赵武束冠成人礼刚过，就挨门拜访晋国的重臣勋卿，寻求支持，好为自己仕途铺平道路。据《国语·晋语》记载，他先后拜访了8位前辈。

赵武先拜见栾书。这位先生是晋国的权臣，著名的政治家、军事家，当时位列八卿第一，掌管晋国军政大权，所以赵武首先想到了他。见了面，赵武大礼参拜。栾书见赵武衣冠整齐，一表人才，上来就夸奖道："成人了，多好啊！当年，我担任下军副将，你父亲赵朔是主将，我赶上辅佐你老子，咱们爷俩有缘分啊。现在你青春年少，风华正茂，像一棵青松枝叶渐丰。但是，能不能成才还未可知，大侄子，你踏踏实实干吧。"栾书向来阴阳怪气，但是这句话却很中肯。

赵武拜见中行宣子，就是大夫荀庚。当时中行宣子是上军主将，在八卿中位列第三。见了面，中行宣子说："好啊！可惜我老了。"此公悲秋之情溢于言表。

赵武拜见范文子。当时范文子担任上军佐，在六卿中位列第四。见了面，范文子说："你成人了，从今可要戒骄戒躁啊。贤者得到宠爱越能警诫自己；庸才受到宠爱才会骄傲。所以，对能谏言之臣，兴盛之君喜欢，淫逸之君讨厌。我听说古代为王者，政德一旦形成，都愿意听取民众的意见，于是让乐工在朝廷上朗诵箴谏之语，让在位者奉献谏诗以免君主受到蒙蔽，听取从商旅中采集的传言，从谣言中辨别政治的善恶，在朝廷上考察官吏的履职，在路上问询诽谤与赞誉，有邪恶就及时纠正，这些都是警戒的办法，先王痛恨的正是骄傲啊。"

范文子这段话语重心长，推心置腹，诲人不倦，充满了对后辈人的期望。这位先生不仅是晋国著名的政治家、军事家，而且为人正派，远见卓识。关于他的事迹，《国语·晋语》中还有一篇脍炙人口的《范文子论内忧外患》，说的是晋楚鄢陵之战前，晋国讨伐郑国，楚国救援。晋国大夫们都主张对楚国开战，唯独范文子不同意。他说："我听说，君主想对外动武，须放在成功肃整国内之后，内部和谐才能对外威慑。现在我们对付百姓的刀子都用钝了，而对付官吏贵族的斧钺大刑连用都没用过，以致造成官吏肆意妄为，百姓怨声四起。国内尚不能正确使用刑杀，何来对国外动武？只有对百姓进行安抚，让他们消除怨恨；铁腕治吏以纠正他们的过错，让他们遵纪守法。这样，国内就安定了，即使对外还没动武，已经从气势上压倒敌方，不战而胜了。何况，生于忧

患，死于安乐，外边有点敌对势力也是好事，可以增强晋国人的忧患意识，不妨放过楚国、郑国，姑且让他们作为外患有何不可呢？"此君说得很有道理。

随后，赵武拜见郤驹伯。这位老古董一见面就说："成年真好呀！但是很多青壮年人比不上老年人。"是泼冷水，还是瞧不上赵武？有些倚老卖老的味道。

赵武接着拜见韩献子，就是韩厥。韩厥是八卿之一，又是赵氏家族的大恩人。韩厥是一位非常正派的人，对赵武非常关心。他嘱咐赵武说："警惕啊，这就叫成人了。成人是起点，起点是善的，善递进善，不善就不能乘虚而入。起点不善，恶恶相递，善就不会与你有缘了。譬如草木生长，都是物以类聚的。人有成人之冠，就像宫室有四梁八柱一般，要时刻清扫保持清洁，这是至关重要的呀！"谆谆教导，鞭辟入里。

拜见智武子，就是智罃，他是晋国著名的军事家、政治家，晋国霸业复兴的主要功臣。智武子也以长辈的口吻说："我的大侄子，你要勤勉啊！你是赵成子赵衰、赵宣子赵盾的后人，如果终老在大夫这个职位上，不是很羞耻的事情吗？你曾祖父赵成子的文韬与你祖父赵宣子的忠诚可别忘记了。想当年赵成子通达前人的典籍，辅佐先君，最终促成德政，不可称为文吗！赵宣子在晋襄公、晋灵公两代君主面前直言敢谏，因谏言而受到灵公的疏远和厌恶，仍以死进谏，不可称为忠吗？你要努力啊，如果继承了宣子的忠诚，再吸收成子的文韬，你侍奉君主必能成功。"

智武子对赵家的历史很了解，希望赵武发扬革命传统，争取更大光荣。字字珠玑，掷地有声，语重心长。

拜见苦成叔子，就是郤犨。这位先生说："现在年轻人做官的很多，我把你安排到哪儿呢？""犨"者，牛也，这位先生是晋国八卿之一，有权有势，说话如同他的名字一样，阴阳怪气，"犨"，像牛的喘息声音。

拜见温季子，就是郤至，是郤犨的族兄。他说："你不如谁，就退而求其次。"意思是在官场上，要有自知之明，不要跟别人争。这句话倒也实在。

最后拜见晋国大夫张孟。这位张孟是晋国元老，又是著名贤臣。赵武把上述拜见人的话对张孟讲了一遍。张孟说："好啊，听从栾书伯的话，可以增益；听从范叔的话，可以增大人生境界；听从韩厥的教诲，可以成就功业。前辈的教导已经说得很完备了，能不能立志就看你自己了。至于三郤的话，是葬送人的言论，何足称道呢。智武伯的训导很好，很中肯，这是你的先人在庇护你啊。"他对郤犨、郤至、郤锜很有成见。不过赵武对好话歹话都能听得进。

一轮拜访下来，赵武扔出了一块大石头，试探了一下晋国政坛这潭水的深浅。

晋厉公在位期间，赵武并没有做官，却目睹了晋国政坛的腥风血雨。在赵武束冠第六年，就是晋厉公六年，一个血腥的年份。这年春天，郑国背叛晋国投靠楚国，晋厉公大怒，要出兵讨伐郑国。栾书进言说："攻打郑国，会把郑国彻底推向楚国一边，不妥。"晋厉公不听，遂出兵。同时命令栾书去联络鲁国、齐国的军队帮忙。晋厉公御驾亲征，晋军刚过黄河，就看见千里救郑的楚国及一些小国的军队扑面而来。楚联军布阵到了一半，厉公下令进攻。栾书说："鲁国、齐国的军队还没到，等一等吧！"郤至说："不可，楚军来势汹汹忽有撤退迹象，我们进攻，必然大胜而归。"接着他分析了楚国的五方面的不利条件，分析得确实很到位，晋厉公大悦，进攻开始，双方鏖战。战至第二天，晋国神箭手一箭射中楚共王眼睛，楚军大乱，败于鄢陵（今天河南省鄢陵县），此乃历史上著名的晋楚鄢陵之战。栾书因自己的建议被晋君驳回，把怨恨撒向了郤至。

晋厉公生活不检点，经常在外拈花惹草，朝中大臣议论纷纷，晋厉公遂把臣子们看作眼中钉肉中刺，想把"嚼舌头根子"的人除掉，再把这些编外老婆的兄弟都封为大夫，当即遭到郤至反对。其中一个编外老婆之兄叫胥童，想除掉郤至。他派人到楚国活动，于是楚国来人到晋厉公跟前施反间计，说："鄢陵之战，实际上是郤至把楚国引来的，他想借楚国的声威，把公子周引到晋国做国君，因为晋国国内条件不具备，没有成功。"

这里所说的公子周，是晋襄公曾孙，因父辈避难而寓居在周王朝京城镐。厉公听后大惊，立即把这话告诉栾书。栾书与郤至有矛盾，马上就说："这件事十有八九是真的，不信就让郤至到周去一趟，看他干什么勾当。"晋厉公依计而行，派郤至出使周。栾书却又写信通知公子周与郤至会面，郤至全然蒙在鼓里。厉公得知郤至与公子周见面，对郤至谋篡之心深信不疑，起了杀心。又过了两年，晋厉公在外打猎，正在与他宠爱的编外老婆饮酒，郤至杀了一头猪进来奉献。一个宦官上来就夺走猪肉，郤至气不打一处来，心想小小宦官竟敢如此无礼，开弓一箭把这个宦官射死。厉公大怒，决心除掉三郤兄弟，还没动手，郤至的族兄郤锜不甘心坐以待毙，打算进攻晋厉公。郤至却说："讲诚信就不能伤君主，用智慧就不能害平民，恃勇力就不能作乱。失去这三条，谁能相信我，我只能以死证明自己的清白。"这年的十二月，胥童带领八百士兵，杀掉了郤至三兄弟。随后，胥童又蹿腾晋厉公诛杀栾书。栾书怕落到郤至三兄弟的下场，乘着厉公外出游玩的时机，杀掉了晋厉公及胥童，随后，自己却把公子周迎入国内，立为君主，就是晋悼公。

对这场宫廷政变，赵武都看在眼里，忠臣郤至一家被杀，他感到震惊。但是他不能掺和，也领教了政治斗争的残酷，只能继续隐忍，以待时机。

宫廷政变虽然残酷，晋国却迎来了历史上少有的好君主。晋悼公即位时年仅14岁，在位15年，雄才大略，有人评论他是春秋时期最伟大的诸侯。峰回路转，赵武人生转折点来了，他得到晋悼公的赏识，并逐步得到重用。

晋悼公入晋之时，他非常明确地告诫群臣："我本来没想到能当国君。今天来到这里，是遵从天意。我不当有名无实的国君，如果你们拥戴我，就听我今天的号令，否则我可以回去。是留是弃，请诸位在今天决定。"一席话如雷贯耳，把大臣们镇住了。于是大臣们异口同声：愿意拥戴您！

晋悼公即位（前572），赵武时来运转。这年正月十六，晋悼公在武宫上朝，议定了治国理政的一揽子大事，包括确定朝廷职能部门设置，教育大夫嫡子，选拔贤良人才，启用贤臣子孙，兑现应赏未赏的项目，赦免被囚禁的犯人，宽宥犯罪嫌疑人，举荐积德行善之人，优待鳏寡孤独，提拔长期不用的贤才等大政。还规定：年过七十老人，悼公亲自接见，称他们为"王父"，并表示要接受他们的训导。

这年二月初一，悼公即位，任命官吏。任命吕宣子为上军将，起用一大批官员，以表彰他们在历次战役中功绩。半年后，吕宣子去世，悼公任命赵武为新军佐。悼公说："赵武有文德，眼里有大事，胸中有全局，人才难得。"从此，赵武进入八卿，有机会建功立业，一步步得到重用。

三年后，悼公在鸡泽与诸侯会面，也就是现在的邯郸市鸡泽县。悼公调整六军将领，赵武由新军佐升为新军将，成为一军统帅。

晋悼公十三年（前560），赵武因战功卓著，被悼公转任上军将。在六军中排名第三位。过去的十三年里，赵武跟随悼公南征北战，辅佐悼公运筹帷幄，参与了出师救宋，征讨郑国，出席鸡泽之盟，救援陈国，复霸中原等重大事件，得到充分历练。

晋悼公十五年（前558），悼公英逝，随后进入晋平公时代。赵武人生上了第二层台阶，他得到了晋平公的倚重。

晋平公十二年（前546），赵武当上了晋国正卿，位列群臣之首，他在这个位置上执掌军政大权5年，直至去世。如果从晋平公十年赵武代理正卿算起，他主持晋国政坛8年。他去世前，晋国的大权已经掌握在智武子、赵、魏、韩四家手中。单凭这一点，足以证明赵武是有本事的。

身居高位，大权在握，但是，不骄不躁、谦虚谨慎作风没变，他信念坚定，节操高尚，这是他能得到晋平公和群臣信任的重要原因。下面是我查到的三起例证。

赵武盖了一处新宅第，当然要"暖房"，张孟应邀而至。《礼记·檀弓下》记载：赵武新房落成，晋国大夫纷纷前来贺喜。张孟说："你的房子真美、真高、真好！可以在这里歌舞祭祀，可以在这里举办葬礼，可以这里设宴招待国宾，还可以在这里聚会宗族。"听话听声，锣鼓听

音，赵武理解到其中的隐喻，接着说："我赵武很幸运啊，能够在这里歌舞祭祀、举行葬礼、宴请国宾、聚会宗族，这样可以保全身体、头颅而免于刑戮，死后也能与先祖一起葬于九原了。"赵武妙解张孟的致辞，告诫自己时刻警惕，戒骄戒躁，谨慎从事，以免重蹈父辈覆辙。他对张孟非常感激，立即叩头致谢。

第二件事出自《史记·吴太伯世家》，说明赵武有闻过则喜的习惯。晋平公十四年（前544），赵武53岁，在晋国政坛早已位高权重。这年，吴国公子延陵季子访问晋国。这位吴公子是位音乐品鉴家，路上经过鲁国，对用周乐演奏的邶、卫、郦、齐、魏、唐、陈、小雅、大雅、颂等乐章大加称赞，点评其中亮点非常在行。到达晋国，赵武负责接待他。延陵季子刚迈进宾馆那一刻，忽听到钟声悠扬铿锵，大吃一惊，说："奇怪啊！我听这钟声，音悠而无德，常获罪于君主，招杀身之祸。一般人躲还躲不及，你（指赵武）却照听不误。你在这里，好像燕子窝搭在幕布上啊。"听了这话，吓得赵武一身冷汗，自此再不听琴瑟之乐。

第三件事出自《国语·晋语》。赵武与叔向在九原（今内蒙古南部一带）游览，赵武感叹问："一个人如果能死而复生，我和谁交往合适？"叔向说："是阳子吧！"

叔向说的阳子指阳处父，晋襄公时晋国大夫，与赵武的爷爷赵盾交好，恰为此被贾季杀害，死后葬于九原。叔向同赵武在九原游览，自然会想起阳处父。

赵武却说："阳处父做官清廉倒是有名，却被人杀害，下场不好，他的智商和情商不足称道。"

叔向又问："那就是偃狐咎犯了？"偃狐咎犯是晋文公的舅舅，一位能臣。

赵武说："偃狐咎犯见利忘义，只顾自己而不顾君主，仁义欠缺，不足称道。我大概应跟随范武子了！他从谏如流却不随波逐流，严以修身却不孤傲自芳，侍奉君王却不无原则附和也不知难而退。"范武子是晋国名臣，生卒年限为前660年到前587年。

一番问答把赵武的人生观、价值观、处事原则表现得清楚明白，足以解读赵武为什么能独自一人闯天下，并在不到40年的时间内把晋国政柄掌握在手中的内在原因。

词　曰：

八声甘州

酸甜苦辣咽心中，独自闯春秋。察君臣动向，奸贤混杂，并蓄兼收。切记恩恩相报，勿作小蝇头。总会机缘到，自有明眸。

天降悼公主晋，正选贤任士，赵武评优。得新军将佐，帷幄善绸缪。率援兵，赴会中原，救宋陈，屡北上南留。谁知我，自真情鉴，一世无羞。

第九章　赵武首倡弭兵策　宋地齐聚会盟宾

诗　曰：

> 贤臣赵武主休兵，巧逼流氓吐邑城。
>
> 歃血诚心尊傲楚，言邦虚谷敬同盟。
>
> 享宾盛赞多人赋，会面高评五世卿。
>
> 折服诸侯齐罢战，江南塞北庶民宁。

《左传》记载：晋平公十年（前548），正卿范匄（宣子）病，赵武代理晋国政务。范宣子执政期间，晋国凭借国力强、拳头硬的霸主地位，对外攻伐不断，仅对齐国就三次兵戎相见。赵武一上任，想改变外交政策，倡导以邻为伴、以邻为善和睦邻友好，发展和平邦交，赵武办了三件大事。

首先，削减诸侯各国对霸主晋国的进贡数量。按照规定，其他诸侯国每年必须向晋国进献丝帛、玉器、马匹、毛皮等贡品。赵武的前任范宣子主政时变本加厉，贡品数量很大，诸侯各国不堪重负，怨声载道，郑国主政郑子曾写信给范宣子"轻币"，告诫他这样下去，会造成诸侯离心离德，损毁晋国霸主的根基。范宣子虽然重视子产的意见，有了"轻币"的打算，也着手执行，但很不到位。

赵武主政，第一件事就是实施"轻币"。虽然《左传》上只有一句话："令薄诸侯之币而重其礼"，内涵却十分丰富。"令"，就是下令执行，说明很果断，很彻底，有点快刀斩乱麻的味道。据郑子产的信所说，在范宣子期间，重币已成积习，而且强征暴敛的财物大部分归了晋国公室。公室是一个以晋国国君为首的盘根错节的利益集团，要动这些人的"奶酪"，谈何容易，首先要得到晋平公的认可，必是荆棘丛生。由此验证了赵武的魄力和本事。

第二件事是惩罚政治流氓，维持诸侯国秩序。晋平公十一年（前547）夏天，齐国一个行为不轨的陪臣叫乌余，带人从廪丘（今山东省与河南省交界处）向晋国走来，估计要去晋国朝拜。半路萌生歹意，先攻取卫国的羊角邑（今河南省范县南）。接下来袭击鲁国高鱼（今山东省郓城境内），恰天下大雨，城墙冲开一大洞，乌余一伙钻进去，里面正好是一座仓库，他们爬上库顶，登上城墙，控制城门，占领高鱼。接着又夺取宋国一个城邑。对这帮神出鬼没的海盗式的武装，诸侯干着急没办法。赵武得知，报告晋平公说："晋国是盟主，不但要防止诸侯之间相互侵犯，对不守规矩的也应该敲打。现在乌余手中的城邑都是抢来的，必须让他们把抢来的土地吐出来。如果眼看这伙人胡作非为不管，我们就没资格做盟主了。"

晋平公说："可以，派谁去办？"赵武说："胥梁带足智多谋，而且不用动刀弄枪。"晋平公批准了。

晋平公十二年（前546）春，胥梁带召集丢城失地的诸侯国开会，说明意图，参会国非常赞同，并约定假装封赏，秘密行事。他们骑马赶车随胥梁带出发了。乌余非法侵占他人城邑，自己心里也不踏实，总想取得盟主晋国的承认，取得合法地位。胥梁带一行人扮成封赏使团，假称晋国要承认乌余合法占有这些城邑。乌余信以为真，诚惶诚恐出城迎接，胥梁带一行人上去就把乌余五花大绑，命令他把侵占的城邑土地交出来物归原主。兵不血刃，解决了这伙强盗，卫、宋、鲁感恩戴德，晋国威望大增。

第三件事是推动晋楚弭兵。

晋、楚是春秋时期的大国，也是棋逢对手的冤家。晋文公重耳以来，两国为争夺霸权战争不断。著名战役有：晋文公五年（前632）的晋、楚城濮之战，晋胜；晋成公七年（前600），晋成公与楚庄王争强，楚国伐郑国，晋因救郑而与楚战，晋胜；晋景公三年邲之战（前597），晋因救郑击楚，郑叛投楚，楚、郑合击晋，晋败；晋景公五年（前

595），晋伐郑，楚军救援，晋败；晋厉公六年（前575），晋楚鄢陵之战，晋胜。

赵武代理主政伊始（前548），面对晋国国力衰减、公族之间相互兼并的现实，认为需要休养生息。他在寻找机会，一天，齐国大臣穆叔（叔孙豹）来访，得知齐国发生了政变。齐国权臣崔杼借口齐庄公与自己的老婆私通，杀了齐庄公，立庄公之弟为君主，史称齐景公。崔杼继续把持朝政，急于与外界修好。赵武对穆叔说："今后战争有望逐渐减少了。齐国的崔庆新近主持朝政，有弭兵的愿望，这是一个很好的机会。"

崔庆是崔杼与庆丰两人合称，这里专指崔杼。崔庆得以把持朝政，所以说"新得政"。

"我也跟楚国令尹有些交情"（楚国令尹相当于相国），赵武接着说，"如果对其以礼相待，把弭兵的道理讲清楚，可以把诸侯们的情绪安顿下来，罢兵言和就有希望了。"

晋平公十二年（前546），赵武接任晋国正卿。宋国左师向戎与赵武关系好，又友善楚国令尹。受赵武影响，想做弭兵的中间人。于是跑到晋国拜见赵武，说了自己的打算，两人一拍即合。

于是，赵武召集各位大夫商议弭兵大计。韩厥说："战争残害民众，糟蹋钱财，乃小国之灾，大国之累。弭兵说起来容易，办起来很难，我们晋国应该率先响应，如果我们不干，一旦让楚国领了先，我们将失去盟主地位。"会议决定，响应弭兵。

会后，赵武拜托向戎："有劳先生去联络吧！"

不出韩厥预料，向戎到楚国，楚国回应得很痛快，同意弭兵。到齐国，齐国君臣开始很为难，大臣陈文子说："晋楚已同意弭兵，我们不响应，违背民意，我们还管得了齐国百姓吗？"齐国不犹豫了。向戎接着到秦国，秦国也答应了。

关键少数——大国问题解决了，向戎直接通知各小国，选择宋国作为会盟地点，协商弭兵事宜，缔结弭兵协议。

会议分为两个阶段。第一阶段是沟通协商，第二阶段为歃血结盟。

两个阶段均一波三折。

这年五月甲辰日（二十八日），赵武由主管外交事务的大臣叔向陪同，第一个到达宋国。六月丁未日（初一），宋国宴请赵武，叔向作陪。既然是弭兵，得有弭兵的样子。

五月丙戌日（三十日），郑国大臣良霄来了，他是最早报到的较小国使臣。从六月戊申日（初二）至六月戊辰日（二十二日），叔申豹，齐国庆丰，陈国须无、卫国石恶、邾悼公，楚国公子黑肱、滕成公，以及晋国另一陪同人员荀盈陆续到会。

其间六月壬戌日（十六日），赵武立即与楚国公子黑肱会晤，两大国就会盟的条款达成初步一致意见。

六月丁卯日（二十一日），宋国向戌赶到陈国，与已在这里的楚令尹子木沟通。子木告诉向戌，建议晋、楚两国国君相见，并商议各大国互访事宜。六月庚午日（二十四日），向戌回宋国向赵武汇报。赵武说："晋、楚、齐、秦国力相近，地位平等。如果楚国君主能邀请秦国国君屈驾访问晋国，我晋国国君怎敢不拜见齐国君主呢，我们欢迎各国互访。"赵武表达了愿意与所有大国见面的诚意。

六月壬申日（二十六日），宋国执政官左师把赵武的话传达给楚国子木，子木派人报告楚康王，楚康王说："除去齐、秦两国，我国愿意与其他各国见面。"楚国对齐、秦两国有成见。

夏去秋来，七月戊寅日（二日）夜里，穿梭于各国的向戌返回宋国。这边，赵武与楚公子黑肱（子皙）经几轮协商，达成比较成熟的弭兵条款。七月庚辰日（四日），楚国令尹子木、陈国孔奂等来到宋国，曹国与许国也派代表来了。于是，会议进入第二阶段。

会场布置在宋国城西门外一块广场上。按照惯例，各国使臣都带来了部队。国与国之间用篱笆隔开，晋、楚两国分别布置在两侧，晋在北，楚在南。霎时，广场上旌旗招展，车辆参差，像现在万国博览会，都把各自最靓的一面展现出来。楚国的阵势最显眼，咄咄逼人。

晋国随同的伯夙对赵武说："我看楚国杀气腾腾，恐有不测。"赵武说："我们从左边七绕八拐进入宋国，不仅对楚国表示谦让，而且我们

已经早早进入城中固守，他能拿我怎么样？"古代，虚左表示对对方的尊重。

春秋时代会盟并不是无代价的。参加会盟的各国都要依据盟约，向盟主缴纳钱财，俗称上贡。虽然弭兵能减轻战火之灾，但小国从减轻负担计，对盟约还有顾忌。当时，只要能当一个大国附属国，主盟属从，属国就可以不向盟主纳贡。

一些大国借机拉拢小国，扩充自己的势力范围。齐国人拉拢邾国做自己属国，宋国人活动滕国作自己属国，都获得成功。

也有耿直人，宁愿违抗君命也要会盟，不甘心做属国。鲁国重臣季武子也担心增加负担，也想当属国。于是派人向叔孙传达鲁襄公指令："去邾、滕两国取经，我们也找一个大国做属国。"叔孙也是鲁国重臣，季武子怕叔孙不同意，故假借鲁襄公命令。叔孙说："邾、滕两国甘做属国，不参加会盟那是他们的私事。我们是与宋、卫对等的诸侯国，怎能效仿小国？"随后毅然"违抗君命"去宋国会盟。

七月辛巳日（初五日），会盟大会在宋国西门外举行。楚国人都穿着贴身的甲胄，好像在战场上。楚国太宰伯州犁劝令尹子木说："会盟布置军队不妥。诸侯各国是冲着楚国有诚意而来的，想真心归服，没有诚意，只能众叛亲离，快脱去甲胄吧。"

子木说："晋、楚两国久失信任，穿甲戴胄是为把会盟办好，只要能达到目的，哪管诚信不诚信。"说白了，楚国想在气势上取得优势。

伯州犁一听退下，告诉别人："不讲诚信，目的岂能达到！令尹快死了，寿命不到三年了。"

赵武对楚人穿甲带胄心里也直打小鼓，叔向劝他："有什么可怕的，普通人一次不讲信用，还脸面丢尽不得好死，作为一国之卿大夫不讲信用，能有好下场吗？楚国以诚信为名召集诸侯，是来弭兵的，下来却另搞一套，这样的人必定众叛亲离。何况这儿不是楚国，我们已有准备，已早早把部队布置在宋国城中，以预防不测。假如楚国背信弃义，大动干戈，楚国不仅要遭受道义上损失，想找碴也并不容易，您不必担心！"

叔向毕竟是晋国著名的政治家，一番分析，赵武信服。

会盟开始，要歃血了，楚国公子黑肱要求先歃。赵武说："晋国本来就是盟主，怎能让别人先歃呢？"黑肱说："您说晋、楚两国对等大国，若晋先歃，示人以晋强楚弱。何况晋歃次数不少，总不能总让晋国次次占先吧。"叔向劝赵武说："诸侯归附晋国只为晋国有德政，并不是只看重盟主这个职位。重德轻位，更显晋国高风亮节。何况，会盟还有许多细小会务要做，我们就做这些小事有何不可？不在于谁先谁后，让他一次何妨？"

赵武信然。

于是，侍者用托盘端来一爵殷红的还冒着热气的马血，黑肱接过来大大地喝了一口，含在嘴里，长跪而拜，楚国先歃了血。赵武代表晋国随后而行。

用现代的话说，三分布置，七分落实。赵武频繁与多国国君或大夫会面，奔走穿梭，行色匆匆。会盟刚结束，赵武偕叔向出席郑国在垂陇举办的招待会，吟诗作赋，展示风采。在各国大夫们会盟的间隙，赵武与楚国令尹对话，借助评价晋国先贤，融通情感。晋平公十四年冬，赵武到鲁国，与鲁国大夫公孙豹、齐国的公孙虿、宋国向戎、卫国北宫佗、郑国罕虎等人在澶渊（今河南省濮阳）会面，落实会盟条款。

在赵武带动下，盟国之间互访互聘也很频繁。会盟当年，晋国委派荀盈访问楚国之后，楚国也派了大臣回访晋国，得到了晋国晋平公宴请，赵武、叔向作陪，给足了他面子。第二年（前545）夏天，陈国君、蔡国君、燕国君、杞国君等到晋国拜见晋平公。虽然齐国并不是这次会盟国，齐侯也要一同专程拜访晋国国君。殊不知，齐侯行前遭到庆封的质疑，并没有阻止他成行。齐侯反问庆封："虽不与盟，敢叛晋乎？"

虽然，晋国国内有不同意见。例如：祁午就当面对赵武发牢骚，说让楚国先歃血让晋国颜面尽失。但是，毕竟从此让晋楚两国的战事停了下来。从晋平公十二年到三国分晋的144年间，晋楚两国的战争不见史册，弭兵效果巨大。

词 曰：

朝中措

平公慧眼栋梁臣，大政托其身。内务外交全管，秋收夏种躬亲。

轻徭薄赋，诸侯安抚，霸业传薪。何忍一人劳累，国君旁骛沉沦。

第十章　答问询敬仰先贤 赴盛宴点评吟诗

诗　曰：

仁义之心寄一身，温文尔雅做嘉宾。

推崇诚信言行诺，敬仰先贤坐卧真。

文治武功书史册，令名善举耀星辰。

鞠躬尽瘁南阳祭，早逝英年赵氏人。

在宋国西门会盟，楚国先歃了血，似乎赚回了"面子"，却因过于霸道强势，在诸侯国心中留下了一副张牙舞爪的恶名。与此相反，晋国赵武的温文尔雅谈吐、宽容恭谦的姿态，赢得包括楚国在内的诸侯各国的好评，得到的是受人尊敬的"里子"。

为尽地主之谊，乙酉日（初九），宋平公在蒙门外会见各诸侯国大夫，赵武与楚国令尹子木应邀出席。

子木问赵武："范武子德行如何？"关于范武子，前面已经做过介绍，他是晋国杰出政治家、军事家。

赵武说："范武子把自己家治理得井井有条，对晋国上下没有隐瞒过任何事情，祭祀时对鬼神说话都是实实在在，向来言出必信，行出必果。"赵武对范武子由衷敬佩。

赵武回答时肃然起敬、情真意切，一番话让子木内心震撼折服。子木回国，把情况告诉楚康王。楚康王感叹："范武子高尚啊，能让神和人都高兴，难怪能辅助五世君主、成就晋国盟主大业呢！"范武子曾先后辅助过晋献公、惠公、怀公、文公、灵公五位君主。

子木说："晋国适合做盟主，朝廷有赵武这样的贤臣，且有叔向辅

佐，楚国很难与他匹敌，别跟他争了。"楚国服了。赵武即派荀盈到楚国拜访，晋、楚弭兵尘埃落定。

回国途中，郑简公在垂陇（今河南省荥阳市境内）宴请赵武，向叔作陪。郑国的子展、伯有、子西、子产、子大叔以及郑简公的二儿子石等七位大臣出席。赵武非常感动，说："郑伯让您的七位大臣作陪，让我受宠若惊，请各位屈驾吟诗一首，以感谢您的君主对我的恩赐，我好借此也学习七位大臣的志向。"

这里说的郑伯指郑简公。当时，在重要的外事活动场合吟诵《诗经》中的诗歌，或成惯例。子展第一个站起来高声朗诵《草虫》：

"喓喓草虫，趯趯阜螽。未见君子，忧心忡忡。亦既见止，亦既觏止，我心则降。

"陟彼南山，言采其蕨。未见君子，忧心惙惙。亦既见止，亦既觏止，我心则说。

"陟彼南山，言采其薇。未见君子，我心伤悲。亦既见止，亦既觏止，我心则夷。"

赵武听后说："好啊，不过这是写给君子的诗，可我与君子相差很远，难以承受啊。"子展对赵武很敬佩，而赵武很谦虚。

第二位吟诵的是《鹑之贲贲》，此人是郑大夫伯有。

"鹑之贲贲，鹊之疆疆。人之无良，我以为兄。

"鹊之疆疆，鹑之奔奔。人之无良，我以为君。"

赵武听罢，觉得伯有满腹牢骚、怨天尤人，意在诅咒郑国国君，而且郑简公就在席首。赵武假装没听懂，故意曲解其意："夫妻床笫说的话不出门坎，况且鸟鸣禽啾，我真的没听过啊。"

接下来，子西吟《黍苗》：

"芃芃黍苗，阴雨膏之。悠悠南行，召伯劳之。

"我任我辇，我车我牛。我行既集，盖云归哉。

"我徒我卸，我师我旅。我行既集，盖云归处。

"肃肃谢功，召伯营之。烈烈征师，召伯成之。

"原隰既平，泉流既清。召伯有成，王心则宁。"

赵武非常清楚，这首诗歌颂的是召穆公营治城邑的事迹。召穆公是周朝重臣，与周定公辅佐周宣王，史称"共和"。赵武认为自己怎能和召穆公相提并论，何况自己只是诸侯国的一臣子，用在自己身上不大合适。于是赵武说："我们晋国的晋平公在，我何德何能承受这样的颂词！"赵武把自己的位置摆得很正，以免僭位的嫌疑。

子产站立起来，说要吟诵《隰桑》，话刚落音，赵武急切地说："好诗啊，让我完完整整地聆听一次吧！"

子产吟道：

"隰桑有阿，其叶有难。既见君子，其乐如何！

"隰桑有阿，其叶有沃。既见君子，云何不乐！

"隰桑有阿，其叶有幽。既见君子，德音孔胶。

"心乎爱矣，遐不谓矣？中心藏之，何日忘之？"

这首诗表现出见到自己所仰慕的君子时的喜悦心情。子产是郑国著名的政治家，贤臣廉吏，当时任郑国之卿，主持朝政。赵武与子产惺惺相惜，志向相通。

子大叔吟诵《野有蔓草》："野有蔓草，零露漙兮。有美一人，清扬婉兮。邂逅相遇，适我愿兮。

"野有蔓草，零露瀼瀼。有美一人，婉如清扬。邂逅相遇，与子偕臧。"

这首诗本意是青年男女邂逅时的喜悦心情，子大叔借以表达对赵武的仰慕。赵武很感激，对子大叔说："谢谢您给了我这么大的恩惠！"

继而，印段吟诵诗《蟋蟀》：

"蟋蟀在堂，岁聿其莫。今我不乐，日月其余。无已大康，职思其居。'好乐无荒'，良士瞿瞿。

"蟋蟀在堂，岁聿其逝。今我不乐，日月其迈。无已大康，职思其外。'好乐无荒'，良士蹶蹶。

"蟋蟀在堂，役车其休。今我不乐，日月其慆。无已大康，职思其忧。'好乐无荒'，良士休休。"

诗歌用蟋蟀自述，劝人勤勉，不可过分娱乐，通篇箴言醒句。赵武

欣慰地说："好啊，如果我能做到诗中所言，我的家族就能长治久安了，谢谢勉励！"

最后，公孙段朗诵《桑扈》，

"交交桑扈，有莺其羽。君子乐胥，受天之祜。

"交交桑扈，有莺其领。君子乐胥，万邦之屏。

"之屏之翰，百辟为宪。不戢不难，受福不那。

"兕觥其觩，旨酒思柔。彼交匪敖，万福来求。"

吟罢，赵武对诗中劝诫非常赞同，感慨万千。针对诗眼，欣然诠释："接人待物，既矜且傲，福禄就会与你无缘。如果按照诗中所言身体力行，想不得到福禄延年也是不可能的呀！"

一场宴会下来，赵武答对得体，点评到位，为郑国君臣留下了儒雅干练的印象，展示了大国股肱的风采。

宴会后，赵武余兴未减，对叔向说："伯有恐怕有杀身之祸了。诗以言志，他借诗意抗上。你发现没有，郑简公已愠怒了，而伯有还自以为荣耀，能长久吗？他的结局是先宠信后败亡。"叔向说："是这样的，伯有过于骄奢了，平常所说的富贵不过庄稼五熟，就是说的像伯有这样的人。"

谈及另几个人。赵武说："其余几个人的家族都可以延续几代。子展估计最后败亡，是因为他能居安思危。印段居其次，享受能自我节制，快乐能安抚百姓，延缓败亡是大概率事件。"赵武政治经验丰富，阅人也很准。

赵武胸怀坦荡如砥。对外交往中，时常会听到一些尖酸刻薄的话，他总以团结为重，并不计较。晋平公十三年夏四月，赵武再到郑国访问，与鲁国大夫叔孙豹（又叫"穆叔"）、曹国一名大夫会面。郑召公宴请三人。觥筹交错中，三人分别用诗答对。叔孙豹朗诵《鹊巢》（成语有"鸠占鹊巢"），讽刺晋国国君是晋平公，当家作主的是赵武。面对赤裸裸的挑衅，赵武从容朗诵《常棣》：

"常棣之华，鄂不韡韡。凡今之人，莫如兄弟。

"死丧之威，兄弟孔怀。原隰裒矣，兄弟求矣。

"脊令在原，兄弟急难。每有良朋，况也永叹。

"兄弟阋于墙，外御其务。每有良朋，烝也无戎。

"丧乱既平，既安且平。虽有兄弟，不如友生。

"傧尔笾豆，饮酒之饫。兄弟既具，和乐且孺。

"妻子好合，如鼓瑟琴。兄弟既翕，和乐且湛。

"宜尔室家，乐尔妻孥。是究是图，亶其然乎！"

赵武是在告诉叔孙豹："今凡之人，莫如兄弟。"各国相处应该如同"妻子好合，如鼓瑟琴"，虽一时"兄弟阋于墙"，发生争吵，但大敌当前时仍要"外御其侮"。在座的君臣们无不叹服。

人无完人，赵武过于谨慎，因此略显胆气不足。《国语·晋语》有一篇文章叫《医和视平公疾》，批评赵武作为上卿，主政晋国八年，却对晋平公缺少规谏，放纵平公由着性子来，致使晋平公沉湎女色，精损体衰。

文章大意说：晋平公有病了，秦景公派医生医和前去诊治。医和诊脉出来对赵武说："不可救治了。你们主公是迷恋女色致病，良臣将死，上天不佑。如果你们君主不死，诸侯都将背叛。"当时，晋悼公开创的第二次霸业在延续，诸侯都还归附着晋国。

一听不仅晋平公不可医治，自己的生命也将结束，赵武大惊，急忙辩解说："我率领群臣辅佐君主，维持晋国霸权已经不少年，对内没有苛捐杂政，外边诸侯没有出现二心，您凭什么说'良臣不生，天命不佑'？"

医和振振有词："我说的是今后事情。我听说正直者不辅佐邪恶，光明者不规正蒙昧，拱围大树不生于危险之地，松柏不长在阴湿之处。您作为上卿，对自己的君主迷惑女色不能劝谏，以致君主不可救药，您自己又迷恋权位不放，八年时间不算短了，您怎能持久？"

赵武不服气："你不过是个医生，岂能判断国家大事？"

医和回答："上等的医生医国，次等医生医人，这本是医生的职责。"

接着，医和讲了一大通迷恋女色的危害。他把迷乱女色比喻成谷子里生虫子，一旦生了虫子，整棵谷子就会被蠹空而不能自救，它离死亡就不远了。医和说："你们国君就是染上虫子的谷子，威信下降，诸侯离心离德的日子不远了，晋国的霸主地位快要完结。"赵武问他确切时间，医和说："如果诸侯服从，你们君主的寿限有三年。不服，你们君主能活十年。"果然当年赵武去世，诸侯国纷纷背叛晋国。又过了十年，晋平公死了。

这篇文章，虽然是批评赵武的，而且言辞尖刻犀利，很不客气。我却从中悟到了这样的信息：一是晋平公沉湎女色，不问国事，朝廷大事小事都是赵武领头干的；二是赵武死了，国家大厦轰然倒塌，造成诸侯国纷纷背叛。两条信息从另一侧面都证明赵武属于能臣贤人。

赵武袭赵氏宗祀三十年，晋平公十年代理正卿，晋平公十二年，赵武补任正卿，主政晋国八年，期间政绩斐然。就在赵武去世当年年初，晋国祁午当面这样评价他：

"子相晋国以为盟主，于今七年矣！再合诸侯，三和大夫，服齐狄，宁东夏，平秦乱，城淳于，师徒不顿，国家不罢，民无谤讟，诸侯无怨，天无大灾，有令名矣，子之力也。"用现在的话概括之，就是外部诚服，内部安定，老天帮忙，百姓乐业。

"再合诸侯"指晋平公十年，赵武促成各国诸侯夷仪之盟和晋平公十一年促成各国诸侯澶渊两次会盟。"三合大夫"分别指晋平公十三年（前545）召集各国卿大夫会晤宋国，晋平公十六年各国卿大夫在澶渊（今河南濮阳）、虢（今河南荥阳）两次会晤。"服齐狄"指晋平公十年晋国伐齐国，进军至高唐，取胜。"宁东夏"指晋齐两国联合废黜卫国殇公，册立卫献公，平息卫国内乱。

然而，从晋平公元年开始，晋国的政治形势扑朔迷离，公弱卿强的格局逐渐显现，连诸侯国都看出来了。例如，第二年，吴国延陵季之子出使晋国，对晋国人说："晋国的政权最终要落在赵武子、韩宣子、魏献子手里。"此时的赵武心力交瘁，健康状况每况愈下，终于在晋平公十七年（前541）走完了具有传奇色彩的一生，与世长辞了，享年仅56岁。在生命的最后时刻，据《左传》记载："十二月，晋既烝，赵孟适南阳，将会孟子余。甲辰，朔（十二月初一），烝于温。庚戌（七日），卒。"烝，就是冬天的祭祀。

赵武在执行晋国冬祭公务中因公殉职，堪称鞠躬尽瘁，死而后已。赵武在赵氏家族中堪称承上启下的人物，赵武死后追谥"文子"。

词　曰：

太常引

七年主政武文功，晋国久无忡，百姓喜粮，一人累，华鬓早浓。

东奔西去，天南地北，行色也匆匆，祭奠在寒冬。谁料想，贤臣寿终。

第十一章　赵鞅出道入敬王　汝滨筑邑铸刑鼎

诗　曰：

> 一代英雄叫赵鞅，子承父业在朝纲。
>
> 兵勤姬匄屯周邑，雁领诸侯靖八方。
>
> 亩制推新丰稷稔，粮徭去杂庶民康。
>
> 如山法鼎颁钧政，世禄之宗断酒觞。

赵武生景叔。司马迁对景叔的记述很简略，只读《史记》当然无从知晓他担任什么职务，干了什么事情，生卒年限也难考查，只是根据其父赵武去世年代以及其子赵简子执政起始年，大概推算出他的政治活动情况。他的政治生涯大概起于晋平公十八年（前540），经晋昭公（前531—前526），至晋倾公八年（前518）。

司马迁只是记述了景叔时期晋国发生的一个重大事件，似乎可以朦胧地看到景叔是干什么的。《赵世家》记载："景叔之时，齐景公使晏婴于晋，晏婴与晋叔向语。……叔向亦曰：'晋国之政将归六卿。六卿侈矣，而吾君不能恤也。'"大意是：景叔时期，齐景公派晏婴出使晋国，与晋国大臣叔向有一番谈话。叔向说："晋国的政权即将归于六卿了，现在六卿非常骄横，而我们国君却不能掌控他们。"晏婴是春秋末期齐国著名大夫，叔向是晋国著名的政治家、外交家，此时负责外交事务，所以他能与晏婴有以上推心置腹的交谈。由此，推想景叔此时绝不是一个普通老百姓，按照晋国世袭世禄制度，景叔想必已承袭六卿爵位，并承袭中军佐军职，然后依次晋升。至于晋升到哪一级，不得而知。否则，不会"晋国之政将归六卿"了。

《国语·晋语九》里有一段赵简子与家臣邮无正的一段对话，其中有几句话是对赵景叔的评价，说明了赵景叔身世及大致作为，对了解他很有帮助。邮无正说："及景子（指赵景叔）长于公宫，未及教训而嗣立矣，亦能纂修其身以受先业，无谤于国，顺德以学子，择言以教子，择师保以相子。"这段话讲得非常清楚了，说赵景叔是在公宫中由其祖母赵庄姬带大的，因为年纪小，还没有来得及接受赵武的正规教育，赵武就去世了，于是少年就继承了家业。尽管如此，赵景叔却没有在晋国落下恶名和话柄，相反，他按照道德规范学习各位大夫的长处，选择好的教材教育儿子，等儿子长大以后又把爵位让给儿子自己辅助他。这个儿子当然是赵鞅赵简子了。就是说，赵景叔早早把职权交给了赵简子，否则，赵鞅不会执政60年了。多么高大、谦恭、懂大理、知进退的形象啊！由此看出，在赵世家中，赵景叔也是位了不起的人物，尽管在司马迁哪儿没有几句话。

景叔生赵鞅，又名志父，赵简子是他的谥号。赵鞅在历史上比他的祖父赵武名气大得多，称得上历史名人，以他为题材的文学创作也不少，其中就有一名篇叫《中山狼传》，是明代文学家马中锡写的。开头一段就是写赵简子的，文字很精彩："赵简子大猎于中山，虞人导前，鹰犬罗后，捷禽鸷兽，应弦而倒者不可胜数。有狼当道，人立而啼。简子垂手登车，援乌号之弓，挟肃慎之矢，一发饮羽，狼失声而逋。简子怒，驱车逐之。惊尘蔽天，足音鸣雷，十里之外，不辨人马。"这里的简子果真英姿飒爽，气势不凡。

不过，也有不少人给了他差评。

有人批评他轻佻浅薄，这位先生是楚国大夫王孙圉。《国语·楚语》介绍：有一次王孙圉到晋国访问，晋定公设宴招待，赵鞅盛装作陪。席间，赵鞅起而敬酒，腰间玉佩叮当，向远方客人礼赞。赵鞅问王孙圉："楚国的白珩还在吗？"王孙圉答："在。"这里说的白珩，是指系在玉佩上的横玉，因质地良好，做工精细，一般作为国宝。

赵鞅又问："白珩作为楚国国宝，有多长时间了？"

王孙圉却这样回答："我国从来没把白珩作为国宝。楚国视为国宝

的其一叫观射父，他能编纂严谨的外交辞令，方便楚人出使，让诸侯各国无懈可击；其二是左史倚相，他通晓先王遗训典籍，将历史上兴衰成败典故讲得井然有序，早晚讲给楚君听，让楚君不忘先王大业；其三是云梦泽，这里盛产金、木、竹箭，又盛产龟甲、珍珠、兽角、象牙、虎皮、犀革、鸟羽、牦牛尾。对内巩固国防，对外联谊诸侯。这才是楚国的国宝。至于白珩，不过是一种宫廷的玩物，有什么值得称为国宝呢？"

不管王孙圉是答非所问，还是转移话题，一番宏论，让赵鞅很没面子。

还有一位批评赵鞅凶狠残暴，此人正是孔子。关于这件事，《史记·孔子世家》是这样说的：

孔子被卫灵公辞退，想去晋国投奔赵鞅。走到黄河岸边，听说晋国大夫窦鸣犊、舜华死了，于是面对黄河长叹："美啊黄河水，一派横流浩浩荡荡呀！但是我不能渡河了，或许是命啊！"跟随他的子贡不解其意，凑到跟前问道："老师，这是为何？"孔子说："窦鸣犊、舜华都是晋国的贤大夫。赵鞅没有得志前，事事看这二人眼色行事，得志后，杀了二人而独霸政务。我听说，剖宫杀胎而麒麟从原野上消失，竭泽而渔而蛟龙失去阴阳，覆巢毁卵而凤凰不飞。为什么呢？君子忌讳毁伤同类。兔死狐悲，物伤其类，何况孔丘我啊。"于是，放弃了去晋国回到卫国。

赵鞅到底是个什么样的人？

《赵世家》记载赵简子活动时期起于晋顷公九年（前517）。这一年世袭进入六卿，历经晋顷公、晋定公，卒于晋出公十七年（前458），从政时间60年，依次担任下军佐、将，上军佐、将，中军佐，先后辅佐韩先、魏舒、荀跞、士鞅4位正卿，在晋定公十九年（前492），26年的媳妇熬成婆，担任了晋国正卿、中军将，直至去世，时间长达34年。

赵鞅出道初期，他干了四件事，让自己在晋国牢牢站稳了脚跟。

第一件事，晋顷公十年（前516），年轻的赵简子率领各诸侯国军队进驻雒邑（今天洛阳），第二年，护送周敬王，名姬匄，回到此地，当了一回"联合国"军司令。起因和过程是：

早在晋昭公五年（周景王十八年，前527），周太子姬圣早死，让白发人哭了一次黑发人。周景王还有三个儿子，他偏爱其中一位叫姬朝的。周景王二十年（前525），景王正准备补立姬朝为太子时，他却溘然长逝了。另一个儿子姬匄联合自己同党趁机争夺王位，周王室朝野却看好长子姬猛，推选他为王，就是流产的周悼王。不几天，姬朝发难，杀了悼王，王室乱成一锅粥。

晋国与周王室同姓，又是近邻。晋文公获霸主以来，一直奉行"尊王攘夷"方针，面对周王室祸起萧墙，晋国当然不能坐视。主政晋国的六卿一商量，决定出兵靖难，先是委派荀跞全权处理，但是几经奔波，不能奏效。然后委派赵鞅去办。父亲赵景叔去世，赵鞅袭下军佐之职位，他刚处理完父亲的丧事，就接到出使的命令。在大夫士弥牟陪同下，与宋、鲁、卫、郑、曹、邾、滕、薛等国的代表在晋国黄父（今山西省沁水县）召开平息周王室内乱会议，赵鞅以霸主国代表身份，要求与会各国出兵勤王，得到各国赞同。在赵鞅率领下，联军一到雒邑，弹压了姬朝，选定了姬匄，这就是周敬王，遂把第二年定为周敬王元年。

事成后晋军撤回。但是晋军前脚走，姬朝后脚凭借自己强大的势力，把周敬王撵出城外，自立为王。周敬王被撵到荒郊野外，又惧怕姬朝追杀，只能栖息在长满芦苇的水上沙洲，很凄惨。

这又一次惊动了诸侯各国。赵鞅再次晋率诸侯联军进行干预。周敬王四年（前516），赵鞅率领诸侯国的军队进驻雒邑。在强大的军事压力下，周敬王入城复位，姬朝不得不俯首称臣。

赵简子在雒邑驻屯多长时间，没有记载。在诸侯国军队撤出后，到了周敬王十六年（前504），姬朝再次作乱，周敬王只好逃到了晋国，政治避难。第二年，晋定公决定送周敬王回朝。这时的赵简子已经升任上军将，奉命主持这次活动。这次，赵简子对姬朝不会像上一次那样客气了，将其彻底剪除。经过这次复位，周敬王在王室中站稳了脚跟，直至寿终。

第二件事，晋倾公十二年（前514），赵简子参与了六卿诛杀公族祁氏、羊舌氏的事件，推动晋国郡县制试水。

晋国公族是一般是指老公族，是晋国历代国君同姓的后代，指晋文公新政所优厚的胥、籍、狐、箕、栾、郤、柏、先、羊舌、董、韩等11个姓氏，全是姬姓别支。自晋文公重耳起，个别异性大臣跟随重耳东西流亡、南北征战，建立了殊勋，因此也被册封为异性公族。例如，晋成公元年，赵盾在世时，赵氏被赐为公族。

祁氏与羊舌氏为残存的最后两支老公族。祁氏为姬姓，因其祖先食邑于祁，以祁为氏。祁奚是晋悼公时期著名的政治家，也叫祁黄羊，以"外举不避亲、内举不避仇"著称于世。羊舌氏也是姬姓，因食邑羊舌，遂为羊舌氏。晋国著名政治家叔向子叫羊舌肸，活动于晋平公时期，叔向子是他的字，其子羊舌事我，改姓杨，称杨食我，晋武公六世孙。

赵鞅时，祁盈与杨食我是好朋友。祁盈的家臣祁胜、邬藏瞎胡闹，演了一出交换老婆滑稽戏，违反礼法。祁盈把两个人逮起来，祁胜暗自让人贿赂晋国六卿之一的荀跞。这个荀跞本来与祁盈就有过节，于是把这件事报告给晋倾公，并通报给赵鞅、魏舒、士鞅等其他卿。还没等晋倾公做出决断，祁盈就把乱伦的两人给杀掉了。晋倾公本来就对祁盈很反感，一看祁盈不经自己同意擅自处置家臣，十分恼火。命令六卿把祁盈，连同同党杨食我一起杀掉，至此，晋国姬姓公族全部灭亡。

赵鞅等六卿是新兴的大地主，正在进行田赋制度改革，老公族"祖述汤武"的条条框框对他们是最大的束缚，不拔除这些眼中钉、肉中刺不行。于是，巴不得老公族出点儿差错，好给他们下手制造借口。

祁氏、羊舌氏因罪不当灭族而灭族，他们的领地被没收。赵鞅等人把这些领地由邑改成县，这是晋国历史上第一次实行郡县制。将祁氏的领地改为7个县，分别是邬（今山西省介休东北）、祁（近山西省祁县）、平陵（今山西省文水县）、梗阳（今山西省清源县）、涂水（今山西省榆次）、马首（今山西省寿阳县）、盂（今山西省盂县）。将羊舌氏的领地改为3个县，分别是：铜提（今山西省沁县）、平阳（今山西省临汾）、杨氏（今山西省洪洞）。每县委任县大夫管理。

从此晋国公室势力大大削弱，六卿的势力急剧膨胀，不经晋君批准，把手下人封为大夫，成了六个"独立王国"，赵鞅也不例外。他任命了一套官吏和机构，管理领地的政治、民政、军事、人事，甚至外交，手下人对他称臣。

第三件事是进行革新亩制。春秋初期，人们沿用百步为亩规制，面积过小。随着铁器的使用，生产效率提升，晋国六卿都纷纷突破旧亩制，改为大亩。不过，赵鞅改得更彻底，中行、范氏、智氏，甚至韩、魏的亩制都没有赵鞅大。赵鞅亩制"以百二十步为宽，以二百四十步为长"。如果一步折合现今的米，赵氏一亩就是7200平方米，折合现在10.8亩。大亩利于耕作和种植，农作物产量可大大提高。赵鞅实行轻徭薄赋，范氏、中行氏、韩氏、魏氏实行"伍税之"，即每亩要交五成的税，而赵鞅"公无税焉"。因此，孙武分析了晋国六家改革后，认为赵鞅改革力度较大，预测"晋国归焉"。

第四件事是铸刑鼎。晋倾公十三年（前512）冬天，赵鞅与中行寅一同率领部队建设汝滨城（今河南省嵩山县）。从晋国运来一鼓铁（折合480斤），就地浇注一个大鼎，上面铸有范宣子编制的刑书。

范宣子是晋国法家，范宣子刑书编写于晋平公八年（前550），是中国最早的成文法，具有划时代意义。具体内容虽不可考，但从赵鞅将它铸在刑鼎上颁布于世，孔子对他的激烈批评，就可以从反面推测出大概。孔子说："晋其亡乎，失其度矣。夫晋国将守唐叔之所受法度，以经纬其民者也。卿大夫以序守之，民是以能遵其道，而守其业，贵贱不愆，所谓度也。文公是以作执秩之官，为被庐之法以为盟主。今弃此度也，而为刑鼎。铭在鼎矣，何以尊贵，何业之守也。贵贱无序，何以为国。"孔老夫子这段话记载于《孔子家语》。很清楚了，范氏法典破坏了"周礼"，否定了世袭世禄，导致"贵贱无序"和"礼崩乐坏"，无法"经纬"老百姓了。

范氏法典以及赵氏刑鼎问世，宣示了新兴地主阶级的政治智慧和政治主张，标志着这个阶级走上政治舞台。史学界评价说，这部法典对以后李悝、商鞅变法提供了条件。

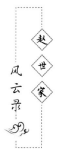

词　曰：

忆王孙

　　英姿勃发将门人，初出茅庐是虎贲，宏论声高九国彬。敬王欣，告别芜萍复至尊。

第十二章　赵鞅识人收阳货　邮氏沥胆解谜局

诗　曰：

> 赵氏江山像日蒸，思贤若渴燎其膺。
> 高云峻岭天鸢俯，远海洪流大鲤凌。
> 阳货原来真货宝，周臣就是好臣肱。
> 何时足得才三斗，吕霍黄汾放眼凭。

晋定公十一年（前501），鲁国的阳虎（在《论语》中称"阳货"）逃到晋国。此君是一个鲁、齐两国通缉的要犯，却以"政治避难"的名义被赵简子留在晋国，并得到赵简子的重用，被委任为赵氏家族的第一大夫。

这个阳虎早期是鲁国季氏的一个家臣，在毫无家族背景情况下，凭借计谋逐渐发展成能驾驭三桓（鲁国卿大夫孟氏、叔孙氏、季氏三家的合称）的鲁国第一权臣。他与孔子也有交往，孔子竟然在他的劝说下，出来到鲁国做官，可见此人精明，堪称纵横捭阖之才、呼风唤雨之能。鲁定公五年（前505），阳虎发动了一场意在剪灭三桓的政变，由于计划泄漏，行动失败，阳虎被迫逃到齐国。最初，齐景公接纳了他，但是他贼心不死，在齐国搬弄是非，制造事端，鼓动齐景公攻打鲁国，实现自己复辟的梦想。不料，齐景公的国策与此相反，是要联合鲁国对抗晋国。一看阳虎不是什么好鸟，留下他贻害无穷，于是下令逮捕阳虎。阳虎闻讯，三十六计走为上，逃到晋国，重金贿赂赵简子，赵简子收留了他。

表面上看，赵简子受贿收留了他，实际上是看重了阳虎的才干。赵简子才不把阳虎送上的东西看在眼里呢。作为政治家，他并没把视野只

放在自己的一亩三分地上，他一直关注鲁国的局势，估计对阳虎的作为早看在眼里了。鲁定公元年（前509），赵简子询问史墨："季氏逃亡了吗？"史墨回答说，季氏不会逃亡，他们是鲁国的功臣，功勋卓著，势力强大。"赵简子问季氏真正的目的是在打听阳虎的下落，如果季氏逃亡，阳虎会到哪里呢？

阳虎来了，赵简子立即委以重任，委托他管理赵氏家族的内务，位居"首辅"。对此，连孔子都不理解，孔子曾预言：赵简子用阳虎，必然败落。而实际上，赵家在阳虎的治理下，事业蒸蒸日上，很快成为晋国第一家族。尤其在后来的"铁之战"时，阳虎的一条计策对战役取胜起到了很大作用。

赵鞅思贤如渴，这是他能成功的诀窍之一。他在战胜范、中行氏之后，首先想到的是："吾愿得范、中行之良臣。"他曾感叹："鲁孟献子有斗臣五人，我无一，何也？"斗臣，是力挽狂澜之臣子。孟献子是鲁国中期外交家、政治家，多次代表鲁国出使晋国。

因此，赵鞅身边人才荟萃，如董安于、周臣、尹铎、邮毋恤、史黯、邮无正，还有卫国的废太子蒯聩等，这些人都为赵氏家族建立卓越功勋。不少人是志向远大之士，终生追随赵鞅，看好的是赵鞅的事业。因此无论顺境还是逆境、受重用还是被疏远，都对赵鞅忠心不二，以至能在关键时刻，舍命报主。

《国语·晋语》记载：下邑战役中，董安于因一件事发了一次牢骚，充其量是态度强硬了一点，赵鞅却要重赏他，董安于推辞。赵鞅一定要赏他，董安于说："正当我年少时，因善于写作投靠您，让我有用武之地，早早出名，义气显于诸侯，主公您却不记得了；到我成年了，让我给您的重臣当随从，我毫无怨言；到我壮年了，让我给厨子当下手，我还是没二心。今天我耍了一次轻狂，您却要赏我。如因这件事受赏，我还不如死呢！"董安于是非界限非常分明，对自己曾耍横深感自责。他对有功未曾受禄没怨言，但对无功受禄也很反感。这样的人确实是赵鞅的铁杆粉丝，难怪赵鞅诛杀邯郸午后陷入困境时，能把一切责任揽到自己身上，主动替主人背黑锅，舍生取义。

赵鞅特别能听取不同意见，闻过则喜，知错必改。

赵鞅派尹铎去做晋阳大夫。临行前，尹铎请示赵鞅："您派我去晋阳，是聚揽钱财还是凝聚人心呢？"赵鞅回答："当然是凝聚人心，保障宗族利益。"并告诫儿子赵毋恤说："我们在晋国有难，切勿以尹铎年少而弃之不用，不要以为晋阳偏远而不作为最后落脚之地。"晋阳就是今天的山西太原。当时赵鞅做卿，居住在晋国的都城新绛，也称新田，在今天山西省侯马市，离晋阳较远。

尹铎是个棒小伙，血气方刚，到晋阳后，立即按照赵鞅的要求，削减赋税，发展生产和流通，各业兴旺，人心安定。但是，他没有完全理解赵鞅的意图，加高了晋阳的城墙，意在加强城防，以防不测。

赵鞅真正的意图是让尹铎笼络人心，求得人民最大程度的支持。因此，他反对加高城墙，认为这样一是劳民伤财，二是破坏和平气氛，引起人心惶惶，不利于聚拢庶民，吸引客商。因此他说："我要到晋阳去看看，如果见到加高城墙，就像见到中行寅和范吉射一样窝心，我要把它拆掉！"

中行寅和范吉射是晋国当时六卿之二，对赵鞅虎视眈眈。他们在各自的城邑内厉兵秣马，恨不能一口吃掉赵鞅。

结果赵鞅到晋阳视察来了，没进城门，一见城墙被加高，火冒三丈，说："我先杀尹铎后进门！"

在旁边的大夫们纷纷劝说："主公杀尹铎，定让亲者痛仇者快。"邮无正批评他，言辞很激烈："从前您祖父赵文子没出生就蒙受刀光之灾，随母亲赵庄姬藏身于宫中，成年后凭孝德立足于公族，凭恭德升任高位，凭武德荣任正卿，凭文德成就好名声，在失去根基、老师去世（指程婴）的情况下，只凭自己的努力，恢复了赵氏家族的荣誉和产业。到了您父亲赵景叔，还没成人，他父亲（指赵武）就去世了，在失去父亲光环庇护的情况下，也凭自己的努力，使赵家繁荣得以延续。而今天主公您即位，论条件比祖父、父亲条件好多了，要经验有经验，要老师有老师。但是主公把这一切您统统放在一边了，忘记了祖辈的好传统，对人太苛刻了。

"我听尹铎说过：'思乐而喜，思难而惧，人之常情。现在加高城墙可以加强城防，有什么不妥当呢？'您如果处罚尹铎，是罚善啊。罚善等于赏恶，我们作为臣子还有什么指望！"

赵鞅一听，知道自己错了，坦诚地说："没有先生您这一席话，我将无法做人了。"然后下令重赏尹铎。

当然尹铎也没有因此嫉恨赵鞅，于是将封赏的物品转赠给邮无正。邮无正拒绝，说："我的劝解是为了我们主公的事业，不单单是为了你。"

读了这一段记载我很感动。它生动地表现了赵鞅的知错就改的大度，邮无正的直言敢谏的胆略，尹铎的感恩戴德的品行，这就是赵鞅团队的真情。

司马迁在《赵世家》里还专门记载了这样一个故事，说是赵简子有一个臣子叫周臣，说真话、好直谏。平常周臣一说话虽然刺耳，而简子听起来却非常舒坦。周臣死了，简子每次上朝老是不高兴，似乎如丢失了什么东西一样。各位大夫都以为是自己做错了事惹简子生气了，纷纷自责请罪。简子说："诸位大夫都没对不起我，你们没罪。可惜的是周臣不在了。我听说一千张羊皮不如一个狐狸皮的腋窝。诸位大夫上朝，都是唯唯诺诺，听不到周臣鄂鄂之言了，所以我非常担忧啊。"一席话表明简子能听取不同意见，从中汲取营养，这也是简子在领地内能有巨大的凝聚力和很高的威望的根本原因。

这个故事也是成语"一狐之腋"的出处。

词　曰：

一剪梅

一日临朝抑郁生，一脸闲愁，两眼无明。众人不解个中情，顿首躬身，请罪虔诚。

哪有谁家把我轻，想念周臣，盼望言铮。千羊虽好软毛皮，难抵狐窝，一个铮名。

第十三章 邯郸午含屈毙命 赵简子转危回绛

诗　曰：

晋阳防守备三扃，索要邯郸五百丁。

倔午迟疑遭血戮，强鞅失措陷凄暝。

中行水尽山溪断，赵孟花明柳岸青。

直下朝歌林鸟散，卫漳唾手作金屏。

晋国范氏、中行氏是两个古老的家族。中行氏出自姬荀氏，晋文公五年（前632），为防御敌人侵犯，晋国成立三行军，荀林父将中行，先縠将右行，先蔑将左行。荀氏从此以中行为姓。范氏出自祁氏，晋景公六年（前594），祁士会因战功升为中军将，得食邑范，从此以范为姓。

晋倾公、定公时，两族后人范吉射、中行寅位居卿大夫，位高权重，与赵鞅势均力敌。赵鞅和他们互相利用，又相互提防，并没有撕破脸皮，之前还与中行寅合伙铸造了刑鼎。

晋定公三年（前509）九月，晋国与北边的鲜虞在平中（晋地，今河北省唐县境内）发生战争，晋军将领观虎恃勇轻敌，战败被俘。鲜虞就是中山国前身，此时羽翼渐丰，已构成晋国的心腹大患。晋定公五年（前507），晋国出兵报复，围住鲜虞都邑中人（今河北省唐县），狠狠敲打了鲜虞。但之后鲜虞仍不断骚扰晋国，赵鞅的晋阳城靠近鲜虞，屡屡受到威胁。

晋定公十五年（前497），眼看晋阳吃紧，赵鞅想增加防卫兵力。赵鞅把赵姓远支的邯郸大夫（县令）赵午叫来，说："请你把卫国进贡的五百奴隶交还我，我把他们安顿到晋阳作守卫，防御鲜虞人来犯。"

邯郸位于漳、卫河以北，原属卫国，晋文公时被晋国夺取，随后封给赵穿做食邑，与卫国渊源很深。

赵午当面答应了，回到邯郸以后将此事告之父亲、兄弟，父兄一听不同意，理由是卫国送来的五百人是为护卫邯郸的。邯郸虽是赵邑，但确实是卫国之北的屏障，如果邯郸有失，卫国必然处于狄人的兵锋之下，也不好向卫国交代。为搪塞赵鞅，有人出了一个主意："不如我们去齐国边境骚扰一下，齐国一有动静，我们不交五百人就要理由了。"没办法，赵午只好带着家臣涉宾去新绛向赵鞅复命。

赵鞅一听大怒，想你赵午好赖也是我们赵家的后代，即使赵午你当了晋国的大夫，也不能不听我的。赵午到了，赵鞅命令赵午和随从涉宾交出佩剑觐见。进屋后，赵鞅先是劈头盖脸训斥一通，然后喝令部下："把赵午给我关起来！"

涉宾大惊失色，不知所措。赵鞅对他说："回去告诉邯郸人，我有权处罚赵午，你们邯郸官吏的生杀夺予全在我一句话。"赵鞅说的不是一点道理也没有，他是赵家宗主，在一个家族中，宗主有至高无上的权利。

赵鞅这招确实霸道，不过晋阳对他太重要了——关乎赵家的命根子。

这个邯郸午也太倔，始终对500名侍卫移师晋阳不松口，赵鞅一狠心把他杀了。赵鞅不经晋君批准，擅杀晋国大夫，触犯了晋国法律。

噩耗飞到邯郸，一下子炸了锅，邯郸午的儿子赵稷知道赵鞅势力大，告状到晋定公也不管用，于是纠合家臣干脆造反了。

这年六月，晋定公派上军司马籍秦攻打邯郸叛军。赵稷依据城高池深固守，晋军一时攻打不下，晋定公又命范吉射、中行寅等人出兵助阵。然而，邯郸午是中行寅的外甥，而中行寅和范吉射又是儿女亲家，他们关系盘根错节，篮子挂钩子，钩子挂篮子（邯郸俗语），平时又非常亲近，认为这事都因赵鞅而起，他俩非但不愿意攻打邯郸，反而密谋，起兵攻打赵鞅。

董安于听到信儿，赶紧告诉赵鞅："主公要早做准备。"赵鞅说：

"晋国法律规定，最先犯上作乱的处死，后犯错误的可以豁免。"意思是说邯郸稷已经造反，是逆天大罪，自己撑死了杀了一个邯郸午，晋定公不会怪罪。

十月，范氏、中行氏联军攻打赵鞅的府邸。赵鞅府邸就在新绛，晋定公也怨恨赵鞅不经自己允许诛杀邯郸午，并引起赵稷造反，把他列为与范氏、中行氏一样的作乱者，于是对范氏、中行氏攻打赵鞅不管不问，实际是默认。赵鞅抵挡不住，撤回晋阳。此刻，老百姓一般同情弱者，赵鞅无端杀邯郸午似乎引起了公愤，晋国军民不请自来，纷纷围攻晋阳，赵鞅处境非常危险。

这时，事态突然有了转机。中行寅和范吉射身居六卿，不少人对他俩的职位觊觎已久。况且平时树敌过多，仇人们趁机落井下石。仇人魏襄想驱逐中行寅，由梁婴父代之；想驱逐范吉射，由范皋绎代之。于是，魏襄找到正卿荀跞（知伯文子），史书中把他的家族称为知伯氏。荀跞也对范氏、中行氏有意见。荀跞谏言晋定公，说："晋国法律规定，首乱者死，现在中行氏、范氏擅自带兵攻打赵鞅，与赵鞅擅杀性质相同，独把赵鞅撵到晋阳，不公平。"晋定公对范氏、中行氏把都城弄得乱糟糟的很有意见，决定驱逐范氏、中行氏二人。

十一月，晋定公命令荀跞、韩不佞等攻打范氏、中行氏，久攻不克。范氏、中行氏恼羞成怒，反过头来攻打晋定公。晋定公亲自带队反攻，晋国人支持晋定公，群起攻击叛军，范氏、中行氏抵挡不住，丁未日（十一月十八日），逃跑到朝歌（今河南省淇县）。

在晋阳的赵鞅把一切看在眼里。认为反攻机会来了。赵鞅的人缘比范氏、中行氏人好多了。朝中大夫同情者不少。赵鞅把魏、韩两家宗主魏曼和韩不信请到晋阳，商量一番。魏、韩两家与赵鞅志向一致，处境类似，说话投合，很快取得了两家的理解和支持。

十二月辛未日（十二月十二日），赵鞅回到新绛，把朝中大夫悉数邀请到自己的府邸，订立盟约，表示一荣皆荣、一损皆损的决心，枪口一致对准范氏、中行氏。

然而，赵鞅杀邯郸午引起的骚乱毕竟是一个抹不去的污点。晋定公

十六年（前496），与董安于有仇的梁婴父对智跞说："董安于是赵鞅的主要谋士，不杀掉他，晋国恐怕要落在赵鞅手里了。何不以赵鞅杀邯郸午引以内乱为由，讨伐赵鞅？"

这时的智跞何尝不想整倒赵鞅，然而他知道现在应集中力量剿灭范氏、中行氏。赵鞅势力很大，支持人甚多，打赵鞅时机未到，必须先让赵鞅过关。于是决定将计就计。他找到赵鞅，说："杀邯郸午引起范氏、中行氏骚乱，你的家臣董安于都知道，或许是同谋。现在，范氏、中行氏都被驱逐了，董安于不能没事儿。"言外之意，让董安于顶罪，求得赵鞅豁免。主意虽好，赵鞅舍不得，支支吾吾不答应。

这时，董安于站出来了。他想，总要有人为杀邯郸午引起的骚乱买单。董安于对赵鞅说："我死，赵氏定、晋国宁，我死得值了！"说罢引剑自刎，赵鞅大哭一通。赵家又一个公孙忤臼，又一个程婴！后人常把韩愈名句"燕赵多慷慨悲歌之士"用到荆轲头上，我以为是用错了地方，而用以歌颂程婴、公孙忤臼、董安于还比较合适。

荀跞闻讯报告晋定公。定公说："对赵鞅不追究了。"然后，智跞将这一情况告诉老百姓，国人激愤平息了，赵鞅也摆脱了千古罪名。随后，赵鞅把董安于的牌位立在自己的宗庙里，世代供奉，让赵家后人永远怀念这位舍生取义的恩人。

荀跞此刻是与赵鞅结成了统一战线，目的是剪灭范氏、中行氏。几十年后，赵氏、知伯氏两家又展开了一场殊死战争，那是后话。

晋定公原谅了赵鞅，恢复了他的职权。赵氏不但躲过一劫，而且迎了开疆拓土的千载良机。

晋定公十八年（前494），赵鞅率兵围剿范氏、中行氏，包围了朝歌，范氏、中行氏逃到邯郸。晋定公二十一年（前491），赵鞅攻克邯郸。范氏、中行氏又逃往柏人（今天河北隆尧），简子攻克柏人。中行氏和范氏逃到齐国。

坏事变好事，赵鞅完全占据了邯郸到柏人一方土地，赵鞅的领地从今天的太原一直延伸到河北中南部。占领邯郸，意义重大。邯郸处于华北平原与山西高地交界处，北可以到达代地，南可下中原，西连山西，东可到山东，战略位置十分重要。当地河流纵横，土地肥沃，物产丰富，稼穑多熟，当时已经属于"发达地区"，为日后赵国立国奠定了基础。

晋定公十九年（前493），赵鞅升任正卿。这时的赵鞅今非昔比，司马迁说他："名为晋卿，专晋权，奉邑侔于诸侯。"侔者，并列之意也。说他的领地和权力与诸侯国相比，已有过之无不及。

词　曰：

采桑子

先君创业非风顺，得罪同宗，力压强龙，收取邯郸再展雄。

董安饮剑诚心献，晋国宽容，赵氏消凶，英主年年泣挚衷。

第十四章 奖罚令励寡敌众 铁丘战以少胜多

诗　曰：

> 文韬武略冠群臣，内乱征平系一身。
>
> 义伐朝歌追范氏，彬归蒯聩遇千辚。
>
> 伤肩怎误敲军鼓，咯血焉能皱帅鞶。
>
> 郑国丢粮还卸甲，中行自此丧星辰。

在剿灭范氏、中行氏的过程中，发生了著名的铁之战，这是一场以少胜多的经典战役，在此有必要详细叙述。

别看范氏和中行氏在晋国孤掌难鸣，在国外却有不少支持者。范氏、中行氏兵败逃亡朝歌后，晋定公十六年（前496），鲁定公邀请齐景公、卫灵公在脾上梁会面，商量救援范氏、中行氏大计。鲁、齐两国支持范氏、中行氏，是因为两国对赵鞅5年前收留了搅乱两国的阳货而耿耿于怀。卫国对赵鞅有意见，是因为赵鞅在这年收留了卫国废太子蒯聩。这位蒯聩，因谋杀卫灵公的宠姬南子失败而逃亡，也属于卫国政治犯。

鲁、齐、卫自己不敢出面，找来一个晋国叛将析成鲋、小王桃甲领着狄国军队攻打晋国，结果在绛被赵鞅打败，两人落荒而逃。这年，赵鞅在潞（今山西省潞城县）打败范氏，俘获籍秦、高疆，接着又在百泉（今河南省辉县西北）打败郑国与范氏联军。

晋定公十八年（前494），范氏、中行氏逃到邯郸。四月，齐景公、卫灵公救援邯郸，围攻五鹿，均被打退。接着两人在乾侯开会，还是商量救援范氏，议而不决。

晋定公十九年（前493）八月，齐国给困守邯郸的范氏、中行氏运送粮食补给。郑国的子姚、子般兄弟俩当运输大队长，范氏前来亲自接迎。这时，赵鞅正在戚邑歇脚，与郑人运粮队碰了个正着。

赵鞅为什么会在这儿？原来，三年前，卫国太子蒯聩投奔赵鞅，这年，当了42年国君的卫灵公寿终正寝，蒯聩想回国即位，赵鞅亲自带人送他回国。谁知到卫国后，卫国已经让蒯聩的儿子辄即位，就是卫出公。阳货带着十几个人穿着重孝服，以给卫灵公吊孝为名护送蒯聩入城，想把蒯聩留在卫国。蒯聩自己也想留下，毕竟自己的儿子当了国君。但是，卫国人一听蒯聩回来了，气不打一处来，纷纷抄起家伙来打他。阳货急忙护着蒯聩退了出来。赵鞅一行只好暂住在戚，与郑人送粮队不期而遇。

赵鞅当然不能让郑人得逞，决定夺下这批粮草辎重。然而，赵鞅不是出来打仗的，身边只有少量警卫部队，而郑国军队却是浩浩荡荡，敌众我寡。

阳货建议："我们人少车少，不如把兵车的旗帜插在罕达、驷弘两人率队的兵车上，旗帜越多越好，列阵布置在前面，让罕达、驷弘两人的部队布置在车阵之后，造成兵多将广的假象，迷惑郑军，让敌军心悸胆寒，然后突然出击，可一战而胜。"

赵鞅说："此计甚妙。"

按照惯例，战前先占卜吉凶。把龟壳一烧，烧焦了，看不出上面的纹路，吉凶未知。谋士乐丁说："既然看不出兆纹，伐罪惩恶，一以贯之，不如按上次围攻范氏、中行氏那次的兆卦行事，那次是吉卦。"

赵鞅又说："可行。"

战术既定，占卜有据，赵鞅树立了必胜信心。于是，他战前誓师，做了一次慷慨激昂的战前动员，他对参战的全体将士说："范氏、中行氏犯上弑君，涂炭百姓，想独霸晋国，违天理，灭人伦。原本晋、郑友善，晋君倚重郑国，谁料郑国大逆不道，助纣为虐，是可忍，孰不可忍！"

赵鞅接着说："你们这次参战，顺天意，从君命，伸道义、除贼寇、

去耻垢，建功立业，光宗耀祖在此一役！望大家奋勇杀敌，克敌制胜。有功者，上大夫授一县食邑，下大夫授一郡食邑，士授耕地十万亩，庶人允许从工经商，有罪的官员免除服刑。"

这是一个实实在在的大礼包。当时县比郡大，授县相当于卿的待遇，授郡相当于上大夫待遇，十万亩相当于食千户。赵鞅以战功论赏，让老百姓放手进入工商业，具有划时代的意义，是分配制度和职业准入的重大改革，是对世袭世禄制度的彻底否定，也是赵鞅作为新兴地主阶级杰出代表的政治宣言和施政方案。表明从赵鞅开始，赵国已经进入封建时代。这年，比秦国商鞅变法整整早了144年。我认为封建制度改革的始作俑者是赵鞅，不是魏文侯和李悝，也不是秦孝公和商鞅。

如果战败怎么办？赵鞅接着说："我是主帅，此次取胜，我们国君自然论功行赏；如若战败，我自请绞刑受死，甘受薄葬，领受三寸之桐棺，不设次外棺和外棺。用没有装饰的裸车运送棺，不入赵氏宗族祖坟，领受下卿处罚！"

古代厚葬，棺椁分三层，内棺称椑，次外棺称属，外棺称棺。庶人的桐棺通常四寸。三寸棺是装殓犯人的。战败甘愿死后装进犯人的棺材，表示抱定必死的决心。

誓师后，士气大振。八月七日，敌我双方摆开阵势，赵鞅把全军布置在一个名叫铁丘的山坡上，居高临下，大战一触即发。赵鞅一身戎装上了战车，邮毋恤驾车，蒯聩护右。对面的郑军车山人海，蜂拥而来。蒯聩一时慌了神儿，脚下不稳，一头栽倒车下。邮毋恤赶紧把他拉上车来，扶他站稳，说了声："你真是个娘们儿！"（《左传》原文："妇人也。"）

赵鞅下车巡视自己的部队，说："毕高，原是一个普通人，晋献公时，讨伐霍、耿、魏三国，七战全胜，得到善终。你们不比他差，大家奋勉，死的只能是对面的敌寇。"赵鞅又一次给大家鼓劲。

有一将领叫赵罗，是温县大夫，身上有病，四肢无力，站在车上晃里晃荡，但他还是坚持参战，不得已，他的驾车人繁羽用绳子把他拦腰绑在车前大横木上。旁边的人看不下去了，责问这是干啥，繁羽说：

"罗大夫疟疾发作，只好如此。"

蒯聩也没有见过这样的阵势，心中祷念："曾孙蒯聩报告皇祖文王（周文王）、列祖康叔（卫国始君）、文祖襄公（蒯聩祖父）：郑胜（现任郑国国君）为虎作伥，晋定公临难，让赵鞅讨伐他们。此战，我须尽责，现披挂上阵，担任主将右卫，责任重大。恳请祖先庇护，一仗下来，不要让我缺胳膊断腿毁面，即使战死，也要囫囵人见祖先。至于性命、名誉、珠宝，我一概不想。"蒯聩姬姓，视周文王为祖先，他在给自己鼓劲。

双方短兵相接，赵鞅一车当先，战况空前激烈。郑人击中赵鞅肩膀，赵鞅一下子向前扑倒，车上的帅旗被郑人夺走。同车的蒯聩非常勇猛，用长矛猛刺郑人。矛锋所触，郑人纷纷毙命，邮毋恤熟练驾车，战车向郑人横冲直撞。郑人渐渐不支，向北退却，可惜赵罗被俘。

赵鞅趴在箭袋上，肩膀上鲜血直流，仍坚持指挥战斗，挥动鼓槌不停击鼓，鼓声雷鸣，晋军个个争先，杀声震天。眼前刀光剑影，血肉横飞，烟尘四起，日月无光。赵鞅事后谈起当时的情景说："郑人击我，吾伏弢呕血，鼓音不绝。"惊天地，泣鬼神。

夜幕降临，晋军将领公孙龙率领500名步兵夜袭郑军，在郑军主帅子姚的大帐把帅旗夺回。天明再战，公孙龙率队一马当先，追赶郑军，与后撤的郑军将领子姚、子般短兵相接，相互飞矢射击，双方的箭杆像对飞的蝗虫一样射出，又如流星雨一般坠落，战至最紧张时刻，晋军前列将士几乎全部战死，但后面的战车和步兵勇往直前，无一退却。

关键时刻，赵鞅带车冲了过去，蒯聩手握长矛一路厮杀，郑人再无还手之力，丢下一千车粮食辎重，蚂蚁一样溃逃，晋军大获全胜。赵鞅心情从来没有今天舒畅，大呼："我们胜利了。"意思是，粮食辎重被夺，范氏、中行氏必将不战自溃，长达4年的讨范战役就要胜利收官。

我想，鄙人笔拙，难以还原当时精彩场景，不过，用屈原《国殇》描述倒是非常准确、逼真：

操吴戈兮披犀甲，车错毂兮短兵接。旌蔽日兮敌若云，矢交坠兮士争先。凌余阵兮躐余行，左骖殪兮右刃伤。霾两轮兮絷四马，援玉枹兮

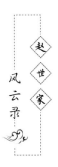

击鸣鼓。天时坠兮威灵怒，严杀尽兮弃原野……诚既勇兮又以武，终刚强兮不可凌。身既死兮神以灵。魂魄毅兮为鬼雄！

词　曰：

苏幕遮

碧云天，黄叶碎。大雁南翔，铁崮驰飙缛。蘑菇狼烟粮道诡。枉补中行，郑国心还寐。

大旗飘，刀剑淬。稼穑金银，岂进强人胃。咳血怵戁敲鼓累，将士争先，酋敌泥鳅退。

第十五章　吴夫差争霸黄池　晋董褐讥唇帐帷

诗　曰：

> 江南一位梦人昏，万里奔来找自尊。
>
> 列队三方红白墨，持兵四器剑刀盆。
>
> 称王被谴微言对，歃血虽先大祸跟。
>
> 巧计能赢千骏马，只因晋国有鹏鲲。

晋定公三十年（前482），远在江南的吴国国君夫差，凭借自己是周太王的后裔，千里迢迢，率领数万大军浩浩荡荡开到黄河岸边的黄池（今河南省封丘县荆隆宫乡），打着"以全周室"的旗号，与诸侯国会盟。此时赵鞅正值壮年，面对夫差咄咄逼人的挑战，岂能甘拜下风，于是跟随晋定公率军到达黄池。

夫差虽然兵强马壮，却不是来打仗的，目的是与晋国争夺盟主地位，因此带来的全是装备靓丽的仪仗兵一样的部队，想在晋国面前好好显示一下。《国语》文字精彩绝伦，场景惊心动魄，吴、晋双方斗智斗勇，晋军在赵鞅的策划指挥下，与吴方展开一场心理战，终于化险为夷。

黄昏时刻，吴王夫差发布命令：全军厉兵秣马、造饭飨士。半夜，乃令士兵穿戴甲胄，枕戈待旦。战马勒舌，以禁马嘶；锅灶掏火，以用照明。全军列成中、左、右三个方阵，每阵万人。各方阵横向百人，纵向百列。行首上士领队，抱铃执戟，身旁竖立飘带一般的旗帜。阵中每十行一下大夫率领，旌旗颖肩，战鼓挂脖，剑柄跨腰，鼓槌在手，威风凛凛。中军方阵一色白裳、白旗、白甲、白羽毛短箭，远远望去犹如芦苇飞絮。夫差亲持大斧，身后大旗飞舞，站立方阵中央。左阵一律红

裳、红旗、红甲、红羽毛短箭，远远望去一片火海；右阵一色黑裳、黑旗、黑甲、黑羽毛短箭，远远望去一片漆墨。吴三军距离晋军大营一里之处，摆成进攻架势，鸡鸣方布置停当。黎明，夫差乃手持大槌，亲自击鼓、敲锣、摇铃，将士一呼百应，军威大振，惊天动地。

晋军将士惊骇，高筑壁垒坚守不出。赵简子奏请晋定公，派大夫董褐询问军情。到达吴营，对接待的吴国官员说："两国已商定休兵言和，约定今天就是会盟日期。而今吴国作为大国违背契约，把大军摆在我军营垒跟前，请解释缘由。"

夫差亲自作答："我乃奉周天子之令。如今周王室衰微困窘，诸侯断贡，以致无法祭奠天地鬼神，而姬姓诸侯对此置若罔闻，无人出面拯救周王室。周王室派人到吴国求援。我日夜兼程来会见晋君。晋君作为姬姓诸侯，纵然兵多将广、国势强盛，却不为周王室担忧，也不去讨伐诸戎、狄、楚、秦等异性诸侯，反而不讲上下长幼，以暴力征讨姬姓兄弟之国，实有损盟主威严。我先祖吴太伯，乃周王室长子，我作为姬姓之后，拯救周王室义不容辞。此次会盟，就要敲定此等大事。如今会盟在即，箭在弦上，我担心大事不成，被诸侯耻笑。晋国乃北方大国，我理应侍奉。不管晋君同意不同意，我能侍奉在今日，不能侍奉也在今日。为不辜负周天子使者长途奔走之苦，我就在你们营地外听从命令。"

夫差果然外交辞令华丽，气势咄咄逼人。吴国的开国君主是吴太伯。吴太伯是周太王之长子，周文王姬昌的伯父。周文王即位后，吴太伯远走荆蛮，文身断发，创立吴国。所以夫差以周嫡系自居。

董褐听得明白，他是来找事儿的，无须跟他说太多，转身就要离去，不料夫差吩咐军中左部军吏畸："把少司马兹和卫士五人叫过来，坐在旁边。"这些人依次觐见完毕，立刻抽刀自刎，以此表示酬谢董褐，董褐霎时目瞪口呆。

董褐给赵鞅复命。董褐告诉他："我看吴王的架势，或许有大忧患。往轻的说，是宠妾、嫡亲儿子死了，或是国有内乱；往重的说，或许是越国入侵吴国。困兽犹斗，面前的吴军十分凶残。我们不能与他们交战，否则我们会陷入危险境地。不如让让他们，给他面子，在会盟时，让他先歃血，姑且给他一次做盟主的机会有何妨？"

赵鞅认为有道理，答应了，然后报告晋定公。

定公让董褐前去夫差处回话。出门时，赵鞅告诉董褐，回话时如此这般，这般如此，董褐领命而去。

见到夫差，董褐按照赵鞅确定的套路慷慨陈词："我们君主不显示金戈铁马，非不能也，而是意在罢兵言和。他派我回复您：'正如您说的，周王室衰卑，诸侯失礼于天子。晋国作为姬姓诸侯，又是周天子近邻，固然难辞其咎。但是，天子的责问天天传到晋国，说是吴国的先君还能坚守对周天子朝聘之礼，多少年来一直率领诸侯觐见周天子。而现今，吴国有蛮、楚忧患，朝聘之礼时有中断。不得已，周天子才让我们晋君辅佐周太宰，率领同姓诸侯朝见周天子，以解周王室忧患。第二，天子颁发的命圭上写得清清楚楚，封您为吴伯，您却在东海边上擅自称王，僭越的恶名早传到天子耳朵里了。作为姬姓诸侯，您自己先坏了规矩，周王室尊严何在？周朝不能有两个王，您如果不藐视周天子，请您改称吴伯。您做出了榜样，晋国怎敢不分上下长幼，怎敢不听您的命令呢？第三，晋国久为盟主，诸侯听令。而您要当盟主，试问有几个诸侯心服？'"

夫差被点软肋，一时口噎，于是退兵步入军帐会盟。赵鞅为了缓和剑拔弩张紧张气氛，不跟夫差一般见识，你想第一个歃血，好，给您的面子，就让您第一个歃血，晋定公谦让，第二个歃血。吴王夫差终于当了一回名义上"盟主"。

仪式刚完，盟约墨迹还湿，越国入侵吴国的消息一个接一个地传来，夫差担心宋国、齐国袭击自己，于是命令王孙洛与吴大夫勇获率领步兵，以过路的名义来到宋国，放火烧掉了宋国都城北面的外城，给自己壮胆，然后回国。

这是晋国外交和军事上的一次重大胜利，赵鞅与董褐正确地分析了夫差的心理，看透了他色厉内荏的弱点，点到了他僭越失分的软肋，兵不血刃地挫败了吴王夫差的重兵强阵，逼迫他老老实实坐在谈判桌前会盟。夫差劳师远征，花费巨大，除去第一个歃血，赚了一回不值钱的面

子外，什么也没捞着。

吴王夫差千里奔袭，要的是面子，面子倒也争了一点，但是，回去以后不好过了。又过了7年，越王勾践灭掉吴国，夫差被俘后自杀。

也就是这一年（前477），晋定公去世，其子姬凿即位，史称晋出公。这位晋定公在位37年，是晋国历代国君在位时间最长的一位。它执政期间，内部没有发生重大政治波澜，外部维持盟主地位（即使暂让吴王夫差过了一次盟主的瘾），不能不说是赵鞅强有力的辅佐在起作用。

晋出公十一年（前464），赵鞅染病，逐渐把国政及家族事务交给儿子毋恤。晋出公十七年，一代英雄去世，享年在80岁上下。

词　曰：

渔歌子

小邑黄池杀气腾，大河流水浪花凝。刀影乱，剑光凌，南蛮北国比才能。

第十六章 赵简子梦里选嗣 幼毋恤忧中入魁

诗　曰：

> 选嗣关乎赵氏宗，鞅君暮想乱思雍。
>
> 高人看好垂髫客，相士佳评缺角龙。
>
> 废长只缘兄慢钝，推贤正是弟纯惇。
>
> 天庭降授无凭信，苦煞先王万载胸。

晋出公十七年（前458），赵鞅去世，他的小儿子毋恤即位，就是赵襄子。毋恤是一位雄才大略的政治家和军事家，也是赵国的实际缔造者之一。

然而，父亲赵鞅原定的接班人是长子伯鲁，不是毋恤。《赵世家》记载，在晋定公十一年（前501），阳货入晋投奔赵简子。第二年，赵简子在重病中做了一次改嗣的决定，最终选定毋恤为太子。

选嗣非同小可，关乎赵氏家族荣辱兴衰。晋倾公十三年，晋国公卿、卿卿之间已刀光剑影。公族是晋国国君的血亲，是时，六卿中公族仅剩祁氏、羊舌氏，其余是外姓。以魏舒为首的其他四卿（含赵简子）依照法律，杀了晋国公族祁氏、羊舌氏，将他们的领地充公，划分成十个县。随后，四卿把自己的家族人都封为大夫。四卿不仅把持着晋国的大权，而且在他们的领地内，俨然就是一个国家。晋公室越来越弱了。然而，四卿之间也不是和平相处的，时刻在争权夺利、钩心斗角，弱肉强食，稍不小心，就会"我为鱼肉，人为刀俎"，被别人生剥活剥。赵简子选嗣，不能不从政治上考虑。

司马迁不惜笔墨，写了这个过程。不过，情节有点儿罗曼蒂克加天

方夜谭，稍有科学知识的人都不会信以为真，但不能不讲，因为它不逊于《一千零一夜》中的任何一个故事。

在晋定公十二年，赵简子突发了脑血栓，5日昏迷不醒。赵氏的大夫们一片惊慌，请来名医扁鹊诊视，董安于问扁鹊怎么回事。扁鹊说："心脉尚好，不要大惊小怪。过去秦缪公也得过这种病，7天醒了。醒来那一天，他告诉大臣公孙支与子舆说：'我到天帝那里去了一趟，非常快乐。我之所以待了很久，是学了不少东西。天帝告诉我，晋国将有动乱，持续五世。其后代有人将成为霸主，却不能终老。霸者之子将要下一道命令，让都城取消男女差别（伦理混乱）。'公孙支将缪公的话记录下来，收藏起来。之后，秦国谶言灵验了。晋国献公动乱，文公称霸，襄公打败在崤山的秦军，回来之后就纵容淫乱，这些都与谶言相符。现在你的主君与秦缪公相同，不出三天他就要醒来，醒来会有话对你们说。"

这个段落是根据司马迁《赵世家》原文叙述的。但是我却发现了错讹。原文是"献公之乱，文公之霸，襄公败秦师于殽而归纵淫"。与上段原文"晋国将大乱，五世不安；其后将霸，霸者之子且令而国男女无别"对不上。根据《晋世家》记载，晋国有两个君主称霸，一是晋文公重耳，另一个是晋悼公姬周。下段所指称霸者应该是晋悼公姬周，他14岁即位，在位15年，去世时29岁，符合"未老而死"，且其子晋平公姬彪是一个好色之人，死于心淫体衰。为此事，赵文子饱受诟病。

书归正传。经扁鹊诊治，第八天头上赵简子果然醒了。他一醒来，就对身边的大夫们说："我到天帝那里很快乐。"第一句竟然与秦缪公说的完全一样。"我与众神仙畅游九霄，广袤天宇间钟鼓管磬羽籥干戚九乐齐鸣，宫娥彩女嫔妃百官万人群舞，音乐动听、舞蹈优美，不同于夏、商、周三代传世之乐，我见所未见、闻所未闻。突然间一只熊扑上前来，天帝命我射击，我一箭命中，熊死。又来一罴，我射一箭，罴亡。天帝甚喜，赐我两个竹箱，各配小箱一个，编织精美，巧夺天工。"赵简子一脸红光。

　赵鞅接着说："觐见天帝，见一垂髫小儿坐在天帝一侧。天帝送我一只翟犬，叮嘱我：'等这个小孩子长大成人后，请您送给他。'随后告诉我：'晋国即将结束，七代而亡。嬴姓将在范魁以西大败周人，而这样的事情今后不会再有了。我感念虞舜的功勋，到时候我会将虞舜的后代孟桃许配给你的七代孙。'"

此乃赵鞅游天之梦。邯郸市丛台区黄粱梦镇有一吕仙祠，建于北宋。里面有一"梦城"，里面墙壁上展示了30多个中国古代著名梦境。有关赵氏家族的就有三个。第一个就是赵简子选嗣之梦。另外两个是赵武灵王之梦与赵孝成王之梦，留待后续章节叙述。

在旁的董安于把这次谈话记录并收藏起来。因妙手回春，也因完美解释这个与秦缪公相似的梦境，赵鞅赏赐给扁鹊田地四万亩。

事情并没完结。一天，一个陌生人挡住赵简子的路，横竖不让他过去，赵鞅随从大怒，想抽刀杀他。陌生人说："我请求觐见贵人。"赵鞅一听，心头疙瘩正让自己百思不得其解，于是命人把他引入府邸。陌生人说："请屏退左右。"屋里只剩下两人。陌生人说："主君生病了，曾坐在天帝一旁。"赵鞅一听大惊，果然是高人。忙答："是的，有这回事儿。我都干了啥？"陌生人说："天帝令主君射杀熊罴，都死了。"赵鞅说："是的，这是为何？"陌生人说："晋国将有大难，二卿要造反，剿灭他们必是主君。熊、罴就是他们的祖先。"二卿指范氏、中行氏。

赵鞅接着问："天帝赐我两个竹箱都有小箱，做何解释？"陌生人说："主君的儿子即将攻克翟方两国，都是嬴姓的。"

赵鞅问："我梦见一个小孩子坐在天帝旁边，天帝赐我一只翟犬，并且嘱咐：'等孩子长大送给他。'为什么要把翟犬送给这个小孩子？"

陌生人答："这个小孩是您的儿子。那个翟犬是代国的祖先。主君儿子必将得到代国。您的后代子孙，将有胡服骑射改革，兼并翟方等两国。"

赵鞅大喜，问他尊姓大名，苦苦挽留。陌生人说："我乡野村夫，不过来传达天帝命令罢了。"说罢飘然而逝。

又一天，另一个高人姑布子卿来见赵简子。此人是晋国有名相士，尤以相人著称。赵简子把在家的儿子们一个个找来让他相面，子卿摇摇

头说："没有一个能当将军的。"赵简子听后大吃一惊，急忙问："难道上天要灭绝赵氏吗？"子卿说："不是的。我在路上倒是遇见一个后生，大概也是您的儿子吧。"赵鞅猛然想起自己还有一个儿子就是毋恤，在他眼里，这个毋恤年纪尚小，这次相人竟把他忘了。赵简子立即把毋恤叫来，毋恤一到，子卿"噌"地站起来说："这个孩子才是真正的将军呢！"赵简子说："这个孩子的母亲为翟地女人，出身卑贱，怎么说孩子高贵呢？"子卿说："天赐神授，出身卑贱而其人高贵。"

此后，赵鞅逐个与儿子们谈话，当面测试，这才发现毋恤最聪慧。一天，简子把儿子们全都叫跟前，说："我有一件宝符藏在常山上，谁能先找到我有赏赐。"孩子们都赶快赶往常山，一个个乘兴而去，空手而归，都说没找到。唯独毋恤回来，一蹦一跳地告诉父亲："我找到了宝符了。"简子说："你讲讲是怎么找到的。"毋恤说："从常山过去，常山靠近代地，到了代地就可以取出宝符了。"

这些事情让简子知道毋恤不但聪慧，而且有才能，于是废除长子伯鲁的太子职位，立毋恤为太子。

这些虚幻情节，最大可能是赵鞅杜撰并口述流传出来，司马迁如实记录的。不能责怪赵鞅，相反，只能称赞赵鞅的政治智慧。虽然自己是父亲，但是面对众多儿子，废除一个现太子是一件不容易的事情，弄不好会引起内乱。历史上这样的事情太多了。而赵鞅靠编造上天旨意，让伯鲁和其他儿子口服心服，让毋恤顺利接班，并且在接班以后，其兄长、弟弟都能衷心维护这个年轻的宗主，简直是一个奇迹。

也不能责怪司马迁，司马迁是一个严肃的史学家，但他处境不好，他的君王汉武帝刘彻是个虔诚的有神论者，在位期间祭祀、封禅不断，估计赵鞅游天故事在西汉已经广为流传，汉武帝必然信以为真。退一万步说，司马迁是个无神论者，他这个"刑余之人"也不敢冒君王之大不韪，说这个故事是假的。从这个意义上讲，本章所讲的虚幻故事既美丽动人又现实壮观，足以流传万世，难怪吕仙祠将它收入中国古代最瑰丽的梦境之列。

　　然而，在一千多年后，司马迁的后人、宋朝的大学者司马光写出了赵简子选嗣的另一版本。这里没有神话色彩，也没有那么复杂的过程。司马光在《资治通鉴·三国分晋》中写道："赵简子之子，长曰伯鲁，幼曰毋恤。将置后，不知所立。乃书戒之辞于二简，以授二子曰：'谨识之。'三年而问之，伯鲁不能举其辞，求其简，已失之矣。问毋恤，诵其辞甚习，求其简，出诸袖中而奏之。于是简子以毋恤为贤，立以为后。"

司马光用了100多个字，把简子选嗣过程写得简明扼要。《史记》和《资治通鉴》都是史书，孰是孰非，留给读者自己品读理解吧。

词　曰：

忆江南

襄子幼，活泼又心灵。敬父爱兄知孝悌，通情达理懂和鸣，挚厚对亲朋。

诗书秀，小手握真经。句句言谈惊四岳，条条举止比三卿，雏鸟望鹏程。

第十七章　襄子设计收代国 知伯仗势欺良善

诗　曰：

少小聪明数赵襄，宏图大志一胸藏。

无情宴请君亲毙，有计绸缪代国疆。

济海何嫌今日短，乘风也欲我天长。

耕田万亩原无罪，半寸焉能付狈狼。

晋出公十一年（前464），赵简子身上出了点小毛病，就让赵襄子进入政坛，随知伯征讨郑国，襄子南北征战的戎马一生从此开始。晋出公十七年（前458），赵简子去世，其子赵毋恤即立，史称赵襄子。第二年（前457），即晋出公十八年，赵国纪年为赵襄子元年，进入赵襄子世代，本书自此不再用晋国纪年。

赵襄子上来就接手了一件事。其时，长江三角洲的越国大败吴国，吴国都城已被围困三年。此时吴国上下都人无斗志，家无藏粮，城破在眨眼之间。赵襄子准备了一批粮食和一些救济品，派楚隆送到吴国首都姑苏去慰问吴王夫差，对夫差当然是雪里送炭。

赵襄子为什么去慰问吴国？晋国君与吴国君都姓姬，同血共缘，而与吴为敌的越王勾践是夏禹的后人。晋定公三十年（前482），夫差与晋定公在黄池虽经过争执，最终两国结盟。既然有盟约，现在吴国有难，晋国理当伸手相助。

还有一个原因：出于对吴公子季札的敬佩之情。这位吴公子曾在晋平公十一年（前547）出使各国。到达晋国馆驿时，劝诫赵襄子曾祖父赵文子勿听邪音恶韵的钟声。赵文子知错立改，终生不再听音乐。忠言逆耳利于行，对吴公子好言相劝，赵家作为族训世代相传。滴水之恩，当涌泉相报，当下吴国即将亡国，赵襄子能不拉他一把吗？

赵襄子是一位雷厉风行的"狠"角色，干什么都"一万年太久，争朝夕"。

赵简子刚逝，毋恤安葬了父亲，还没等到脱掉丧服，赵襄子就带人北登上夏屋山，下手抢夺代国的地盘，估计谋划已久了。

代国，位于现在的河北省西北部，都城在今天河北省蔚县。此国是瞿、姜姓所建，商汤王所封，历史久远。当时，赵家与代王联姻，赵襄子的姐姐嫁给了代王，代王是他的姐夫。

赵襄子邀请代王到夏屋山，说是攀亲叙旧。听到襄子相邀，代王当然乐意，何况，夏屋山林深草青，瀑挂泉涌，鸟语花香，是避暑游览的好地方。在这里与亲戚会面，当然是一件美事。

代王如约而至。赵襄子让一个心腹厨子站在代王身边，手持铜枓侍奉，里面盛着饭食。酒过三巡，菜过五味，就在代王酒酣耳热之时，赵襄子一使眼色，厨子的铜枓已经击打在代王后脑勺上，代王顿时五窍喷血，应声倒地。旁边代王两名侍从大惊失色，正要拔剑，厨子手疾眼快，"砰砰"两下，两个侍从像麦秸垛一样也扑倒在地。憨厚的代王做梦也没想到，自己竟然死在内弟手中。

代王已死，代国群龙无首，举国惶恐。赵襄子立即兴兵北上，直捣代都城。代国灭亡，代地并入赵襄子的领地。自此，赵领地南起漳河，北接燕国、林胡，覆盖今天河北中北部、南部以及山西西北部的广袤地区，只是中间隔着个中山国。中山国地处现今石家庄以西地区，都城位于平山县境内。

听到代王噩耗，襄子姐姐不干了，呼天抢地，寻死觅活，大骂襄子残暴无情，丧失天良。她跟跟跄跄地朝夏屋山奔去，想看看丈夫罹难的地方。它在群山峻岭中奔走着，迷了路，朦胧中上了一座山岗，实在没有力气再往前走了，绝望中，拔下头发上的笄，在岩石上磨锋利，猛地刺向喉咙，倒地而亡。代人敬佩这位烈女，为怀念她的忠贞，就把她自杀的那座山叫作摩笄山。

赵襄子委任哥哥伯鲁的儿子赵周为代成君，管理代郡。

其实，赵襄子并不是不讲人情的冷血人物，他懂得敬畏道德伦常，并运用于治国理政。《国语·晋语》记载：赵襄子派家臣新稚穆子攻打狄国（中山国前身），在左人、中人两地取胜。探马来报告战况，赵襄子正要吃饭，神色惊慌，手都夹不住菜。侍从见此情景，忙问："左人、中人已经拿下，今后他们已经臣服了，因何主君听此消息反而不高兴？"

赵襄子说："我听说，德行不纯而福禄双至，是侥幸；侥幸会让万事阻塞，不是真福禄，所以我害怕。"言外之意是这次胜利是不是来得太容易了，决不能骄傲自满，应居安思危。

的确，目前形势非常险恶。一座大山压得他几乎喘不出气了，一个强劲的政敌知伯氏。

自从范氏、中行氏两卿被驱逐后，晋国的卿六变四，剩下知伯氏（智瑶的家族统称）、赵氏、韩氏、魏氏四家。知伯氏，泛指知伯氏家族，姬姓，出于荀氏，世袭贵族，第一代宗主荀首，第二代宗主荀䓨，都是晋国勋臣。再经荀跞（赵简子前期的正卿）、荀申，传到现在的荀瑶，本人谥号知伯襄子，史学家把他写成智瑶，统称知伯氏族，也称知伯。由于赵简子去世，赵襄子初任，年轻轻的智瑶当上了正卿，地位凌驾于其他三卿之上。

智瑶被父亲智申确定宗主接班人时，家族内有人就提出质疑。族人智果说："智瑶不如智宵。"智宵是智申另一儿子。智申说："智宵性格乖张，不听话。"智果说："智宵乖张在表面，智瑶乖张在内心。面乖张无害，心乖张败国。智瑶优点有五：长须美髯、力大无穷、射御超群、能说会道、坚毅果敢。缺点有一：不仁不义。这样的人，谁能与他共事？如立智瑶，知伯氏要灭亡了。"可惜智申没听。

智申早逝，智瑶他出道很早。赵简子为正卿时，智瑶已久经战阵。晋出公三年（前472）夏六月，智瑶率军攻打齐国，取胜，擒获齐将颜庚。之后又带兵两次攻打郑国，第二次时攻破郑国都城，屡建功勋。性格乖张加上小有成就，让智瑶趾高气扬，刚愎自用，目中无人。甚至在赵简子在世时，就对毋恤吆五喝六，颐指气使。

晋出公九年（前466），毋恤协同智瑶第一次攻打郑国。出征前，在病榻上，赵简子对毋恤说："现在智瑶年轻气盛，势力不可小觑，我儿年纪尚小，要学会隐忍。"毋恤牢记在心，事事对智瑶礼让三分，不和他一般见识。晋军计划包围郑国国都新郑，郑国人闻讯服软投降，打开城门迎接晋军。智瑶用马鞭指了指赵毋恤说："你先进去。"毋恤说："您在这里，我哪里敢先入？"毋恤还是让着他。谁知智瑶说："你这个人面目丑陋，又无勇无谋，怎能配当赵家太子？"一句话说得毋恤怒火中烧，但他记住了父亲的话，没有和他计较。

晋出公十一年（前464），赵简子有疾，令智瑶领兵第二次攻打郑国，毋恤随军出征。智瑶命毋恤包围郑国都城。一天，营帐内摆宴，各位将领在座。智瑶欺毋恤年轻，三句话说得不对，就把一杯酒泼到毋恤脸上，一下子弄得毋恤面红耳赤，不知所措。毋恤的随从看不下去了，下来后纷纷要求杀死智瑶，出了这口气。毋恤说："父亲能让我出来打仗，就看重了我能忍，请勿多言。"

智瑶得寸进尺，回到晋国后跑到赵简子那里告状，说毋恤不懂礼貌，不懂军事云云，建议赵简子废掉毋恤太子之位，明目张胆地干预别人家的内政，赵简子当然不会听从智瑶摆布。智瑶对赵毋恤到了骑脖子拉屎的地步。

赵襄子即位第四年（前454），智瑶与赵襄子、韩康子、魏桓子三家未经晋君同意瓜分了在逃的范氏、中行氏的领地。又一次严重挑战晋公室权力，晋出公大怒，但是自己又没有制衡四卿的能力，于是请求齐国、鲁国出兵干预。四卿有点心虚，于是先下手为强，联手出兵进攻晋出公。出公无奈，逃往齐国，由于惊吓疲惫，半道猝死。

智瑶主政，他选定晋昭公的曾孙骄为国君，就是晋哀公。

这下，智瑶头脑发热，有些忘乎所以了，他觉得连晋国的国君也是自己决定的了，现在权倾朝野，国君也不过是自己掌中的玩偶，赵、韩、魏三家更不在话下，在晋国没有自己办不成的事。于是，先后伸手向韩康子、魏桓子、赵襄子要地，蛮横到了敲诈勒索、强取豪夺的地步了。

第十七章　襄子设计收代国　知伯仗势欺良善

智瑶向韩康子要地，康子本不想给他。他手下的谋臣段劝他："智瑶强悍、自私、好利，不给他地，恐怕他要征讨我们，不如给他。他得到土地，一定会更加狂妄。他还会向别人要地，一旦受阻，他一定会大动干戈。而我们就会避开祸患，以后就可以伺机而动了。"韩康子一听，说："好主意。"随后便把一块住有万户人家的土地割让给智瑶。

智瑶得逞，又伸手向魏桓子要地，魏桓子也不想给，他的谋臣任章问："为什么不给呢？"魏桓子说："他无缘无故要地，凭什么给他。"任章的劝说同段规如出一辙，不过更深刻一些："智瑶巧取豪夺，一定会引起其他卿、大夫的恐惧，我们给他，他一定会骄横，将更加有恃无恐，认为别人都怕他，放松警惕。被敲诈的大夫因为恐惧而团结起来，智瑶好日子还会长久吗？《周书》说：'将欲败之，必姑辅之；将欲取之，必姑与之。'主君你不如先答应智瑶的一些要求，促使他骄横，然后我们可以选择盟友共同对付他，何必要做勉为其难的出头鸟呢？"魏桓子一听，也说"甚好。"随后也把一座万人城市割让给智瑶。

韩、魏两家很狡猾，很懂得欲擒先纵的道理。历史上最先成功玩这一战术的当属郑庄公。前722年，庄公不仅纵容弟弟京大叔食邑的城墙周长超过百雉（约1000米），几乎与国都相同，而且明知他把偏远的两块区域占为己有，也不追究。大臣看不下去了，劝庄公早早除掉京大叔，庄公只是淡淡说了一句："多行不义必自毙，子姑待之。"果然京大叔再度野心膨胀，竟然起兵造反。郑庄公乃起兵将京大叔一举歼灭，这就是经典故事《郑伯克段于鄢》。

智瑶以为赵襄子也是个软柿子。《国语·晋语》记载：前455年，智瑶向赵襄子要蔡城（今地址不详）、皋狼（今山西省永宁县）这两块地方，却硬硬地碰了一个钉子，赵襄子就是不给他。

赵襄子决定不再忍了，他本来就是一个硬汉子。他宁冒杀亲灭戚的骂名，也要杀死代王，夺取代国，一个智瑶有什么了不起，不能再受他任意摆布。赵襄子早已把他看透了，此人贪得无厌，今天你把两个城给了他，明天或许又要三个城。小事可以忍让，例如在征讨郑国那年，智瑶公然在宴会上把酒泼在赵襄子的脸上，虽然是奇耻大辱，但是赵襄子还是忍了。大事不能妥协，这次智瑶要的是领地，是祖宗留下的产业。祖宗产业岂能送人？底线不能突破，原则不能放弃。这是赵襄子不同于韩康子和魏桓子的地方。此其一。

二是他正确分析了双方的态势，他认为智瑶虽然权倾朝纲，但口碑极差，很不得人心，他对韩魏两家同样不客气。一年从卫国回来，智瑶、韩康子、魏桓子在蓝台喝酒，智瑶当面羞辱韩康子，连智瑶的家人都看不下去了。可知韩魏两家不过是委曲求全，内心肯定不满。

还有一说法来自司马迁，他写了一段"贵人天助"故事。司马迁说赵襄子在撤往晋阳途中，臣子原过跟随，眼前出现三人。这三人腰带以上可见，腰带以下看不到。三人递给原过两节两头堵塞的竹竿，说：您把这两节竹竿交给赵毋恤。接到竹竿，赵襄子三天后自己动手剖开竹节，发现里面有红色的书信，上面写着："赵毋恤，我是霍泰山山阳侯天使。三月丙戌日，我将让你灭掉智瑶。你将我尊立在一百城邑中供奉，我还将赐你林胡之地。你的后世，将有一个勇健的国王，赤黑皮肤，龙面鸟嘴，浓眉大胡，宽胸大腹，两腿修长，主体粗壮，服衣左衽，披甲骑马，雄踞黄河中下游一带，北边威服野蛮部落，消灭黑姑，向南兵临晋边境地区。"襄子拜了两拜，接受三神指令。司马迁再次预示了赵武灵王。然而，对司马迁这段说辞，读者姑妄听之即可。

一句话，赵襄子已经做好了与智瑶死拼到底的准备。

词　曰：

潇湘神

知伯狂，知伯狂，吆三喝五未思量。总把别人当俎肉，谁知毋恤不羔羊。

第十八章　谋深虑远守晋阳 神颠智昏丢项上

诗　曰：

> 索地三番智伯狂，联韩挟魏逼毋襄。
> 邯郸廪足民膏惜，长子城高苦力殇。
> 尹铎人和惟险邑，晋阳地利是良乡。
> 青蛙结伴还坚守，溃坝休怜逆势郎。

面对智瑶的剑拔弩张，赵襄子的家臣张孟谈劝他暂时对智瑶屈服，毕竟人在屋檐下不能不低头。或者拿出点儿钱财宝贝去联络诸侯，舍出点儿土地求得外援，对付智瑶。赵襄子一口拒绝："我比不上先主，毛病挺多，平白无故地去贿赂别人和诸侯，有失道德，不合情理，我不愿意这样做。"比起赵简子，赵襄子是个倔脾气。赵简子在不得势时，曾韬光养晦多年，先后熬死了韩起、魏舒、荀跞、士秧四任正卿，赵襄子不想步父亲后尘，他没那个耐心。

赵襄子不给土地，智瑶大怒，决定联合韩、魏两家的军队攻打赵襄子。他与韩魏两家约定："一旦灭掉赵氏，三家瓜分赵氏土地。"韩魏两家迫于智瑶的淫威，不得不出兵。三家人多势众，攻打赵家下宫，赵襄子必须离开新绛出去躲躲。

临行前，他问臣子们去哪里好。张孟谈说："先主在世时，早有准备，选择了可以落脚的城邑，可谓国之重器，不可不用。长子城（今山西省长子县）就在附近，且城墙厚实完整，不如到那里去。"赵襄子说："这个城的老百姓竭尽全力把城墙修好，又要求他们拿命来守城，谁肯与我同心。"

张孟谈又说："邯郸粮多草丰，仓廪充实，可以去。"赵襄子说："不行啊。殊不知仓廪实是地方官员搜刮民脂民膏得来的，战端一起，又会让不少百姓丧命，谁能与我同心。"这也或许是赵简子当年诛杀邯郸午的原因之一。邯郸午及其一伙人或许是一群贪官污吏。

赵襄子把话锋一转，说："还是去晋阳吧。那儿经先主多年经营，是我们理想的根据地。大夫尹铎待人宽厚仁慈，轻徭薄赋，老百姓一定会和我们同舟共济的。"

襄子一直没有忘记父亲生前的嘱咐，他也十分清楚，这些年在尹铎的治理下，晋阳天时地利人和三者俱佳。

赵襄子与他父亲赵简子一样，是新兴的地主阶级的代表，不同于晋国一帮旧公族贪婪、腐败、残忍。父子两人都知道减轻百姓负担，得到百姓的支持和拥护。他们懂得人心所向是政权稳固的根基。

赵襄子时期，废除旧贵族对人民的压榨，减轻人民的负担，是新兴地主阶级的普遍做法。晋平公十九年，即前535年，齐国大夫晏婴出使晋国，与晋国负责外交的向叔谈话，道出齐国新兴地主阶级代表陈氏家族通过改革量器和分配制度，争取齐国民众的故事，很典型。

晏婴说当时齐国旧贵族已经极度腐败，对老百姓剥削得很厉害。百姓家庭的收入，三分之二进了公室，只有三分之一养家糊口。君主聚集的财物堆积如山，时间长了都被蠹虫咬坏了。人民啼饥号寒，就连退休的大臣也挨饿受冻，以致因寒冷冻掉脚的人很多，街市上鞋子价格很便宜，而假足很贵。

在这种情况下，陈氏家族开始争取人心。齐国原有四级量器，分别是豆、区、釜、钟。四豆一区，四区一釜，十釜一钟。而陈氏家族把豆、区、釜都加了一个单位，变成了五进制，这样一来，钟比原来大多了。他用自家的量器往外出贷，然后用齐公室旧量器回收，贷多收少，一来一往，老百姓大大受惠。他把山林中的木材运到市场上，价格不比山中增加；鱼、盐、大蛤、蚌类等海产品，市场上的也不比海边上的贵。于是人民像流水一样投奔陈氏家族，齐国将要成为陈氏的天下了。

果然在前386年，陈氏家族（后改为田氏家族）取代姜氏成为齐国国君。

书归正传。于是,智瑶胁迫韩、魏两家追到晋阳城下,把城团团围住。赵襄子凭着城高池深,被围一年多,没让智瑶得手。智瑶想尽快拿下晋阳,于是在汾河堤坝上扒开一个大口子,汹涌的河水像饿虎一样扑向晋阳城。城墙外边,不几天一片汪洋。而且水面不断升高,离城墙最高处只有三张板子宽的距离了。当时一张板子宽二尺,三张板子宽也就是六尺,按现在的公制不足一米了。

被围日久,城外的水也不断渗到城里,大街小巷一片汪洋,老百姓的锅灶都被水淹了,青蛙蟾蜍到处乱蹦,城内粮草几乎断绝,居民却没有一个想背叛的。

一些大臣们慌了神,该上朝的不上朝的了,该办的事也不办了。礼仪风纪全然不顾,一天到晚蓬头垢面,惶惶不可终日,甚至见了赵襄子也不像以前那样毕恭毕敬。但是,大臣高共却能沉着冷静,像从前一样按部就班,坚守岗位,不失礼仪。出门冠带整齐,上朝恭敬有礼,待物有条不紊,似乎外边什么也没发生过。

一天,智瑶乘车出来巡视水情,魏桓子驾车,韩康子持戈护卫,哼哈二将一般拱围着他,智瑶好不得意。一看城外一片汪洋,高兴地说:"想不到大水还能亡人之国啊。"

话语之中,魏桓子用胳膊肘碰了碰韩康子,韩康子用脚踩了一下魏桓子的脚后跟,这些细微动作却被智瑶的臣子俙疵看在眼里。他随后对智瑶说:"韩、魏必反啊!"

智瑶问他:"你怎么知道的?"

俙疵说:"从人之常情推测,我们调集韩魏两家军队攻打赵家,约定成功后三分赵家之地。现在,大水围城,水面已经离城头六尺了,城中粮食断绝,晋阳指日可下,可韩、魏反而不高兴。因为他们知道赵家完了后,就轮到他们了,所以必反。"

第二天,智瑶把这些话告诉韩、魏,韩、魏异口同声说:"这一定是小人离间三家阴谋。我们怎么会放弃眼看就要到手的赵家的土地,而去做不可能成功的冒险又危险的事情呢。请您不要听他的。"智瑶不听絺疵的劝告，没法子，絺疵只好请求出使齐国，一去不回了。

城外的一切也瞒不过赵襄子，他认为时机来了。于是，他派张孟谈在夜间潜出城，秘密见到韩康子、魏桓子。张孟谈说："二位不会没听说过唇亡齿寒的典故吧？智瑶虎狼之人，他的目的是铲除赵、韩、魏三家，自己独霸晋国。现在进剿赵氏，下一步就是你们，请二位明察。"

韩、魏说："我们当然明白了，也想反击，无奈此处智瑶耳目甚多，就怕事情被泄露出去，引来大祸。"

张孟谈说："现在在场的只有二位君主和我三人，不会泄露。"

于是，韩、魏二人与张孟谈密谈，协商反戈一击的行动计划，约定起事日期，然后把张孟谈送回城。

行动开始了。一天夜间伸手不见五指，赵襄子的将士泅渡出城，登上挡水大堤，杀死智瑶护堤士兵。然后掘开大堤，激流喷涌而出，一下子冲向智瑶的军营，顷刻间智瑶的部队死的死，冲的冲，一片狼藉。趁着智瑶部队大乱，韩魏两家的军队从两侧夹击。赵襄子命令罪犯组成的敢死队杀在前，大部队随后进攻，智瑶大败，本人被杀。

随后，赵襄子将智瑶的族人斩尽杀绝，知伯氏灭族了。赵、韩、魏三分他们的土地，这年是赵襄子五年（前453），晋纪年是晋哀公四年。

战后，赵襄子论功行赏，赏赐高共为一等功。其他大臣不服，认为晋阳之难，只有高工一人无功。赵襄子却不这样认为，他说："刚刚过去的晋阳之乱，群臣全都不同程度地松懈失态，只有高共不敢失去人臣礼仪，所以论功行赏他应第一。"群臣无言以对。的确在当时危难情况下，稳定人心是第一位的，如果自乱阵脚，晋阳就会不战自乱。所以高共难能可贵。

晋阳纾难之后，赵襄子北面有代地，南面兼并知伯氏领地，奠定了日后赵国的基业。

赵襄子被智瑶欺负得实在太狠了，杀了智瑶，还难解心头之恨，就把智瑶的头颅割下来，把头颅骨上了油漆，做成酒器。智瑶的家臣豫让不干了，他要给智瑶报仇。于是他打扮成受过刑罚的做苦工的人，混入赵襄子宫中，钻入厕所假装清扫卫生。赵襄子如厕，心里一阵不得劲

儿，觉得有事，赶紧搜索，逮住了豫让。襄子的卫士要杀掉豫让，襄子说："智瑶已经死了，他又没留下一儿半女的，有人给他报仇，必是义士，放了他吧。"

豫让出去，把自己浑身漆成黑色，像得了癞疮，又口吞烧红了的木炭，咽喉烧伤，连自己的妻子也不认识他了。他跑到街市上四处乞讨，等着赵襄子出门，伺机行刺。一天，他的一个朋友认出了他，哭着对他说："你是何苦呢！凭你的才能，先投靠赵襄子，得到他的重用是件很容易的事情，然后再找机会刺杀他，不比出此下策要好吗？"

豫让说："不可。如果让我臣服赵襄子，然后又去刺杀他，是对主人的二心，我不为也。现在我装疯卖傻，毁容自残，办法很笨，要报仇很危险也很难，但不后悔。我就要让后世那些做臣子的但有对主人怀有二心的人感到羞愧。"

一天，赵襄子外出，豫让事先藏在桥下。襄子骑马走上桥，马突然惊了，卫士到桥下搜索，又将豫让逮住。这一次襄子不客气了，将豫让杀掉了。

这是剪灭知伯氏之后的一个小插曲，不贬低赵襄子联合韩、魏两家兼并知伯氏的历史意义。兼并知伯氏，标志着三家分晋跨越了关键性的一步。50年后，周王室正式承认赵、韩、魏三家为诸侯，华夏大地进入战国时代。兼并知伯氏，赵襄子和他的家臣们起到了最主要的作用。

赵襄子娶妻空同氏，为他生了5个儿子。儿子们的智商和体格应该不错，本该选其一人立嗣。但是，赵襄子是通情达理之人，他想到他的大哥，就是赵简子废除掉的太子伯鲁。赵襄子认为：自己继任太子违反宗法，伯鲁因为自己失太子，多少年来他一直非常内疚。幼年时，大哥伯鲁对他十分疼爱，没事领着他玩，有空就叫他操戈、射箭，给他讲家族奋斗故事，帮助他从小就立下振兴家族的宏图大志。为感激大哥的抚养之恩，他决定把宗主位传给大哥的后人。可惜，大哥早去世了，连他的大儿子代成君也早早离开人世，成君的小儿子浣虽然年少，却非常优秀。于是浣便被立为太子。

词　曰：

浪淘沙令

凄雨苦风严，知伯贪婪。血盆大口夺田岩。持挟两家刀剑伐，舞爪张钳。

大水漫山尖，浪涌楼檐。晋阳路巷灶锅淹。黎庶官员无一负，不义终歼。

第十九章　人情势水到渠成 赵韩魏三家分晋

诗　曰：

> 春秋战国事多年，彩旦须生竞舞翩。
>
> 贵族贪婪哀失位，平民奋起庆封禅。
>
> 新田初税蔬梁苗，铁鼎刚成律法镌。
>
> 晋室江山三氏劫，烟硝自此满辽燕。

赵襄子去世，还没等太子赵浣即位，襄子弟赵嘉抢班夺权，登上君主位，将第二年（前424）定为赵桓子元年。他当年去世，在位一年。于是，国人拥立赵浣为国君，谥号赵献子，将下一年（前423）定为赵献侯元年。他在位十五年，逝于前409年。6年后的周威烈王二十年（前403），周王室封赵、韩、魏三家为诸侯，三晋终于得到周天子的承认，取得合法地位，晋国灭亡。随即，赵浣之子赵烈侯追封赵浣为赵献侯。

赵、韩、魏三国分晋，非一日之功，是一个漫长而渐进的过程。晋国成立于周朝第二代君主周成王时期（前1042—前1021），从晋国第一代君主唐叔虞被分封在黄河、汾河以东起，到晋静公二年，晋公室被赵、韩、魏三家褫夺了最后的绛、曲沃两处领地，晋静公被贬为庶人止，前后经历了38代君主，国祚约670年，远远超过后来的汉朝、唐朝、宋朝、明朝、清朝。晋国在兼并周边20余个小国的基础上，到晋献公二十三年（前654）时，领地大致包括了今天的河北大部、山西大部、陕西北部广大地区。晋文公二年（前635），周天子把樊、温、原、攒四邑赐给晋国，晋国的疆域到达太行山南部、黄河北岸地区，即今天河南中北部的一部分进入晋国版图，这些地区在当时也是华夏最富庶的地区之一。晋国曾创造了自己辉煌的历史，晋文公重耳、晋悼公姬周两度登上诸侯盟主，同时也是周王室强有力的维护者，曾两次出兵为周天子勤王靖难。

分晋，是晋公室逐渐权力衰落和领地逐步被蚕食的过程。公室是晋君家族所表现出来的势力范围，包括晋君家族直、近支脉系统。在晋国历史上曾叱咤风云的一些显赫家族，后多习惯以食邑为氏，"食邑"者，衣食之城邑和辖区乡村也，是晋君根据血缘和职位赐给他们的，春秋前期主要指用于收取赋税的公有（产权属于周王朝）田产。后期这些田产都变成了他们的私产。他们大多数出自姬姓，先祖都是公室中人。例如晋楚城濮之战时，晋国六军主帅及御戎等将领除赵衰外都出自公族。

中军将郤縠，晋姬姓公族。晋献公时，攻打翟国，公族子弟叔虎带兵攻破翟人营垒，打败翟人，事后，晋献公把郤邑分封给他，他就以郤为氏。郤縠是叔虎后人。

中军佐郤臻，郤縠族弟。

上军将狐偃，戎狄人狐突之子，晋文公重耳舅舅，晋公室亲戚。

上军佐狐毛，狐偃之弟。

下军将栾枝，姬姓，晋国公族。

下军佐先轸，姬姓，先氏，晋国公族。

御戎荀林父，姬姓，晋公族，号桓纯臣荀息之孙，大夫逝傲之子。晋文公六年，建立新军上中下三行，荀林父任中行将，也被称为中行林父，其后代称为中行氏。

御戎右魏犨，姬姓，晋公族。又称魏武子。毕高万之子，也是魏国先祖之一。

卿赵衰，嬴姓赵氏。赵氏家族最初非公族，在晋成公元年（前606），被册封为公族。

以上所列举的公族只是其中一部分。另外著名公族还有韩氏家族、羊舌家族、范氏家族等。现代俗话说，富不过三代，印证"帝王将相宁有种乎"是真理。晋公族也在历史的进程中逐渐洗牌。大浪淘沙，优胜

劣汰，最后胜出赵、韩、魏三家。

不妨把历次大的洗牌节点梳理一下。

晋景公三年（前597），晋大夫屠岸贾发动政变，诛杀赵朔及其家族，因母亲赵庄姬藏于宫中，并得到义士公孙忤臼和程婴的保护，赵氏孤儿赵武幸免于难，才使赵氏家族险遭断子绝孙。

晋景公四年（前596），先轸之子先縠被灭族，先氏家族从此灰飞烟灭。起因是：上一年，楚国军队讨伐郑国，郑国向晋国求救，晋国出兵救援，赵朔任下军将，先轸任下军佐。六月，晋军进至黄河边，得知郑国已经投降，中军主帅荀林父认为已无救援的必要，打算撤军，而先縠说："这次来救援，还没到郑国就撤军，会挫伤士气，不能撤军。"荀林父无奈，命令全军渡河。这时，楚军已经征服郑国，在撤军之前让军士们观赏一下黄河风姿，饮马黄河南岸，以壮此行。正好发现晋军已经渡河，两军狭路相逢，遭遇战开打。郑国刚投降楚国，反而帮助楚军进攻晋军。晋军大败，扭过头来渡河撤退，损失惨重。关于这次战役惨状，本书已在介绍赵氏孤儿那章说过，不再赘述。回国以后，晋景公问责，荀林父险些被杀，先縠自知罪孽深重，逃亡翟国，与翟国密谋征讨晋国，被晋国发觉，于是把先縠家族斩尽杀绝。

晋厉公五年（前576），三郤（指郤至、郤锜、郤犨三兄弟）在晋厉公面前说伯宗坏话，晋厉公不分是非杀掉伯宗。伯宗，姬姓，郤氏旁支，晋国贤大夫，以好谏著称。晋景公时，曾谏止景公伐楚。当时，楚国自恃强盛，派一名使臣去齐国，途中经过宋国国境而不通知宋国，宋国不甘欺辱，扣留这个使臣，楚国大怒，出兵围困宋国，宋国也曾向晋国求援，晋景公犹豫未决，伯宗谏言他不要出兵，说："虽鞭之长，不及马腹。"意思说，我们离楚国太远，管不了那么多事情。这就是成语"鞭长莫及"的出处。不幸中万幸，伯宗的妻子因早有准备，把儿子送到楚国而幸免于难。

晋厉公六年（前575），把持晋国国政的三郤兄弟，被晋厉公诛杀，郤氏家族灭族。

　　栾逞，栾书之孙，栾枝后人。晋平公六年（前552），栾逞母亲与人私通，有人趁机状告栾逞谋反，另一公族大夫范宣子亲自作证，栾逞一看大事不好，逃亡齐国。晋平公八年（前550），齐庄公秘密遣送栾逞回到晋国曲沃（这里原是栾逞的封地），并派兵跟随。齐兵陈兵于太行山策应，栾逞胆子大了，趁机在曲沃起兵造反，袭击晋国都城新绛。新绛因没戒备，危机之际，晋平公想自杀，大夫范献子劝他不要这样，于是聚集自己的家臣、家丁奋起抵抗，打败栾逞。栾逞败走曲沃。这时，曲沃居民攻击栾逞，栾逞战死，栾氏家族被灭族，又一家公族消失。

晋倾公十二年（前514），晋宗室祁奚孙与叔向子（羊舌肸）相继被晋倾公厌恶，包括赵鞅在内的其他四卿趁机依照晋国法律将两家斩尽杀绝，并且把他们的领地瓜分，两家公族又被剪灭。晋宗室日益削弱。

不仅如此，异性公族之间也加快了兼并的步伐。晋定公十五年（前497），赵简子诛杀同姓邯郸午（赵盾堂兄弟赵穿的后人），减少了政敌，也为日后占领邯郸铺平道路。

晋定公二十二年（前490），晋国把范氏、中行氏两家公族彻底打败，两人逃奔齐国。又过了29年，知伯氏与赵、韩、魏三家瓜分范氏、中行氏两家的领地。自此，晋国政坛上只剩下知伯氏与赵、韩、魏四家。

晋哀公四年（前448），赵襄子在受尽磨难之后，终于联合韩、魏两家消灭知伯氏。

这时晋君的情况十分可怜，晋幽公时，他见了赵、韩、魏三家就像老鼠见了猫一样战战兢兢。不是三家去觐见幽公，而是幽公去觐见三家，去叩头请安了。他的领地也只剩下绛、曲沃两城了。

到了晋烈公十三年（前403），周威烈王赐赵、韩、魏三家为诸侯，三家终于有了名分。其实，这时的周王室已经穷困潦倒，他也顾不上许多了，谁能进贡就喜欢谁，只要给钱，一个廉价的诸侯名称可以随便给。

作为历史的赢家，赵、韩、魏三家笑到了最后。

赵氏家族，出自嬴姓，是三家中唯一不与周同姓的家族。从先祖叔带离开周王室，投奔晋文侯起，到被赐为诸侯，历经约340年。先祖造父得到第一块封地为赵城（今山西洪洞县），始为赵姓；晋献公十六年，赵夙征讨霍国有功，又被晋襄公赐封地耿，也在黄河与汾河交汇之处。晋文公时，赵衰任原大夫，为一方行政长官，在今天河南省北部扎下了跟。赵武韬光养晦，晚年掌握晋国政柄，再经过赵简子、赵襄子两代人的文治武功，赵氏家族的领地已经扩展到山西中北部、河北中南部及北部部分地区、河南北部一些地区。

《史记·韩世家》记载：韩世家与周同为姬姓，其一后裔事晋，因功分封于韩原，从此以韩为氏，这位后裔因此叫韩武子。传位三世，就是大名鼎鼎的正直无私的韩厥。因他谏言，赵氏孤儿赵武得以复位，使赵氏不绝。晋悼公七年（前570），韩宣子由韩原迁居居州。晋定公十五年（前497），韩贞子迁居阳翟，大概在今天河南省禹州市。韩哀侯二年，韩国灭掉郑国，将都城迁到郑，即今天河南新郑。其领地包括山西南部、河南北部地区。

魏世家的祖先名叫毕高功，与周同姓。后人毕万投奔晋献公。因讨伐霍、耿、魏有功，晋献公将魏地封他，从此以魏为氏。后人魏恒子与赵襄子、韩康子战胜知伯氏，分其地，这时魏国领地空前扩大，包括河南北部、山西南部、陕西北部的部分地区，国都设在安邑，即今天的山西省夏县西北。

要说三家何以分晋，浅层次的原因与晋国的六卿制度设计与实施有关。

晋国曾是春秋五霸之一，从晋文公五年晋、楚城濮之战取得霸权，到晋景公三年败于楚国将霸权让位与楚庄王，霸权持续了36年。即使后来，晋国也是一说话四周掉渣的强国之一。为什么偏偏落得个肢解的结局呢？我考虑估计是制度问题，六卿权力太大而且不能相互制约。一旦他们形成利益共同体、尾大不掉，国君就拿他们没办法。对比起来，秦国的政治制度比较先进。秦武公二年（前309），秦国初设丞相，辅助国君主政。秦始皇时中央政府设丞相、御史、廷尉，分别掌管行政、司法、军事，三者全对皇帝负责。三者之间客观上相互制约，保证了权利掌握在皇帝手中。晋国的教训值得思考。

三家分晋的深层次原因是社会变革的结果。春秋中后期，中国社会处于从奴隶社会向封建社会过渡的时期。晋惠公五年（前646），晋国"于是乎作爰田"。"爰"，换也。"作爰田"就是贵族将自己得到的赏田，变换地界，让在上面耕种的农人获得永久耕种权。别小看这短短6个字，却透露一条重要信息，标志着奴隶社会的生产关系的终结，封建生产关系的诞生。奴隶主完全占有奴隶和生产资料的奴隶生产关系开始崩塌，地主不占有农民和不完全占有生产资料的封建生产关系开始建立。

由于生产资料所有制的变革，分配制度也随之跟进，鲁宣公十五年（前594），鲁国"初税亩"，开始按亩征收实物地租，即耕地收获的全额上缴变更为按亩征收地租。鲁国如此，包括晋国的其他诸侯国也是如此。如上所述，晋国也在"作爰田"的基础上，"作州兵"，让获得永久耕种权的农人服兵役。鲁昭公四年（前538），主政郑国的郑子产"作丘赋"，让耕种丘地的农人上缴地租。原来这些"野人"既不交地租，也不服兵役。一百多年后，晋国赵鞅也进行了田亩制度的改革，变小亩为大亩，标志随着生产关系的改革，生产力水平大幅提高。更惊喜的是，赵鞅在铁之战的誓词宣告了世袭世禄制度的结束，凭军功取得爵禄的分配制度登堂入室。

生产方式的变革必须由法律制度加以确认。于是，晋国以新土地制度为内容的范宣子法律产生了。其他各国新法律屡见史籍，其中著名的有郑子产"铸刑书"，晋国赵鞅"铸刑鼎"，等等。

各国改革轰轰烈烈，然而晋公室却不能适应这种新形势，腐朽没落，不能自拔。当时晋公室已成政治僵尸，失去驾驭国政的能力，却日益腐败。《左传·晏婴叔向论晋季世》中叔向说："虽吾公室，今亦季世也。戎马不驾，卿无军行，公乘无人，卒列无长。庶民罢敝，而公室滋侈。道馑相望，而女富溢优。民闻公命，如逃寇仇。"这样的社会里，不仅君主与民众严重对立，而且老百姓逃荒要饭，妓女行业却"繁荣昌盛"，如此政治腐败、经济畸形、文化堕落，国君还有什么存在价值。

《晋语八·叔向论忧德不忧贫》里叔向与韩宣子一番谈话，叔向列举了晋国那些灭亡了的公族骄奢淫逸的生活状况，特别说明问题。说到栾黡（栾书之子），叔向说他"骄泰奢侈，贪欲无艺，略则行志，假货居贿"，翻译成白话文就是：骄傲奢侈，贪得无厌，不顾法则，恣意妄为，通过放高利贷牟取暴利。本人虽侥幸躲过灾难，却被国人迁怒于其子栾盈。栾盈在晋国待不住了，被迫逃亡楚国。说到郤至，他家中财富抵得上半个公室，晋国一半军费都是他出的。他富可敌国，骄横跋扈，结果他的尸体被摆在朝廷上示众，他宗族也在绛城被斩尽杀绝。这里深刻揭示了旧公族纷纷灭亡的内在原因。

与此不同的是，赵、韩、魏三家，头脑比较清醒，行为也比较正派，身上有股子朝气，称得上新兴地主阶级的优秀代表。赵世家族历代宗主都是晋国的政治精英，不必详述，韩、魏两家也如此。就拿韩氏家族来说，能够见贤思齐，闻过则喜，很有作为。其实，叔向这番话是讲给韩宣子听的。他是韩厥的儿子，真名叫韩起，宣子是他的谥号，当时任晋国上卿。他见到叔向，先是诉苦，说自己名为上卿，实为穷人，因此羞与其他卿大夫交往。听到这话，叔向赶忙向他祝贺，于是说了上面一大段话。最后说："现在您也像栾武子一样的贫穷，这是您最大的德啊，我应该向您祝贺。如果担忧钱财不足，不担忧德不足，最终会走向败亡，我想向您祝贺，恐怕也没有机会了！"听到这番话，韩起赶忙磕头拜谢，说："我韩起也将灭亡，你的一席话让我存活下去，不仅我感谢您，整个韩氏家族都感谢的大恩大德！"果然，史书上至今没有查出韩氏家族腐败的记载。

三家分晋开辟了一个新时代，从历史分野上说，标志着春秋时代结束，战国时代开始。这个时代开始不仅是朝代的变更，更重要的是社会生产力和生产关系都取得了显著进步，社会意识等上层建筑也随之变化。司马迁在《史记·平准书》中说："魏用李克，尽地力，为强君。自是之后，天下争于战国，贵诈力而贱仁义，先富有而后推让。故庶人之富者或累巨万，而贫者或不厌糟糠；有国强者或并群小以臣诸侯，而弱国或绝祀而灭世。"这里说的李克就是改革家李悝。魏文侯起用李悝，使魏国"尽地力"，生产大发展，魏国国力大增。其实，魏国只是各国经济与政治变革的一个缩影，那时不少国普遍重视发展生产力，鼓励农耕，重视商贸，社会阶层发生大分化、大变革，适应社会发展的那些平民通过经商和创造性的劳动，成为"富累巨万"的新贵，不愿改革、固守陈规的一些旧贵族纷纷败亡。在意识形态上，重视利益及其分配超过了口头上的"仁义道德"，出现了先是鲁国季氏家臣、后为晋国赵氏家臣的阳货所说的"为富不仁矣，为仁不富矣"的社会价值观。这与马克思在《共产党宣言》中描述的资本初期的情况很相似，剧烈的社会变革撕掉了传统仁义道德"温情脉脉的面纱"，把人与人、国与国之间变成了赤裸裸的利益关系，标志着中国封建社会的确立和发展。

词　曰：

临江仙

逆水行舟退进路，险滩礁石重重，遄流漩泄更汹汹，弄潮非易，生死一旋瞳。

志士开来承既往，匠心巧御东风，浪尖恰好望长空，惟能拼搏，方是混江龙。

第二十章　赵献侯中牟复位　公仲连宫阙举贤

诗　曰：

> 毋裹彩绘晋阳秋，献子漳河晚唱舟。
>
> 赵烈青春迷郑乐，仲连赤胆拒田酬。
>
> 贤人幸得番吾荐，礼节应随国祚侔。
>
> 一代名臣彪史册，雄才演绎正开头。

赵献侯浣即位时年纪很小，将国都由晋阳迁到中牟。中牟位于什么地方，现有书中有两种说法：一种说在现在河北省邢台与邯郸之间，最初属于邢国，尔后被晋国收于囊中。一种说在现在河南鹤壁，我倾向于后一种说法。理由是：晋文公时，赵衰被赐在原城，就在今天河南济源市境内，赵献侯时，黄河以北地区不少地方已属于赵国的领地。赵鞅对朝歌围而取之，朝歌在今天河南省淇县，尚在鹤壁以南，因此鹤壁应在赵国实际控制区以内，赵献侯选择的中牟是有根据的。黄河以北广大地区，古代又称冀州。当年夏禹奉舜帝之命巡察九州，先从冀州开始，发现这里"其土白壤。赋上上错，田中中"，自然条件得天独厚。中牟及周边地区，西依太行山，东傍卫河，占据华北平原南端，沃野千里，确为富庶之地。

但是，赵献侯并不安宁。远在几百公里以外的赵襄子弟弟赵桓子对这个小毛孩子国君很不买账，派人把献侯赶出中牟，献侯被驱逐到什么地方，不得而知。随即赵桓子宣布自己为赵侯。谁知，在位不足一年就死了，他的儿子正准备即位，赵国国人认为赵桓子篡位，本身就是忤逆之举，不是赵襄子的本意，于是联合行动杀掉了赵桓子的儿子，重新扶持赵浣为国君。

赵献侯在位十五年去世，其子赵籍即位。他即位六年，周天子册封赵、韩、魏为诸侯，自此，赵君始称侯，赵籍成为赵烈侯。

赵烈侯元年（前408），发生了一件大事。这一年，魏文侯出兵讨伐中山国。事情重大，绕不过去，必须插叙，也好为后续篇章赵武灵王攻灭中山国做一个铺垫。

中山国是一个古老的部族，前身是狄族鲜虞部落，白狄姬姓。周幽王八年（前774），周朝太史伯回答郑桓公选择封地的问题时说，生活在周都洛邑附近存在18个姬姓封国，16个异性诸侯国，其中就有鲜虞。当时活动于今天陕西北部绥德一带，后转移到太行山东麓，定居于今天山西五台山西南一带，以一条注入滹沱河的鲜虞河得名。初秋时期，鲜虞部落有鲜虞、鼓、肥、仇等几个小部落，后逐渐扩展，南下进攻邢国（今天河北邢台市及周边地区），屡次被邢国战败。春秋初期，邢国衰落。前662年，鲜虞进攻邢国，邢君出逃。次年，鲜虞再次南下，进攻卫国，卫君被杀，幸亏齐桓公为霸主，联合宋、曹、邢、卫军队，打败鲜虞，把邢君送回故土，并挽救了卫国。

其后，鲜虞成了晋国的心腹大患，晋国对鲜虞展开了旷日持久的战争。晋国采取了先灭附属国，后灭鲜虞本部的战略。晋昭公二年（前530），晋将荀吴借道鲜虞进攻鼓都昔阳（河北晋州市西），给鼓以重创。当年八月，晋国进攻肥（今天河北藁城一带），俘虏国君绵皋，肥国被晋国吞并。第二年冬天，晋国趁鲜虞边境空虚，进攻鲜虞，夺取鲜虞中人（今河北唐县西北峭岭）。晋昭公五年（前527），晋国荀吴再次进攻鼓，俘虏国君鸢鞮，鼓国成为晋国属国，六年后，鼓国彻底灭亡，并入晋国。晋定公五年（前507），鲜虞进攻晋国平中，大败晋军。第二年，鲜虞人在中人城（今河北唐县西北栗山）建国，因中人城中有山，故称中山国。晋定公二十三年（前489），赵鞅率兵大举进攻中山国，大破中山，中山国受到沉重打击，从此沉寂于史册20余年。其后，晋国智瑶运用铸钟引诱之计，7天灭亡鲜虞的属国仇国，中山国的最后一个属国灭亡。晋出公十八年（前457），赵襄子执政，派新稚穆子讨伐中山，一天夺取中山国中人、左人两城，中山国受到致命打击。在对中山国战争中，赵简子、赵襄子父子建立了决定性的功勋。

根据《史记·赵世家》《战国策》有关章节记载，并结合当代史学家的研究成果，后面的事情或许是这样的：中山国元气大伤，一部分人逃离故土，流浪于中原，剩下的人成为晋国的臣民，其故地被晋国控制。

晋哀公四年（前448），赵襄子、韩宣子、魏桓子三家忙于分晋，无暇顾及中山遗民，北边的中山国遗民虽被压服，但心不服，南边流亡的中山人流荡在黄河两岸，甚至直接参与大国纷争，给魏国、韩国、齐国等国家制造麻烦；同时，赵、韩、魏分晋后，三家分到的领地有多有少，其中赵国得到的土地最多，令韩、魏两家心中很不平衡。尤其中山国故地被赵国控制，又让韩、魏两家垂涎三尺。恰在这时，魏文侯任用李悝变法改革，国力大增，话语权自然也多，赵襄子六年（前452），他率先向赵襄子提出要"残中山"，攻打消灭中山国残余势力。赵襄子一听，这是项庄舞剑意在沛公之计，魏国出兵征讨中山，中山故地必然落入魏国囊中。为此，赵襄子采纳了大臣的建议，扶持中山国遗民"自立"，还撮合了魏文侯将自己的一个女儿嫁给中山君做正妻。赵襄子这一招一举两得，既稳住了魏国，又保住了中山的控制权。因此，中山国得以复国，流浪于中原的中山文公回到故国，成为赵、魏两国的保护国。

赵献侯五年（前419）起，魏国攻占秦国战略要地少梁，并在此处修建城池，两国之间的河西争夺战就此开始，赵国也出现了赵桓子驱逐赵献侯自立，国人杀赵桓子之子复立赵献侯的内乱，政局一度动荡。到了赵献侯十年（前414），中山文公去世，中山武公见有机可乘，干脆宣布独立建国。这就是司马迁记载的：赵献侯"十年，中山武公初立"，并且大规模修筑城池，"十三年，城平邑"。这里的平邑，在今天的平山县。

经过十年左右的激烈争夺，魏国争夺河西（今天陕西中部地区）之战初见成效。到赵烈侯元年，魏国国富民强，疆域日大，回过头来一看，自己参与培植的中山国竟然独立了，于是气不打一处来，决定给他点儿颜色看看。因为从魏国到中山，中间隔着赵国，于是找到赵烈侯，请求赵国借道给他。赵烈侯很年轻，又刚即位，也是血气方刚的年纪，他对中山国独立也很气愤，也想收拾这个"白眼狼"。既然魏国出头了，好啊，支持、支持！于是魏军大军开始攻打中山国。起初，魏文侯启用名将吴起为将，进攻中山，由于对中山地形不熟悉，进攻受挫。随后，魏国收了狄族出身、熟悉中山国内情的翟黄、翟角二人，他们提出改派乐羊进攻、派李悝治理的建议，得到魏文侯的采纳。第二年，乐羊统率大军进攻中山，"乐羊攻中山，三年拔之"（《战国策·秦策》），中山武公成了亡国之君。之后三十年，中山国归属了魏国，就是说在赵烈侯、赵武公在位全期，乃至赵敬侯在位前期，中山国姓"魏"。

赵烈侯即位时年纪很轻，估计不会超过二十岁。青春烂漫，爱搞点新潮东西，他爱听音乐，当然对给他唱歌、跳舞、伴奏的音乐人也高看一眼，就像现在的年轻人崇拜明星一样。他对相国公仲连说："寡人有爱好，对提供给我爱好的人可以给高贵的地位吗？"他当然是说那些音乐人。

公仲连说："让他们富起来可以，但不能让他们贵起来。"在当时，这些人毕竟属于百工之类，是下等职业人。社会下层的人怎可以赐给高贵的地位呢。

烈侯说："好的。对郑国歌手枪、石两个人，我决定赏赐每人万亩耕田。去办吧。"

公仲连回答："知道了。"回头就是不办。

过了一个月，烈侯视察代地刚回来，急忙找来公仲连，见面就问："上次我说的给歌手耕田，落实了没有？"公仲连回答说："我去找了，没有合适的田地。"过了不久，烈侯又问此事，公仲连始终不给办。后来，为躲避烈侯再问，干脆不上朝了。

公仲连推着不办原因为何？公仲连是一个循规蹈矩的正统的人。在那个时代，正统人普遍认为郑音是一种靡靡之音。所谓郑音就是流传于当时郑国的音乐。

　　与赵烈侯同时代的魏文侯曾因关于古乐与新乐问题求教于孔子的弟子子夏。子夏说："郑音妖艳糜滥而浸淫意志，宋音亲女顾子而拘泥意志，卫音急功近利而扰乱意志，齐音桀骜不驯而骄傲意志，四者都是放纵无忌而损害道德，所以在祭祀中都不被采用。"就是说，这些音乐都不是古乐，属于粗俗低级的"上不了席面的狗肉"，各国在祭祀等郑重场面不会采用的。《吕氏春秋·本性》也认为郑国卫国音乐"靡曼皓齿，郑卫之音，务以自乐，命之曰'伐性之斧'"。可见，整个春秋战国时期，大多数人对郑卫音乐持否定态度。

　　所谓古乐，子夏解释说："诗曰：'肃雍和鸣，先祖是听。'肃肃，就是尊敬，雍雍，就是和谐。"按现在的说法，唱歌奏乐必须敬畏而和谐，才能端正思想，锤炼意志、鼓舞士气，激励行动。所以，郑音与当时的主流意识相违背，公仲连当然不能允许作为一国国君的赵烈侯浸染。

　　还有一个重要原因，使公仲连不能容忍赵烈侯动则以万亩土地赏赐给不入流的音乐人。

　　比赵烈侯稍晚的孟子曾与梁惠王有过一段对话。

　　梁惠王立于水塘边，看见大雁麋鹿，非常惬意，就问旁边的孟子："贤人有这种快和吗？"孟子说："凡是贤人碰见这样快乐场景往往先人后己，不贤之人面对这样的场景也快乐不起来。想当年，周文王决定开挖池塘，建筑平台，圈养飞禽走兽，老百姓争相参加劳动，很快苑园建好，文王与民同乐，所以他很快乐。相反，商纣王荒淫无道，沉迷于声色犬马，还自比太阳。老百姓唱歌说，要与他同归于尽。建设的亭台楼阁、圈养的鸟兽鱼虫再多，他能快乐吗？"①

　　公仲连的目的很明确，烈侯的赏赐是为一己的专好，不是与老百姓同乐的，理当拒绝。

　　推着不办总不是办法，也起不到教育赵烈侯的作用。公仲连虽然正直忠诚，但未免迂腐呆板，少了一些办法。不过，另一个人的出现，使问题得到了转机。

---

① 孟子选注[M].孙玉莹,译注.北京:光明日报出版社,2008:2.

一位叫番吾君的人从代地到都城办事，他是公仲连的好朋友，也是知己。番吾君对公仲连说："我们的君主烈侯天资聪明，人品端正，心地善良，就是有时把持不住自己，童心未泯，不知道该干什么不该干什么。关键还是辅佐他的贤士太少了。先生你在赵国担任相国已四年，引进过治国理政的能人贤士吗？"

公仲连回答说："还没有。"

番吾君说："我可以向你推荐三人。牛畜、荀欣、徐越都可以任用。"于是，公仲连把三人招聘过来。

一天，公仲连上朝。烈侯又问："答应给歌手的耕田怎么样了？"烈侯确实人很好，很有耐心，起码不霸道，要换赵襄子在世，也早急了，说不定要把公仲连撵回家抱孩子去了。

公仲连接着说："君主，我刚刚叫人招聘了几个能人，看你能不能用起来啊。"

烈侯一听，也不再追问歌手的事情，立即把引进的三人宣上殿来。牛畜、荀欣、徐越一上来，给烈侯的第一印象是一表人才，接着回答问题有条不紊，头头是道。烈侯特别高兴，毕竟他曾立志继承祖志，振兴赵国，何况自己刚刚获得侯爵，不干出点样子怎么行呢。于是，他决定：让三人担任自己的侍从官兼老师。每天一人跟班当值。第一天，牛畜当值，教烈侯讲求仁义，用王道进行约束，烈侯做得很认真。牛畜也是手把手地教。第二天，荀欣侍奉他，教他选择贤人，任用能人做官吏。第三天，徐越当值，教烈侯如何为国聚财、开源节流。他们三人耳提面命，循循诱导，诲人不倦，把道理和流程讲得十分透彻明白，烈侯茅塞洞开，心悦诚服。烈侯非常兴奋，终于进入了正道。

于是，烈侯派人告诉相国公仲连："给歌手耕田的事情放一放吧。"随后，任命牛畜为国师，管理教化；荀欣为中尉，参与管理军事；徐越为内吏，管理国家财政。烈侯还没有忘记推荐者，赏赐相国公仲连锦衣两套，以示褒奖。

词　曰：

江南春

风软软，柳青青。孩童诚可教，公仲乃良丞。中牟君主思强国，滹沱河帆谋远征。

第二十一章　赵敬侯定都邯郸　太史公盛赞河漳

诗　曰：

> 西来紫气瑞祥生，北渐粼河弄管笙。
> 黍饱粱红衔锦绣，天蓝地阔露峥嵘。
> 君王发迹英才聚，黎庶辛劳物产盈。
> 峦尽邯山兴大邑，千锤百炼锻名城。

赵烈侯也是好人不长寿，即位九年就去世了，估计死时三十岁上下。他的太子章年龄太小，少不更事，因此国人让烈侯之弟武公即位，又过了十三年，武公去世，这时太子章已经成人，国人反过头来扶持太子章即位，就是赵敬侯。

作为一国的国都，中牟确实太靠南了，因为赵国的领土大部分在今天河北西北部、山西北部。北部的地方长官要觐见国君，要跑很长的路程。这样的国都，管理全国很不方便。而且中牟几乎嵌入魏国的腹地，像一颗楔子插在魏国身上，卧榻之内，岂容他人鼾睡？估计魏国人早觊觎已久，时刻想把赵国人从中牟撵走。

果然，赵敬侯元年，武公之子赵朝叛乱未遂，逃亡魏国。到了魏国，立即鼓动魏国出兵攻打中牟，这下正中魏国下怀，立即出了兵，虽然铩羽而归，但毕竟让刚刚即位的赵敬侯心惊肉跳，他感到这个地方太不安全了。终于下决心迁都，向北迁到了邯郸。这一年是周安王十六年（前386），到秦王嬴政十九年（前228）被秦军攻克止，邯郸作为赵国国都158年。

邯郸是一座古城，也是中国从建城之日到现今生不更名、坐不改姓的少数几个城市之一。其城邑肇始于殷商时期，当时邯郸是畿辅之地。古本《竹书纪年》就有殷纣王在邯郸建立"离宫别馆"的记载。如果从那时算起，邯郸已至少有3100年历史了。

邯郸是什么含义？《汉书·地理志》注："邯山，在东城下，单也，尽也，城郭从邑，故加邑云。"《邯郸市邯山区志》解释说："古时候，在东城下一座山叫邯山，单，是山脉尽头，邯山至此而尽，因此得名'邯单'。城郭从邑，故'单'字旁边加邑，而为'邯郸'。"

春秋时期，邯郸最初属于邢国，后属卫国，继而被晋国兼并，赵盾时，分封给堂弟赵穿做食邑，从那时起，邯郸就归属赵氏家族名下。即使从这个赵穿诛杀晋厉公算起，也有2590多年的建城史了。司马迁在《货殖列传》中，说邯郸早在春秋时期"乃是黄河、漳河之间的一个大都会。北通燕国、涿州，南有郑国、卫国"，是商贾必经之地。战国时期，北有中山、燕国，东有齐国，南有魏国、韩国，位于战略要冲，为兵家必争之处。

古邯郸城市规模宏大。《邯郸市邯山区志》记载，战国时邯郸包括赵王城和大北城两部分。赵王城为宫城。宫城建于赵敬侯从中牟迁到邯郸前后，毁于秦朝末年。秦始皇十八年（前228），秦将端和攻取邯郸，下令"夷其廓"，宫城和大北城被毁，后逐渐变成废墟。有幸遗址尚存，且保存完好。

古邯郸王城遗址，现存于邯郸市复兴区与邯山区交界地带。从遗址观察，宫城分东、西、北三城，平面呈品字形状，城内面积为505万平方米，是北京故宫占地面积的7倍。宫城西城是王宫所在地，平面近似正方形，每边长1390米，四周城墙宽20～30米，最宽处52米。四面各有城门两座。城内"龙台"位于中部偏南，高耸出地面，台基边长264～296米，毁前，赵国王宫殿就建在上面，建筑面积不少于69 696平方米。它是国内现存规模最大的王宫台基遗址。宫城东城是军事基地，东西最宽处926米，南北长1442米，四面城垣宽20～40米，现存城门一座。城内有"南将台""北将台"台基各一座，相传是赵国君阅兵点将之处，均在该城南北中轴线上。宫城小北城是赵国贵族居住之地，位于

西城和东城的北侧，东西宽处 1410 米，南北宽处 1520 米。城墙宽处 30
米，现存城门 3 座。

经国家文物局批准，河北省文物研究所分别于 2004 年、2007 年以
及 2010 年对赵王城遗址进行了勘察测绘，并对部分城垣进行解剖挖掘，
弄清了城垣的本体建筑结构及其防雨排水附属设施的结构与功能，并发
现了城垣的内外壕沟防御系统。其中，城垣墙体表面处理痕迹、防雨排
水附属设施与内外壕沟防御系统等几项重要发现，目前为止还是东周城
市考古的孤例[①]。

尤其是城垣的防雨排水设施非常独特，是由三种类型的设施组成。
一是城垣内侧墙体台阶界面上用板片、筒片咬合相配，铺设成斜坡状瓦
面顶，类似房顶铺瓦；二是自上而下铺设陶制排水槽道，每隔 27 米铺
设一条，把瓦顶下泄的雨水通过排水槽引到地面；三是城垣两侧散水
面，用卵石铺成，宽 0.6 ~ 1 米。如此完备的防水排水系统，能有效地防
止雨水对墙体的冲刷、浸泅，是邯郸赵氏先祖和邯郸先民的发明创造。
由此可以联想到两个方面，首先是当时邯郸地区降雨量比较大，绝不是
现在的年降雨量区区 550 毫米，因此城垣防水排水是首先考虑的一大要
件；二是赵国君臣充分吸取了前 453 年赵襄子走晋阳，知伯氏联合韩、
魏两家水淹晋阳的历史教训，假如再来一次水淹邯郸，因王城建在较高
的台基上，不会有"城不浸者三板"的危局了。

大北城是战国时期赵都城的主要组成部分，为古邯郸的廓城。位于
宫城的东北，城区呈不规则长方形，东西最宽处 3240 米，总面积 15 811
万平方米。现在，除西垣还有少量断断续续的土夯墙外，其余城墙全部
掩埋在地下 0.2 ~ 8 米深处。挖掘发现，被掩埋的城墙宽 20 ~ 30 米。大
北城的方位大致包括了现今邯郸市以京广铁路为对称轴线的复兴区、丛
台区、邯山区的大部分城区。

大北城是居民和百工居住、生产的城区，是商业、手工业作坊聚集
地，相当于现在邯郸市联纺路以南，渚河路以北，京广铁路以东，滏阳

① 邯郸市邯山区地方志编纂委员会.邯郸市邯山区志(1988—2010 年)[M].郑州:中州古籍出
版社,2018:645-647.

街以西的城区面积。这样大的城区，可以想象出居住的人口之多。现有典籍中虽然找不到当时邯郸到底住了多少人，也找不到关于这座城市繁荣的描述，但是可以从一些旁证中看到它的大概。著名历史学家范文澜在《中国通史简编》中说："战国时大城市齐国都城临淄有户七万，韩国宜阳城方八里，可驻兵十万。"可以粗算，七万户，平均每户4人，就是28万人。再说繁华程度。齐国晏子一次出使楚国，楚人对他很不礼貌，戏弄说：齐国没有人了？竟派一个侏儒出使。晏子说："齐之淄博三百闾，张袂成荫，挥汗如雨，比肩接踵而在，何为无人？"我想，同样是战国四大都市之一，邯郸或许不输临淄，更不能输给韩国都城新郑。

另外，邯郸工商业发达的程度应该很高。范文澜在《中国通史简编》中注释："农夫住在田野小邑，称为野人；工商业者住在大邑，称为国人。"大邑也称"国"。由此联想到上面讲的，赵献侯定都中牟不久，就被赵襄子弟弟赵桓子撵下台。赵桓子执政不到一年去世，赵国国人重新把赵敬侯扶上台。透过这一信息，可以看出当时"国人"——工商业者的力量多么强大，以致可以决定国君的兴废。他们不仅人数众多，而且财力雄厚，到了可以左右朝政的程度了，中牟如此，这又从另一侧面推测出邯郸当时的工商业同样高度发达。

战国时邯郸城原貌到底是什么样子？当时既没照片，也没录像，甚至连简易的绘图也找不到，准确描述原貌是不可能的，但是能从魏晋时邯郸著名学者刘劭的《赵都赋》读出其影子。邯郸王城毁于前228年，距离刘劭生活年代已经有400年了，不知刘劭凭什么写出这样的美文，但作为邯郸文化名人、严谨学者，绝不会凭空杜撰。我是这样想的：

首先，邯郸在秦始皇统一六国后，仍然是三十六郡之一，虽然赵王城被毁，大北城或许还在，延续一定程度的繁荣是可能的。其次，汉高祖刘邦四年（前203），立张耳为赵王，都邯郸。九年，封其子刘如意为赵王，仍都邯郸，重建邯郸城，建设了富丽堂皇的温明殿，邯郸并未衰落。只是到魏晋时期，也就是刘劭青壮年时期，由于近在咫尺的邺城兴起，邯郸才沦为一般县城。刘劭时估计刘如意的王城还在，"汉承秦制"，毕竟秦汉时期政治制度乃至建筑文化是一脉相承的。所以，《赵都赋》是刘劭可能目睹过刘如意时期的遗留建筑，通过查阅过相关典籍，加上自己丰富想象写出来的，所以，《赵都赋》能部分地再现战国赵国时期的景象。不妨读一读这篇美文：

　　且敝邑者，固灵州之敞宇，而天下之雄国也。南则有洪川巨渎，黄水浊河，发源积石，径拂太华，洒为九流，入于玄波；其东则有天浪水府，百川是钟，包络坤维，连薄太濛；其北则有陶林玄坛，增冰沍寒；其西则有灵丘平圃，邪接昆仑；其近则有天井句注，飞壶太行，璀错磈硌，属积连冈。龙首嵯峨以弟郁，羊阪仑岷以屹嵣。清漳发源，浊滏汩越，汤泉涫沸，洪波漂厉。

　　尔乃都城万雉，百里周回。九衢交错，三门旁开。层楼疏阁，连栋结阶。峙华爵以表甍，若翔凤之将飞。正殿俨其造天，朱楏赫以舒光。盘虬螭之蜿蜒，承雄虹之飞梁。结云阁于南宇，立丛台于少阳。

　　及至暮秋涉冬，朔风烈寒，猛豹鸷攫，鹰隼奋翰。国乃讲武，狩于清源，驾鸷冥之骏骇，抗冲天之旌斿。北连昭余，南属呼沱，西眄眣太陵，东结缭河。然后嵕子放机，戈矛乱发，决班萌氃，破文额，当手毙僵，应弦倒越。

　　尔乃进中山名倡，襄国妖女，狄鞮妙音，邯郸才舞，六八骈罗，并奏迭举，体凌浮云，声哀激楚。姿绝伦之逸态，实倬然而寡偶。其珍玩服物，则昆山美玉，元珠曲环；轻绡启缯，织纩绨纨。其器用良马，则六弓四弩，绿沈黄间；堂嵠鱼肠，丁令角端。飞兔褭斯，常鸸紫燕。丰髻角颅，龙身鹄颈。月如黄金，兰筋参精。迅蹑飞浮，轶响追声。

　　若乃至季春元巳，辰火炽光。挺新赠往，祓于水阳，朱幕蔽野，彩帷连冈。妖冶呈饰，颜如春英。

　　赋的第一段写的是邯郸的地理位置，南有黄河，东有大海，北有蒙古草原，西有黄土高原；近依太行山，地势险要，清漳河东流，滏阳河环绕，温泉烟气升腾，洪波涌起。可以读出其时邯郸地理位置重要、自然环境优良。

　　赋的第二段写的是邯郸都城盛况。第一层次写城郭及王宫：城墙万

雉（长三丈高一丈为一雉），方圆百里（文学夸张渲染）。城内道路四通八达，三座城门高大轩昂，楼阁鳞次栉比。高高耸立的屋脊，像凤凰欲飞；正殿俨然如天宫下界，大红的窗棂光芒四射。蜿蜒的虬螭盘旋支撑着长虹一样的飞梁。

赋的第三段写赵国人尚武，每逢秋冬狩猎，跨马架鹰，举旗带箭，北到昭余，南踏滹沱，西望高山，东渡冰河，前呼后拥，气势浩荡，飞禽走兽，应弦而倒。

赋的第四段写邯郸商贾云集，珍宝、奇玩、丽服、良马、利器齐聚于此。市场繁荣，经济发达。不愧为百国通衢，商业重镇。

赋的第五段写暮春季节，达官富人踏青游览成为风景，以至于邯郸城外漫山遍野都是帐篷篝火。经济繁荣、社会安定、民生富足、文化发达，两千多年前一个城市能发达富足到如此程度，是难以想象的。其繁华程度，是齐国晏婴口中的齐国都城临淄望尘莫及的。

著名历史学家范文澜在《中国通史简编》中说：整个战国时期，邯郸是与临淄、大梁、洛阳齐名的四大都市之一，是赵国政治、经济、文化中心。政治自不必说，赵国的政令皆出于邯郸。也是政治势力角逐之处，赵国时的连横家张仪、合纵家苏秦都在邯郸有过出色的表演。吕不韦，不仅走南闯北经商从贾，擅长审时度势，体察行情，靠贱买贵卖发财致富，家累千金。而且他到邯郸做买卖，盯上了在赵国当人质的秦国公子子楚。他以商人特有的敏感认为他"奇货可居"，于是成就了一番以商业手段运作政治的案例。

赵国的冶铁技术在各国中名列前茅。在邯郸京广铁路西，发现了不少炼铁炉遗址，不少商人因冶铁致富，例如邯郸的卓氏，就是靠制铁发家致富的。还有一个叫郭纵的，因冶铁富可敌国[①]。赵国发行了自己的货币，这就是耸肩尖足空首币，俗称"铲形币"，造型精美，便于流通，在各国中独树一帜。

一代名医扁鹊曾到此行医，司马迁记载：扁鹊"过邯郸，闻贵妇人，即为带下医"。带下医就是妇科医生。邯郸此行，让扁鹊成了全科

---

① 范文澜.中国通史简编[M].北京：人民出版社，1964：244.

医生。

在赵国出生和生活的文人学士也不少。例如，前面说的吕不韦还是一位儒商，他家里养着大批门客，于是他牵头著书立说，写出融合诸子百家学说为一体的《吕氏春秋》。他对自己的著作十分满意自信，声称谁能将书中改一字，赏金千斤，从此有了成语"一字千金"。

邯郸出生的慎到（前390—前315），是著名法家学者。在邯郸学成之后，先到齐国稷下讲学，与邹衍、淳于髡、田骈等76人一起受到齐宣王尊崇。齐国为他们建造了豪华府第，加封为上大夫衔，只发议论，当参谋，不从政，为法家学说在齐国传播作出贡献。后到楚国，侍奉楚倾襄王。慎到主张"抱法处事""无为而治"，司马迁说他的著作有《十二传》，可惜大部佚失，《慎子》一书现存《威德》《因循》《民杂》《德立》《君人》五篇，《群书既要》中有《知忠》《群臣》。

公孙龙是赵国著名的哲学家（前320—前250），是名家学说的带头人，生活在邯郸定都之后，作为著名学者，自然少不了在邯郸活动。他的《离坚白论》从视觉与感觉对立统一的原则出发，阐述了石头的白颜色与质地坚实的关系，认为视觉与感觉存为一体，都存在于石头上面，这就是"合"；但属不同概念，不可混淆。用眼睛只能看到白色，看不到坚硬；闭上眼睛用手触摸石头，能测定它的坚硬，但触摸不到他的白色，这就是"离"。

《淮南子·道应巡》中记载着他的一个故事，挺有趣的。说公孙龙在赵国时，对他的弟子们说："我不愿意与没有本事的人交往。"正说着，一个穿着褐色粗布衣裳，腰上系着麻绳的人进来说："我能呼喊。"公孙龙回头招呼弟子们："你能呼喊吗？"回答说："不能。"公孙龙说："把这人收为弟子。"过了几天，公孙龙带领弟子们去游说燕王，走到一河边，船在对岸，于是让善呼者呼喊船家，很快船就划过来了，一行人得渡。有人对此非常感慨："圣人不拒绝有一技之长的人。"

学术上最有成就的赵国人当属荀子，他生卒年限是前313年至前238年。荀子的生平事迹几乎家喻户晓。司马迁评价他"研究推敲儒、墨、道三家学说，写出了数万言的序列著作"，是一位各种学说兼收并

蓄、扬长避短的集大成者。他是中国历史唯物论杰出代表，提出了"天行有常，不以尧存，不以桀亡"著名论点。值得注意的是，他虽然主要活动在齐国和楚国，但是，他出道很晚，50岁才走出赵国。因此可以断定，他的学识主要是在赵国积累起来的，是邯郸一方水土培养出来的大学者。

邯郸文化发达，民俗优雅，连走路都成了各国艳羡的对象。《庄子·秋水》里说："且子独不闻夫寿陵余子之学行于邯郸与？未得国能，又失其故行矣，直匍匐而归耳。"这就是著名的邯郸学步典故。说的是燕国寿陵有一个少年听说邯郸走路很优美，于是来到邯郸学赵人走路，结果邯郸走路没学会，反将自己的走路的技能给忘掉了，只好爬着回去了。这个故事肯定是夸张，但不是空穴来风，起码说明当时邯郸人文化素质高，讲求仪表装饰、举止姿容。这方面比当时的燕国要好一些。"仓廪实而知礼仪，衣食足而知荣辱。"如果没有高度发达的经济作支撑，没有良好的社会文化氛围做参照，庄子纵有天大的本事，也不会杜撰出《邯郸学步》的典故来。至今，邯郸老城北关护城河上还遗存着一座"学步桥"，已辟为旅游景点。

邯郸物宝天华，人杰地灵。看来，赵敬侯定都邯郸是正确决策。

词曰（套柳永同牌词）：

望海潮

中原形胜，河漳都会，邯郸自古繁华。云戏殿楼，烟游巷陌，参差十万人家。莺唱柳荫遐。蜿蜒滏河里，帆拥船叉。玉饰闳门，峨冠罗绮跨新骅。

名城荟萃名家。有公孙"白马"，慎到言嘉。荀子大儒，谈天讲地，吟诗论剑吹笳。悠步舞朝霞。扁鹊医妇症，令誉声遐。勇武轩车箭弩，操练日西斜。

第二十二章　立国偏遇纷争乱 备战能有几输赢

诗　曰：

献烈之年少太平，千军万帜比输赢。

清河饮马齐君怯，霍邑鸣金陕将惊。

南进援韩围叛逆，前行拓土讨狂狰。

超强战力闻天下，赵旅飞骝有百营。

邯郸定都后并不安生，与其他国家战火频仍，攻伐不断。赵敬侯主政十二年，就发生了 10 次战争，几乎年年有战。其后的赵成侯执政二十五年，发生战争 19 次。战争频率也奇高。边境上的老百姓，过着"烽火连三月，家书抵万金"日子。

历史学上把前 475 年规定为战国起始年。战国者，战争之国也，战争的频次和强度大大超过春秋时期。春秋时期，国与国之间虽有兼并，例如晋国兼并耿、魏、虢、虞等 20 个小国，楚国兼并周围 50 余国，但大国之间主要以争霸为主。而战国时期，主要以兼并为主，最后完成华夏统一。

孟子说"春秋无义战"，指当时各国战争几乎没有正义的，但他没有把当时所有战争一棍子打死，"彼善于此，则有之矣。"就是说有些战争比其他战争要好一些。然而他又说："征者，上征下也，敌国不相征。"意思是，周天子征伐诸侯是应该肯定的，诸侯之间不应开战。在孟子眼中，尧舜虞及周文王武王永远是神圣、正义的。这样界定战争的正义与否，未免偏颇。姑且放下春秋时期的战争不说，即使战国时期的战争也有正义与非正义之分。华夏需要统一，凡是有利于推动华夏统一的战争总体上具有正义性质，否则，就具有非正义的性质。例如，秦始皇统一中国的战争，总体上是正义的，而荆轲刺秦王则是倒行逆施，尽管悲壮，也是非正义的。另一方面，凡是维护本国人民生产、自由等基本权益的战争是正义的，凡是屠戮人民、滥杀无辜、毁坏文明、破坏生产的战争，不管是全国性的，还是局部战争，都是非正义和野蛮的。例如秦军在长平之战中坑杀四十万赵国士兵，尽管它属于统一中国的战争，但是这种行为是残暴和野蛮的，同样是非正义的。相反，楚国屈原为怀念故国投汨罗江殉难，尽管是在控诉秦国侵略，但是主要是谴责楚平王昏庸，因此是伟大的爱国行为和高尚情操，他的壮丽辞篇《离骚》，是爱国主义的伟大作品，所以流传至今，这就是历史辩证法。

战国时期，各国都积极增强武备，造成无休止的军备竞赛。战国七雄（齐楚燕韩赵魏秦）都是万乘之国。就连几起几落的中山国也逐渐发达成九千乘之国。所谓"万乘之国"，就是具有一万乘兵车的国家。"一乘"的标配是：一辆兵车有四匹马牵引，每辆战车配备乘员士兵三人，步兵七十五人。每辆防御和后勤用车乘员三人，步兵二十三人。每一百户居民供养一乘战车和一乘防御后勤用车。计算下来，如果有万乘，必须得有战马四万匹，乘员三万人，步兵在五十万到七十五万人之间，加上指挥机关，一国军队最多将近百万人。在当时，这么庞大的军队，老百姓的负担可想而知，即使现在听起来，也令人咋舌，却不是虚构。例如，秦、赵长平之战，赵国四十万军队被"坑"，虽然赵国因此伤筋动骨，但这远不是赵国的全部军队，在赵国北方边境线上，还有一支劲旅掌握在名将李牧手中，对秦作战照样可以胜多败少。

在赵国献、烈、敬侯三代国君时期，包括赵国在内的各国之间的战争有一对一的，也有联合起来对付第三方的。有时师出有名，有时不明不白，不管怎么说，都是为争夺土地和人而战。在战争各方，只有永久的利益，没有永久的朋友。因此，战争一开始多表现为混战的形式。

赵国立国之初，西边与秦国以黄河为邻，南边与魏国、卫国接壤，东边与齐国相望，北接燕国娄烦、林胡。还有一个中山国嵌在中间，把国土分成了南北两部分。陆路边界相当长，而且复杂。例如，与魏国、韩国，由于同时从晋国独立出来的，历史上形成了狼牙交错的领土边界。

关于中山国，还得交代一下他的发展轨迹。前面已经说过，魏文侯十七年（前408），魏国派乐羊进攻中山国，三年攻占，此后三十年被魏国管辖，并令太子击任中山君，李悝辅之。魏文侯死后，太子击回国即位，就是魏武侯，魏国与各国陷入战争泥潭，无暇顾及北边，中山国桓公趁机二次复国，赶走魏国统治者，将国都迁到灵寿，即今天河北省灵寿县。时间大概在赵敬侯十年到十一年间，因为这时，赵国与中山国发生了激烈的战斗，表明中山国已复国成功。

当初，赵、韩、魏三家先后参与了三次领地瓜分行动。第一次，三家伙同知伯氏灭掉范氏、中行氏，瓜分了这两家的领地；第二次，三家共灭知伯氏，瓜分了其领地。知伯氏的领地大概在漳河以南，卫河以北地区，以及中山国以南的部分地区。第三次，赵、韩、魏三国自立门户，成为诸侯是在周烈王二十三年，即前403年。但是，名义上的晋国及晋君还在，又过了十四年，赵、韩、魏三家有联合起来，端掉了晋国的老窝曲沃，把剩余的土地分掉了。三国要瓜分，必然是你一块我一块的，相对于每个国家的主体领地，形成了不少"飞地"。就是你中有我的地，我中有你的地，狼牙交错，错综复杂。

赵国人尤以彪悍闻名于诸侯，而且继承了晋国的政治、军事雄风，在对齐国、卫国、中山国，甚至对秦国在一对一战役中无一败绩。赵敬侯二年（前385），在灵丘打败齐国。赵敬侯三年，齐国廪丘（今山东省郓城县西北的水堡）大夫叛变归赵，齐国派兵征讨，赵国联合魏、韩军队在廪丘大败齐军。赵敬侯九年，讨伐齐国，齐国举国惶恐。这年，齐国讨伐燕国，还是赵国出手相救，让齐国落荒而逃。中山国虽强悍，对赵国还是惧怕的，赵敬侯六年，中山国为防御赵国的进犯，在今天保定西部沿涞源、唐县、顺平一线修起了长城，派兵驻守。今天勘测约89公里。敬侯十年，赵国与复国不久、势头正盛的中山国大战于房子，遏制了中山国向南进犯的气焰。敬侯十一年，出兵教训中山国，与中山国大战于中人，即现在的河北省隆尧县境内，从此，中山国领教了赵国的

厉害，它的领土被紧紧地钳制在现在的石家庄以北，保定以南方圆不足五百里狭小地区动弹不得。

赵敬侯在位12年，前375年去世，其子赵成侯即位。前374年，公子胜与成侯争位，闹了一场内乱，好在成侯很快把内乱平息下来，公子胜政变未遂。赵成侯二年（前373）六月，气候异常，大夏天下起了雨夹雪。

赵成侯三年（前372），任命大戊午为相。当年，赵国讨伐卫国，夺取乡村集镇73个。卫国成立于周成王时，本来不大。当时周公旦册封卫国祖先卫康叔为卫君，封地是黄河以北的殷墟地区，就是现在的河南省安阳、新乡、濮阳三地的豫北地区以及河北南部。很快，河北南部被晋国占领，地域有限。当时的村落和人口绝没现在这样密集，可以想象，73个乡镇意味着魏国至少有三分之一的乡镇和人口归了赵国。赵成侯十年（前365），又攻打卫国，夺取卫国的甄城。这样，把卫国的土地一块块蚕食下来。到了后来，卫国只剩下濮阳一座孤城了。

其后几年，与老对手齐国又发生了三次双边战争，均为胜绩。分别是：成侯五年，攻打齐国的酅；成侯七年，攻打齐国，占领了齐国边境的长城。此举非同小可，他的"马其顿防线"崩溃，等同于齐国国门洞开，遗憾的是赵国没有乘胜追击。成侯九年，与齐国开战阿下。三次战争都在齐国境内展开，赵国占据明显优势。

齐国曾是春秋五霸之一。齐桓公称霸于前679年，国力达到鼎盛。齐国开国国君本为姜姓，叫吕尚。早年受聘于周文王，是周成王的国师，被封于齐营丘，开创了齐国。到了赵敬侯、赵成侯时期，齐国田氏家族篡夺了君权，逐渐取而代之。前386年，恰是赵敬侯定都邯郸那一年，田氏家族的田和通过魏文侯，说服了周天子以及各诸侯，田和得到诸侯地位，原齐国吕氏国君名存实亡。等到原齐国康公去世，他是个没有子嗣的绝户头，齐国终于彻底改换门庭，田氏家族承袭了齐国国君，这就是齐国第一代田姓国君齐威王。就在齐威王之前的近百年里，齐国国内政治动荡，人心思迁，军事实力大幅下降。因此，齐国此时败绩甚多。

赵成侯四年（前371），赵国与秦国在高安这个地方打了一仗。这是赵国独立后第一次与秦国的战争。结果赵国打胜了，表现出骄人的战力。成侯十一年，秦国进攻魏国，赵国发扬国际主义精神，在石阿这个地方帮魏军解了围。第二年，秦国进攻魏国的少梁城，又是赵国打退了秦国。三次战役，赵国完胜。此时，秦国还不是赵国的对手。

赵成侯五年（前370），赵国还和郑国打了一仗，结果大败之。按说，赵国不与郑国接壤，中间还隔着韩国和魏国，不应有战。战因却是郑国先与韩国发生了摩擦，赵国路见不平，拔刀相助。战后，郑国向韩国割地纳贡。韩国够意思，没白让赵国帮忙，奉送给赵国一座城池——长子。

韩国同魏国一样，是赵国的孪生兄弟。他也是唯一与赵国密切合作，几乎没有战争的诸侯国，这或许源于韩氏家族的家风。早在赵朔罹难前，赵朔曾请托韩厥设法保住自己的后代。韩厥不负重托，在一个最恰当的时机，用最恰当的理由说服了晋景公，让"赵氏孤儿"赵武恢复了嗣位，赵氏家族才繁衍到如今。

另外，赵国与其他国家联合作战，虽说胜败无记载，但无大碍，或许占了上风。赵成侯十四年（前371），协同韩国攻打秦国。赵成侯十五年（前360）帮助魏国进攻齐国。另外，赵国还在赵成侯六年，与韩国、魏国两家废黜了晋国国君，毕竟给他了个面子，把他安置到"端氏"这个地方。

敬侯、成侯两代国君执政37年，赵国在战争中度过了37年。当然，这仅仅是开始。

词　曰：

如梦令

三晋兵强将广，赵氏战歌嘹亮。小试剑寒锋，对手魄飞魂丧。一仗，一仗，跃马举鞭豪壮。

第二十三章　落人后必遭挨打　守己旧何来自尊

诗　曰：

> 孪生赵魏是亲邻，怎奈纷争日久频。
>
> 战败非因军士懦，沉沦莫责国民彬。
>
> 文侯立轼高人附，李克图新地力臻。
>
> 奋起前趋休止歇，河山重整待明晨。

敬侯、成侯期间，赵国与魏国和少战多。双方合作屈指可数，除赵敬侯三年（前384），赵魏韩联军大败齐军于廪丘外，赵成侯十七年（前358），赵成王与魏惠王在葛孽（今河北省邯郸市肥乡区家寨村东）会晤。赵成侯二十年（前355），魏国送给赵国一些上等木料，赵国用这些木料做檐椽，在原来邢国的故址修建了一个大台子，从此这个地方就叫邢台。

遗憾的是赵国与魏国战事频繁，先后开战14次，占此期间赵国对外战争次数的48.3%，接近五成了。赵国虽有可圈可点的胜仗，例如，赵敬侯六年（前381），借兵楚国伐魏，攻占魏国棘蒲城（原中山国地）。赵敬侯八年（前379），攻占魏国黄城（今河南省内黄县）。赵国也曾数次救助魏国，等等。但是，赵国却败给魏国7次，败仗也占五成。分别是：赵敬侯四年（前383），赵国伐卫国，卫国向魏国求救，在兔台（今天河南省清丰县西南）败于魏；敬侯五年（前382），魏、齐联军夺取赵国刚平城；赵成侯三年（前372），赵再败魏于怀；赵成侯十三年（前362），魏败赵于浍，攻占赵国皮牢；赵成侯二十一年（前354），魏国军队在魏惠王的指挥下围攻邯郸，第二年（前353），魏军攻占邯郸。对前期赵国来说，魏国是他唯一的克星，而且这几次败得有些凄惨、悲摧。魏国创造了在秦始皇以前攻陷他国首都的记录。虽然两年后，在齐国强大军事压力下，魏国退出了邯郸，并与赵国在漳水上结为联盟，但赵国确实蒙受了奇耻大辱。

按说，赵、魏两国都承袭了晋国的衣钵。晋国人以能打仗著称，赵国人尤以强悍闻名诸侯各国。赵国的敬侯、成侯也都是很不错的国君，此刻，为什么偏偏干不过魏国？

根本的原因是，魏国的时任君主魏文侯是诸侯各国公认的贤君，他的本事更胜一筹。魏文侯毕斯（亦称"毕都"），前424年至前387年在位。司马迁说他很爱学习。他拜在孔子的徒弟子夏门下，学习儒家经典和技艺。他礼贤下士，启用李悝、魏成子为相国，聘用子夏、田子方、段干木大批贤士。例如，他倾慕并礼遇名士段干木，而段干木却不领情。起初，魏文侯登门拜访，他却"逾垣而辟之"（《孟子·滕文公下》）。但魏文侯不放弃，乘车每次路过段干木的家门口时，总是站起来扶着车前轼木向段干木表示敬意，终于感动段干木，出山辅佐魏文侯。他还聘用军事家吴起为将，身边文才盈廷，将星闪耀。

最突出的是，魏文侯启用法家李悝，率先进行经济制度改革，获得成功。司马迁把李悝改革等同于战国起点，可见评价之高。

司马迁在《魏世家》中介绍李悝一段轶事，不难看出李悝独到的识人眼光和高超的谈论技巧。

魏文侯对李悝说："先生曾教导寡人'家贫则思良妻，国乱则思良相'，现在相国人选不是魏成子就是翟璜，这两个人到底谁更适合一些？"李悝回答："臣听说，卑贱的人不谋求尊贵，疏远的人不谋求亲近。臣本是朝廷外之人，不便回答您这个问题。"魏文侯恳求地说："请先生不要谦让。"李悝说："君主您或许不注意考察罢了。观察一个人，平时要观察他亲近谁，富贵时观察他结交谁，显贵了观察他推举谁，不得志时观察他不干什么事，贫苦时观察他不要什么。这五个方面足以确定谁当相国，还用我说明吗？"魏文侯听后立即说："先生回家吧，相国人选我已经有数了。"

李悝离开王宫回家，路过翟璜家门口，被翟璜截住。翟璜问："今天听说国君召见先生询问相国人选，到底是谁？"李悝说："魏成子担任相国。"翟璜一听就火了："以先生您所见所闻，我哪一点不如魏成子？黄河西的郡守是我推荐的。君主为邺城担忧，我推荐西门豹去治理。君主想讨伐中山国，我推荐乐羊担任主帅。中山国拿下。无人把守，我又推荐先生您去治理。君主之子缺师傅，还是我推荐了屈侯鲋。如此说来，我怎么就不如魏成子了！"

李悝说："您推荐我的目的难道是为了让我去结党拉派谋求做大官吗？君主说，宰相非成则璜，问我谁更适合。我回答说：'君主您或许不注意考察罢了。观察一个人，平时观察他与谁亲近，富贵时观察他结交那些人，显贵了观察他推举哪些人，不得志时观察他不干什么事，贫苦时观察他不要什么。这五个方面足以确定谁当相国，还用我说明吗？'因此我悟出了魏成子能当相国。况且您怎能与魏成子相比呢？魏成子俸禄千盅，十分之九用在外边，十分之一用在家里，用这些资财从东方聘请来了子夏、田子方、段干木。这三人都当了君主的老师。而您所推荐的五人，至今还是君主的臣子。您怎能与魏成子相比呢？"

听到这番道理，翟璜迟疑了半天终于想明白了，于是向李悝连拜了几拜，说："我翟璜是个浅薄之人啊，今天说话有些过分，请原谅。我愿意一辈子做您弟子。"

李悝评价人只提标准，不提及具体人，让君主自己决定，说话艺术高超。对翟璜的不正确想法，又敢于当面批评，从不讳言隐意。

李悝（前455—前395），活动于赵敬侯定都邯郸前后，战国时期杰出法家代表人物之一。他从改革实践出发，汇集各国刑典，著有《法经》一书，为重要的法家经典著作。被任命为魏国相国之后，在魏文侯的支持下，顶住压力，大力改革。在政治上，主张废除旧贵族世袭特权，提出"食有劳而禄有功，使有能而赏必行，罚必当"。按现在的话说就是，按劳分配，凭功受禄，能者上，干者赏，赏罚恰当。他剥夺无功"淫民"（世袭贵族）的食禄，废除世袭制度，让有才能、有军功的下层人士登上政治舞台，这是中国历史上第一次非常彻底地向"世袭世禄"制度宣战之举。经济上，实行"尽地力"与"平籴法"，尽地力就是国家统一分配农民土地，督促农民辛勤耕作，多打粮食。平籴法是丰年国家按平价收购农民粮食，歉年仍以平价卖给农民粮食，以丰补歉，既避免谷贱伤农，又平衡粮食价格，保障农民生活，促进生产，稳定政局。他尤其重视激励农民种地积极性，作《尽地力之教》一书，精确计算单位面积耕地勤与不勤在产量上差别，以精确的数量计算出农民的积极性的价值，这让现代经济学的各种理论和五花八门的数学模型相形见绌。法治上，他编纂《法经》六章，包括《盗法》《贼法》《囚法》《捕法》《杂律》《具律》。其内容非常广泛具体，涉及盗窃、伤人、杀人、夫有二妇或妻有外夫、翻越城墙、赌博。尤其规定官吏贪污受贿要治罪，最高处死。即使对宰相这样的高官也不例外，这是对儒家"刑不上大夫、礼不下庶人"观念的巨大挑战。当然，《法经》也有糟粕，即每种罪名都规定株连家族，未免过于残酷，这种错误，直到汉文帝刘恒时才得到部分纠正。但是它的积极意义是主要的，《法经》一问世，立即被楚国采用，传之秦国，成为商鞅变法的法律参照。以后又相继成为《秦律》《汉律》的基础蓝本。

李悝在魏国变法成功，得益于魏文侯的支持。同时他也是幸运的，得以善终。原因有两方面，一是他在魏文侯去世后一年辞世，可能因为魏文侯余威尚存，保守派不敢动手，或许保守派被打得落花流水，无还手之力；二是虽然才能杰出，功勋至伟，但性格沉稳，为人低调，不像商鞅性格外向，锋芒毕露，以致在秦孝公死后被车裂，下场悲惨。

李悝变法成功，使魏国成为中原最强大的诸侯。从西门豹治邺的故事可以折射出当时魏国政治清明、吏治清正、官员清廉，地方上政通人和，百废俱兴。西门豹治邺，让整个河内得到大治。为此，司马迁专为一个地方官作传，在整个史记中属于独一份。整个故事绘声绘色，现在家喻户晓，而且就发生在邯郸市临漳县境内的古邺城。邺城大部分时间是魏国城邑，在赵悼襄王六年（前239），魏国将邺城送给赵国，邺城最终成为赵国的城邑，因此，西门豹也是准邯郸人，值得复述一次。

司马迁写的传记上说：西门豹被任命为邺城令。上任伊始便拜访长老，询民间疾苦。长老说："现在最苦的是为河伯娶妻，老百姓因此致贫。"西门豹问其故，长老说："邺城靠着漳河，河水经常泛滥。民谣说：'不给河伯娶上妻，大水下来漫过堤，先淹房子后淹地，最后淹死人和鸡。'为此，邺地的三老、廷掾这些地方长官每年收取赋税，收的钱能有数百万，只用二三十万为河伯娶妻，其余的与庙祝、女巫瓜分装进自己口袋去了。每年河伯娶妻前，祝巫们到各家各户巡视，看谁家女儿长得好看，选定一人，说是她应该给河伯当媳妇，就下聘把人领出来，梳洗打扮，穿上用绸娟缝制的衣服。在河边搭建房屋，用红色或橘红色的丝布做成帷帐装饰，让河伯准媳妇住进里面，闲居斋戒。杀牛备酒让她吃住十几天。到出嫁的那一天，一如其他出嫁闺女一样，让女子坐在床席之上，披红挂绿，推入河中，漂在水上。开始浮在水面上，飘了十几里即沉下去了。谁家有好看的闺女，唯恐祝巫看上，纷纷携女逃亡他乡，所以城中人越来越少，十家五空，四业萧条，剩下的人也更加贫困。这种情况不是一天半天了。

西门豹说：等到河伯娶妻那天，希望在三老、祝巫把那女子送到河岸上时，通知我一声，我也给女子送行。在座的答应说："遵命。"

到了这一天，西门豹来到现场。三老、官属、豪绅、乡里有头有脑的来了不少，老百姓来看的有两三千人。再看那个女巫，老女子一个，已七十岁了，浑身珠翠，一头白发，满脸枯雏皮搽上粉黛，就像一只核桃涂上白粉一样别扭。她的女徒弟十来个，个个着丝绸单衣，花枝招展，神气十足，立在女巫身后。西门豹吩咐："把河伯的媳妇叫过来，让我看看是俊是丑。"不一会儿，小女子扭扭捏捏步出帷帐，走到西门豹跟前。西门豹一看，回头对三老等人说："这女子不俊，烦劳大巫婆到河里报告河伯，说挑选更好的女子，改日再送去。"说罢命令吏卒抱住大巫婆"一、二、三""扑通"一声扔到河里去了。巫婆立即被汹涌的河水吞噬。隔了一会儿，西门豹说："大巫婆去了这么久了，还没回来，弟子再去报告！"吏卒就把一个弟子扔到河里去了。一会儿，西门豹说："这个弟子办事还不行，再去一个。"说罢，又把另一个弟子扔到河里。这样，一连投河三个弟子。西门豹说："大巫婆弟子都是女子，说不清事儿，烦劳三老去一趟吧。"随即把三老投进河里。

西门豹帽子上插着毛翎子簪子，神色凝重，一动也不动地站在河边，十分虔诚地等待着前去报告的人返回。此时，长老、官吏、旁观者都面面相觑，战战兢兢。西门豹回头说："大巫婆、三老都不回来，看来遇到难缠的事情了，再烦劳廷掾、豪长再去一人报告如何？"这些人一听，立即跪倒在地，磕头如捣蒜。额头磕得鲜血直流，色如死灰。西门豹说："这样吧，再等一会儿吧。"须臾，西门豹说："廷掾起来吧。看来河伯留客太久了，我们不等了，都回家吧。"邺城的官吏和居民都十分震惊，从此没有人再敢提给河伯娶妻的事了。

西门豹带领老百姓开挖十二条河渠，引漳河水灌溉，当地的耕田都有水浇地。当时，也有人埋怨开渠劳民添烦，不太情愿。西门豹说："民可乐成，不可虑始。眼下有人埋怨我，但到百年后就会有父老兄弟感到我做的是对的。"西门豹开的渠惠及后世，一直到汉代还在受益。

透过西门豹这一件事，可以看出魏文侯用文臣之道。再看他用武将。吴起是战国初期著名的军事家，也是一位受争议的人物。他是卫国人，起先在鲁国做官。齐国即将攻打鲁国，鲁国国君计划让吴起率军出征，就在这时，鲁国有人说吴起的媳妇是齐国人，怀疑她不忠诚。于是他一狠心把妻子杀了，解除了鲁国人的疑虑，率领部队大败齐军。但是，又有人在鲁国国君面前进言，说吴起起初与曾参共事时，母亲去世也不奔丧，曾参与他绝交了，这样的人太不讲孝道了。现在又杀妻求将，可见这个人薄情寡恩。

这些话传到吴起耳朵里，知道鲁国不是自己待的地方，此处不留爷，自有留爷处。他听说魏文侯贤，于是投奔到了魏国。魏文侯问李悝这个人怎么样，李悝说："吴起生性贪婪、好色。但是论用兵，司马穰苴远不如他。"这个司马穰苴是魏国著名将领。于是，魏文侯启用吴起为将军。在魏文侯三十八年（前387），在李悝的配合下，吴起率军大败秦军，夺取秦国5座城池。魏文侯能用人之长，避人之短。

在魏文侯在位的38年里，魏国国力达到鼎盛。秦国想讨伐魏国，有人就劝秦王说："魏君贤人是礼，国人称仁，上下和合，未可图也。"秦国因此未敢轻举妄动。

他的儿子魏武侯延续了他的余威，于赵敬侯二年（前385）完全占领了秦国河西地区。即使在魏惠王前期，魏国还是挺横的，老欺负赵国。在这样的对手面前，赵国也只能无可奈何。不过赵成侯时，赵国遇到一次肢解魏国千载难逢的时机，由于赵、韩两家意见不一致，没有成功。

赵成侯四年（前371），魏武侯生命垂危，因为生前没有决定子嗣，他的两个儿子争当太子，好在老爷子咽气后当国君。一个叫子䓨，一个叫公中缓，两人争得你死我活，都各拉各的人，各抢各的地。这时，有个叫公孙颀的人先后从宋国到赵国，从赵国到韩国游说，先后见到赵成侯和韩懿侯。公孙颀对韩懿侯说："现在，魏䓨与公中缓争太子之位，您听说了吗？现在魏䓨占了上风，占据王错，夹击威胁上党（今山西省长治市，当时属韩国管辖），已经控制半个魏国了，如果趁机除掉魏䓨，魏国可被攻破，机不可失啊。"韩懿侯于是赶紧找到赵成王商量，赵成王正有此意，两家一拍即合。两家军队合兵一处讨伐魏国。此时魏国正内乱，根本没有防备，在浊泽这个地方仓促应战，结果被打得大败。国家岌岌可危，魏武侯咽气，情急之下，国难重于家争，于是公中缓妥协，魏䓨即位，他就是魏惠王。但是，这时赵、韩联军已将魏惠王团团围住，擒拿魏惠王大有可能。

于是，赵成侯对韩懿侯说："除掉魏惠王，立公中缓为魏君，逼他割地赔款，然后我们退兵。"

韩懿侯却不同意："不妥。杀魏君，世人会说我们残暴；割地而退，世人会说我们贪婪。不如把魏国一分为二，让魏䓨与公中缓各自为君，肢解后的两个魏国不会强于宋国、卫国这样的弱国，从此以后，我们的心腹大患就解除了。"

赵成王不同意这种方案，他的理由或许是出于对魏惠王的了解，认为这个人非等闲之辈，留下他后患无穷，迟早一天他会蛮横起来。两家怎么商量也达不成一致意见，韩懿侯不高兴了，趁着半夜将大部队撤走，只留下少数部队继续留守。赵成王身单力孤，只好退兵。结果，魏惠王大难不死，魏国也没有被肢解。司马迁写到此，突破"述而不论"的惯例，大发议论："惠王之所以不死者，二家谋不和也，若从一家之谋，则魏必分矣。"

赵、韩两家错失良机，韩懿侯纵有菩萨心肠，却没好报，挨打的不仅仅是赵国，韩国绝无豁免权。赵成侯六年（前369），魏国腾出手来，首先攻击韩国，在马陵（今河南省长垣县东）把韩国打得大败。赵成侯九年（前366），又在浍（今天山西省翼城县，属赵国）把韩国军队打得丢盔卸甲。

词　曰：

采桑子

邺城主吏西门豹，巡视卫漳。一位姑娘，纵有花衣也断肠。

新人不俊焉能娶，巫女投江。疏解川洋，两岸荒滩植稻粱。

第二十四章　大戊午拦马劝明主 孙武子设计擒庞涓

诗　曰：

> 闲时赵肃上山陵，戊午城门拽马绳。
>
> 百日饥荒民缺食，三天懈怠国无肱。
>
> 忠心臣子高峰屹，若谷胸怀爵主称。
>
> 后土芳香萌嫩绿，清秋到处唱丰登。

　　历史机遇稍纵即逝，赵、韩放过魏国，倒霉的不仅是韩国，还有赵国。在魏惠王主持下，魏国两次攻打赵国都城邯郸，让赵国险象环生，赵、齐、魏三国展开了精彩的军事博弈，上演了两次围魏救赵的故事，均是中国历史上经典战例。第一次，发生在赵成侯二十一年（前354）。第二次，发生在赵肃侯八年（前342），都是魏国主动进攻赵国所引起的。在叙述战役之前，先把赵、魏、齐三国的国君分别介绍一下。

　　有关赵成侯和赵肃侯两位国君自身的事迹，司马迁写得并不多，但是，赵成侯在位时，赵国连年对外战争，除对魏国有战败的记录外，对其他诸侯国，基本都是胜绩，可以断定赵成侯文韬武略在各国国君中也是不瓤（邯郸方言，出类拔萃的意思）的。而且他会用人，赵成侯三年（前372），任命大戊午为相国。这位大戊午辅佐成、肃两位君主，是赵国历史上有名的贤相，直言敢谏。赵肃侯十六年春天，赵肃侯要去踏春，打算游览大陵山。他的车队刚刚走出王城的鹿门，大戊午追上来，上去拦住马车，拉住马缰绳说："现在春耕正忙，老百姓一天不下地，以后就会百日没饭吃。这个时候，君主您怎么能去游玩呢？"肃侯听后恍然大悟，赶紧下车，长揖谢大戊午。大戊午敢拦住国君马头，忠心可鉴；赵肃侯闻过则喜，知错即改，更是了不起。起码说明成、肃两朝风清气正，君臣关系和谐，政治生态不错。

再看魏国。魏文侯去世那年正好是赵敬侯元年（前386），继任者是魏武侯。在位十六年，凭借魏文侯余威，仗着国力还殷实，至少军事家吴起在魏武侯七年（前381）还在魏国，发动了两次对齐国的战争，都深入到了齐国腹地，明显是占了上风。发动了一次侵犯赵国战争，夺取了赵国的浍城（位于今河南省北部）。发动了一次对楚国战争，攻取楚国鲁阳，胜果也不算小。只是在魏武侯九年（前379），败给了北方少数民族翟国。由此看来，魏武侯也算战功赫赫，守住了魏文侯的家业。

魏国走下坡路起于魏惠王中期。赵肃侯八年（前342），魏国屡败于秦国，河西之地全部丧失，国都安邑（今山西省夏县西北）离秦国太近，迁都大梁（今天河南省开封市），因此也称他梁惠王。他在位三十六年，把魏文侯、魏武侯两代国君打下的江山几乎丢光。对此，他供认不讳。他对孟子诉苦："梁惠王曰：'晋国，天下莫强焉，叟之所知也。及寡人之身，东败于齐，长子死焉；西丧地于秦七百里；南辱于楚。寡人耻之，愿比死者壹洒之，如之何则可？'"这是他对孟子掏出心窝子说的话，悲愤满腔，羞愧难当，就差头撞墙了。他也想挽回颓势，于是从外边请来了邹衍、孟轲、淳于髡一方高人，可惜这些人都没有像法家李悝那样既能说又能干，而是多半停留在说辞上，尽管个个口若悬河、慷慨激昂，所出的主意缺乏操作性，对魏惠王帮助不大。相反，对本国能人卫鞅（商鞅），他不但不用，还想杀掉，逼得商鞅跑到秦国应聘，结果墙里开花墙外香，成了大事。

西丧地秦国七百里，连都城都被迫迁移，够惨的了。"南辱于楚"，指魏惠王十九年（前323），楚国打败魏国于襄阳，夺魏国8座城池。

说"东败于齐"之前，先介绍一下齐国国君，就会明白为什么会有魏国"东败于齐"了。这时齐国国君是齐威王，是一位很有作为的君主，他把齐国由衰变盛，是齐国历史上的中兴之君。《史记·田敬仲完世家》对齐威王下了大笔墨，写了他不少奇闻轶事，人物形象很丰满。齐威王即位前九年里，他年幼无知，委政于卿大夫，朝政很乱。第九

年，他长大成人开始理政了。他把即墨大夫叫过来，对他说："你自上任即墨以来，到我这里告你的人每天成群结队。我派人去实地调查，看见你那里土地不耕，百姓贫苦。之前赵国进攻甄，你不能救援。卫国夺取薛陵，你不知道。正事不干，就知道用大钱笼络我身边的人，想着法儿沽名钓誉。"当天，威王就下令把即墨大夫投到开水锅里煮了，连替即墨大夫说好话的人照煮不误。从此，大小官吏懒政怠政为之一扫，官场变了样。

威王随即出兵进攻赵国、卫国，把魏国打败在浊泽，把前来亲征的魏惠王团团围住。魏惠王没办法，签订城下之盟，割让观城（今山东省莘县西南）请求和解。赵国也归还了齐国长城，周边也安定了。

齐威王还真能听不同意见。著名的"邹忌讽齐王纳谏"故事就发生在他身上。他下令："群臣吏民，能当面刺寡人之过者，受上赏；上书谏寡人者，受中赏；能谤议于市朝，闻寡人之耳者，受下赏。"下令后，还真执行了。结果，"令初下，群臣进谏，门庭若市。数月之后，时时而间进；期年之后，虽欲言，无可进者。"能这样广开言路者，堪称千古一王。

还有一件事值得一提。赵成侯二十年（前355），齐威王与魏惠王在田城郊外会面。惠王问齐威王："大王您有宝贝吗？"威王答："没有。"

惠王说："像我这样的小国，还有直径一寸大珍珠装饰在车子前后用以照明，一共装备了12乘，每乘镶嵌10枚。您这个万乘之国怎么就没有这样的宝贝呢？"

威王说："寡人认为我所持有的宝贝与你的不同。我有臣子擅子，外派他守南城，让楚国人不敢从向东进犯，泗上十二诸侯都来朝见。我有臣子盼子，派他把守高唐，让赵国人不敢来黄河上打鱼；我有臣子黔夫，派他守徐州，徐州北门成了燕国进犯者祭祀亡灵的地方。我有臣子种首，委派他防备盗贼，使国内道不拾遗，夜不闭户。我这些宝贝臣子，其光芒能照千里，岂止十二辆车子呢！"魏惠王语咽。齐威王与魏惠王一比，立即有高山平地之分。

现在叙述第一次围魏救赵。

赵成王二十一年（前354），魏国围攻赵国邯郸。确实，邯郸离魏国边境太近了，越过漳河40千米就是邯郸。这一年，魏国在秦国那里打了大败仗，丢了少梁城（今陕西省韩城南），却把气撒在赵国头上，魏惠王亲自率军围困邯郸。危难之际，赵国只得向齐国求救。

齐威王也想趁机扩张，于是召集大臣商议。邹忌说："不去救援为好。"段干朋说："不救援就不仗义，而且对我们不利。"威王问："为何？"段干朋说："魏国吞并邯郸，唇亡齿寒，反过头来，魏国就会打我们。"

段干朋也有军事才干，他接着说："救援邯郸时，如果部队直接开到邯郸城外，等于赵国不战而胜，也会让魏国全身而退，不是好战法。不如我们军队向南进攻魏国西北重镇襄陵（今山西省襄汾县襄陵镇），魏国必回援，让他在奔波中疲惫不堪，即使邯郸被他攻克了也不大要紧，我们却能在运动中歼灭魏军。"威王赞成他的意见，决定伺机起兵。

派谁去？起初，齐威王请孙膑担任主帅。孙膑说："我乃酷刑活下来的残疾人，不能担此重任。"威王于是改派田忌，孙膑当军师。

孙膑是春秋时期著名军事家孙武后人，齐国人。年轻时与庞涓一起跟鬼谷子学兵法。毕业后庞涓投到魏惠王门下，担任大将。庞涓自知没有孙膑学习成绩好，非常嫉妒，生怕孙膑一出山给自己制造麻烦，于是把孙膑骗到大梁，许诺与自己共同发展。谁知孙膑来了后就被庞涓残忍地砍去两腿髌骨，脸上刻上字，秘密囚禁起来。

齐国一位使臣来到魏国出差，孙膑想了个法儿见到了他。齐使一听孙膑讲话，立即被他的卓越的理论所折服，即刻暗地把孙膑送到齐国，田忌盛情招待了他，从此留在田忌身边。

一次，田忌与齐国诸位公子赛马，约定三局两胜，孙膑在旁边观赏助兴。孙膑仔细打量了田忌与诸位公子的马匹的脚力，发现各有上、中、下三个等级，赛前告诉田忌："您尽管押上大赌注，您用您的下等马比对方的上等马，用您的上等马比对方的中等马，用您的中等马比对方的下等马，我保准您赢。"比赛结束，如孙膑所言，田忌赢了。

田忌非常佩服孙膑，于是把他推荐给齐威王。齐威王一召见，非常欣赏孙膑的才学，当即聘为国师。

一晃到了第二年十月，魏国在邯郸外围由围困改为攻城，邯郸陷落。田忌出征了，孙膑坐在辎车随军出发。田忌打算直接兵发邯郸，孙膑说："常言说，调解纷乱时，不能握紧拳头使劲；劝解斗殴时，不可插身到其中帮架。应避实击虚，因情就势，危情自解。现在魏国与赵国的交战正白热化，魏国的精兵锐卒全部在外，老弱病残留守在内。不如我军飞兵突袭大梁，占据交通要道，魏军必然放弃邯郸回援，这时我们再寻求战机一举败之。"孙膑的意见与段干朋大致相同，也是"围（攻）点打援"的战术，只是孙膑主张威胁大梁，比段干朋突袭襄陵的意见更狠，对魏国威胁更大。

田忌照办，齐军向大梁进军。果然，魏军将领庞涓放弃邯郸南下驰救大梁。而齐国军队在桂陵（今山东省菏泽东北）以逸待劳。结果，魏军钻进了孙膑布置的口袋阵，被齐军打得稀里哗啦，庞涓狼狈逃回大梁。

第二次围魏救赵发生在赵肃侯九年、魏惠王三十年（前341）。此时的魏惠王就像输红了眼的赌徒，派兵先是进攻赵国西部边境。此处是赵、韩两国结合部，如果赵军失败，韩国上党郡将受到威胁，于是韩国派兵前来支援，赵、韩联军与魏军在南梁（今山西省襄汾县南梁镇）展开激战。魏军原本进攻赵国，眼看着韩国前来帮忙，魏军遵循"先打弱敌，后打强敌，各个击破"原则，重点向韩军展开猛烈进攻，韩军危机环生。

这次，韩国出面向齐国求援，派使臣到了齐国国都。

这年齐威王已经去世，现任国君是他的儿子齐宣王辟疆。齐宣王召集大臣们商议对策。御前会议上，文臣邹忌老调重弹："不如不救。"武将田忌说："不救，韩国要亡国，他的领地会并入魏国，对我们有什么好处，不如早救。"讨论到如何救援，孙膑说："在赵国、韩国军队尚未疲惫的时候去救援，等于我军代替韩国接受魏军的打击，只能处于被动，一旦不能取胜，回过头来就得听从韩国摆布。不如稍等一等，待韩军支持不住了，魏军也疲惫不堪了，我们一战而胜，韩国必然投靠我国，一切听我们的。"齐宣王说："好主意。"

战役继续进行，赵、韩联军渐渐不支，孙膑看火候到了，齐军出动了。

魏国知道齐军出动，于是派重兵截击，想在半路上一举打败齐军，以报第一次围魏救赵失败之仇。

有了第一次攻赵失败，魏惠王似乎对庞涓已经不放心，但又离不开他，于是令太子申为上将军，庞涓为将。庞涓虽然报仇心切，太子申却心神不定，患得患失。魏军走到外黄（今河南省民权县西北）时，当地的一个叫徐子的人对他说："太子您战胜了不过当魏王，败了你就回不到魏国了。"停了停又对他说："好多人劝您打胜仗，无非是利用打仗的机会捞取好处罢了，可是您想回去，也不可能了。"太子申一听不如回家，让驾车人掉头，而这位驾车人却说："您身为主将临阵返回，视同背叛啊。"没办法，太子申只好硬着头皮继续前进。自己根本没主意，一切听庞涓摆布，魏军一开始就将帅离心。

齐军这边，田忌还是按孙膑的意见，直奔大梁。得知齐军直扑大梁，已经渡过黄河，庞涓急忙尾追过来。孙膑深知庞涓熟读兵书，深谙"千里奔袭必蹶上将军"的道理，也知道魏国人向来看不起齐国人，严重低估齐军战斗力，于是制造假象，迷惑庞涓。在进入魏国境域后，第一天在一地垒起十万个灶眼，第二天在下一地垒五万个灶眼，第三天在另一地垒三万个。庞涓跟随观察了三天，十分高兴，大喊："齐军千里而来，人困马乏，减员过半了。"心想，区区三万疲惫之师，何足道哉。于是，让大队步兵随后，自己和太子申带领少量精锐骑兵日夜兼程寻找齐军主力，想一举歼灭之。庞涓的一切行动都在孙膑的精确掌控之中，计算庞涓这天傍晚应该到达马陵。马陵这个地方道路狭窄，两边高坡隆起，丛林密布，是打伏击的好地方，齐军就在这里设伏，弓箭手、刀斧手严阵以待，在道旁一棵大树干上，刮去树皮，在白木茬上写下"庞涓死于此树下"几个赫然大字。庞涓如期而至，抬头一看大字，怒火冲天，边读着这几个字，边下令放火消踪灭迹，谁知庞涓这几个字还没念完，齐军万箭齐发，魏军大乱，四处逃散，溃不成军。庞涓自知战败，无颜再见魏惠王，拔剑自刎。太子申被俘，齐军完胜，第二次围魏救赵胜利收官。

司马迁写得太精彩了。然而，我却发现司马迁对第二次"围魏救赵"三处记述存在重大差异，让我匪夷所思。《赵世家》里对此事件无记载，《魏世家》里说："（魏惠王）三十年，魏伐赵，赵告急齐。齐宣王用孙子计，救赵击魏。"《田敬仲完世家》记载："（齐宣王）二年，魏伐赵。赵与韩亲，共击魏。赵不利，战于南梁。"《孙子吴起列传》里说："后十三年（当为魏惠王三十年），魏与赵攻韩，韩急告于齐。齐使田忌将而往，直走大梁。"差别是：前两者的"魏伐赵"，变成了后者的"魏与赵攻韩"。两者说的都是魏、齐马陵之战，应该是一回事，而且年代也对得上，均在前341年，为什么会出现如此截然不同的事件主体？

经过一番思考，最大可能是《孙子吴起列传》的记载不确。所以我在叙述中采信《魏世家》与《田敬仲完世家》的说法加以叙述。

另外，关于二次救赵地址的辨别。查了一些书籍，有两种说法，一说是今天的河北大名县东，今天大名县东南端确实有6个马陵村，以东、西、郭、刘、江、李区别冠名，处马夹河北岸。另一说是在今天河南省长垣市东南。司马迁说，战役时此地属于魏地。今天的大名县境域，晋文公前属于卫国，后被晋国占领。魏文侯七年，魏得邺城，根据大名县马陵的位置，有可能属魏，今天长垣市当时属于魏国是确定无疑的。"马陵"究竟在今天哪里？

第一，《列传》中说："齐使田忌将而往，直走大梁。"什么叫直走？不拐弯也。齐都临淄乃今天山东省淄博市，大梁在今天开封，从齐都淄博到大梁"直走"应该径直向西南，中途经过今天的长垣市是合理的，如果经河北大名县，必是先向西北，后折南，那就不是直走了。

第二，大名县马陵一带我曾去过，地势非常平坦低洼，属于老黄河冲积平原，没有高坡岗地，不利于大兵团隐蔽行动，非兵家用武之地。

因此，第二次围魏救赵地址还应在长垣市境域，战役确切名称也应改为"围魏救赵韩"。

词　曰：

生查子

魏惠一狂人，煮豆何其急。挑战打韩城，厉剑严相逼。
孙膑二车轮，摇扇多飘逸。减灶设迷津，悍将悲天泣。

第二十五章　推变法商鞅助孝公　主连横苏秦说肃侯

诗　曰：

> 商鞅变法健西秦，马壮兵强六国犟。
>
> 赵肃年轻登大宝，雍州眼绿视河津。
>
> 连横一唱周王拒，落魄三回父老嗔。
>
> 有赖明君资白玉，齐韩魏楚驾前宾。

斗转星移，时光荏苒，到了赵成侯十年（前365），秦国秦孝公即位，战国格局悄然变化。秦孝公启用商鞅变法迅速崛起，崤山以东六国由相互混战，逐渐转变为联合抗秦。

秦孝公是秦国具有划时代作为的国君之一。志向高远，雄才大略，上任之初以振兴秦国为己任。面对"秦僻在雍州，不与中国诸侯之会盟，夷翟遇之"境遇，不忘"三晋攻夺我先君河西之地，诸侯卑之，丑莫大焉"的国耻，"于是布惠，振孤寡，招战士，明功赏"。推出"宾客群臣有能出奇计强秦者，吾且尊官，与之分土"的招贤纳士之策。

号令一出，远在魏国差点被魏惠王杀掉的卫鞅（后称商鞅），来到秦国应聘。经过秦国孝公三次面试，终被录用。

秦孝公三年（前359），卫鞅冲破甘龙、杜挚一帮老臣的层层阻挠，在秦孝公的支持下，开始推行变法。主要内容是：一是户籍制度改革，将居民编制成十家一什，五家一五，简称"什五"。发生盗窃、杀人等刑事案件，不举报者腰斩，且不举报的"什五"内连坐，举报者与战场杀敌立功同赏，藏匿犯人的与投降敌人的同罚。二是家中有两个男孩子的必须分家各自独过，不分家收取两倍的赋税。三是有军功的，一律按上限享受爵位，就高不就低。四是不许内斗，无辜打架斗殴的，以情节和量刑标准给予刑罚。五是勤奋劳动，多打粮食多织布的减轻徭役；不务正业投机钻营的，或因懒惰致贫的，没入官奴。虽是宗室之人无军功者，不得载入宗室册籍。六是明确尊卑爵禄等级，各自按等级享受田宅、奴婢、衣着。总之，一切以战功为标准，有功之人显赫而荣耀，无功之人虽富贵却卑微。

改革政令敲定，怕老百姓不相信，在政令发布前在国都（当时秦都雍城）南门外繁华地带，竖起了一根高三丈的木桩。广而告之，说能把这根木桩搬到北门的，奖励十金。居民见到这样的告示很奇怪，没人应聘。于是商鞅又提高价码，说能徙木者奖五十金。终于有一人站出来了，把木桩搬到北门指定位置，果然得到五十金。此举表达了秦国政府"令出必信"的决心，打消了国人的顾虑，随即政令颁布。这就是著名的"徙木为信"故事。

新法实行刚一年，老百姓不习惯，毕竟在"世袭世禄"下生活惯了。新法实行三年，家家自给，户户自足，秦国老百姓开始尝到甜头，逐渐认可新法。但是，高官厚禄者仍然抵触新法，每年以身试法的人数以千计，商鞅也很头疼。秦孝公十年（前373）前后，孝公的太子触犯了新法。商鞅也不纵容，因为太子是储君、王位继承人，不便对本人处罚，"教不严，师之惰"，于是"黥刑"（脸上刻字）了太子老师公孙贾。这样一来，秦国上下人人遵法守法。百姓争相出战，将士奋勇当先。打架斗殴为之一扫，城乡巷陌平安大治。国库充盈，财政宽裕，渭河平原、巴蜀戎翟，繁荣昌盛。道不拾遗，盗贼绝迹。

对于司马迁这段记载，有关事件发生的年份和太子（就是后来的惠文君）的年龄必须仔细斟酌一番。同样是司马迁说的，惠文君三年（前335），"王冠"，就是二十岁了，束发加冠。如此推算，惠文君应该出生在秦孝公八年（前354）。即使太子违法发生在孝公十年（不可能再晚了，这年商鞅已经伐魏了，标志新法大见成效），太子不过是个两岁的娃娃，无行为能力，不可能直接违法，即使违法，也是身边的人干的。因此处罚太子老师是对的，因为他是太子的监管人。

之后，秦国经济政治制度变革势如破竹。秦孝公十二年，咸阳城建成，秦国迁都于此。同年，推行郡县制改革，将小乡合并成县，全国设立县治41个，每县设县令一名。全国范围内开阡陌（废除井田制度），进行道路建设，加速物畅其流。

国内稳定了，于是秦国开始实施收复河西之战。河西指黄河以西、渭河以北，大概是今天陕西省中部地区。这块地方自秦缪公起就是秦国的领地，与晋国隔河相望，两国虽有战争，大体上还维持着"秦晋之好"。

然而，魏国觊觎秦国河西非一日了，魏国侵蚀河西地区最早一次记载分别见于《史记·秦本纪》和《史记·魏世家》。其中，《史记·秦本纪》说："灵公六年（前419），晋城少梁（今陕西省韩城），秦击之。"终于在秦出公二年（前385），这年是赵敬侯二年、赵国定都邯郸的第二年，魏国彻底占领了河西，前后历经35年。

秦孝公时的秦国已经不是以前的秦国了，"秦孝公据崤函之固，拥雍州之地，君臣固守而窥周室，有席卷天下，包举宇内，囊括四海之意，并吞八荒之心。当时是，商君佐之，内立法度，务耕织，修守战之备，外连横以斗诸侯，于是秦人拱手而取西河之外。"（贾谊《过秦论》）

自秦孝公七年（前355）起，魏国的厄运来了。这年，孝公邀魏惠王到杜平会面，要求魏国归还河西之地，先礼而后兵，遭魏国拒绝。孝公八年（前354），秦小试牛刀，与魏国战于元里，大胜而归。孝公十年（前352），商鞅为大良造，领兵围攻魏国都城安邑，逼迫魏惠王投降。东方六国均感觉秦国的杀气扑面而来，感到实实在在的威胁。

之后第三年，正是赵肃侯元年（前349）。赵肃侯岁年少，却想有所作为。他一即位，就发现晋国的末代国君晋静公还待端氏（今天山西省沁水县西北）这个地方，此处恰处于赵、韩、魏三国交界地区，晋君待在这个地方，帮不了忙，影响军事部署，碍手碍脚的，干脆你别在这个地方苟延残喘了，肃侯一下子把端氏端了，把他撵到屯留，当老百姓去吧，从此晋国彻底绝祀。他继承父亲赵成侯的遗志，继续倚重贤相大戊午，国家治理还不错，国家生产发展，商业发达；论战力，赵国也是响当当的。父亲成侯在世时，与秦国交过手，几乎保持全胜。肃侯保持了这种势头，例如赵肃侯六年（前344），赵国打齐国，攻占齐国高唐。肃侯十五年（前335），兴建寿陵城。这时的赵国是东方六国最强的，当时的合纵家苏秦称赵国"当今之时，山东之建国，莫如赵强"。

即位伊始，赵肃侯看到秦国已经对魏国动手了，魏国节节败退。之前赵国有魏国做屏障，并未与秦国接壤，如今魏国已经丧失河西之地，赵国的西部边境暴露在强秦面前，他预感，下一个攻击的目标肯定是赵国了。没有远虑，必有近忧，见微知著、未雨绸缪是一个政治家必备的素质，如何应对以后的局势，赵肃侯日夜思虑着。

就在这时，苏秦到赵国游说合纵来了。苏秦是东周雒阳人士，早年在齐国游历闯荡，曾在鬼谷子身边学习。这位鬼谷子是研究纵横战略的，苏秦由此打下了专业基础。回家后被兄、嫂看不起，说他只会摇唇鼓唇，不务正业。苏秦羞于见人，闭门读书，一年之中，将纵横专业书《周书阴符》细细读了一遍，认真揣摩，茅塞顿开，大呼："我可以用这种理论说动诸侯了。"

于是，他就近先拿周显王做试验，殊不知这位显王对苏秦很了解，根本看不起他，尽管苏秦说得嘴上起泡，纵横来纵横去，周显王横竖不听，横竖不信。

于是，苏秦西入秦国，对秦惠王推销其连横之策。所谓连横与合纵是相互统一又相互区别的两个部分。从鬼谷子开始，战国七大国逐渐分成两个阵营，一方是秦国，雄踞函谷关、崤山以西；另一方是东方六大国。鬼谷子已经预测到，后者有联合的趋势，共同对付秦国，这叫合纵；前者会想法拆散这种联合，暂时牵拉一国或两国对付其他各国，这叫连横。苏秦也看准这种大势，苏秦二出茅庐，看好秦国，见到秦惠王（当时还叫秦惠文君），确实非常精彩地高谈阔论了一番。《战国策·秦策》里记录了苏秦的游说之辞，是当时谈话的真实记录，还是刘向渲染发挥的，不得而知，但确实精彩，整篇论述如百川灌河，气势浩荡、一气呵成、逻辑严密、论述精致，以至于在清康熙年间被吴楚材、吴调侯编入散文集《古文观止》。

然而，这时的秦惠王刚刚处死商鞅，对外来的说客心有戒忌，另外认为苏秦说的道理是有的，就是时机还不成熟，没采纳。此时，苏秦身上的资财全部花光，无功而归，回到家乡。

苏秦腿上绑着烂布条子，穿着草鞋，形容枯槁，面色黝黑，像逃荒要饭一样回到家，妻子不下织布机，嫂子不做饭，父母不言语，一家人都是白眼。

殊不知，让苏秦功成名就的是赵肃侯。

苏秦并未灰心，连横不成，我就去合纵，总不能在一棵树上吊死。于是，苏秦转身向东北，第一站到了赵国，见到了赵肃侯的哥哥奉阳君。谁知奉阳君也不买他的账，当时奉阳君在赵国势力很大，没有他的引荐，苏秦见不了赵肃侯。没办法，苏秦辗转向北，到了燕国，见到了燕文侯，收获了合纵的第一桶金。

苏秦策论层次分明，有理有据。首先分析燕国的优势，说燕国东有辽东，北有林胡、楼烦，西有云中、九原，南有滹沱、易水，军事实力也不差，粮食储备够吃十年。燕国物产丰富，老百姓即使不劳作，也吃喝不愁。最特殊的是燕国无战乱之忧，秦国想打你也够不着，大王，您知道这是为什么呢？

苏秦话锋一转，说：燕国之所以能避免战祸，是因为南边有赵国这个屏障。前一段时间，秦、赵两国交战，秦国两胜，赵国三胜。秦、赵两国大动干戈，相互消耗，而燕国得以保全。秦国离燕国很远，他要攻击燕国，要千里远征，过云中、跨九原、经代地、走上谷，即使打下燕国城市，也不易守住。而赵国就不同了，赵国是燕国邻国，只要赵王一声令下，十万赵军不下十天，就会兵陈你的东部边境；渡滹沱、过易水，不下五天兵临您都城下。现在，大王您成天担心千里之外的秦国，不在意百里之内的赵国，是否不太妥当？希望大王与赵国亲近，建立同盟，进而联合诸侯各国，共同抗击秦国，则燕国可以高枕无忧了。

燕文侯说：寡人的国小，西迫强秦，南近齐国、赵国。齐、赵均为强国。今天有幸聆听先生指教，唯有合纵能以安燕，愿意执行合纵方略。于是，提供了车辆、钱币、礼品，让他到赵国商谈合纵事情。

这次到赵国，情况不一样了，奉阳君去世了，苏秦见到了赵肃侯，说话像连珠炮一样，展开了合纵攻势。

苏秦说：我为大王您考虑，您执政之基在于安民，安民之本在于邦交。现在，对赵国构成威胁的是秦、齐两国。依托秦国进攻齐国，或依托齐国进攻秦国，都会引火烧身，老百姓不得安生。所以，一般情况下，不要轻易征伐他国，也要慎重与人断交、绝交。

屏退左右人后，苏秦神秘地说：纵横之策，无非合纵与连横而已。如果大王能采纳我的建议，燕国可以献出毡裘狗马之地，齐国可以献出海隅鱼盐之地，楚国可以献出橘柚云梦之地，韩、魏两国可以献出汤浴之地。您的兄弟朋友都可以封侯。以前，春秋五霸杀伐征讨，不惜牺牲成千上万的将士生命，还不是为了攻城略地，抢夺财富吗，就连商汤王、周武王对夏桀、商纣也是大开杀戒。今天实行合纵之策，大王您兵不血刃就可以得到财富和土地，何乐不为？

苏秦接着说：现在形势错综复杂。大王您如果联盟秦国，秦国必然打击韩、魏；支持齐国，齐国必然打击楚、魏。魏国衰落必然割让黄河以南地区，韩国衰落必然献出宜阳。宜阳献则上党郡阻隔，河外割则东西道路不通，楚国变成孤立无援。这三方面，大王您不能不仔细考虑。秦国现在实力很强，他南下轵道（今陕西成宁），则南阳震动；袭击韩国，包围西周，则赵国自剪羽翼；占领卫国，夺取淇城，则齐国必然向秦国称臣。秦国若侵入山东，必然进攻赵国。一旦秦军渡过黄河，跨过漳水，秦军就在邯郸城下了。这是我为大王您担心的。

苏秦说：当今之时，山东六国就属赵国强大。秦国想一统天下，唯一畏惧的是赵国，日夜想灭除而后快。然而至今秦国不敢大兵进犯赵国，何也？他是担心韩、魏背后非议，韩、魏两国是赵国的天然屏障。而韩、魏两国就不同了，两国没有高山大川的阻隔，秦国稍一蚕食，就接近他们都城了。如果韩、魏支持不住，必然投降秦国。一旦失去韩、魏屏障，战火就要烧到赵国了。

苏秦说：我考察天下地图得知，诸侯各国土地五倍于秦国，士兵数

量十倍于秦国。六国并力攻秦，秦必破无疑。现在的情况是不少国家被秦国攻破，乖乖做人家臣子。试想，破秦与被秦破，让对方称臣与对人称臣能一样吗？现在主张连横的人，都想割诸侯的地与秦国求和。一旦求和成功，可以满足自己的私欲，有高楼华宅住，有美味佳肴吃，有笙箫管乐听，有美女丽姬陪。这些人成天拿秦国吓唬你们，大王您千万别上当。

苏秦说：我听说，贤明的君主善于排除疑虑，摒弃谗言，打消流言，堵塞朋党，潜心研究开疆拓土、强军富国之策，因此我才敢于向您谏言。请大王与齐、楚、燕、韩、魏联盟，联合抗秦。建议在亘水之滨会盟，交换质子，杀白马盟誓。

苏秦说：盟约应这样写，秦攻楚，齐、魏各出锐师帮助楚国抵御，韩国断秦之粮道，赵渡漳河、黄河严阵以待，燕国坚守云中。秦攻韩、魏，楚国断绝秦国之后，齐国出锐师辅佐，赵国出搏关，燕国出锐师佐之。秦国攻燕国，赵国坚守常山，楚国军队坚守武关，齐国渡渤海，韩、魏出锐师佐之。秦国攻赵国，则韩国坚守宜阳，楚国坚守武关，魏国布军河外。秦国渡渤海，燕国出锐师阻击。诸侯有违约者，五国共伐之。六国齐心合力抗击秦国，秦国必然不敢出函谷关祸害山东了。这样就可以成就霸业了。

苏秦一番宏论，让赵肃侯心服口服。他说："寡人年少，莅国日浅，没有机会聆听如此精彩透彻的国家长治久安的大计，先生意在保全天下，安抚诸侯，寡人和整个赵国愿意听从您的安排。"于是封苏秦为武安君，带上花车百辆、黄金千镒、白璧百双、锦绣千匹，去邀请诸侯。赵肃侯比燕文侯有钱，出手也自然阔绰大方多了。

苏秦也不负重托，先后到齐、魏、韩、楚、燕，斡旋各国达成协议，苏秦被聘请六国相国，统一策划抗秦事项。碰巧了，从前349年到前340年间，秦国军队有10年没有出函谷关。东方六国得到难得的虽然是短暂的平安时期。

赵肃侯成就了苏秦，他挂六国相印，官高位显，出头露面，风光无限，成为战国中期一颗光芒四射的明星。一次去楚国合纵楚威王，路过家乡，连周天子都派人打扫街道。老百姓箪食壶浆，夹道迎候，气派胜过王侯。分析苏秦成功原因，一方面是适应当时山东六国联合抗秦的需要，在各国国君普遍对正在强大起来的秦国畏敌如虎又苦无良策的情况下，他站出来出谋划策，让国君们如大旱遇甘霖，他那一套有市场；另一方面，他作为六国的"旁观者"，地位超脱，能够比较客观、清晰地分析国际形势和利害关系，被各国认可、采纳。当然，这些也与苏秦本人凭借智慧和胆略，熟读谋略之书，并成功运用有关。

苏秦也为赵肃侯赢得了声望和荣誉，他得到了各诸侯国，包括秦国的尊重。赵肃侯二十四年（前326），赵肃侯去世。出殡时，秦、楚、燕、齐、魏五国各派出万人的礼宾和部队前来吊唁，规模空前，声势浩大。

词　曰：

玉蝴蝶

赢秦千象更新，挥拳要欺人。魏国丧西门，邯郸也劳神。
连横唯有路，分散必扬尘。奔走遇明君，怎愁无白银？

第二十六章　赵雍即位正年少　鸿鹄展翅待长风

诗　曰：

> 横空出世一新鸢，志在扶摇上九天。
>
> 拜见贤人诚问计，欢迎诤友直书愆。
>
> 虚王怎是平生志，强国甘当铸铁肩。
>
> 小试锋芒成美意，秦昭既立抚西川。

前325年，赵肃侯去世，其子赵雍即位，他就是赵武灵王，第二年是赵武灵王元年。不过，他一生始终未称王，赵武灵王是他的谥号，是其子赵惠文王赵何追封的，退位之后，赵国人叫他"主父"。

赵雍15岁即位，政治活动共31年，包括执政27年和退位后的4年。其间大致分为三个阶段：第一阶段是蓄势待发期，大致从赵武灵王元年到十六年；第二阶段是改革发力期，从赵武灵王十七年到二十七年；第三阶段是决策失误期，从赵惠文王元年（前298）到四年（前295）。赵武灵王一生雄才大略，贡献非凡，晚年在立嗣问题上犯了严重错误，死于非命，令人扼腕。

赵武灵王元年时，国际格局越来越明朗、清晰。秦国没有给山东六国富国强兵的足够时间，秦国收回河西地区既定方针有条不紊地推进着。就在15年前，即秦孝公二十二年，商鞅进攻魏国，俘虏魏公子卬。同年，因为安邑离秦国太近，魏国无奈，魏惠王将国都由安邑迁到大梁。13年前，秦国进攻魏国雁门，擒获魏将魏错，魏国只有招架之功，没有还手之力。6年前，投降秦国的公子卬反过头来攻打魏国，俘虏魏将龙贾，斩杀魏军8万人。第二年（前330），魏国扛不过去了，将原河西地区归还秦国。秦国并不罢手，秦军东渡黄河，攻取魏国汾阴（今山西省万荣县西南）、皮氏（今山西省河津市）。4年前（前328），为求一时安宁，缓解秦国攻势，魏国又将上郡的15个县（今陕西省北部地区）割让给秦国，魏国河西地区几乎全部丧失，魏国"西丧地七百里"。

赵雍即位那年是秦惠文君十三年（惠文君是秦孝公之子，前十三年称惠文君，后十四年称秦惠王，在位27年）。秦国夺取河西后，觊觎河东，赵肃侯当年担忧的局面终于出现了。唇亡齿寒，赵国西部边境赤裸裸地暴露在秦国强弓硬弩之下。其实，父亲赵肃侯在世时，秦国就与赵国交上手了，赵国虽有胜有败，但是有一次败仗却是触目惊心。赵肃侯二十二年（前328），赵将军赵疵面对秦军侵犯边境，奋起抵抗，秦军久战不克，秦军将赵军引诱至黄河以西，布阵埋伏，赵疵战死，秦军乘机夺取赵国蔺（今山西省柳林县孟门镇）、离石（今山西省运城市境内）。严峻的是，在魏国被打服后，秦国的尖牙利齿就咬向赵国，两国随时都有爆发战争的危险，使赵雍不得不睁大眼睛面对。

但是，还有更闹心的事摆在他面前——恰在这时，中山国国力达到鼎盛。

中山国很聪明，他很会利用各国的恩怨情仇从中牟利。马陵之战后，魏国衰落，齐国与赵国矛盾又显现出来，于是，由齐、赵联合攻魏转变为齐、魏联合对抗赵国，中山国也成了齐国对抗赵国的一个棋子。7年前（前332），中山国会同齐、魏伐赵，决槐水围困赵国鄗邑，充当攻赵马前卒。

中山国楔入赵国中央地带，除去东北角一小段与燕国接壤，其余边界都被赵国包围。赵国四大郡——邯郸、上党、代郡、晋阳，由于中山阻隔，交通十分不便。中山国还在南部边境建起了长城，加重这种阻隔，中山国一直是赵国君臣的一块心病。

这一切，都被少年赵雍记在心里，于是，苦其心志、劳其筋骨的时刻到了。赵雍刚即位年少，没有执政经验，处于实习期，国事交给相国赵豹暂管。但他少年早熟，特别懂事，聘请有学问、有经验的博师三人，在御前教授他治国理政的知识；聘请眼光毒、说话直的司过三人，专门监督他的说话和做事，横挑鼻子竖挑眼，有不对的地方及时提醒。经过六个人的循循诱导和严格监督，赵雍成长很快。

每当临朝听政，先拜访先君老臣肥义，听听他的意见，并给他增加工资，提高待遇。赵雍昭告天下：国家老臣年凡80岁，赵雍每月前去拜访问候，形成制度。这样一来，老臣们好评如云，称赞这新君懂事，都说新君带来新气象。

赵武灵王三年（前323），为遏制中山国不断扩张，赵雍加高鄗邑城墙（今天河北省柏乡县北10千米的固城店）。赵武灵王四年（前322），与韩国宣惠王会见于曲鼠，进行了执政以来第一次外交出访。赵雍深念韩国先祖韩厥对赵氏家族的恩情，对韩国有一种特殊的感情，会谈的气氛不用说是友好和睦的，成果是有建设性的。果然，第二年，赵雍二十岁了，娶了一位韩国女子为妻子。

赵武灵王八年（前318），魏国为抗击秦国蚕食，抵御齐国、楚国的骚扰，新即位的魏哀王提出了组建以魏国为首的包括赵、燕、韩、中山五国联盟的倡议。其实，5年前，韩国君、燕国君已经称王；16年前，魏襄王早已经称王。只有赵雍十分冷静，不同意称王，理由是："无其实，哪能空图其名！"他吩咐下去：下面的人和老百姓都要称他为"君"。赵雍自有宏图大业在胸酝酿，不屑与这些人多掺和，燕雀安知鸿鹄之志哉！

同年，苏秦策划了一次大的合纵战争。出兵国家有楚国、齐国、魏国、韩国、燕国和匈奴国，碍于父亲赵肃侯在世时缔结合纵的盟约，赵雍也派公子歇率兵前去。这次，楚国担任合纵长。兵刚到函谷关，秦军出关迎击。由于指挥不畅，六国军队不是一股劲儿，开局不利，难敌秦国凶猛进攻，各国纷纷后退，尽管赵歇率领的赵军拼死抵抗，还是扭转不了颓势。结果，联军损失8万人。苏秦不懂军事，楚怀王指挥不力，六国损兵折将，授秦国以笑柄。这次战役的失利，苏秦合纵政策失效，韩、魏两国屈服于秦国，六国阵营瓦解。

还有一事，让赵雍雪上加霜。第二年，赵国联合韩、魏攻击秦国，丧失8万人，赵国还与齐国在观泽打了一仗，赵国战败。

这时，秦国知道六国联军如此不堪一击，气焰越来越嚣张，赵武灵王十年（前316），秦军侵入赵国西北边境，占领赵国中都和西阳两座城池（两城均在今山西省夏县附近）。赵武灵王十三年，秦军又来进犯，占领赵国蔺（今山西省柳林县境内），俘虏赵将军赵庄。

秦国之所以能势如破竹，一方面是国力强大，另一方面得益于其连横策略的成功。秦惠王用了一个人，叫张仪，是个连横专家，有必要插叙说明。

张仪与苏秦是同学。毕业之后，张仪到楚国闯荡，一介草民，不被重用，听说苏秦已经说动赵肃侯合纵成功，于是去赵国投奔苏秦。但是，苏秦另有打算，想让他去秦国当卧底，以防止秦国联合各国，破坏自己的合纵大业。明面上，苏秦闭门不见，背地里却资助张仪重金，捎话让他到秦国活动，当眼线，为自己提供情报。谁知，张仪一到秦国，凭着三寸不烂之舌，得到了秦惠文君的信任，因为这时，眼看着山东六国已经联合起来，对自己大大不利，急需要一个能连横之人，拆散六国联盟。张仪投上门来，秦惠王喜出望外，于是任命张仪为丞相，这年是赵肃侯二十二年（前328）。

张仪一上任，立即显示出卓越的才干。在他的策划下，魏国割让上郡十五个县。第二年，把一个小国义渠兼并了，义渠国变成了秦国一个县。第三年，张仪亲自率军攻占魏国在黄河以西剩余的领地，把当地居民统统撵到魏国。张仪成了苏秦的合纵战略的克星，苏秦自己给自己树立了一个对手。

张仪胸怀狭窄，利用连横机会狠狠地报复了一下楚国，演绎了一出公报私仇大戏。起初张仪在楚国时，一次陪楚国宰相喝酒，宴会结束时这位宰相发现丢了一块玉璧，门客怀疑张仪偷的，说他穷酸又品行不端。宰相手下的人立即把张仪绑起来，打了几百鞭子，张仪蒙羞大了。

张仪相秦的16个年头，也就是赵武灵王十二年，机会来了。秦国想攻打齐国，但考虑到齐国与楚国有合纵联盟，担心楚国帮忙，于是派张仪出使楚国进行连横。出发之前，秦惠王向诸侯各国堂而皇之宣布：由于张仪履职不力，撤销其宰相职务。

见一个被撤职的秦宰相来访，楚怀王没有了戒心，于是接见了他。一见面先把楚怀王恭维一番，好听话说得怀王心里美滋滋的，什么我们秦王十分崇拜您，我这个看门的小卒子更是崇拜您。接着话锋一转，说，我们秦王恨死齐国了，我的心情更是如此。而大王您却与齐国亲近友好，弄得我们大王不好接近您、侍奉您，也弄得我不能为您牵马拽镫、效犬马之劳。如果大王您能断绝与齐国的联盟关系，我们秦王情愿把以前秦国侵占楚国的商洛地区分出六百里土地给大王您。这样一来，齐国寡助，秦国解恨，楚得商洛膏腴之地，一箭三雕，不是好事吗？

一番话说得楚怀王心花怒放，当即承诺与齐国绝交，并聘张仪当楚国宰相，把晶莹剔透的相国玉玺递给了张仪。为庆祝天上掉下这么一大块馅饼，楚怀王大宴群臣，在座的大臣都举杯相庆，唯有一人表示怀疑，他就是大臣陈轸。他提醒楚怀王：秦国之所以看重楚国，是因为有齐国作同盟，现在我们地还没得到，就要求我们先与齐国绝交。一旦地没有得到，齐国又不理我们了，楚国就十分孤立了。弄不好，两国都结怨我们，一齐攻打我国，楚国就危险了，我看这是张仪的一个大骗局，千万不能上当。

楚怀王哪里听得进去，派一将军随张仪到秦国接受土地。张仪一到秦国，故意一骨趔（邯郸方言，意为一跟头）从车上栽下来，称病不出，与楚国将军死活不见面，楚将军三个月得不到许诺的土地。楚怀王还以为是秦国怪楚国没有与齐国断交，怨自己心不诚，于是赶紧派人去齐国，通牒即日起两国断绝同盟关系。齐王一听大怒，当即砸坏楚国订立同盟的信物，投靠秦国，并与秦建立同盟关系。

这时，张仪露面了，来到这位楚国将军面前，十分惊诧地问："将军，您怎么还没得到土地啊？不是我答应给您六里土地吗？您看看，这可是肥得流油的好地啊。"楚将军不解地问："我们明明说好的秦国给我们六百里土地，怎么变成六里了？"大呼上当。

将军回国报告，楚怀王一听大怒，要出兵攻秦。陈轸劝他冷静，不如拿出一座大城市送给齐国，并赔礼道歉，修复两国关系，虽被秦国骗了，但还有齐国作为友好联邦，总比齐、秦联合起来打我们强。楚怀王不听，第二年兴兵伐秦，这年是赵武灵王十四年，结果被打得大败，被秦国斩首八万人，将军屈丐被俘，损失惨重。齐国当然不会理他。

张仪使用这样狡诈、流氓手段一次次得手，让诸侯各国吃了不少亏。

张仪也连横到赵武灵王头上了。《战国策·赵策》记载了这次连横的内容，张仪通篇都是恐吓之辞，大意是对苏秦合纵赵国非常不满，秦国非常强大，凭秦国今天的军事实力，可以轻易渡过黄河、漳河，兵临邯郸城下，并在周武王伐纣王胜利纪念日向赵国开战。何况现在楚国是秦国的兄弟之国，齐国也唯秦国马首是瞻，韩国、魏国已经臣服秦国。你赶快割地求和，到渑池会秦王，否则大祸临头，云云。关于这次活动，《史记》中无论是《秦本纪》还是《赵世家》均无记载，估计是刘向虚构的。可以想象，如果确有其事，应该发生在秦惠王元年到三年之间，当时，六国合纵还是比较稳固的，只是到了秦惠王七年，山东五国攻秦失败，合纵瓦解，秦国才有资本对赵国加以恐吓。但是，这年张仪已"相魏"，跑到魏国当宰相去了。

张仪这人朝秦暮楚，一会儿连横，一会儿合纵。他两次"相秦"，两次入魏，在各国之间搬弄是非，有奶就是娘，虽有才能，但人品不敢恭维，最多是个奸诈的政客而已。

就算张仪恐吓赵武灵王是真的，也无碍赵国大方。但是，经过困难和挫折，这时的赵雍已经成熟了。就在赵武灵王十六年（前310），赵雍办了一件决定秦国国君继嗣的大事，表现了他审时度势才能，在较长时间缓解了秦国的威胁。

恰在这一年，战争狂人秦惠王去世，秦武王即位。这位秦武王力大无穷，身边大力士好几个，整天陪他举鼎闹高兴，把几个大力士都封成了大官。因为有此爱好，内政外交略有疏忽。秦、赵两国没有战事，赵武灵王十九年（前307），秦武王一次举鼎想创造纪录，不料防护不好，压碎了双腿髌骨身亡。这位秦武王按年头做了四年国君，掐头去尾只有三年。他却没有儿子。赵雍闻讯，立即想到秦武王有一个同父异母弟叫嬴稷的在燕国当人质，于是与燕昭王一商量，派人先到秦国疏通，找到

赢稷母亲芈八子，也就是后来的大名鼎鼎的宣太后商讨。这位芈八子有心计、有本事，一举促成儿子继承大统之事。于是赵雍派代地相国赵固迎送赢稷到秦国。这位赢稷顺利即位，就是秦昭襄王。别小看这一着，赵国抓住了一次机会，也为赵国换来了并不算短的休养生息的缓冲时间。

词曰：

江城子

百年立国不安详，诡风凉，谣云狂。秦虎真凶，又夺我西阳。南魏东齐车万乘，刀出库，戟生光。

中山坐大也称王，构边防，筑城墙，晋阳阻拦，赴代缺通廊。关隘多重封路径，粮队绝，怎通商。

第二十七章　赵雍乘势定国策 骑射利战成军标

诗　曰：

> 历代林胡箭马骁，冲关夺隘射飞雕。
>
> 兵车虎势行程慢，大袖斯文便爽消。
>
> 器具焉能图好看，衣襟岂只羡花昭。
>
> 魏舒步战身先卒，主父心仪塞外骄。

赵武灵王十七年（前309），赵雍发力的时刻到了。这一年，他领队进行了大规模的调查研究和实地考察。他走出邯郸九门，北到滹沱河畔，东到马夹河边，西临上党，南涉漳河，在北部和东部分别建立了高高的观察台，能仔细观察中山国边境和齐国边境。马不停蹄，风尘仆仆，赵雍掌握了大量翔实的第一手资料。

以后赵国如何治理，赵雍朝思夜想。他考察边境，是为解决这个问题。当时，赵国面临的矛盾错综复杂、扑溯迷离，赵雍逐一分析盘算。

第一，西方的秦国逐渐强大。赵雍清楚，秦国生机勃勃，即使在"举重运动员"秦武公执政的三年时间里，秦国的体制改革和对外扩张也没停止过。秦武公二年，秦国初设宰相制，任命樗里疾、甘茂为左右丞相。虽然各国都有相，但却没有这样的左、右丞相制度，国家治理机构超前；秦武王他爱举鼎，也爱看鼎，一心想到周天子那儿看看九鼎并据为己有。这九鼎，是大禹收天下九州之金铸造的，每个鼎代表一个州，即荆、梁、雍、豫、兖、徐、青、扬、冀，是政权和地位的象征，因周王室衰落，九鼎常被有野心的诸侯觊觎，最早，楚灵王动过这份心思，只是没动手。秦武王有野心，别看主要是玩心，他真动手了。他两

次进攻韩国宜阳，最终攻占宜阳，要不是死得早，周天子的雒阳也被他占领了。因此，从长远看秦国是个喂不饱的狼，最终会构成主要危险，但是，秦武王死后，自己引荐的秦昭襄王刚刚即位，再差劲也得有点感恩戴德心肠，不会马上过河拆桥，再加上他忙于处理内部事务，年仅十七岁，国政由其母宣太后打理，在近期不会构成大威胁。果然，这位秦昭襄王奉送了赵雍8年无战事，加上秦武王三年多的时间，提供了宝贵的10多年的战略机遇期。

第二，此时的北方燕国，不构成威胁。一来这国家弱小，二来现任国君燕昭王是6年前，赵雍乘着燕国被齐国打败，国内无主，赵雍把一位在韩国当人质的燕国公子职，引渡到燕国当了国君，他就是燕昭王。燕昭王对赵雍言听计从，在赵雍执政期间，燕赵无战事，北方无忧。

第三，东方齐国是个搬不走的邻居，而且是大国，但论经济军事实力比赵国还稍逊一筹，两国边境战争不少，各有胜负，赵国胜多败少，暂无大碍。

第四，南方魏国元气大伤，与赵国虽有摩擦，终究翻不起大浪。韩国是友好邻邦，且接壤不多，两国威胁暂时可以忽略不计。

最不能让赵雍接受的是中山国，恰如梗骨在喉，咽不下、吐不出，它嵌在赵国中间，把赵国领土几乎一分为二，而且发展膨胀很快，国力蒸蒸日上，自称"九千乘之国"。尤其不能容忍的是，竟然与魏、韩、齐等大国一起称王，孰可忍，孰不可忍？攻灭中山国，上升到赵雍心中的头等位置。

但是，要消灭中山国谈何容易，中山国羽翼已丰，中山人是白狄后代，已一次失国，一次复国，彪悍无比，而且由于长期受中原各国的歧视和打击，自立性强，警惕性高，且富有攻击性，战斗力很强。早在赵敬侯十年（前376），赵国与中山国战于房子，赵国战败，凭赵国现在的军事实力，吃掉中山国非常吃力。

赵国军队将领以车战为主，将帅们都是站在车上指挥和打仗的，当然后面跟着众多徒步士兵。战国时期车阵的标准配置在前面已经简略介绍，此处顺便做些补充。赵国沿晋制，赵国军队的编制大致是：士兵5

人为伍，5伍为两，百人为卒。5车为队，25车为偏，5偏为阵。担负进攻车辆，车上甲士（穿盔甲的将士）3人，当然，将帅们都是甲士。车后有士卒75人为一队。担负后勤的守车一辆随卒25人，主要任务是兵车维护、做饭、运输等。如果出动十万军队，就要动用车辆一千辆。进攻时部队组合情况是：摆成正面一队，左角一队，右角一队的锥形阵势。列阵：步兵5人一伍，按前后左右中列阵，前后左右四角各一人，居中一人。队、偏、阵，全都按前后左右中"五五"阵势布置，互为犄角，相互支援。

战车在开阔地上有较大优势，但是在地形不利时，其弊端就暴露出来了。因此，140多年前的晋平公十七年，晋国在灭鼓战役中，将帅已经有了弃车步战的先例。

《左传》记载：那一年，晋国魏舒与中行穆子率军进攻鲜虞属国鼓，当地是一处狭隘的山谷，地上都是大沟，晋国的兵车行进困难，都挤成了一堆一堆的。魏舒说："对方徒步作战，我们乘车，眼下地面上都是沟沟坎坎，我们动都动不了，如此下来非败不可。我们也要步战，先从我开始。"于是，魏舒跳下车步行。但是，荀吴的一些亲信将领不听号令，就是不下车。魏舒挥刀杀了几个抗令的人，其他甲士才下了车。然后布阵进攻，大获全胜。

但是，毕竟将帅乘车，不仅是作战需要，也是地位和权威的象征，且战车数量是衡量一国军事实力的标志，将帅们车战观念向来根深蒂固。即使有了那一次先例，也是靠杀了人才勉强做到的，所以战车这种装备一直沿用到赵国。

赵军的战车基本是木质结构的，木轮、木轴，润滑不好（一般用枣木做轴，猪油润滑。《史记·田敬仲完世家》："豨膏棘轴，所以为滑也。"），摩擦力极大，四匹马拉起来都费劲，加上道路高低不平，行进速度慢如蜗牛，遇大沟、沼泽、沙漠，不是炝蹶子就是抛锚。战车上有三名乘员，一名驭手，战斗员只有两人，马、人比是1.3:1，去掉驭手，马、人比是2:1，与北方胡人一人一马的配置对比，人力马力极大浪费。这种车子，很类似我小时候在家乡见过的农用大车，一头牛拉空车都吃

力，一小时走不到10里地，换上马拉车，时速也不会超过20里。再说，将士们站在车上格斗，时间长了，两腿发麻，对体力消耗很大，将帅们的战斗力大打折扣。

二是一车上的四匹马，各匹马马力不一样，有强有差，套在一起，强的被差的拖累，内耗严重，不如单马灵活性和冲击性强。

再说服装和装束，中原人喜欢峨冠博带、宽袍大袖，并以此为美。屈原就是这样的人，"高余冠之岌岌兮，长余佩之陆离"。军队将士的服装虽简练紧凑一些，但还是臃肿拖沓。这样的服装，布料用得多，妨碍行走，比起胡人的束袖紧身的袍子，太累赘了。

理清头绪，赵雍得到这样的思路：要抗击强秦，先消灭中山国；消灭中山国，先把自己的事情办好；办好自己的事情，先从改革装束和军事装备开始。

于是，他决定向晋国前辈魏舒学习，以上率下，壮士断腕，先从改革服装装备下手。他游历过北方，对胡、翟的短小精悍、精炼紧凑的服装心驰神往，对胡人一人一马的单兵模式十分欣赏，有意向北方游牧民族学习，实行"胡服骑射"，实现强军富国。

词 曰：

捣练子

心里急，眼中明，主父绸缪大事情。峻岭大山千百里，笨车笨马怎长征？

第二十八章　唇枪舌剑辩胡服 义正词严说群臣

诗　曰：

> 一石投江浪百层，师夷怎比露珠凝。
> 穿衣未必搬尧制，骑马非须找祖凭。
> 因地求宜强国粹，依情扼要健军鹰。
> 婆心苦口群臣服，改革方针已破冰。

　　古往今来，任何一次革命都伴随着思想的解放，思维的变换。赵武灵王十九年（前307）春正月，新年伊始，一场大辩论拉开了大幕。

　　赵雍在信宫大朝，召见肥义等一帮重臣研究天下大事，会议整整开了五天。当然，赵雍要把关于天下格局的分析讲给大家听，这叫廷议。接着是考察。赵雍带领部分大臣考察中山国边境，到达南部赵国最北端——房子（今河北省柏乡到高邑一带）。然后从西北方向绕过中山国，穿过赵国北部领土代郡，再向北走一直走到不能再走的地方，估计插入到今天河北北部、内蒙古南部了，在"天苍苍、地茫茫，风吹草低见牛羊"的地方，看到了一群群林胡、娄烦的马队。这些在马背上生活的人，个个弓马娴熟，下能射狼，上能射雕，过河跨山，如履平地；纵马奔驰，风驰电掣，势如狂飙。最后向西，"欲渡黄河冰塞川，将登太行雪满山"，到达黄河岸边，登上黄华山，河对面秦国一目了然。一番考察，让随行人员打开了眼界，沸腾了热血，熟悉了国情、世情。

　　回到邯郸，赵雍捅开了窗户纸，切入正题，一场激烈的世纪性的思想交锋随即展开。他先把大臣楼缓和其他大臣叫过了商量，楼缓跟赵雍刚从北边回来。赵雍说："我赵氏先祖历经千难万险，披荆斩棘，最先

在河内南部扎根、开发，打通漳河、滏阳河天堑，建设太行、王屋关隘；筑长城于北疆，挡胡人铁骑于关外；夺取蔺、郭狼等战略要地，战胜林胡于朔方莽原。伟哉，成季之功，宣孟之忠；壮哉，简子奠基，襄子开疆；雄哉，敬侯定都，肃侯合纵。祖先创业功照千古，令我子孙万代望尘莫及！"

赵雍接着说："祖先事业未竟，我辈仍需努力。今天，中山国卡在我国腹心，让交通梗阻、国土腰斩；况且北有燕国，东有狄胡，西接林胡、楼烦，还有秦、齐诸国，如果没有强大军队和国防力量，战端一开，将与亡国何异？

"我们享有先辈盛名，也蒙受遗俗拖累。你也跟我到北边考察了，我们军队的装备和服装与胡人相比，是不是太臃肿了？我想采用胡服，你说呢？"

楼缓说："我完全同意您的意见。"楼缓是一个思想很开放的人，武灵王去世后，他西入秦国，曾任秦国丞相。

然而，在场的其他大臣却一个个摇头，都不认可。

肥义担任相国，是他倚重的大臣，他的意见至关重要。一天，肥义在旁边侍奉听旨。赵雍说："简子、襄子两位英主殚精竭虑，与胡人、翟人互通有无，取长补短，获取了丰厚的利益。"胡人凡指北方游牧部落，翟指中山国。赵雍知道，祖先的文治武功是说服保守老臣的利器，"拥有孝悌长幼明顺的气节可被信任，建立补民益主的功绩才可通达，这二者是我们后来人本分所在。我想沿着先祖襄子走过的路，趁着北边还不开化，在胡、翟力所不及的地方开疆拓土，以求少劳师动众，减轻老百姓负担。"

面对巨大阻力，他试探了一下肥义的态度，"但凡有高世之功的人，会受遗俗拖累；有鸿鹄之志的人，易被百姓误解。我想引导国人实行胡服骑射，又怕百姓不理解和抵触，所以至今不见成效。你说该怎么办呢？"

肥义说："我听说，做事疑虑太多劳而无功，行动犹豫不决归于无名。既然大王您要成就盖世之功，就不必担心天下人嘲笑。常言说，品德高尚者不拘泥于习俗，成大事者不苟同于巷议。以前，舜用舞蹈感化三苗，禹以袒露结交裸国，虽并非纵容欲望和沉溺愉悦，而是宣扬德政与教化僻壤，也有不少人不理解。事情总是这样的，愚笨人在真情已经昭然时还懵懂，聪明人在事态还混沌时能洞察。贤人经常不被理解，变革起初不被认可，这是人间常态，您还怕什么呢？"肥义态度很明朗，坚决支持赵雍。

得到楼缓和肥义的支持，赵雍底气大增："胡服骑射是我的追求，我毫不怀疑。你所说的极是，癫狂人的快活，乃有志人的悲哀；愚笨人的耻笑，是聪明人的睿智。一旦顺天时、借地利、有人和，让改革成功，胡服骑射之功效不可估量；即使天下人都嘲笑我，胡地和中山国我一定要占领。"他决心已定，下令匠人赶制大批胡服。

然而，还有一个关键人的思想工作必须做通，他就是公子成，是赵雍的叔叔，在朝野影响很大。赵雍派王绁到公子成府第直接传达自己的意见："寡人就要穿胡服上朝理政了，我想也让叔叔您穿上胡服。在家听从长亲，在朝听从国君，是古今规矩；子不与父亲作对，臣不与国君悖逆，是人间正道。今天寡人换装而叔叔不跟进，我恐怕天下人议论。治国的根本在利国利民，从政的要害是令行禁止。宣传道德先从下层人开始，推广诚信必从上层做起。现在推行胡服，并不是图新鲜闹高兴，而是关系强国强军的大事。寡人担心叔叔在这件事上想不通，做出有碍改革的举动，所以委托王绁拜访叔叔您，传达我的意见。寡人知道，利国利民的行为都是正当的，有尊贵亲属的帮衬就会名正言顺，我想借助叔叔您的威望和大义，成就胡服骑射的大事，请您配合。"

公子成一听，三叩九拜，说："臣子我已得知大王要改换胡服了。只是我颠顼糊涂，加上有病在身，未能及时跟进。既然大王有令，我斗胆发表愚见，以竭尽我的愚忠。臣听说：中国，乃聪明智慧人士居住之区，万物与财富的聚集之所，圣贤志士教诲之邦，仁义通达实施之域，诗书礼仪光大之处，奇技异能用武之地，远方向往，蛮夷咸服，今天大王您却要舍己而效人，此乃违逆古人，抛弃传统，背离华夏之举啊，万万不可，请大王三思后行。"

公子成不好说服，于是赵雍亲自到他家来了。

寒暄过后，赵雍语重心长地说："服装是方便穿戴的；礼节是用来交往的。剪发文身，袒胸露臂，前襟向左，是瓯越居民的风俗。染黑牙齿，雕首花额，免冠食糙，粗针疏瓾，是吴国人习惯。地域不同了，穿用之物也不同；情况变化了，礼节也有差异了。圣人因地致用，因事制礼，只要利国利民，圣人都会不拘一格。儒家共师承而习俗不同，中原同礼制而教派有别，何况千差万别的边远地区呢。进退取舍，聪明人也不求一致；远近习俗，圣贤也不能让它趋同。穷乡僻壤风俗多异，学识浅薄口舌诡辩。不理解的东西不轻易怀疑，认识不一致的不轻易否定，才会博采众长，不断进步。"

大道理，赵雍讲得很透彻。公子成是一位饱学之士，这番话很有针对性，讲到武备与国防，赵雍说："简主、襄主依情就势，分别处置。晋阳、上党地势险要，简主选择不设防；北方林胡金戈铁马，气势逼人，襄主攻取代郡建立要塞，为我们树立了榜样。今天，我国陆路、水路边界更绵长复杂。我国东边以黄河与齐国交界，以薄洛水（漳沱河）与中山国为邻。东接燕国、东胡，西靠娄烦、秦国和魏国。而现状是，我们水路无舟船、码头，陆路缺要塞、马匹，让边民如何戍边守土？与北方胡人相比，我们劣势明显，所以必须与时俱进，效胡服骑射。"

赵雍话锋一转，说到国耻："之前，中山国依仗齐国的强兵，侵犯我领土，掠夺我居民，掘开河水灌淹我国鄗邑，如果没有社稷神灵保佑，鄗邑几乎失守。祖先蒙羞，深仇大恨至今未报。现在采用胡服骑射，近处强化上党险要地形，远处可以一雪中山之耻。而叔叔您顺从中原习俗，却违逆了简、襄之意；讨厌拒绝胡服，却忘了水淹鄗邑（今河北省柏乡县境内）之丑，这不是寡人所期待的啊。总之，赵国主要对手是中山国，中山人战斗力强悍，我们的装备不行，最好的办法是学习他们的长处，就是要穿胡服。"

公子成如梦初醒，再拜叩首说："臣子愚笨，不理解先王的意图，却念道世间习俗，是臣子的罪过啊。现在大王您要继承简、襄之遗志，实现先王的宏图，我能不服从吗？"说罢再拜谢罪。

于是，赵雍把准备好的胡服赐给他。第二天大朝，公子成胡服上朝，为其他大臣做榜样，当天，赵雍颁布了实行胡服的命令。

但是，赵文、赵造、周袑、赵俊却极力谏言赵雍停止胡服，劝说赵雍效法唐尧、虞舜等先王。赵雍耐心地逐个说服劝导，颇费口舌。赵雍说："先王不同俗，何法以效；帝王不延袭，何礼以循？例如，虑戏、神农教而不诛，黄帝、尧、舜诛而不怒。到了三王（周文王、武王、成王），随时制法，因时制礼。结果，法度制令各顺其宜，衣服器械各便其用。以此观之，行礼不一道，便国不法古。圣人因不拘泥旧法而兴盛，夏、殷因延续旧法而衰落。所以，还是变法易服好，你们思想过时了，醒醒吧。"

这几个人不再说话了。毕竟大势所趋，不服从不行了。随后，赵雍还是逐个叫过来，当面赐给胡服，如同当今给将军们授衔一样，隆重庄严，又让他们当面穿在身上才算放心。

赵雍还说服了一个关键将领，他就是牛赞，即后来的骑兵司令，并在攻占中山国的战役中战功赫赫。《战国策·赵策》记载，赵雍攻占原阳，随后把战车兵和步兵改建为骑兵，并在这里建立骑射基地。谁知牛赞竟然也表示怀疑，劝说赵雍："国家有成文的法律，军队有本来兵制，一旦令改，国家就会混乱；兵制改变，军队就会闪失。大王您步兵改为骑兵，属于改弦更张，士兵们会很不理解。将熟悉的装备丢弃，将不熟悉的装备拿起来，军队的战斗力会大幅削弱。其结果或许会得不偿失，请大王三思。"

赵雍说："法令是用来治国的，军队是用来打仗的。开疆拓土，强盛国家，怎么有利怎么来。你是带兵的人，驾驶笨重的战车好，还是骑马好，你心中有数；穿厚重的铁甲好，还是穿利索的胡服好，你更心知肚明。先主襄子在征服代郡后，在边境上设立大大的门框，昭示我们赵国的土地没有边界，如果不改变兵制，能实现先主的遗愿吗？"

牛赞服气了，于是再三跪拜，说："大王您说得对，我听您的。"牛赞赶紧穿上了胡服。他这里一带头，其他将领都纷纷跟进，军界胡服迅速推开了。于是，赵雍招募骑兵。赵国的胡服骑射改革大幕拉开了。赵雍不但是一位政治家、军事家，而且是一位雄辩家。

赵雍加强武备，实行胡服骑射，在邯郸市市区内留下了一座"武灵王丛台"，相传是他检阅兵马操练和观看歌舞演示的地方。我记得，1963年前的丛台是清代光绪年间重修的，那年邯郸遭遇百年不遇的大暴雨，台阁和二三层台基被毁。现今建筑为1964年重建，基本保存了原貌。它是一座三层近似圆锥形台阁。二层台基与邯郸老城垣相连接，四周有墙护卫。顶层的台壁上，镶嵌着不少文人墨客怀古诗文，其中包括乾隆皇帝的诗歌一首。沿着抱台台阶拾级而上，到达顶层（三层）。上面坐落着一座双殿顶八斗拱塔亭，翔檐雁顶，凌空欲飞；彩梁画柱，精巧绮丽，是邯郸市地标性建筑。四周被辟为丛台公园。台下一湖泊，波光潋滟，岸汉曲折；栈桥穿湖、拱桥枕河；彩亭玉立，浮光倒影。湖心岛有一望诸榭，相传是为纪念燕国名将乐毅而建。园内苍松翠柏密密丛丛，绿草成茵，曲径通幽，鸟语花香，是邯郸居民休憩游览的好去处。

词 曰：

醉花阴

自古英雄多嫉怨，壮志谁人赞？手里是真金，守旧安心，改革霞云远。

且将坎坷明研判，犹豫常生变。口燥也无妨，金石为开，胡服盈官殿。

第二十九章　运筹帷幄作战备　摧枯拉朽灭中山

诗　曰：

> 因时度势避纷争，莫管旁人动弋兵。
>
> 渤海邻邦军蠹猎，燕山劲旅马蹄轻。
>
> 夹攻南北边城陷，技击东西巷陌黩。
>
> 四役全功喉骨吐，从今代郡一车程。

精心策划，反复运筹，进攻中山国在紧锣密鼓推进。赵武灵王八年六国合纵进攻秦国失败之后，赵雍卧薪尝胆，从不参与大国之间的纷争，韬光养晦，不露锋芒，最大程度争取与其他大国和睦相处，营造对己有利的国际环境，以腾出手来一心一意搞改革，搞建设，积蓄力量。

可喜的是，当时确实出现了有利于改革和进攻中山的格局。一方面，中山国本来朋友就不多，现在更处于孤立无援的处境。中山国与齐国出于共同对抗赵国的目的，关系还不错，但赵武灵王八年，中山国响应魏国倡议，参加五国相王（相互称王）活动，凑了回热闹，引起齐国不满，图虚名而招实祸。在齐国眼中，中山国本来就是蛮夷小国，从心里看不起他。他竟然不知自己几斤几两，打肿脸充胖子称王。齐国说："我万乘之国也，中山千乘之国也，何侔名于我？"终于喊出了"羞与中山为伍"的愤慨。齐、中山的联盟彻底破裂了，中山失去了唯一盟国。北方，中山国曾经夺取燕国大片土地，更不用说同情他，支援他。

而南边、西边的楚国、秦国、魏国、韩国打成了一锅粥。就在赵武灵王十八年，楚国灭越国，威震韩国、魏国；因害怕秦国进攻，韩国、魏国与齐国结成联盟。总之，秦、楚、韩、魏、齐处于连年混战的状态，根本无暇北顾，对赵国进攻中山国非常有利。

赵武灵王抓住了千载难逢的机会，大刀阔斧推进胡服骑射。赵武灵王十九年到二十年，不到两年时间，胡服骑射逐步装备了赵军。毕竟赵国北边就是楼烦、林胡，是盛产良马的地方，有足够的货源，加上赵国国家富足，有钱有物，不管是以物换物，还是货币交换，买进万匹好马并不困难。将军们是最讲实际的，有轻便舒服的胡服可穿，有好马骑着，谁愿意再穿宽袍大袖的累赘衣服，站在笨重的战车上受罪呢。他们骑马拉弓，纵马驰骋，确实比站在战车上潇洒、惬意。于是，赵军的骑兵部队迅速成军，已经部署在南北两条战线上，战斗力今非昔比。

赵武灵王二十年，赵雍先派李疵先行侦查中山国动向，回来后，李疵建议："中山可伐也，君不疾伐，将后于燕。"意思是大王您不早做决定，恐怕要落在燕国攻打中山国之后。这绝非李疵一人意见，代表着赵国朝野相当一部分人的意愿。

随后，赵雍再次北上侦查中山国敌情，到达中山国南部边境宁葭（今河北石家庄西北），然后直插西北，到达榆中（今内蒙古东胜一带），会见了林胡大王。这位林胡大王看到经过胡服骑射的赵雍一行，乃威武之师、英勇之师也，俯首称臣，献出大批好马。赵雍此行不虚，结交了林胡，得到了马匹，坚定了进攻中山国的决心。

回到邯郸，经过综合分析，认为李疵的意见是对的，赵雍决定动手了，赵国进入战争动员阶段，军队进入一级战备，将士们厉兵秣马，枕戈待旦。

开战之前，赵雍派出了六路外交使团，展开外交活动，去游说各国。派楼缓出使秦国，仇液出使韩国，王贲出使楚国，富丁出使魏国，赵爵出使齐国。这些人都是能言善辩之士，到达出使国，奉献重礼，通报赵国进攻中山的意见。各国纷纷表示不予干涉。其实非不愿，而是无暇干涉罢了。赵雍还责成代郡宰相赵固出使林胡，一度代行林胡朝政，从林胡借来了一支塞外铁骑，赵军如虎添翼。

一切都准备妥当，第二年（前305），赵雍调动二十万大军兵分两路进攻中山国。南路由赵雍亲自统领，分左、右、中三支部队，分别由赵裙统领右路军，许钧统领左路军，公子章统领中路军，负责进攻中山腹地。北路有由牛翦统领骑兵兵团，由赵希指挥代郡和林胡的联合部队，按照指定的路线，两军在曲阳会合，势如破竹，先后攻取了丹丘（河北曲阳西北）、华阳（河北曲阳、来源西南）、鸥（河北唐县西南倒马关）等中山国要塞。赵雍统领南路大军也进展顺利，先后攻取了中山国的石邑（河北省元氏县北）、封龙（河北省元氏西北）、东垣（河北省正定南）4邑。这次战役让中山国遭受重创，不得不缔结城下之盟，答应割让四邑求和，从而失去了三分之一以上的国土，元气大伤，脊椎骨被打断。赵雁得到四座城市后罢兵，赵国进攻中山国第一战役胜利收官。

赵国并没有给中山国多少喘息时间，仅隔两年，从赵武灵王二十三年（前302）起，赵国连续四年进攻中山国，中山国连续四次割地，到赵五灵王二十六年（前299），北部，赵国夺取了中山国与燕国、赵国代郡交界的地区，占领云中、九原等战略要地；南部，赵军攻占了滹沱河两岸的地区，中山国领土所剩无几。终于在赵惠文王三年（前296），赵国攻破中山国，中山国亡国，中山王被赵国迁到肤施（今天陕西省榆林市南鱼河堡附近）。需要说明的，此时赵武灵王虽退位未退职，这些战役都是赵武灵王统领和指挥的。中山国亡国后，因其都城毁于战火，赵国对这座城市进行了战后重建，从此，原中山国全境归属赵国，通往代郡的大道一路通畅，割据局面彻底解决了，赵国的在喉的梗骨终于吐出来了。

值得提及的是，在攻陷中山国的全过程中，秦、韩、魏等大国果然没有干预，齐国不仅不干预，而且派兵助阵。

当然，在攻灭中山战役中，不是所有中山人都是软骨头，不少人顽强抵抗，英勇悲壮。其中，中山人吾丘鸠"衣铁甲，操铁杖以战，而所击无不碎，所冲无不陷，以车投车，以人投人"（《吕氏春秋·贵卒》）。战斗到最后一时刻。

赵灭中山，作为历史事件，留给后人的遗产主要有：

其一，赵武灵王胡服骑射作为一项划时代改革，是克服了强大和难缠的保守和传统思想观念后取得的，改革来之不易，赵武灵王的决心和

魄力值得后来人学习和歌颂。

其二，赵武灵王通过改革，实现了富国强兵，军事与政治力量空前强大，相对弱小的中山国难以抵御。说明一个国家只有改革才能生存和发展，落后必然挨打，停滞只能灭亡，古今中外，概莫能外，历史规律不可抗拒。

其三，在进攻中山国过程中，赵国及赵武灵王采取了正确的外交政策，争取了各大诸侯国的支持，至少保持了中立，为战役顺利展开创造了良好的外部条件。

赵武灵王胡服骑射，大胆改革，与前不久的李悝改革、商鞅变法一样，意义重大，作用非凡、效果显著，对推动中国历史发展和军事变革，做出了划时代的贡献。赵武灵王作为杰出的改革家、战略家、军事家，在中国军事史中享有重要地位。赵武灵王是邯郸人与河北人的骄傲，至今也是邯郸的名片。

另一方面，中山国亡国了，其亡国的内在原因不得不察。除前面已经探讨的原因，如参与五国相王，得罪了唯一盟国——齐国，脱离国情的对外扩张，大举进攻燕国，鲸吞燕国大片土地，自树仇敌，孤立无援以外，还有自身原因。

目前手头掌握的资料不多，但是，仅凭司马迁在《货殖列传》中有关中山国的经济文化风俗人情的一大段描述，我多少看到中山国当时的社会状况。司马迁说："中山地薄人众，犹有沙丘纣淫地余民（商纣王在沙丘扩建苑台时的遗民），民俗懁急，仰机利而食。丈夫相聚游戏，悲歌慷慨，起则相随椎剽，休则掘冢作巧奸冶，多美物，为倡优，女子则鼓鸣瑟，跕屣，游媚贵富，入后宫，遍诸侯。"

椎剽是抢劫，懁急就是性子急，说明中山人或多或少还保留着游牧部落的剽悍、粗野的性格。跕屣就是拖拉着鞋，跳舞。畸形怪态，两千多年前就有这种舞蹈，让今天的舞女们望尘莫及。读罢，让我倒抽一口凉气，这是一个什么样的国度啊，中山人无论男女都游手好闲、不务正业。男人靠盗墓发财，女人靠卖身求贵，这样的社会风气，如何持续？

现在史学界和考古界研究考证表明，司马迁的记载是真实的。这种社会状况与中山国后期王室腐朽到了极点有直接关系。中山王及朝臣生活非常奢侈，死后都建有大墓，其封土、墓道、墓室、棺椁、随葬品与中原大国都是有过之无不及，尤其是随葬品非常丰富，有铁器、青铜器、陶器、木器、金银器、玉石器、玛瑙器，而且造型精美、豪华、气派。令人惊奇瞠目的是中山王三大件——大铜鼎、方壶、圆壶，上面刻有铭文，极其华贵。

中山王室生活腐败，政治腐朽，必然是贤臣被排挤，佞臣被重用。还是《战国策·中山策》记载了一个故事，说是中山国阴姬与江姬争当王后，有个叫司马喜的人给阴姬的父亲出谋划策，随后上书中山君，说："我知道削弱赵国，强盛中山的办法。"于是，中山君接见了司马喜，对司马喜说："愿听其详。"司马喜说，请大王派我去赵国了解情况，我一定找到办法。于是司马喜去了赵国，见到赵武灵王。司马喜说自己走南闯北，见多识广，也细细观察了邯郸的大街小巷，实在难看到非常漂亮的女子。而中山国的阴姬有闭月羞花、沉鱼落雁、倾国倾城之美，赵国所有女子难以匹敌，非语言所能描绘。她的眉眼鼻梁，就是帝王的王后，不是一般诸侯的妻子。武灵王一时心动，请他说媒。回到中山国后，他对中山君说：赵王非贤王，想娶阴姬。中山君一听，老大不高兴。司马喜说：赵国是大国，我们惹不起，他要阴姬，不给不好，给了也不妥。不如大王您娶了阴姬，断了赵王的念想。中山君听从了他建议，立阴姬为王后。司马喜计策得逞，并从此也得到重用。

像司马喜这样的人，使用阴谋诡计，取悦中山君，居然得逞，可知中山国朝廷的政治生态糟糕到了极点。

如果说，奢侈是当时各诸侯国王室成员的通病，姑且可以退而求其次，但是，中山国执行的国策的偏差，则不可原谅。当时各诸侯国的政策取向全是奖励耕战，务实不务虚；而中山国却信奉儒墨学说，务虚不务实。《战国策·中山策》记载了赵武灵王与李疵一次对话，就是说这件事的。李疵在对中山国考察之后，建议赵雍讨伐中山国，说："中山君乘车拜访儒墨之士，一个早晨就跑遍了大小街道的七十多户，因为街道狭窄，中山国君把车上的盖子都拆掉了"，虔诚到了无以复加的地步。

其结果是："举士则民务名不存本；朝贤，则耕者惰而战士懦。若此不亡者，未之有也。"

李疵看问题很准，从另一侧面印证了司马迁所揭示的造成中山亡国的社会、政治原因。国君看重的儒家、墨家那一套务虚的东西，老百姓自然务虚名，耕者懒惰，战士懦弱，国势自然衰落。

当然，中山国有自己的辉煌的一面，也对中华民族的文化和文明发展做出了很大的贡献。即使是司马迁这段中山国市井百态的记载，也能读出正面、积极的成分。例如，"仰机利而食"，机利者，机会和利益，说明中山人重商。"休则掘冢"就是掘墓，由此推测中山国坟墓多，坟墓里有东西可挖。"女子则鼓鸣瑟"，说明这里文化发达，女子们能歌善舞，吹拉弹唱很擅长。反映出其社会一个悠闲、平安，这是第一层意思。

仔细一想，既然盗墓人多，坟墓中可盗东西多，说明中山国手工业发达，盛产品质高贵的手工业品。近期，从中山国出土的众多文物，有各种青铜器，造型别致优美，艺术价值很高。证明了我的猜测是正确的。

再仔细一想，既然中山国有那么多的奇珍异宝，除去外地进口的，不少应是本地制作的，那么从事手工业生产的匠人一定很多，他们默默无闻地劳动，创造了中山文明。我想，他们才是中山人的主体和脊梁。

词　曰：

天仙子　悲中山

源远流长东渐水，高山长岭连珠翠。男人掘墓女悠闲，君主恣，佞臣贿，百岁鲜虞三日毁。

184

第三十章　只身虎胆入咸阳　主父神迷死离宫

诗　曰：

　　一梦相思惠后亲，赵何即位长兄臣。

　　情长儿女君王忌，幼立垂髫国理瑱。

　　大志冲天诚可许，萧墙乱内实难唇。

　　离宫被困奸人笑，旷世英雄枉殁身。

　　赵国彻底灭掉中山国，是在赵惠文王三年（前296）。早在三年前，即赵武灵王二十七年五月，赵国对中山国的战争取得了决定性胜利之时，赵雍做出了一个匆忙但是要命的决定：要把王位传给小儿子赵何，自己当太上皇。这一天，开了一次大朝，宣布传国，册立赵何为赵王，尊号赵惠文王。他率领赵何及文武大臣到宗庙参拜祖宗，然后赵何正式登基，此时，赵何大概10岁左右，端坐在大殿之上，接受满朝文武大礼参拜，同时任命肥义为相国，辅佐赵惠文王。赵雍自称为主父。

　　赵雍见于史的老婆有两个，大老婆是韩国女子，娶于赵武灵王五年（前321），姓名、生平事迹不详。第二个老婆叫孟姚，原名吴赢，娶于赵武灵王十六年（前310），是大臣吴广的女儿，之后册立为王后，尊号惠后，生子赵何。

　　赵武灵王十六年，秦惠王去世，"举重运动员"秦武王即位。秦惠王很厉害，在位时多次发动对赵国的战争，对赵国威胁很大。他乍一去世，赵雍绷紧多年的心弦一下子松了下来，心情十分高兴，一连几天乘兴游览大陵山（今山西文水县境内）。一天，他做了一个春梦，梦见一位妙龄女子弹琴吟唱："美人光彩照人，貌美胜似苕花；命运啊命运，无人知我嬴娃!"从此对梦中那个女子念念不忘。一次,赵雍喝酒喝到高兴,对身边的人一遍又一遍说起这次梦境,想重现当时的美妙时刻,近似得了单相思。这也不奇怪,时年赵雍31岁,是个大龄青年,做个把春梦也很正常。赵雍这个梦也被邯郸吕仙祠收录在梦城里,列赵氏梦之二。

大臣吴广抓住机会,把自己的女儿穿凿附会成嬴姓,赶忙让老婆把她送进宫去。赵雍一见,这小女子竟然同做梦时梦见的那个女娃一模一样,喜出望外,赐名孟姚,纳入宫中。孟者,梦也;姚者,美也,乃梦中的美人。婚后,两人情投意合,你卿我爱,如胶似漆,恰似一千年后的唐明皇与杨贵妃,于是不久将孟桃册立为王后。

子以母贵,惠后的儿子赵何也倍受疼爱。万万想不到他竟然废掉大儿子赵章的太子位,让赵何为赵王。

如何解释赵雍这一决定?我想或许有以下原因:一是赵雍对孟桃极度宠爱,这应该是主要的;二是赵何活泼乖巧、聪明伶俐;三是赵章性格上有缺陷,得罪了不少人;四是孟姚的父亲吴广在朝野有势力,有人替赵何说话。

大儿子赵章,是不是韩女的儿子不得而知,他也算是身经百战、在攻打中山国中立有战功的人物。立赵何为王,赵章会怎么想?

赵雍在自己年富力强时传国,而且传给一个小孩子,虽然草率荒唐,或许出于更远的打算,也有理性的一面。这时中山国已经被打断了脊梁骨,彻底消灭他,只是时间问题。赵国兵强马壮,士气旺盛,在东方六国中无人匹敌,唯独西方的秦国让他放心不下。

秦国那边秦昭襄王虽然是一个二十左右的小伙子,却有其母宣太后的鼎力支持,对内迅速消灭了敌对势力,稳定了政局,对外开疆拓土,定巴蜀,降戎狄,政绩斐然。赵武灵王二十五年,秦国派庶长奂伐楚国,斩杀楚军两万人。二十六年,秦国再伐楚国,攻占楚国新城。二十七年,秦国第三次伐楚国,秦将芈戎夺取楚国新市。对楚国的战争可以说战必胜,攻必克,泱泱荆楚被秦国欺负得喘不过气来。魏国、韩国也臣服秦国,这让赵武灵王很担心。

赵国与秦国隔河相望，赵雍根据经验预测，秦国越过黄河进入赵国只是时间和时机问题，这让他触摸到实实在在的威胁。赵雍刚刚取得对中山国的胜利，此时雄心勃勃。既然桀骜不驯的中山国能打败，秦国也不在话下。与其坐等秦国进犯，还不如先发制人，取得战争的主动权。于是，他将进攻的下一个目标锁定于秦国。为达此目的，他不想被朝廷上琐碎繁杂政务所拖累，以便集中精力集中在军事上，于是传国，使自己超脱一些。

他把朝政刚交代完，就率领一色胡服的将士和大夫们，雄赳赳气昂昂巡视西北方胡人的领地去了。他计划从云中、九原直接南下，出其不意，袭击秦国，一举打垮他。此行是为了考察地形和行军路线，侦察敌情。

秦昭襄王虽然是主父赵雍一手操办即位的，却没有见过这位秦国少主。于是，主父想会会他，看看他到底是一个什么样的人，以便知己知彼。于是，他把大部队留在胡地，自己带领几个贴身护卫和官员，轻车简从，穿上文官朝服，自称为赵国使臣，进入秦国都城咸阳，递上文牒，进入朝堂，拜见了秦昭襄王。秦昭襄王以国礼接见了这位赵国使者。双方一打照面，少不了寒暄一番，借机相互观察。当然，主父对对面的秦昭襄王印象不错，果然是一位英姿勃发的少年君主。就是他在39年后，发动了长平之战，坑杀了赵军40万人，从此赵国伤筋动骨，一蹶不振。而此时的秦昭襄王也发现下面的这位赵国使臣高大魁梧，目如朗星，声如洪钟。举手投足，就有惊日月、定乾坤的气势，绝非一般使臣。退朝之后，秦昭襄王越想越不对劲儿，急忙派人去追赶，谁知，这时主父快马加鞭早已出了秦国的边关，被派出的人回来报告，没有追上。秦昭襄王经过多方调查，才知道这位赵国使者原来就是赵武灵王，一时惊诧得半天说不出话来，他被赵武灵王硬生生要了一次。一个国君，用这样的方式会晤另一国君，从盘古开天地，三皇五帝到如今，绝无仅有。

主父此行不虚，他龙潭虎穴闯了一回，侦查了经云中、九原南下山川地貌、风土人情、物产状况、行政设置；查看了行军路线，后勤补给

地点；进入秦国都城咸阳，初步摸排了城池的结构、城防，尤其当面与秦昭襄王对了话，聊了天，对这位年轻的国君的相貌、谈吐以及性格特点有了初步了解，这对今后对秦作战提供了最直接、最丰满的情报，此行，更让主父踌躇满志，对战胜秦国势在必得。

第二年（前298），主父对秦的军事计划进入实质性阶段。他马不停蹄，步履匆匆地经过新开辟的国土，由代郡西行，在黄河以西会晤了娄烦国国君，向他借来了一支作战部队，先用于收拾中山国，后对秦作战，一切进展得都比较顺利。

第三年（前297），主父亲征，彻底灭掉中山国，班师回到邯郸。为庆祝胜利，对参与消灭中山国的将士、大夫论功行赏，大赦天下。犒劳三军和满朝文武，宴席摆了整整五天。消灭中山国的喜讯也让都城的市民奔走相告，大街小巷喜气洋洋，邯郸城热闹得像过年。

下面就是对秦作战了。如果主父的计划能顺利实施，可以想象，经过近十年征战中山国锻炼的赵国"胡服骑射"，不久将从蒙古高原狂飙一般南下扑向秦国上郡、河西，直下咸阳插渭滨，威逼秦国腹地。果能如此，秦始皇统一中国的历史或许将改写。

然而一场突如其来的变故让赵武灵王这只雄鹰折断了翅膀，从九万里的扶摇中一头栽了下来，死于非命。

事情是这样的：

他虽然传国给小儿子赵何，但也没忘记大儿子，这是父爱真实流露，在赵武灵王心中，小儿子与大儿子都是自己的儿子，毕竟，手心手背都是肉，赵武灵王是有血有肉的性情中人。于是，就在他大宴群臣的那一天，册封大儿子赵章为代郡的安阳君，算作一种平衡与补偿吧。

但是，这个赵章不争气，生活很奢侈，待人也不礼貌，在朝廷上下口碑不好。尤其对小弟当上国君很不服气，因此结交了一帮狐朋狗友，拉帮结派，在下面寻衅闹事。赵武灵王也深知这个儿子的毛病，因此任命田不礼为相，借以辅佐约束教导赵章。

赵国一位大臣叫李兑，很精明，会算计，把这一切都看在眼里，担心会出岔子，对此忧心忡忡。于是，他对相国肥义说："赵章身强力壮而心高气傲，朋党众多势力膨胀，大概是私心所致吧？那个田不礼，也是个心狠手辣、骄横无礼的主儿。两个人都是不守规矩的人，一旦被私欲所驱使，必然顾头不顾尾，钻头不顾腚，沆瀣一气，惹是生非。以我看来，总有一天会出幺蛾子，这一天不会太久。相国您虽位高权重，一旦出了乱子，矛盾都让您去处理，您不好摆布，您要早有准备啊。仁者爱万物，不希望灾祸出现；智慧的人却能预测灾祸于还未形。不仁不智，怎么能治国理政？赵章作乱是早晚的事，您何不现在就称病不出门，把国政交给公子成打理，千万不要做冤大头、替死鬼啊！"

这个李兑到底是什么目的，还要看他下面的表演。

然而，肥义是一位忠臣。他说："不可啊！之前主父以国君的身份托付我说：'为政不要遇变虑改，不可见异思迁，要坚守初心，要按照我制定的方针一以贯之。'我接到嘱托再拜并做了记录，铭记在心。如果现在害怕田不礼发难违背主父嘱托，还有比这样的变更更大的吗？国君在位领命，国君退位变卦，有比这样的负心更大的吗？变心负命的臣子，是刑法不容的。谚语说：'死的人如活着的人一样坚守信念，活着的人要使自己问心无愧。'我把话已经说到头里了，因此必须完全坚守承诺，哪里还顾及保全自身！常言说，危难方显贞臣节操，拖累才见忠臣贤明。谢谢您的忠告，虽然这是我所不能接受的。"

李兑说："啊，您保重，且好自为之吧。恐怕我只有今年能见到您了！"说罢，大哭着离开了肥义的府邸。随后，李兑几次去见公子成，商量防止意外的对策。

肥义也感到事态严重，一天，他对大臣信期说："公子章与田不礼非常值得担忧。两人口头仁义内心险恶，为人做事缺德不臣。我听说，奸臣在朝，国之残破；谗臣在宫，君之蠹虫。田不礼性贪欲高，因巧言令色而得势，因受宠于君主而残暴。他经常假传圣旨欺瞒朝纲，擅权生枝不是一件困难事情，一旦出现这样的事情，国家就要遭难了。现在我也是忧心忡忡，夜而难寐，饥而忘食。盗贼出入不可不备。从今天起，有人见赵惠文王的，先告诉我，我先考察盘问一番，没有事才让大王出来见他。"

信期说："好吧。"

赵惠文王四年（前295），大朝群臣，安阳君赵章也来出席。主父责成赵惠文王上朝，自己"垂帘听政"，在屏后观看群臣及宗室里人向赵惠文王行礼，让小儿子历练历练。发现大儿子赵章像木偶一样向自己的弟弟跪拜磕头，完全像其他臣子一样卑躬屈膝，是怜悯、同情、酸楚，还是伤心、后悔，五味杂陈，心里说不清是什么滋味。总之，感到大儿子太委屈了！突然一个想法从脑子里冒出来：能不能把赵国一分为二，南部归赵惠文王，北部归赵章？这只是一闪念，并未下决心。幸亏没下决心，否则赵国将分裂，这是非理性的、愚不可及的一闪念。

不久，主父带领赵惠文王游览沙丘（今河北省广宗县境内），两人各下榻一座离宫。蓄谋已久的赵章何、田不礼看机会来了，终于动手了。二人派人到赵惠文王的离宫，假借主父的指令，让赵惠文王到赵章住所去一趟。相国肥义在旁侍奉，对来人说："大王身体有恙，我去一趟。"肥义刚进赵章住所大门，埋伏在旁边的刀斧手"咔嚓"一刀，可惜一代忠臣肥义身首异地。随后，叛军将领高信带人杀向赵惠文王的离宫，里三层外三层围了起来。王宫侍卫一边拼死抵抗，一面派出快马飞驰京城邯郸求援。

公子成与李兑闻讯带兵前来救援，并下令附近城邑驻军火速勤王。接到命令，几路大军星夜赶到出事发现场，赵章与田不礼毕竟没有几个人，怎扛得住朝廷重兵的弹压。田不礼及其叛军悉数被杀，唯独赵章侥幸逃脱。

公子成与李兑以肥义已死为由，趁机改组王室机构，公子成自命为相国，号称安平君；李兑担任司寇，实现了篡政夺权。这两人都是反对改革的保守派，对主父很有意见，从此两人把持了朝政。

赵章惶惶如丧家之犬，丢魂失魄，踉踉跄跄，不知所之。往哪里去？惊慌失措中想到了父亲。于是朝着主父的离宫跑去。敲开大门，直奔主父寝宫，见到父亲气喘吁吁说："有人杀我，有人杀我！"主父一看就知道他惹祸了，但毕竟是自己的儿子，一下子心软了，就把他收留下来。

公子成和李兑发现赵章逃脱了，老谋深算的二人知道他一定跑到主父那里去了。于是奏请赵惠文王，要围攻主父离宫，追捕赵章。赵惠文王一听要围攻父亲的离宫，从心眼里不愿意，但是公子成执意要搜，这位公子成是赵肃侯的弟弟，自己的爷爷，自己还是个小孩子，看见爷爷怒目相对，强力相逼，身子如筛糠一样发抖，甚至害怕爷爷把自己杀掉。没办法，搜就搜吧。

公子成的大军哗啦啦把主父的离宫围得如铁桶一般，里面的赵章连惊带吓，或因心理素质太差，也许平时花天酒地，体质虚弱，猛的一命呜呼。主父离宫侍卫向外通报，赵章已死，请撤兵吧。这时，精于算计的李兑对公子成说："我们两人以抓捕赵章的名义围攻主父的离宫，是犯弥天大罪。如果就此撤兵，下来我们两人只能被杀。不如一不做二不休，不要撤兵，无毒不丈夫，想法除掉主父。"两人主意已定，就命令宫中的人说："宫里的人赶紧出来，后出来的人杀掉！"此令一下，宫娥彩女，侍卫杂役们像潮水一样涌了出来，一瞬间，宫里就剩下主父一人。主父当国君惯了，架子放不下，怎能与这些下人一块出去呢，还等着公子成们接驾呢！

谁知，左等右等，公子成就是不露面。身边的人不见了，习惯有人伺候的主父连吃的都没有送了，只有自己动手，前几天还能找点残茶剩饭，后来不得掏鸟窝吃没有长翅膀的雏鸟，茹毛饮血，苦撑了3个月，最后，什么也找不到了，活活被饿死在里面了。

这时，公子成估计时间差不多了，才进入宫中。发现主父果然已经死了，原来高大魁伟的身躯只剩下一具骷髅。两位阴谋家这才对外发丧，昭告天下，宣布赵武灵王已经去世。

对赵武灵王悲惨下场，司马迁感慨万千。评论他一世英雄，只因两个儿子的事情没有处理好，闹了一场不该发生的内讧，太不值了，以致人亡政休。

我想，被天下人笑话还是次要的，关键是这一波折改写了战国的历史，赵国从此逐渐由强变弱，最后让秦国统一了中国，令人扼腕。同时，我也感到赵武灵王的政治家素质有些欠缺，一方面疏忽大意，懈于防备，另一方面过于儿女情长了吧？

词　曰：

青衫湿

飚行太行泥丸细，饮马海河南。刀光所指，中山国破，大战犹酣。

醉心佳丽，偏心幼子，过早垂帘。未酬壮志，柔肠一念，断送高巙。

第三十一章　李兑心虚不安寝 苏厉词严却合情

诗　曰：

> 李兑偏遭鬼上门，游人巧得一衣飧。
>
> 齐秦脑热同登帝，赵魏心惊又伐瘟。
>
> 众怒难平都邑劫，狂夫失措卫城奔。
>
> 文王有幸高人劝，罢战言和济洛存。

赵武灵王饿死，是年赵惠文王四年（前295）。赵惠文王年少，李兑把持国政。《赵国策》记载，此人与苏秦有过交往，两人意见合拍，均主合纵。其间两人也有过一次合作，曾联合楚、齐、魏、韩四国军队进攻秦国，但仅进至成皋，无功而退。不过，司马迁没有记载这件事。说明李兑其人只是一位成事不足、败事有余的匆匆过客。他在历史上成名，不是因为他的功绩，而是他的恶行。

其实，他对自己逼死赵武灵王也颇为寝食不安。毕竟做了亏心事，就怕鬼叫门。《战国策·赵策》记载，他当政时期，苏秦又一次来到赵国游说，要见他。他吩咐手下人传话给苏秦："先生如果说的是人间的事，恕我不接见，如果说的是神鬼之事，我们倒可以谈谈。"他心里就是有鬼。

于是，机智的苏秦说起了鬼故事。苏秦说："今天我来晚了，城门也关了，我连一片草席也没有，只得一咕噜睡在别人的田里。半夜听见土偶和木偶在争论。土偶说：'我是泥土做的，即使刮风下雨，身体变成泥浆，但是仍然能回归泥土里。你不是树木的根，是树干做成的，脚下无根。如果遇见刮风下雨，你就会被大水冲走，漂流到漳河、黄河

里，最后流入大海，永远回不到家了。'您现在虽然掌握大权但逼死主父，就像垒起的鸡蛋一样，随时有破碎的危险。你要是听我的，就会安然无恙，不听我的，随时有倾覆的可能。"

用寓言说理辩事，是春秋战国时期一大文化特色。

李兑一听大惊失色，赶忙对苏秦说："先生先回馆舍休息吧，明天我去见你。"随后，两人还有一次交谈，虽然李兑没有采纳苏秦的意见，但是还是送给他明珠宝玉，貂皮黄金。苏秦凭借这些资财，游说秦国去了。

苏秦的策论并没有打动他，只是一句"今杀主父而族之，君之立于天下，危如累卵"，把他吓住了，于是厚资苏秦，皆因理亏。

假设赵武灵王不死，而且按照他的战略走下去，或许秦国统一中国的历史会改写。但是历史没有假设，他死了，赵惠文王当政了。

《赵世家》以纪年为序记录赵惠文王在位33年期间赵国在外交上的活动和对外战争。读之，让我有些失望。当年，赵武灵王在大败中山国之后，即把下一个进攻的目标锁定秦国，为此英雄虎胆，潜入秦国咸阳，探测秦昭襄王。这是一个战略家的一个战略计划。而赵惠文王全然忘记了"谁是我们的敌人，谁是我们的朋友"这个首要问题，违背了其父初衷，卷入了东方五国之间无休止的"春秋无义战"，甚至协同秦国攻打其他五国，东方六国鹬蚌相争，西边秦国渔翁得利，做强了秦国，东方六国自弱自损。殊不知，就是这33年，正是秦昭襄王塑造一个如狼似虎的强秦的黄金时间。

赵惠文王一至四年（前298—前295），其父赵武灵王健在，一切听招呼。赵惠文王五年，把莫、易两个城邑送给燕国，这尚且属于互谅互让的善事，礼尚往来，燕国必然有东西送给赵国。八年，赵国建筑了南行唐城，赵国的经济在进步，城市化在发展。九年，与齐国合军进攻韩国，大败韩军，赵、齐联军打到鲁关城下。十一年，赵国大臣董叔率军与魏国联合进攻宋国，为感谢赵国帮忙，魏国把河阳（今河南省孟州市）这座城邑送给了赵国。此时的宋国，是战国七雄之外幸存的较大诸侯国之一（另一个是卫国），仅仅两年后，即赵惠文王十三年（前286），宋国被齐国灭亡。

赵惠文王十二年（前287）起，赵国发动或参与了旷日持久的对齐国战争。赵国东以清河（今天河北省清河县境内）与齐国为界，是地地道道的近邻，且在赵惠文王四年，齐国帮助赵国灭掉中山国，俗话说，远亲不如近邻，本来可以和睦相处，为什么此时两国屡屡交恶呢？

我读了《史记·田敬仲完世家》才恍然大悟。此时齐国的国君是齐湣王，是一个好大喜功的主儿。他晚年办了两件事，让赵国人心里堵得慌。赵惠文王十一年，齐湣王突然宣布称帝，随后秦昭襄王紧接着称帝，一东一西遥相呼应，当时中国大地上冒出了两个"帝"。上溯华夏历史，只有黄帝、颛顼、帝喾、唐尧、虞舜才称得起"帝"，连商汤、周武也只能乖乖称"王"。称帝，意味着把自己摆在三皇五帝的位置上，其他国家的国君就要向他俯首称臣，虽然他只称了几个月的"帝"，却激怒了其他国家。严重的是，齐国与秦国同年称帝，不是历史的巧合，而是有其战略意图的。据苏代（苏秦之弟）在对齐湣王一次谏言中透漏，齐国与秦国同时称帝，秦国为始作俑者，狡猾的秦国派相国魏冉说服齐湣王先称帝，而后自己称帝，目的之一就是"两帝立约伐赵"。原来秦、齐称帝，是为进攻赵国。赵人及赵惠文王能不着急吗？

第二件事是齐国出兵灭掉了宋国。我查了一下范文澜《中国通史简编》中的战国地图，发现宋国的地理位置非常特殊，它位于今天山东省西南部、安徽省北部、江苏省东北部。国土不大，却与东方七大国（含鲁国）中的五国接壤。宋国西北部与赵国接壤，正西与魏国为邻，西南与韩国搭界，南部与楚国相望，东部与齐国、鲁国相连，处于牵一发而动全身的关键位置。齐国攻打宋国并灭掉它，虽然与宋国末代国君偃太张狂、咎由自取有关（他执政第十一年，不自量力，主动挑动战争，东边进攻齐国，夺取五座城池，南边打败楚国，夺取土地三百里），然而宋亡，赵国与齐国之间又失去了一个战略缓冲地带，对赵国不利。

关于宋国被灭，对赵国与其他国的害处，苏代在给齐湣王的同一次建议中说得很清楚。苏代说："齐国若占领宋国，卫国的阳地这个地方就危险了，占领宋国，就有了济西这个地方，赵国的东部边境就危险

了。同时，对楚国、魏国也构成极大的威胁。到时候，您就是盟主，天下人都得听您的。"赵国边境越来越多地暴露在齐国的重兵之下，对赵国构成直接的威胁。

由此看出齐国称帝，是秦国的圈套，是他"远交近攻"大战略的一部分。在东方六国中，赵、齐最强，他害怕赵、齐联合起来，于是他先拉拢齐国，打击赵国，借以达到"以夷制夷"目的。但是，此时的赵国却蒙在鼓里，迷失了战略方向，遂把齐国作为打击对象，几次联合秦国进攻齐国。

赵惠文王十二年（前287），赵梁率军进攻齐国。十三年，韩徐率军再次进攻齐国，两次攻齐战绩平平。十四年，燕国相国乐毅率领赵国、秦国、韩国、魏国、燕国军队进攻齐国，夺取齐国的灵丘（今地址不详）。燕国之所以发动这次战争，是因为这几年燕国富了起来，官员腐化，将士松弛，为阻止这种头势继续蔓延，锻炼军队，警示官员，恰好一代名将乐毅在位，不打仗手痒痒，趁势发动了这次战争。赵国参与战争的原因如前所述，其他各国攻齐，大概是因为齐湣王这个人太傲慢了，不自量力称帝，犯了众怒。秦国自然要趁火打劫，虽然三年前他曾蹿腾齐国称帝，现在来了个一百八十度大转弯。

第二年，赵国又与韩、魏、秦、燕国一同攻打齐国，联军在济西大败齐军。齐湣王亲自出面与赵、韩、魏、秦将领协商，达成和解，四国退兵。但是，燕国乐毅不罢手，继续深入齐国腹地，占领齐国首都临淄，把齐国的库存金银珍宝洗劫一空，齐湣王逃亡到卫国，闹得齐国几乎亡国。秦国看在眼里，喜在心上。他蹿腾齐国称帝的目的达到了。

赵惠文王十六年（前283），秦国看见齐国这等狼狈，想"痛打落水狗"，蹿腾赵国进攻齐国好几次。虽然齐国是一个大国，不可能马上亡国。然而强兵压境，齐国还是害怕，于是让苏厉给赵惠文王写了一封信，分析大局，晓以利害，提醒赵国分清主次，小心上当。

苏厉是苏秦另一胞弟，弟承兄业，继续从事合纵事业，这一年，他在齐国。

196　　苏厉在信中说："我听说古代贤君所追求的，并不是德行恩惠非要布施于天下，教育顺化非要融洽所有人，祭祀供奉非要遍及所有鬼神。然而，只要甘露滋润及时，该下雨时就下雨，每年五谷丰登，老百姓没病没灾，就是古之贤君所希望的。

"如今大王您的贤德恩惠并不是屡屡施加给了秦国，怨毒积怒并不是平素就来自齐国。秦、赵结成邦国，两国陈兵于韩国，秦国真的钟爱赵国吗？是真的憎恨齐国吗？曲直真伪，请大王您深察。真实的目的，秦国是想灭亡韩国吞并东、西二周。为实现这一目标，秦国转移视线、掩人耳目，放言齐国要吞噬天下，灭掉各国。秦国担心他的计划还不周全，所以出兵威胁魏国、赵国；担心天下人过分畏惧自己，就将泾阳君作为人质送到齐国；担心天下人屡次反抗，就屯兵韩国并进行威逼，声言是以德邦交，实际上是掏空韩国。我认为秦国阴谋肯定在这里面。"

苏厉所提及的东西二周，是指周朝在洛阳附近分封的东周和西周两个小诸侯国。

苏厉接着说："事物往往情势各异但危害相同。例如，楚国遭长期战乱而中山国灭亡，现在齐国屡受打击预示着韩国即将灭亡。如果齐国亡国，大王您可与其他六国瓜分利益。然一旦韩国灭亡，秦国将独吞其利，然后侵占东、西二周，把二周的祭器运回秦国，这些珍宝都为秦国一家所有。大王您算一算，攻齐与灭韩，其中所涉及的土地、财富及利益，大王您能得到的哪一个多？

"游说之士言道：'韩国灭亡三川（指韩国黄河、洛河、伊河交汇地区）丧失，魏国灭亡晋国无存，集市和朝廷还来不及反应，秦国军队就到跟前了。'燕国占领齐国北部领土，距离你们赵国的沙丘、巨鹿不到三百里。燕国、秦国正在觊觎大王您的江山，中间只有三百里就是赵国边境了。秦国的上郡靠近您的挺关，到榆中不过一千五百里，韩国到上党距离邯郸只有百里。如果秦国从三郡出发进攻您的上党，那么羊肠以西、句注之南这些地方，就不属于大王您的了。一旦秦军越过句注，占领常山并进行扼守，只有三百里就是燕国，将您的国土一分为二，则代郡的马匹、胡地的猎犬不再东下输送，昆山的玉石不能运出，这三样宝贝就不属于大王您了。大王您长期伐齐，跟随秦国进攻韩国，这种祸害

早晚会来的，希望大王您好好想想。

　　"齐国之所以对外征讨，包括灭宋抗秦，都是为了侍奉大王您的；而其他五国的言行，都是在图谋大王您的土地啊。其中，秦国与燕国相约出兵攻赵已蓄谋已久了，秦、韩、魏、燕、齐五国曾密谋过瓜分您的土地，而齐国背弃了五国盟约而分担了您的忧患，出兵西进以阻止强秦，秦国不得不废除帝号而服软，将高平、根柔返还给魏国，将径分、先俞返还给赵国。由此看来，齐国侍奉大王，是各国中的模范。今天齐国前来请罪，是因其他各国必然不肯如同我们这样诚心啊。请大王您深思熟虑。

　　"现在大王您停止跟随各国攻齐，天下人必然认为您是仁义之君。齐国保住社稷江山然后衷心侍奉大王您，天下人必然敬重大王您。大王您以善意对待秦国，秦国以恶报善，天下人必然蔑视他，抵制他，到时候大王您将成就一世英名啊。"

　　苏厉不愧是苏秦之弟，巧舌如簧，极尽阿谀恭维之词。不过，他有关秦国对赵国威胁的见解是正确的，击中了赵、秦关系的要害，也很实在，具有振聋发聩的作用，一下子让赵惠文王觉醒了。他感到不能在错误的道路上继续走下去了，是回到赵武灵王的既定方针之上的时候了。他立即决定，谢绝秦国的邀请，暂停攻击齐国。

　　于是，赵惠文王十六年到十八年（前283—前281）间，赵、齐之间无战事。

　　词　曰：

画堂春

你争我夺乱糟糟，互殴相打无饶。渭城咧嘴乐陶陶，喝彩喧嚣。

志士细观方寸，高人掌握分毫。芳邻咋的总操刀，自弱同消？

第三十二章　缪贤公心荐国栋 相如虎胆归完璧

诗　曰：

赵弱秦强度秩斜，思量换璧乱如麻。

缪贤慧眼推人杰，志士灵机指璧瑕。

怒斥昭襄无信义，疾奔殿柱尽忱华。

凛然大义惊天地，玉璧完身返赵家。

不幸的是，赵惠文王十九年（前280），赵国又攻击齐国，派赵奢为将，夺取齐国麦丘；赵惠文王二十年，廉颇为将击齐；赵惠文王二十五年，燕周为将，夺取齐国昌城、高唐两城；赵惠文王二十八年，蔺相如为将，攻齐，兵至齐国平邑，拆掉了平邑北九门的大城。

对卫国、魏国的战争也接连不断。赵惠文王十七年，赵惠文王御驾亲征，率军到达卫国东阳，扒开黄河河堤，水淹魏氏。结果，大水向北涌进漳河，河水外溢，大片土地成汪洋。赵惠文王二十三年，楼昌为将攻魏国，攻击魏国魏几，未能攻取，换将廉颇，取之。赵惠文王二十四年（前275），廉颇为将，攻击魏国房子，夺取后修建城墙而归。回来马不停蹄，又攻取魏国安阳，从此安阳归赵。

赵、齐、魏三国之间的争斗积习难改，全然不顾螳螂捕蝉，黄雀在后。这种混战，甚至一直延续到赵国灭亡前夕。

然而，秦国的国力一天天雄厚，军队一天天强大，对外战争，几乎达到战无不胜的地步。进攻魏国、韩国、楚国，势如破竹，斩首对方军队动则十几万，二十几万人。例如赵惠文王六年（前293）秦军在白起的率领下攻打韩国的阙与，一次斩首韩、魏联军24万人，着实令东方各国心惊胆战。

根据远交近攻的战略原则，这个时期秦国打击的对象主要是韩、魏、楚三国，但是，秦国对赵国的军事进犯一直没有停止过。早在赵惠文王十年（前289），秦国夺取了赵国的梗阳。赵惠文王十七年（前282），秦国怨恨赵国不与他同攻齐国，以报复的心理进攻赵国，夺取赵国两座城邑。十八年、十九年，秦国连续两年进犯赵国。严峻的形势，让赵国实实在在地感受到秦国的威胁。

不仅如此，秦国以强大的军事实力为后盾，实行霸权主义的对外政策，对赵国和其他五国时时威逼，处处要挟，处心积虑谋取额外的不正当的好处，甚至不惜强取豪夺。

大概在赵惠文王十七年前后，赵国得到和氏璧，一种圆环形状的玉石，弥足珍贵。它是楚国人卞和发现的一块璞玉，后雕琢成璧，遂以他的名字命名。消息传到秦国，秦昭襄王垂涎三尺，也想得到它。于是写了一封信，派人送给赵惠文王。信上说，愿意用15座城邑换这只璧。如果双方国力、军力对等，还有什么说的，直接拒绝就行了。然而当时是秦强赵弱，这件事不能等闲视之。于是，赵惠文王把廉颇等一帮大臣找来，商量该怎么办。御前会议开了好长时间，就是拿不定主意。顾虑是：答应吧，担心秦国的城邑得不到，白白被欺骗，秦国耍流氓无赖手段是出了名的，大家对在秦惠王时期张仪以六百里土地为诱饵欺骗楚国与齐国断交一事刻骨铭心；不答应吧，担心秦国要军事进犯，秦国的咄咄逼人让赵国上下心有余悸。会议一时陷入僵局，不管答应还是不答应，总得有人去回话吧，商量来商量去，就连一个去秦国回话的人也找不到。

这时，参加会议的宦官令（宦官负责人）缪贤站了起来。对赵惠文王说："微臣的门客蔺相如可以出使秦国。"门客是一些王侯将相、达官贵人花钱养活的一批士人，里面什么人才都有，养士是当时有地位、有身份人的一种时尚。

赵惠文王问："你咋知道他能行？"

缪贤说："我曾犯罪，心里非常害怕，私下打算逃亡去燕国。我的门客蔺相如问我：'您怎么知道燕王能收留您？'我回答：'我曾经随同大王（赵惠文王）与燕王在两国边境上会晤，一天，燕王私下来到我的住处拜访我，一见面就握住我的手说：愿意与您交朋友。态度十分诚恳，因此我知道燕王这个人不错，他会收留我的。'蔺相如说：'您错了。赵国强大燕国弱小，而您受到我们大王的宠信，又是内廷近臣，能事事报告大王，对赵国的内政外交有发言权，燕王看中这一点可利用，当然愿意与您结交。现在的情况变了，你属于畏罪潜逃，燕王害怕赵国追究，一定不会收留您，反而会把您捆绑起来遣返回赵国。因此潜逃一路走不通。您不如脱去上衣，露出臂膀，趴在斧质上到王宫向大王请罪，诚心认罪悔罪，请求大王宽恕，或许能侥幸免罪，逃过此一劫。'于是，我听从了蔺相如的意见，果然得到大王的宽恕，得到赦免。通过这件事，我知道这个人有勇有谋，才智过人，我认为可以作为使臣出使秦国，到秦国斡旋处理和氏璧一事。"

缪贤所提到的"斧质"是当时一种腰斩的刑具，袒伏斧质去请罪表示认罪伏法。

赵惠文王一听，觉得有道理，立即召见蔺相如。

赵惠文王问蔺相如："秦王想用15座城邑换取我们的和氏璧，答应还是不答应？"

蔺相如答："秦强赵弱，不能直接拒绝。"

赵惠文王又问："我们把和氏璧交给秦国，他们不给我们城邑怎么办？"

蔺相如答："秦国提出用城邑换取赵国的和氏璧，赵国不答应，理亏在赵国；赵国送和氏璧到秦国而秦国不如约交给赵国城邑，理亏在秦国。两利取其优，两害取其轻，比较这两项对策，宁可答应给秦国玉璧，一旦对方失信让他承担理亏的责任。"这里的"理亏"当然建立在秦强赵弱非双方地位平等的前提下。

赵惠文王再问："这是一个棘手的外交斡旋活动，需要到秦国去一趟，谁可以担当此重任？"

蔺相如说："我想，大王您一定找不到出使秦国的人，如果大王相信我，我愿意抱着玉璧出使秦国。我决心不辱使命，做到城邑划归赵国而玉璧留给秦国；城邑得不到而完璧归赵。"

赵惠文王一听大喜，随即委派蔺相如作为使臣携带玉璧前往秦国。

秦昭襄王得知蔺相如到了，于是在章台宫殿接见蔺相如。当然，章台是秦王的一座偏殿，它的旧址在现今陕西省西安市长安区长安县古城西南角。蔺相如双手捧着玉璧递交到秦王手中。秦昭襄王接过玉璧，看见这块璧果然质地纯净，璀璨光鲜，雕琢精美，天下无双，顿时心花怒放。左右端详，爱不释手。等待在旁边的嫔妃美人都惊呆了，咿咿呀呀赞不绝口，也顾不得君臣礼仪，纷纷凑到秦王身边观看，眼睛都直了。台陛下的群臣也是头一次见到这样的稀世珍宝，个个抬头遥望，像一只一只企鹅一样伸直了脖颈子。经不住旁边的嫔妃一再央求，秦昭襄王像割自己肉一样把玉璧小心翼翼递交给旁边一位最宠爱的妃子，然后传给其他人轮流观瞻，整个大殿一时变成了珍宝品鉴馆。

秦王就是不提划给赵国城邑的事。站在下面的蔺相如一看势头不对，判定秦王要毁约，于是急中生智，立即他走到秦王面前，说："大王，这块玉璧上有一点儿瑕疵，请让我给您指出来。"

秦王一听，哦，那就请你指点一下吧。于是吩咐将传看中的玉璧递交给蔺相如。

蔺相如接到玉璧，敏捷地后退三步站稳，后背紧靠大殿一根柱子，此时心中的怒火如火山喷发，再也无法控制，头发根子都乍起来了，义正词严地对秦王说："大王您想以城换璧，派人下书告知我们大王。我们大王立即召集全体大臣商量此事，各位大臣都说：'秦国向来贪得无厌，恃强凌弱，这次口头上说是以城换璧，十有八九没有诚意，恐怕城邑得不到，玉璧也拿不回来，落得个鸡飞蛋打的结果。'绝大多数人不愿意给秦国玉璧。我说，老百姓之间交往还不相互欺骗，何况一个泱泱大国呢！而且因为一块小小的玉璧让强大的秦国不高兴划不来。我们大王被我说服了，于是沐浴更衣，不喝酒、不吃荤，斋戒了五天，对此事非常重视，表现出对贵国的尊敬和十二分的诚心。随后，我们大王题写国书，派我携带玉璧前来咸阳，这才将玉璧奉献到您的面前。今天，对于本该十分隆重的外交活动，大王您却在一个小小的偏殿里接见我这个大国使臣，态度十分傲慢。您接到玉璧，遂递给嫔妃、近臣轮流观赏，嘻嘻哈哈，好像儿戏，把如此珍贵的稀世珍宝、国之重器当做一般古玩一样戏弄，太不严肃了，有失秦国国体，而且只字不提交城的事情，大王您没有一丝交割城邑的意思，于是我才想法收回玉璧，如果大王您硬要逼我交出玉璧，我只能一头撞在柱子上，我死玉也碎！"

说罢，蔺相如双手紧抱玉璧，头颅甩朝柱子方向，就要撞了过去。刹那间，秦国君臣全都惊诧了，秦昭襄王大喊了一声："先生且慢，有话好商量！"

如果这句话再晚出喉咙几秒钟，人亡玉碎就可能发生。秦昭襄王毕竟是一位有为之君，孰轻孰重，他心里清楚。他害怕玉璧破碎，一件绝世珍宝毁在他的面前，不仅玉璧得不到，而且会留下千古骂名。于是他再三向蔺相如道歉，请求蔺相如不要撞柱子。蔺相如看见秦王软了，且玉璧在自己手中，于是就坡下驴，重新站稳。第一回合，蔺相如赢了。

这时，秦昭襄王不得不把有关部门的官员叫上来，摊开地图，指指点点，标出那些要交割给赵国的城邑。

蔺相如观察秦王和这些官员的态度，似乎都在装模作样，逢场作戏。他思谋着秦国绝不会真心给赵国地盘，其中必有诈，最终什么也得不到。于是，蔺相如对秦王说："和氏璧是天下人公认的珍宝，大王您提出要以城换璧，我们赵王诚惶诚恐，不敢不献，出发前，赵王斋戒5天，表示对珍宝的无比敬畏之心。大王您要接受玉璧，也要斋戒5天，然后举行盛大而隆重的接受仪式，在大殿上设置九等礼宾人员，按国宾规格接见我们，我才敢进献玉璧。"所谓设九宾，一般说法是使用九个不同职位的官员（公、侯、伯、子、男、孤、卿、大夫、士）出面接待。

古代，"九"是一个至高无上、庄严无比的数字，一般称上天为"九天""九霄"，李白有诗句"疑是银河落九天"，非常壮观；晋文公重耳落魄时在楚国受到了"九献"礼遇，非常荣耀。蔺相如要求九宾礼遇，不是要抬高自己的身份，而是要为赵国争回面子，表现出崇高的爱国主义情怀。

秦昭襄王一想，强夺玉璧也不是上策，于是就答应自己斋戒5天，到时候按蔺相如说的办法接受玉璧，随后安排蔺相如一行到馆驿住下。

秦昭襄王虽然答应斋戒，蔺相如料定他不会履约的，于是让一名随从人员穿上老百姓的褐麻衣裳化妆出城，怀揣着玉璧，沿着小道逃走，安全地把和氏璧送回赵国。

5天过去了，秦王也斋戒过了，第六天在正殿设置九宾礼仪迎接蔺相如。这时的蔺相如气度轩昂地步入大廷，缓步走到秦王面前，不慌不忙地说："秦国自秦缪公以来20多个君主，没有一个守规矩的人。我确实担心大王您不诚心履约，怕被秦国欺负，于是派人走小路沿捷径带着玉璧回到赵国去了。考虑到秦强赵弱，大王您就凭一封书信，我们赵王就赶紧派我把玉璧送来了，而且准备进献。假如秦国凭借强大的国力，先将城邑交给赵国，赵国怎敢不交出玉璧而得罪大王您呢？我知道欺骗大王有罪当诛，我甘愿入汤镬受死，请大王您和群臣看着办吧。"此刻的蔺相如已将生死置之度外。

不过，蔺相如一概否定秦国20多位国君有失公正。尤其是秦缪公此人，在位39年，奠基秦国，雄才大略，办了不少好事。略举二三例子说明。秦缪公十三年（前547），晋国大旱，向秦国借粮，秦缪公听从百里奚的建议，主要是体恤晋国百姓，慷慨解囊，借粮给晋国。十四年，秦国大旱，向晋国借粮，晋国忘恩负义，就是不给，反而乘人之危，攻打秦国。双方战争中，秦缪公险些丧命，侥幸在突围后，生俘晋惠公夷吾，反而宽宏大量，把他送回晋国，是何等的胸怀。秦缪公还让晋文公重耳回国即位，并帮助他成为春秋霸主。

话归正传。秦昭襄王和在场的大臣们一听，面面相觑，惊诧声、叹息声交织成一片。几个被激怒的臣子动手了，想把蔺相如押下去投入汤镬，把他煮了算了。这时，秦昭襄王反而冷静了，他说："今天杀掉蔺相如并不难，但是因为一块玉璧就搞坏秦国与赵国的关系。不如趁机以礼相待，优厚接待他，把他礼送回国。赵国岂能因为一块玉璧来欺骗秦国吗？"

秦昭襄王对得到和氏璧还是抱有幻想，他想，赵国还不至于就是不给他，再等等看吧。于是，在大殿上举行正式仪式，以国宾的规格接待了蔺相如，双方话别，然后把蔺相如礼送回国。

蔺相如九死一生，以自己的胆略和智慧挫败了秦国的一次敲诈和欺骗把戏。在秦王面前维护了赵国的尊严，不辱使命，取得了赵国外交历史上一次重大胜利。赵惠文王论功行赏，破格重用，任命蔺相如为上大夫，是大夫中最高官阶，从此，蔺相如步入赵国政坛，成为赵惠文王的股肱之臣。

词 曰：

满江红

峻岭崇山，咸阳远，马蹄啄啄。过太屋、暮霾初起，日红幔落。车快担忧金玉碎，脚停又怕行程错。唯有这、我赵氏尊荣，心中灼。

章台危，狼穴陌。观玉玺，嘻嘻乐。斥无行泼赖，作钟鸣诺。依柱发髻冲冠冕，低头膀臂飞墙廓。怎惧那、尖戟杀人刀、油汤镬。

第三十三章　相如智勇胜渑池　廉颇悔悟负柴荆

诗　曰：

> 强秦击楚正当时，两处刀兵力莫支。
>
> 鼓瑟岂容人虐辱，敲砖反被客轻欺。
>
> 争回国格能臣擢，丧失尊心老将嗤。
>
> 避让长街停小巷，负荆请罪武文熙。

之后，秦赵两国换城交玉之事双方都不提了，是不是不了了之了？非也，赵国虽完璧归赵，却遭到秦昭襄王的报复，他是个睚眦必报之人，不会白白受一番羞辱就善罢甘休。就在完璧归赵的第二年（前281），秦军攻打赵国，夺取赵国石城（今天河南省林县西南）。第二年，秦军又进攻赵国，夺取两城，杀死赵军二万人，秦昭襄王长长出了一口恶气。如果不横生枝节，秦国对赵用兵或许还会继续下去。

就在这年，秦、楚交恶，之后连续4年对楚国用兵，把楚国打得一败涂地。秦国与楚国的恩怨情仇说不清道不明，秦昭襄王的母亲宣太后（芈八子）就是楚国人，但是秦昭襄王打起楚国来从不手下留情。这次秦打楚国的起因可追溯到楚怀王二十七年（前302），楚国太子在秦国当人质，却杀了一个秦国大夫逃走。随后3年，秦国年年攻打楚国，攻城略地，消灭大批楚军。秦昭襄王想把楚怀王诱骗到秦国，要他接受城下之盟，无非是割地赔款。楚怀王迫于压力，到达咸阳。果然，秦昭襄王要求楚怀王割让巫（今天重庆东部、湖北西部）、黔中（今天贵州省地区）两地，然后两国罢兵结盟。楚怀王不答应，被秦国软禁在秦国。虽然楚怀王出逃了，辗转赵国等地、却又被秦军捉去，死在秦国。这件

206

事，给楚国人心中布下了阴影，种下了仇恨。

说起楚怀王，不能不联想到屈原（前340—前278）。透过屈原先被疏远，继而被黜逐，最后绝望投江的凄惨人生，对楚国好人受气、坏人得意的恶劣政治生态略见一斑，也从另一方面清楚楚国为什么屡战屡败的内在原因。

屈原初任楚怀王左徒，司马迁说他"博闻强志，明于治乱，娴于辞令"，一个标准的顶级人才。然而却遭到上官大夫嫉妒，此人到楚怀王跟前说屈原的坏话，屈原失去楚怀王信任。

屈原历来主张联齐抗秦，他的意见得不到采纳。之后屈原再被降职、流放外地。就在这个时候，张仪到楚国表演了一出给楚国"六百里土地"的骗术，致楚国与齐国断交，战败。随后张仪二次入楚，贿赂宠臣靳尚，买通楚怀王宠姬郑袖，张仪逃脱。这时，屈原得知，心急火燎地从外地赶回朝中，问怀王为什么不杀张仪，怀王醒悟，可张仪再也追不上了。

被疏远期间，满心委屈的屈原写出《离骚》抒发心中的憋屈。司马迁评价《离骚》继承了《国风》和《小雅》的长处，"上称帝喾，下道齐桓，中述汤武，以刺世事。明道德之广崇，治乱之条贯，靡不毕见"。"推此志也，虽与日月争光可也。"

屈原投江之后，秦国仍把楚国当作重点打击对象，隔几年就攻一次楚国，夺取了楚国大片土地。楚国老百姓看不下去了，有一个善于用短箭射大雁的人对楚倾襄王说："楚怀王被逼死在秦国，此乃奇耻大辱。现在普通人有仇恨，还奋起抗争，伍子胥就是这样的勇士。而楚国泱泱大国，地方五百里，带甲百万，足以驰骋中原、称霸天下，而您偏偏坐受其辱，请大王不要这样。"楚顷襄王被说得热血沸腾，毕竟楚怀王是自己的父亲。于是派遣使臣前往各国，打算重新做一次合纵长，联合进攻秦国。这边还没动，秦国那边已经得到消息，好啊，你想打我，那我就先下手为强。于是，秦国立即出兵进攻楚国。这年正是赵惠文王十九年（前280）。

既然已经攻打楚国，不能两面作战，于是秦国对赵国的战事停了下来。秦昭襄王还担心其他国家采取合纵行动援助楚国，毕竟楚国是东方六国的合纵长，号召力很强。尤其担心赵国帮助楚国，有必要对赵国进行安抚。赵惠文王二十年（前279），秦昭襄王写了一封信，派人送给赵惠文王，说是想与赵国和好，希望两国国君在西河外的渑池（今天河南省渑池县）会晤，共商和平共处，发展传统友谊大计。这里所说的西河是指晋、陕之间的黄河河段，渑池在西河之东南，故称西河之外。

赵惠文王打心眼里憷秦国，不愿意去。廉颇、蔺相如两人一商量，然后劝说赵惠文王："大王你不前行，就会在秦国人面前表示胆怯。"赵惠文王斟酌再三，觉得还是应以国事为重，不要把个人安危考虑太多，于是决定赴会，他毕竟是赵武灵王的儿子，身上还有一股英气，先主敢于只身闯入龙潭虎穴，我岂能一次公开会面都不敢去？

这次出访，安排蔺相如陪同，廉颇在家镇守。廉颇率兵护送赵惠文王取道西南，抵达韩、赵边境。廉颇估计此去凶多吉少，前途未卜，于是与赵惠文王诀别说："此次出行，我考虑路上行程加会晤完毕到返回需要30天时间。大王30天不返回，则请批准册立太子为王，以断绝秦国把大王当做人质进行要挟的念头。"必须做最坏的打算，楚怀王前车之鉴不可不察。

赵惠文王说："就这样办吧！"

赵惠文王与秦昭襄王在渑池会面了。国君会晤，当然要大摆筵席，山珍海味、美酒佳酿自不必说。强者与弱者喝酒，强者往往会流露出一种居高临下的样子，酒过三巡，菜过五味，秦昭襄王喝得脸红耳热，话多起来了。他觉得楚国被他打得遍体鳞伤，眼前的赵王又何足道哉？他已经忘乎所以，想找碴戏弄一下眼前的这位比自己年轻的君主，这年秦昭襄王45岁，赵惠文王30岁，在他眼里，赵惠文王还是一个小娃娃。他对赵惠文王说："我听说赵王您喜爱音乐，那就演奏一下瑟吧。"历代赵王的确都有喜爱音乐的爱好，他的先祖赵烈侯就酷爱音乐出了名。在宴席上即兴演奏一下音乐，和悦一下气氛，未尝不可，忠厚的赵惠文王没有考虑那么多，立即演奏了一曲瑟。他的技艺很高，在旁的蔺相如不禁暗暗喝彩。

瑟曲刚停，秦国的史官握着刀笔，提着竹简走上前来，一边刻字，一边大喊："大秦国秦昭襄王二十八年三月，秦王与赵王会饮，秦王命令赵王鼓瑟。"看来，这一切都是精心设计好的。命令意味着赵国对秦国俯首帖耳称臣。这是对赵国人格的侮辱、国格的亵渎，

是可忍，孰不可忍？机智多谋的蔺相如再也忍不住了，于是随手从桌几上拎起一个盛酒瓦罐（严格的是说陶罐），走到秦昭襄王面前，大声说："我听说大王您很会演奏秦国的音乐，请您击打酒缶，相互娱乐，调节气氛！"秦国人唱歌，常常用瓦罐敲打出节拍，蔺相如见多识广，对秦国风俗了如指掌。

蔺相如一边说，一边把瓦罐递了过去。秦昭襄王勃然大怒，他是第二次见到蔺相如了，知道这个人不好对付，硬着头皮就是不肯击缶，身子下意识地也向后倾了倾。

蔺相如见他不接招，干脆向前一步跪在他面前，双手捧着瓦罐一直伸到秦昭襄王脸前。秦汉之前，人们不坐椅子，一般是盘腿坐在地面上，蔺相如跪在地上反而比秦王身姿高一些，所以一伸手就杵他的脸前。

见秦昭襄王还是不肯击缶，蔺相如说："如果大王您再不击缶，我只好拔刀自刎，休怪我脖子上的血溅您一身！"一语既出，斩钉截铁，鬼神惊诧。

秦昭襄王左右的侍卫这时剑拔弩张，想上来杀死蔺相如。而蔺相如双眼睁得如同铜铃一般，似乎熊熊烈焰喷了出来，顿时，这些侍卫们被镇住了，软面条子一样退了回去。

秦昭襄王已经领教过蔺相如的厉害，知道他说到做到，会来真的，绝不是装腔作势吓唬人。不得已，秦昭襄王接过瓦罐，从桌几上捡起一根筷子，胡乱敲了一下。

敲击声刚落，蔺相如立刻招呼赵国史官上来，让他记录。赵史官左手拿竹简，右手捉刀，一边刻字，一边高唱诺："大赵国赵惠文王二十年三月，秦王为赵王击缶！"

秦国大臣们还不认输，高喊："赵国必须奉献十五座城邑为秦王祝

寿！"蔺相如高喊："秦国必须将咸阳城送给赵国赵王祝寿！"

蔺相如与对方斗智斗勇，招招上风，处处领先，到酒宴结束，秦国也没有沾上一点便宜，出发前，廉颇把重兵布防在赵国边境上，秦昭襄王想动武，但是一看情况不对，只好缩了回去。秦昭襄王此时的心里像打碎了酸、甜、苦、辣、咸五味瓶子一样，说不清是什么滋味。像一只斗败的公鸡一样，垂头丧气，又无可奈何。

两国国君会晤结束，赵惠文王回到邯郸，这次他亲眼见证了蔺相如的胆略和才智双双超群，认定他是一个德才兼备且可以倚重的人才。于是再次破格提拔，将蔺相如封为上卿。

上卿相当晋国官阶中的卿。赵家先祖历代为卿，其中赵盾、赵武、赵鞅、赵毋恤都是晋国正卿。到了赵国，同朝上卿有若干个，他们之间有一个位置排列问题，上朝站位有前有后。就像现在各国副总理名单排列有前有后一样，赵惠文王特地将蔺相如排在上卿廉颇的前边。

下面介绍一下老资格上卿廉颇。廉颇是赵国著名将领，历次战役中战功赫赫。赵惠文王十六年廉颇率领赵国军队进攻齐国，夺取齐国阳晋（今天山东省郓城县西），在战国七雄中以作战勇敢、作风彪悍而闻名。就在赵惠文王渑池之会的前不久，廉颇征讨齐国刚刚班师回朝，身上征尘未洗。

听说蔺相如拜为上卿，竟然还位列自己之前，廉颇很不服气，觉得受到天大的委屈，逢人就讲："谁不知道，我很早就当了赵国将军，立下了攻城略地的大功。而蔺相如仅仅凭借三寸不烂之舌，仅仅处理了一些外交事务，就升为上卿，还位列我之上。这个蔺相如出身门客，地位卑下。这样的人当上卿与我同班侍君，我感到羞耻；位列之上，我更不甘心，不服气，不佩服。"并且愤愤扬言："哪天遇见蔺相如，我非羞辱他不可！"

这些话当然会传到蔺相如耳朵里，他很坦然。他尽量少出门，避免遇见廉颇。碰到上朝的日子，蔺相如总是请病假，避免在朝堂上与廉颇站在一起，不至于为排名前后、高下争来争去。万不得已出门碰见廉颇的车队，就远远地回车进入小街小巷躲避。一句话，不与廉颇见面。

至今，位于邯郸市城区"老城里"南段还保留着"蔺相如回车巷"碑记，遗存着传说中的回车小巷子。在我记忆里，最早的碑文由中华人民共和国成立前邯郸县一位名叫肖建的县长撰写的。碑记坐西面东，在巷子口贴墙而立，黑面白字，碑文正好与成人眼睛等高，石碑长不足1米，40厘米宽。右侧小巷便是碑文所指的"回车巷"，狭窄而幽深，宽约五米，深约二三十米，顶头处曾挨着邯郸老城的城墙。我第一次观瞻时，老城墙已经拆掉，透过巷子，对面便是陵西大街。即使如此，观之仍能发思古之幽情，引遐远之联想。20世纪60年代中期，我在邯郸一中读书，路过碑记时总要看上两眼。碑文简略叙述了蔺相如回车的故事，有趣的是，碑文给自己留下一句模棱两可的话，说是："这个巷子是不是真正的蔺相如回车巷尚不能确定。"这位县长倒也机智，给自己留下退路。依我看，这个巷子确实不能认定为战国时期的回车巷。

在赵敬侯定都邯郸城一章中，我已经讲到，战国时的邯郸城由王城与大北城组成，王城是王族、贵族、高级官吏居住的地方，大北城是百工与工商业者居住的地方。碑记所在位置虽在大北城的北段，但是，廉颇、蔺相如这样的高官不会住在这里，此其一也。其二，碑记所在的邯郸旧城，是明、清两代的邯郸县城，即使20世纪60年代还遗存的老街道、老房屋，也只能最早建于清朝中后期，不可能保留蔺相如回车时的那个巷子。所以，肖知县树碑立传所指认的巷子，百分之百是主观臆断。虽然物异人非，但是蔺相如回车的故事是真实的，在这个意义上讲，回车巷到底在哪里并不重要了，重要的是我们从这个历史事件中得到的启迪和教育。

改革开放后，邯郸市对回车巷景观在原址上进行开发，由邯郸著名书法家李守诚重新题写碑文，修建了回车巷纪念馆等一批仿古建筑，回车巷由原来的一碑、一巷扩充成一片景观，由此成为邯郸市一处重要旅游胜地。

话归正传。蔺相如屡屡谦让廉颇，他手下人看不过去了，纷纷为主人鸣不平，甚至感到无地自容，心想，主人也太窝囊了。一天，门客们约好了一齐进谏蔺相如，说："我们这些人，之所以背井离乡，撇下一家老小投奔先生，是仰慕先生您深明大义，品质高尚。现在您与廉将军同为上卿，地位对等，且位次靠前。廉将军屡屡口出恶言，侮辱先生。而先生您处处避让，似乎非常害怕他。就是我们这些草木之人也感到羞耻，何况您身为将相高位呢？我们实在受不了这份窝囊气，请求辞职离开。"

蔺相如问他们："你们觉得廉将军比秦王还厉害？"

门客们说："不如秦王野蛮霸道。"

蔺相如说："是啊，秦王那么厉害不讲理，我还能在他的大庭广众当面斥责他，羞辱他的群臣，弄得秦王毫无办法。相如我虽然愚笨无能，还不至于单单惧怕一个廉将军。但考虑到赵国的主要对手是秦国，秦国之所以不敢出兵进攻赵国，顾忌的是赵国有廉将军和我在朝。两虎相争，必有一伤，最终赵国将失栋梁，对国不利。我这样做，是先顾全国家大局后考虑个人恩怨啊。"众位舍人一听，心头的疙瘩一下子解开了，从此更加敬佩蔺相如了。

这些话不胫而走，很快传到廉颇耳朵里了。廉颇也是一位正直率真之人，他深为蔺相如的高风亮节所震撼，非常后悔之前一时糊涂，说了一些不应该说的话，发泄了一些不该发泄的私愤。于是决定登门向蔺相如道歉谢罪。为表示诚意，一天，他裸露上身，在背上捆上几根荆条，让自己的门客引领来到蔺相如家门口，敲开宅门，蔺相如从里面走出，廉颇倒头就拜，非常诚恳地说："我廉颇是一个粗鄙之人，胸怀狭窄，小肚鸡肠，不知道将军您有如此海一样的胸怀，务必请将军原谅！"

蔺相如赶紧上前一把将廉颇扶起来，说："老将军快快请起，您说的哪里话来。我对老将军久怀尊敬之心。"此刻，二人前嫌尽释，互诉衷肠，成为刎颈之交。

从此，两人精诚团结，威名远扬。秦昭襄王两次与蔺相如对阵，他深知此人的厉害。他身边虽不乏像偏颇这样的战将，却少有像蔺相如这样的文臣。况且，廉颇与蔺相如的"将相和"远远起到了"一加一大于二"的效果，弄得秦国再不敢轻易欺负赵国。从赵惠文王二十年到三十三年的十四年间，除去在二十三年秦国白起率军攻破赵国一座城邑——

华阳，姑且算作一次失手，其他年份再无秦国进攻赵国的记载，赵国赢得了一段相对安全期。

词　曰：

阮郎归

英雄何必问踪缘，苍鹰总俯峦。闾门丁隶别轻看，大才自古寒。

胸若谷，魄如川，国家是我天。公心驶得万年船，遄流也适安。

第三十四章　征税臣义杀抗税人　马服君智胜入侵军

诗　曰：

> 侯门仗势抗朝臣，主管依公杀罪人。
>
> 大义平阳崇小吏，贤良马服足仓银。
>
> 雍兵进犯邯郸外，赵旅飞奔阏与滨。
>
> 临下居高冲敌虆，秦军败将走荒尘。

　　赵惠文王总体上是个守成之君，在他执政的三十三年间，赵国的疆土比较完整地保存下来，还略有增加。例如，赵惠文王二十八年（前271），夺取了东胡的欧代地（今天内蒙古东南部一带），开了疆拓了土。出于胡服骑射武装起来的强大军队震慑，秦国较长时间不敢对赵国发动大规模的战争。虽然对魏国、卫国、齐国屡有战事，不利于睦邻，但是总体上属于以强胜弱，并未引起国内震荡。况且，国家养着庞大的军队，不行军，不打仗，将士都成了和平兵、老爷兵了。从这个意义上讲，经常打打仗，还是有好处，事情都是一分为二的。因此，我在前一章对赵国经常攻击魏、齐两国的抱怨，逐渐转为心平气和。

　　赵惠文王最大的长处是知人善任，他重用了一批贤臣良将，此时赵国国内吏治健康，官场清正，社会经济也稳定发展。说到这里，我想透过一位名臣的传奇故事，佐证这种正气盎然景象。

　　此人就是赵奢。他起初是赵国一个收取农田赋税的小官，如同现在税务专管员。而平原君赵胜，是赵惠文王的弟弟，赵国贵族。在战国时期，君是一种地位很高的封号，一般只封给宗室中人和立过大功的人。平原君耕地很多，家里管事的人却抗税不交。赵奢依照赵国法律，将平原君家中管事的人逮捕杀掉了9人。平原君大怒，要杀赵奢。

赵奢并没害怕，与平原君理论："先生您贵为公子，身居高位，国之重臣，现在竟然纵容家臣抗租抗税，公然挑战法律，卑职表示遗憾。您这样一来，法律权威何存？贬损法律会让国家衰弱，国家衰弱定会引起诸侯各国出兵进犯，诸侯侵犯到一定程度，赵国就会灭亡。到那时，先生您还能像现在这样富贵吗？反过来，先生凭借您门庭富有地位高贵，如能率先垂范、奉公守法，就会让赵国社会上下公平，上下公平就会让国家强盛，国家强盛就会让赵国江山稳固。这个道理估计先生您比我清楚。先生您掂量掂量，岂能因为自己一家私利而致国家大局而不顾呀。"赵奢一脸正气，侃侃而谈。

平原君赵胜深受震撼，大为感动，毕竟在国家利益与个人利益面前，他还分得清大头小眼儿、孰轻孰重。赵奢一席谈，又让赵胜认识到赵奢是个贤臣，德才兼备，堪当大用，于是向赵惠文王推荐他掌管国家赋税。赵惠文王从谏如流，随即任命赵奢为国家赋税总管。这里不仅包括田税，而且包括工商业税，总之都是国家全部赋税。赵奢一下子由一个基层的税管员跃升为国家税务总局局长。赵奢果然不负众望，不长时间，国家赋税由入不敷出到收大于支，人民富裕而国家府库充裕。

赵奢文武全才，上马能带兵，下马能治国。赵惠文王十九年（前280），赵奢率军讨伐齐国，夺取齐国麦丘城。

赵惠文王二十九年（前270），秦国重兵攻击韩国，从风陵渡北渡过黄河，将韩国的阏与城（今山西省和顺县）团团围住。阏与的战略位置非常重要，一旦阏与被秦军占领，不仅进攻韩国的通道被打开，赵国西部边境也随即洞开，秦军可以一路向东剑指邯郸。韩国遂向赵国求援，求解阏与之围。赵惠文王找来廉颇商量，问能不能去救援。廉颇翻开地图，想了想说："阏与这个地方山高路远，道路狭窄，不便救助。"廉颇不是胆小，而是担心阏与离都城太远，赵军前去救援，秦军以逸待劳，弄不好会被敌人吃掉。赵惠文王又把乐乘叫来，问他能不能救援，乐乘也说不好去救，理由与廉颇如出一辙。

没办法，他又找了赵奢，看他有没有办法。赵奢一听，当即说：

"阏与确实路远道狭，在这个地方打仗，如同两只老鼠在小道上相遇，谁尖牙利齿，谁就能咬死对方，这叫狭路相逢勇者胜，我看可以去救，阏与不能放弃。"

赵惠文王一听大喜，遂任命赵奢为将率军前去。部队一路西行，刚出邯郸三十里，赵奢向军中宣布了一条命令："有擅自提军事建议者斩首，有敢于议论军事部署者斩首，有不听号令者斩首。"此令一出，让全军将士一头雾水，这不像向来发扬军事民主的赵将军下的命令。

赵奢之所以发布这样的禁令，主要是军情发生了意想不到变化。出发前只知道秦军远在阏与，此处离邯郸有几百里。刚出邯郸城，忽然探马来报，说一股秦军已经朝武安方向扑来。武安城离邯郸不过六十里。秦军也得到了赵军救援阏与的消息。于是他们兵分两路，一路继续围攻阏与，另一路深入赵国腹地，迎击赵国救援部队。一可保证阏与顺利拿下，二可把救援的赵军阻挡在途中，如果运气好，还可以搂草打兔子，捡个便宜，偷袭偷袭邯郸，秦军的如意算盘打得哗啦响。

面对风云突变，一个将计就计、迂回包抄打败秦军计划在赵奢心中反复酝酿。因情况紧急，为出敌制胜，打秦军一个措手不及，赵军必须令行禁止，不准任何人乱发议论，以防军事秘密外泄。何况他所带的这支部队，是一支英勇善战的老部队，军中不少将领身经百战，经验丰富，遇事喜欢发议论，赵奢担心会影响自己的决策，故以"死"禁之。

赵奢的禁令刚下，探马来报，秦军已来到武安城西，离武安城不远了。秦军士兵把战鼓擂得山响，大喊大叫，张扬声势，甚至把武安城里的房屋上的瓦都震得颤动了。果然，赵军不少将士急了，他们中不少是武安人，看到家乡被骚扰，眼看就要被敌人占领，摩拳擦掌，想跟秦军干一仗。军中一个侦察兵终于沉不住气了，向赵奢提出要救武安城。赵奢立即命令将他斩首，从此，没人再敢谏言的了。

赵奢看透了秦军的用意，就是想把赵军拖在这里，顾不上救援阏与。赵奢将计就计：对这股偷袭的秦军，不与他们恋战，想法把他们阻滞在武安附近，然后派奇兵突击阏与，迅速解阏与之围，再诱使佯动武安的秦军回援，在运动中寻找战机，歼灭秦军。

于是赵奢命令部队坚壁清野：坚守营垒不出，疏散周边百姓，转移乡野物资，让远道而来的秦军找不到粮食，喝不上水，也抓不到一个可以提供消息的当地老百姓。一到这里，秦军立马变成聋人、盲人。

赵奢让部队坚守28天不前进，不交战，隔三岔五新建几个营垒，似乎赵军要在这里长期据守。秦军不断有侦察兵前来探听消息，被赵军捉住，赵奢不虐待，不打骂，还好吃好喝待着。在秦军探子面前，赵军将士装着懒散、惊悚的样子，然后将秦军探子一个个放回。

秦军侦察兵回去报告，说赵军在不停地构筑防御工事，赵军将士蜷缩在堡垒里，早就吓破胆了，根本不敢与秦军交战。秦军将领一听欣喜若狂，对部下说："赵军被我们吓住了，不会去救援了，我军可以顺利夺取阙与了，赵奢中计了。"

秦军将领高兴得不知道手脚往哪放了。就在把秦军探子全部放回的那天夜里，赵奢在营垒上留下旌旗，造成赵军还坚守在这里的假象，迷惑秦军。赵军将士们统统脱去铠甲，轻装前进，昼夜行军，长途奔袭了两个白天一个黑夜，终于到达阙与外围。赵奢立即挑选几百名神射手在离阙与五十里的地方严阵以待，做好了攻击围攻阙与秦军交战的准备。

第三天早晨，滞留在武安城外的秦军刚将营垒构筑完成，才发现赵军一个人影也没有了。一会儿探子来报，说赵军已经奔向阙与方向去了。秦军将领中更胡阳大惊失色，立即命令部队全副武装追赶，也向阙与方向赶来。

赵奢也得知这一消息，知道情况严重，弄不好，赵军就有被围城秦军和从武安赶来的秦军里外夹击的危险，他正想对策。

忽然，军士许历求见，说是要求提个军事建议。赵奢说："让他进来！"许历进来开门见山地说："秦军来势汹汹，我们两面作战，请将军您好好地排兵布阵，以迎来犯之敌。否则，我们必败无疑！"

赵奢说："你有什么建议，请讲吧！"

许历说："将军有令在先：擅自提军事建议者杀。我提此建议，准备领受腰斩之刑。"

赵奢说："你先提建议，至于领受什么刑法等到邯郸再说。"赵奢说

话很艺术，既维护禁令的权威，又让部下提建设性的意见。

许历见网开一面，于是说："要战胜两股秦军，唯一的办法是占领城后面的山头，一旦占领制高点，阏与城尽在眼底，可以控制方圆几十里的地带，前可以攻击围城之秦军，后可以堵截从武安赶来的秦军，我们战役主动权就有了。不过，估计秦军也要抢占这个山头，我们必须抢先！"

赵奢说："正合我意！"于是火速选派一万名精兵强将，以最快的速度登上了山顶，修筑了工事，布置好了弓箭手，严阵以待。果然，秦军随后赶到，向山头涌来，都被赵军弓箭、檑木打垮，死伤惨重。

秦军彻底失去了战役优势，赵奢趁机发动反击，将山下秦军大部歼灭，而后进攻围城秦军。围城秦军也死伤过半，于是秦将中更胡阳带着残兵败将退回秦国去了。

阏与之战是战国后期少数几个战胜秦国的战役之一，打破了这个时期秦军不可战胜的神话，同时表现出赵奢卓越的军事才能和治军方略。此一役，让赵奢名扬天下，令秦军不敢小觑。赵惠文王当然高兴，封赏赵奢为马服君，获得了只有宗室之人才能得到的封号、

回到邯郸后，赵奢重赏了许历。

赵奢饱读兵书，精通兵法，他不仅会领兵打仗，而且在军事理论上很有一套，堪称军事理论家。《赵国策·赵策》记载了他与田单关于打仗的一段对话，足以看出赵奢高深的军事素养。田单是齐国人，齐襄王五年（前279），率军反击燕国军队，大败之，全部收复齐国失地，让齐王回到都城临淄，建立不世之功，被封为安平君，也称得起军事家。此人在赵孝成王二年入赵出任相国，这段交谈大概发生在田单入职赵国之后。

田单对赵奢说："我并非反对将军您的用兵方法，只是不能苟同您打仗用兵人数太多，这样会耽误老百姓种地，种不上地，就得从别国籴粮，粮食供应一旦不上，我国就会不攻自破。鉴于此，我打仗从来不多用兵。我听说，帝王用兵不超过3万人，就能所向披靡。而将军您动辄十万、二十万，劳民伤财，让我百思不得其解。"

赵奢说："相国您不仅对兵法不十分清楚，而且不太了解现在的战争与军事的特点。打比方说，吴国干将之剑，切肉一剑下去劈断牛马，断金一剑下去截断盆盘；就近砍柱子，柱子成三截，利刃碰石头，石头碎百块。今天用3万之兵迎击强国军队，就像用石头靠近吴干之剑，立马会粉身碎骨。吴干之剑贵在材质难得、结构奇特，因此，剑脊的厚度不对就会刺而不入，剑脾的坚挺不达标就会斩而不断。即使两者皆好，没有剑柄、剑环、剑珥、剑绳，拿剑刺人，还没刺中对方，自己的手却被砍断了。用10万、20万的军队打仗，乃是完整的吴干之剑，削铁如泥；带上3万人打仗，就像剑上没有剑柄、剑环、剑珥、剑绳一样，不战自伤。"

赵奢接着说："古代海内分为万国，城邑大的没有超过3千丈的，人口多的没有超过3千家的，动用3万部队去攻打这样的城市，的确不难。现在情况变了，万国变成7国。就是你们齐国也有几十万军队，一般战役一打就是几年。齐国动用20万军队进攻楚国，5年才结束；赵国动用20万部队攻打中山国，5年才拿下。试想，当下齐、韩两国实力相当，一旦两国打起来，谁有把握用3万军队让两国平息下来？现在万丈之城、万家之邑多的是，用3万军队攻城只能进攻其中的一角，何况大规模的野外战争呢？"

田单一听，确实有道理。于是叹息说："我思想落后了，不如将军您啊！"

词 曰：

菩萨蛮

太行两麓凌云壁，晓行夜宿迎强敌。驻马望邯郸，苍茫回雁天。
飞军奔阙与，拖得秦人沮。猛虎下山冈，狼群无处藏。

第三十五章　触詟暖心劝太后　慈母大义质爱子

诗　曰：

> 赵惠升天遇国丧，新君寡母断魂肠。
>
> 齐人据理求髻子，太后疼儿乱寸方。
>
> 劝慰无须言直白，挥离有幸姬刚强。
>
> 豪门贵胄难持久，只待军功万岁长。

赵惠文王三十三年（前266），赵何去世。其子赵丹即位，他就是赵孝成王。赵丹是在赵惠文王二十一年被册立为太子的，即位时估计只有十四五岁。因为还未成年，赵国朝廷大权暂时由他母亲赵威后执掌，相国平原君赵胜辅佐，赵胜是赵惠文王小弟。

第二年是赵孝成王元年（前265）。趁赵国君王新丧，秦国置宣太后去世而不顾，不肯放弃乘人之危的机会，发兵大举进攻赵国，一连攻取赵国3座城池，还扬言要进攻邯郸。赵太后没办法，只好硬着头皮向齐国请求出兵救援。

齐襄王答复："必须让赵国长安君到齐国当人质，方可出兵。"战国时代，凡是有求于他国，把太子或公子一级的人物当抵押人质已成惯例。但是，赵国立国到现在，即从赵简子到赵惠文王210年间，赵国将人送到别国当人质的，在现有史料中还查不到，所以，把长安君送到齐国当人质，在赵国历史上或许是第一次。而且齐国人清楚赵国底细，知道长安君是赵太后最宠爱的儿子，难怪赵太后想不通。

长安君是赵孝成王的弟弟，估计只有10岁左右。儿是母亲心头肉，儿行千里母担忧，何况他还是个娃娃，赵太后左思右想舍不得。任凭平原君怎样劝说，大臣们怎样谏言，赵太后死活就是不听。这几天，赵太后一上朝，群臣七嘴八舌聒噪，赵太后听得心烦意乱，实在不耐烦了，对大家说："谁再劝我让长安君去当人质，我就唾他一脸！"妇人就是妇人，把在家里耍赖撒泼的话都搬到朝廷上来，众位大臣一点办法都没有了，干脆闭嘴吧。

外边军情紧急，但赵太后一顿臭骂，大臣们再怎么心急上火，嘴上起燎泡，但谁也不敢见她。第二天一上朝，赵太后独坐在朝堂上，大殿上安静得掉一根针都能听出来声响。忽然，一人在门外说了一声："我有事求见太后！"声音不高，且略有沙哑。太后一听，这是一个老头在说话，赵太后毕竟是老年人，并不拒绝老头、老太太进来说话的。赵太后说："进来吧！"

一位大臣晃晃悠悠进了殿门，等他走到跟前，赵太后认出这个人叫触讋，在朝廷里担任左师（执政的官），一位挺和善的臣子，平时两人交情不错，之前经常在一块说说话，解解闷。尽管如此，赵太后提防之心没变，心想，这老头子是不是也是来说人质的事，他只要一提这个话茬儿，立即把他撵出去。

触讋拖着蹒跚步子走到赵太后跟前，自己找了个座位坐下。平时，他在太后面前就是这样随便。可赵太后今天不一样，瞪着个核桃眼不吭声。

触讋开口了："老臣我腿脚有病，走路歪歪扭扭的，好久不来问候太后您了。就连我自己也觉得无礼，我特别挂念太后，老想着太后可别有病有灾，所以今天来拜见太后。"

赵太后说："我也是腿脚不好，平时只好坐着车子来回走动走动。"

触讋问："太后您饭量没有减少吧？"

赵太后说："每天只喝点粥。"

触讋说："老臣我近来也不想吃饭，于是就硬撑着身子走走路，一天走上三四里，饮食上少吃多餐，饭量慢慢增加了，身子也得劲儿了一些。"

赵太后说："真眼气（羡慕）你，我不行啊。"

两人你一言我一语，赵太后耷拉的脸逐渐舒展了，怒气消了不少。

触詟说："老臣有一个儿子叫舒祺，年纪最小，也最不成器。人老了，偏心小儿子，请太后给他补个宫廷侍卫的位子给他，让他保卫王宫，所以今天我冒死请求太后您了，"

太后一听，原来是为这个事儿啊，随口答应了："行啊！你那小儿子今年多大了？"

"15岁了。小儿子虽然年少，我趁着自己进棺材之前托付给太后吧。"触詟回答。

太后挺稀罕："男人也偏爱自己的小儿子吗？"她似乎有些同病相怜了，同触詟找到了共同语言。

触詟说："有时候比娘们儿还厉害。"

太后终于笑了，说："你说错了，妇人才正儿八经地偏爱自己的小儿子呢。"

触詟说："老臣倒觉得太后您偏爱燕王后胜于长安君。"燕王后是赵太后的女儿，几年前嫁给了燕国燕武成王。

赵太后说："你又错了，我喜欢长安君可比喜欢女儿厉害多了。"

触龙说："太后您听我说。为人父母，必然替子女的长远打算。燕后出嫁那天，您亲自出来送行，女儿上车了，还摸着燕后的脚后跟，哭哭泣泣，依依不舍，此时想到女儿远嫁燕国，心底煎熬万分。女儿走了，常常挂念，每逢祭祀，太后您每次都祷告说：'闺女啊，可别被遣返回来啊！'这不是为她的长远计划吧，是盼着她在燕国生儿育女，子孙世代为王啊。"春秋战国时，诸侯国君之间互相嫁女儿，除非被废或者亡国，出嫁的女子是不准回来，不然就是奇耻大辱。

赵太后说："是的。"

触詟说："太后您说，从现今算起三代以前到赵国成为诸侯国时为止，赵王的子孙被封侯的，到现在仍然继承爵位的还有吗？"

赵太后说："没有。"

触詟又问："不仅赵国，其他诸侯国有这样的事吗？"这样的事是指上面说的王侯世袭。

赵太后说："没听说过。"

触詟说："由此看出，近祸危及自身，远祸殃及子孙。这些王侯的子孙一定不好吗？不是的，是因为他们位高而无功，俸多而无劳，挟持金玉钟鼎等国家重器却养尊处优，无所事事，结果坐吃山空，终失众望，被国家唾弃，家败爵丢。现在，太后您给长安君以很高的地位，封赏他大片肥沃的土地，还给他不少的国家重器，却不给他机会为国家建功立业，一旦太后您驾鹤西去，山岭崩塌，长安君如何能在赵国站得住脚？所以，老臣以为太后您只替长安君眼前打算，而是替燕后的长远打算啊！"

赵太后猛然醒悟，说："您说得对，就按您说的办吧。"

于是，赵国派遣车辆百乘，使臣陪同，隆重送长安君到齐国充当人质。齐国也履行诺言，立即派兵救援赵国，秦军退去。

有一个叫子义的人听说了这件事，大发感慨："国君的子孙、王侯的骨肉，尚且不能延续无功之尊、无劳之俸，何况下面的臣子呢？"

很佩服触詟的智慧，他不愧为赵惠文王的老臣；也佩服赵太后的大义，她不愧是赵惠文王的妻子。同时，这段史实连同前面蔺相如和赵奢的故事，还说明封建社会的政治制度在赵国早已确立。赵太后的儿子没有功劳，照样不能在赵国立足，而蔺相如虽出身卑贱，却能凭借卓才显绩晋升为上卿；赵奢正因刚正无私和战功，终可以统率千军万马，这在"普天之下，莫非王土；率土之滨，莫非王臣"（《诗经·小雅·北山》）和"世袭世禄"的奴隶社会根本不可能。

这段史实还透露，赵国封建政治制度最晚形成于"赵之为赵"时——被正式确认为诸侯是在前403年。论功行赏、不讲门第的制度，始创于赵简子。赵简子不凭出身，谁能干事就用谁。从鲁国逃跑出来的阳货，不过是一个鲁国季氏的家臣，在鲁国犯了篡逆之罪，到齐国仍然惹是生非，不得已跑到晋国，惶惶如丧家之犬，在孔子眼里，阳货是个地道的"人渣"。但是赵简子偏要让他做自己家族的总管，不拘一格用人才，从此，阳货紧跟赵简子建功立业。在铁之战时（前493），阳货根据敌强我弱的态势，给赵简子出了一个主意，对战役胜利起到了重要作用。他建议："我军车子少，不如把罕达、驷弘（赵简子的两个将领）两支部队的车子集中起来放到前面，列成阵势，多竖些旌旗装扮起来，造成我们人多势众的假象，蒙蔽郑军，把他两人的军队摆在后面，郑军一看我们阵势庞大，必然产生迟疑，就在这时，我们的两支部队突然冲杀出去，一定会把他们打得大败。"这条建议得到了赵简子的采纳。

还是在这次战役决战前，赵简子对部下一次慷慨激昂的战前动员（《左传》称之为"赵简子誓词"），是废除世袭世禄制度的最确切的根据。

关于赵国的经济体制改革，我一直没有找到直接史料，乃一大缺憾。不过透过史书的字里行间，还可以找到一些蛛丝马迹，隐隐约约地能证明封建社会的经济制度起于赵武时期，经赵景叔、赵简子的延续发展，到赵襄子时已经初步确立起来。

《赵世家》记载，晋平公十四年（前544），吴国公子季扎出使晋国，考察晋国政局之后说："晋国的政权最终将落到赵武子、韩宣子、魏献子三人手中。"而赵武的个性，既没有其孙赵简子那样的强势，也没有其重孙赵襄子那种绝情，能掌握晋国政权，唯一能解释通的是他经济实力雄厚，有足够土地、城邑和劳动力。而无论是《史记》《国语》还是《左传》，都没赵武与他人争夺土地、城邑和劳动力的记载，可以肯定，他家族土地和城邑的增加，尤其是劳动力的聚集，应该是赵武实行了新的经济制度的结果。《左传·鲁襄公二十五年》说：赵武在晋国执政，下令减轻各诸侯国向晋国进贡的钱币和物品，而重视以礼相待，因此让晋、楚两国休战，和平共处。我想，既然能对诸侯国减币，他也能对国内工商者、农民减币，实行轻徭薄赋，减少劳动者负担，会让不少农民归附到他的领地。这种新经济制度实行，肯定不是奴隶制度的延续，而是带有封建性质的新体制。

再看赵景叔。读《左传》得知，郑国前任执政伯有作乱被杀，民间传说他变成了鬼，一时间闹得满城风雨，连诸侯各国都知道了。有一次，郑子产出使晋国，赵景叔问他："伯有犹能为鬼乎？"郑子产怎么解释并不重要，说明赵景叔与郑子产有交往，并且关系不错，否则不会问这种无关外交事务的事情。郑子产是郑国的政治家和思想家，前538年，郑子产实行经济改革，实行"丘赋"。就是对原隶属于采邑主的农奴征收赋税，并要求他们服兵役，意味着给原来的农奴以人身自由和独立的政治地位和经济地位，这是废除奴隶制度的重大改革。过了两年又铸刑书，把改革成果法律化。我想，郑国的改革会对晋国的经济改革有引领示范作用，赵景叔必然会见贤思齐，加以效仿的，否则晋国就会失去霸主地位。

赵简子诛杀邯郸午的主要原因是邯郸午一帮人死揞着从卫国来的500家农奴不放，维持旧的采邑制度。而赵简子占领邯郸，解放了这500户农奴，并把他们安置在晋阳，成了自由民。挣脱了农奴枷锁的这些人，到了晋阳后，这些人从事农业或工商业，生产积极性极大提高，归属感、责任感和凝聚力大增，以至于在知伯氏带着韩、魏围困晋阳时，水漫三版，在赵襄子的带领下，即使易子而食而无人投降。这就是新制度的力量所在。

我想，除赵武灵王胡服骑射之外，政治与经济制度改革是赵国强盛的基础和保证。

词　曰：

太常引

帝王将相本无常，商纣一晨亡。饭袋酒行囊，怎耗得、金山吃光。

横刀立马，躬耕垄亩，来日最方长。威后质肝肠，这才是，娇儿也钢。

第三十六章 冯亭末路投赵国 成王急功收上党

诗　曰：

> 河内惊闻失野王，冯亭一夜泪流光。
>
> 西降霸伯奸民愿，北靠邯郸逆国纲。
>
> 幼主垂涎韩十邑，阳君顾忌陕三枪。
>
> 平原得意颁封爵，上党山川入赵疆。

赵孝成王二年（前264），赵太后溘然长逝，赵孝成王任命田单为副相国，辅佐平原君，就是曾与赵奢讨论兵法的那位。这时，赵孝成王年纪轻轻就坐享祖父赵武灵王、父赵惠文王留下的丰厚家业，他既缺少其祖父少年时代就出生入死的历练，也没有其父在儿提时宫廷政变的血雨腥风的警示，是一个在温室里长大的宠儿，母亲赵太后又不幸去世，又让他失去了威严的教导和权力制衡，于是逐渐养成了自以为是、不着边际、好大喜功的毛病。

他喜欢幻想。赵孝成王四年（前262），他做了一个梦，梦见自己穿着"偏裂之衣"，骑上一条蛟龙高飞，往凌云深处飞去，好不得意，还没到达九天云外，突然一个跟头栽下来，恰好掉在一处金山玉崮之上，遍地金银珠宝，在欣喜若狂中猛然醒来。

天一明，他赶紧把巫师找来解梦，占卜是吉是凶。巫师说：梦见穿"偏裂之衣"，可能是穿衣人身体有残疾；梦见骑着飞龙上天而不达的，可能是心有大志而才能平庸；梦见金银宝玉堆积如山的，可能是因心里不踏实而忧愁。

"偏裂之衣"，在春秋时期，属于奇装异服，不伦不类。晋献公十七

226

年（前660），献公命令太子申生穿"偏裻之衣"，佩之金玦，率师讨伐东山国。在封建王朝，无论哪个时代，太子是不能单独率领军队外出作战的，惯例是：君主出行则太子留守，叫监国；即使随君主出行，也只能为抚军。这叫鸡蛋不能放在一个篮子里，一旦不测，危及国家政权承续。晋献公之所以这样破例，是因为他在小老婆骊姬的挑唆下，早就厌恶申生了，还想废掉申生的太子之位，让骊姬之子奚齐取而代之。因此，晋献公找个理由，让他穿好衣服，佩金玦，把他"体面的"支出去，最好战死在外边。

现代科学说：日有所思，夜有所梦。做梦是人睡眠中大脑皮层活动的结果，是白天本人所思所想的延续和释放，或是五脏六腑不适而产生的感觉。如果这个梦境不是司马迁虚构，那就说明赵丹这个人喜欢奇装异服，追求时髦，另外也挺爱财的，成天幻想天上掉馅饼，天天幻想自己掉进金山银山里。这个梦被列入赵氏梦之三，被收录展出在邯郸吕仙祠梦城的墙壁上。

三天后一张"馅饼"果真掉进他嘴里了。

韩国上党郡郡守冯亭委派了一名使者来到赵国，求见赵丹。赵丹接见了他。这位使臣说："秦军占领太行山东麓的野王（今河南省沁阳），兵临上党郡城下，韩国国君要把上党郡割让给秦国，上党郡的官吏和居民极不情愿，都愿意加入赵国。我们郡守说：上党郡有城邑十七座，再三叩请入赵，并且将自己的财产全部赏赐给官吏和军民。"

韩国真够倒霉的，除韩昭侯八年（前351）到二十二年（前337）的15年间，法家申不害任相国，进行政治与经济改革，国力与军力一度增强，外国不敢找事儿外，其余年份总是被动挨打。他虽是七雄之一，但是处的地理位置也是实在太差，正好处于崤山以东，黄河两岸。西边与秦国接壤，秦国要攻占中原，首先要攻占韩国，它正好落入秦国远交近攻国策中"近攻"的法眼；南边与楚国为邻，楚国虽然比秦国友善一些，但楚国是秦国的主要打击对象之一，韩国亲近楚国，就要得罪秦国，亲近秦国，楚国也不高兴，反过来也来找碴，弄得韩国许多年在平衡秦、楚关系上大伤脑筋；北边和东边还有个魏国，也是得罪不起的主

儿，两国战事也不少。但韩国的主要威胁还是来自秦国，从韩、赵、魏三国分晋到现在秦国进攻太行蚕食上党止的114年间，司马迁记载的秦国侵略韩国的战争有15次，累计夺取韩国大小城邑20余座，占领韩国土地200多里，斩杀韩国将士35万多人。尤其从韩桓惠王六年（前267）起，秦国发起了连续的大规模的侵韩战争。这一年，秦国白起为将，攻占韩国10座城邑，斩杀韩军5万人；第二年，秦军攻占韩国南阳；第三年，秦国五大夫王贲攻韩，攻取韩国10座城邑；第五年，秦军进攻韩国太行山，围攻上党郡，已经到马不停蹄的程度了，韩国在绝望之中，于是发生了冯亭率上党郡投降赵国的事情。

韩国与赵国在一百多年前都属于晋国，并且与赵国山水相连，文化风俗相通，历史渊源同根，秦国再强大也是域外之国。而且，韩国与赵国的战争很少，在韩国居民心里，赵国是一个文明亲善之邦，上党郡人愿意归属赵国或许是心甘情愿的。

赵孝成王喜出望外，于是赶紧把舅爷平阳君赵豹找来，告诉他这个天大的好事。他假装商量的口气问赵豹："韩国冯亭守不住上党郡，将十七座城邑并入我国，能不能接受啊？"

赵豹不是浅薄之人，他必须考虑事情的前因后果，也深谙占小便宜吃大亏的道理。他回答："大王啊，我听说圣人向来忌讳无缘无故的便宜。这件事必须慎重考虑。"

赵丹很不理解，他说："人家向往我们赵国的德政，这也算无缘无故吗？"

赵豹说："现在秦国正在加紧进攻韩国，现已占领野王城，将韩国上党这块地方与韩国腹地拦腰截断，让它与韩国本土失去了联系，陷落指日可下，秦国已经把上党郡视为囊中之物了。"

上党郡属晋国。据《韩非子·外储说左（下）》记载，晋平公时期解狐举荐邢伯柳为上党守，说明上党设郡最迟也在春秋末期。其治域主要是指今天山西省以长治市为中心的上党盆地，位于山西省东南部，东靠太行山脉，西临太岳山脉，北面是五云山、八赋岭，南面是丹朱岭和金泉山，地势险要，自古是兵家必争之地。三家分晋以后，上党郡也被三家瓜分。赵国占据今天山西和顺、榆关以南，壶关以北，沁县、长子以东，太行山以西地区；韩国占据今天山西省沁源、安泽、沁水等地；魏国占据高平、陵川、阳城等地。上党郡自古就是兵家必争地，赵、韩、魏三家分立后为此地纷争不断，矛盾和战争频发多发。

赵豹接着说："我分析，上党郡官民确实情愿入赵。但是韩国离秦国太近，早就被秦国打得疲惫不堪，上党郡投降赵国，秦国必然怨恨赵国，就会转身打赵国。我们名义上接受了上党的十七城邑，实际上引火烧身。另外，这里有没有韩国人故意嫁祸与赵的意图呢？要警惕，要三思！"

"再从秦国的角度分析分析，"赵豹接着说："秦国攻打韩国已经好长时间了，劳师远征，消耗大量人力物力，眼看到手的肥肉被赵国拿去，我们不是虎口夺食吗？虽说强者不能平白无故地占弱者的便宜，那弱者就可以平白无故地占强者的便宜吗？这不是无缘无故的好处又是什么？况且，秦国对上党战役做好了充分的准备，往前线运送了大批粮食物资，出动了大量的军队，对韩国这块土地，大有志在必得的架势，我们千万不要和他们对着干，万万不可接受上党！"

老年人想问题还是全面，考虑前因后果、成败利弊。

赵丹哪里听得进去，赵豹刚出去，赵丹就把叔叔平原君赵胜和另一位大臣赵禹叫了进来，还是问能不能接收上党这件事。两人一听，都说："以往我们用百万军队去进攻一国，一年过去了还不能拿下一个城邑，今天我们不动一兵一卒就得到十七座城邑，真是大利啊。机不可失，时不再来，赶快接受上党。"

赵胜与赵禹还都是年轻，不像赵豹已经老态龙钟。他们之间没有代沟，在看问题、办事情方面有很多共同语言，所以一怕即合。

赵丹一听大喜，当即决定派平原君赵胜为全权代表前去接受上党郡。

赵胜快马加鞭赶到上党郡，向韩国上党郡守冯亭传谕赵孝成王的决定："我是赵国使臣赵胜，我国国君赵孝成王陛下责成我向您传达旨意。上党郡官民成建制加入赵国，赵国表示热烈欢迎和衷心祝愿！对加入官

民皆有封赏：原来担任太守的封赏万户城邑三座，原来担任县令的封赏千户城邑三座，并且让你们世代为侯爵。其他官吏和居民，都增加三级爵位。如果官吏和居民都能安分守己，相互团结，迅速融入赵国的，赏赐每人金币六枚！"里面的数字不是三就是六，在古代，三、六、九都是吉利数字，难怪觐见皇帝要三拜九叩。

赵国的家业就是雄厚，如此赏赐实在大方，非一般小国能为，但不得不为，毕竟韩国人进入赵国，有一个感情割舍问题，不是每个人都能一下子转过弯来的。

不料，上党郡守冯亭一听这话立马大哭起来。冯亭一辈子在韩国为官，猛一下子成了赵国臣民，思想上纠结，甚至非常痛苦。这个人确实是一个爱国主义者，他对自己违背韩国君主意图将上党郡送给赵国，非常自责。他从此躲起来不见赵胜，一把鼻涕一把泪地大喊："我这个人有三处不义，为韩国君主镇守上党，不能死守到底，这是第一个不义；不服从韩国君主的决定，不入秦而入赵，这是第二个不义；我出卖君主的土地而苟且偷生，这是第三个不义啊。"

自责也好，后悔也罢，投入赵国谋出路是冯亭自己的主意，怨不得别人。当初，秦国占领野王城，隔断上党与韩国都城的联系时，冯亭就和上党的军民商量说："现在通往韩国都城新郑的道路已经被切断，韩国鞭长莫及，管不了我们了，秦国步步紧逼，外无救兵，与其等待秦军屠城，不如归顺赵国。只要赵国接纳我们，秦国必然怨恨赵国，只要秦国一对赵国动手，赵国就会与我们联合抗秦，我们就有救了，大家以为如何？"

这一招确实高明，既能暂时保全上党和自己，又能逼赵抗秦，把战火引向赵国，果然不出赵豹所料，他的计策成功了。

赵胜把接受的事情谈妥，赵孝成王立即下达进军上党郡的命令。赵孝成王五年（前261），赵军很快占领韩国上党郡全境，尔后老将廉颇率领大军浩浩荡荡驻屯于上党郡的长平（今天山西省高平市西北）。

我认为，接受上党并不是不可以，毕竟，上党归赵是上党人民的选择。出于人道主义考量，接受上党其善非小。但是，"祸兮，福之所倚；

福兮，祸之所伏。"办事不仅看图其利，也要观其弊。接受上党郡之前，必须要制定对付秦国报复的预案，以防不测，然而赵孝成王没有这等准备，必吃大亏。

词曰（套李之仪同牌词）：

卜算子　韩上党人心声

我住漳河头，你住漳河尾。日日思君也见君，共饮漳河水。

我被雍州欺，你迫秦人累。边远戎腔不晋音，柳是邯郸翠。

第三十七章　廉颇坚守抗秦旅 赵孝草率任书生

诗　曰：

> 雍兵迫近露锋芒，夺隘冲关似虎狼。
>
> 我弱人凶凭石垒，秦攻晋守比柔刚。
>
> 昭襄设计谗功宿，赵孝昏头信宅郎。
>
> 一意孤行良将免，从今帷幕失中梁。

就在廉颇屯兵长平扼守上党郡的第二年（前260），秦国大军在左庶长王龁率领下，恶狼一般向上党郡扑来，很快就占领上党邑，当地老百姓扶老携幼，潮水般朝赵国方向涌来，赵军据守长平，接应这些百姓。秦军很快进逼到赵军的阵前，与赵军在长平一线形成对峙。

这年四月，秦军开始进攻赵军阵地，双方时常发生小规模战斗。赵军一支部队正在巡逻，与前来刺探军情的秦军的几名侦察兵碰了个正着，这几名特种兵的单兵技术很棒，出手就杀掉了赵军一员名叫茄的裨将。随后战事逐渐扩大，双方攻防不断。六月，秦军一度攻陷了赵军的两座城堡，杀死4名赵军尉官。七月，赵军构筑起东、西两道高墙壁垒等防御工事，以守为攻，不料秦军又发动进攻，攻陷赵军西部壁垒，冲破赵军布防的阵势，斩杀赵军两名将领，气势占了上风。

秦国的军队非常彪悍，战斗力极强，在七国之中首屈一指。商鞅变法后，秦国实行奖励军功的政策，项目明确、力度惊人。规定将士在战场上凡是能斩杀敌方一个"甲首"（穿铠甲的将士），赏赐爵位一级，田一倾（百亩），宅基地9亩。斩杀越多，赏赐的爵位越高，赏赐的土地和房产越多。如果想当官，也给相当级别的官位。另外还规定，一级爵位配给庶子一人（相当于农奴），平时，每月为主人干活6天，一有战争，就随主人上战场打仗。这样的政策促使秦军将士奋勇杀敌，加上指挥官久经战阵，带兵经验丰富，战术战法先进，让秦军成了名副其实的虎狼之师。

此时，廉颇也深知秦军的战斗力。赵军虽实行胡服骑射，但只限于装备上的改革，在将士激励方面远不如秦国，在与秦国交手中往往败多胜少。迄今为止，除赵奢在阏与打败过一次秦军以外，其余战役似乎无胜绩。廉颇本人虽久经沙场，战功无数，却都是与齐国、魏国交战中取得的，几乎没有与秦军交过手，对付秦军确实经验不多。四个月的战斗实践让廉颇清楚了，在敌强我弱的情况下，不能与秦军硬拼，必须另想办法。他分析了双方的优势和劣势。他想：秦军虽强，但劳师远征，后勤补给线长，必然要求速战速决；我军虽弱，但在本土作战（虽然上党新归），有上党居民的支援。现在只能以逸待劳，坚守壁垒，让秦军欲战不能，欲撤不舍，力图把秦军肥的拖瘦，瘦的拖垮，最后不得不撤军，然后伺机反击，除此别无良策。

于是廉颇下令，让各营加固堡垒，加强布防，不许出战，违令者斩。秦军屡次摇旗呐喊，壁下挑战，赵军就是不出。秦军想攀上壁垒，赵军的弓箭、滚石就像雨点、泥石流一样压了下来，秦军非死即伤，攀登不得，一时间，两军在长平形成胶着状态，这种僵持局面一直从赵孝成王五年（前261）持续到赵孝成王六年（前260）初。

邯郸的赵孝成王沉不住气了，几次下诏询问廉颇战况，廉颇当然以实报告，说明原因，但是赵丹就是不认可。他认为，赵奢将军在世时，秦军不堪一击。现在的秦军也不怎么样。你廉将军就是不出击，是不是被秦军吓破胆了？他是这样想的，对廉颇也是这样说的，对廉颇很不满意，口气也非常严厉。

秦国那边也很着急，一方面赵国抢了他们的上党，让到手的鸭子飞了，秦军上下实在咽不下这口气。另一方面眼看阵地久攻不下，一两年下来，几万大军被拖在这里，每天吃喝拉撒消耗如山，再不能取胜，只有撤兵了。主将王龁束手无策，不断地将前线情况上奏秦昭襄王。

秦昭襄王毕竟比赵孝成王成熟，他没有埋怨王齕，更没问责，而是与丞相范雎商量对策。范雎是魏国人，智慧超群，对赵国很了解。因在魏国遭受凌辱，潜入秦国，被昭襄王重用。范雎清楚：廉颇是名将，只要他领兵坚守长平，秦国就几乎无取胜之可能，必须想法子让赵国换将。

范雎不愧为秦国名相，他手下有不少间谍在邯郸活动，负责收集赵国宫廷、民间、经济与社会形形色色的情报。他特别关注一个人，这个人就是赵括，名将赵奢的儿子。

赵括出身名门，典型的官二代。父亲是著名军事家，从小耳濡目染，对军事知识情有独钟。家中藏书很多，让他有机会接触拜读这些书籍，之后逐渐达到痴迷的程度。年纪轻轻的能把一些兵书整篇整篇地背诵下来。与人交谈，三句话不离打仗。对一些著名战役以及谋略策略、战术战法、排兵布阵，说起来口若悬河，头头是道。父亲在家的时候，谈起军事，争论问题，有时候赵奢都说不过他。正因为如此，加上父亲赵奢的光环在身，赵括在邯郸及整个赵国都很有名，一时成为明星，粉丝很多。那时既无广播，也没电视，全凭街传巷议，一传十，十传百，当然会传到赵孝成王赵丹耳朵里，他对赵括很欣赏。

虽然查不到长平之战之前，赵括是否入仕的记载，但从其母在赵孝成王面前一番话里，透露出赵括在赵奢去世前后，已经参与军事活动。但是，绝不是带兵打仗，充其量是训练都城的部队，或者巡查外地驻军，或者在赵丹面前高谈阔论。这些都是赵括的拿手好戏，因此也得到赵孝成王的不少赏赐。

但是，范雎把赵括看透了，在范雎眼中赵括既没有带过兵，也没有布过阵，一次战场也没上过，不过是一个没有军事实践经验的空谈家，他讲的那些不过是纸上谈兵，赵括远没有廉颇那样的真本事。

于是，范雎派人打扮成客商、游侠，携带重金作为活动经费，跑到邯郸及主要城市散布流言。他们设法潜入名门贵族家里充当说客，更多的是在大街小巷逢人就讲："你们知道上党战况吗？廉颇屡战屡败，被秦国攻占好几座城邑，损兵折将。现在干脆窝在阵地上不出战了，像个缩头乌龟。廉颇岁数大了，老气横秋，指望他打胜仗，没门儿。说不定他正琢磨着投降秦国呢！"

"想当年，赵奢将军在阏与大败秦军，多么解气啊。如今，赵将军虽卧病在床，但他的儿子赵括已长大成人，秦国人不怕廉颇，就怕赵括。如果赵括能统率赵军，赵国就一定能取胜。"

这些话自然会传到赵孝成王耳朵里。他认为：该是做决断的时候了。他征求相国田单及各位大臣的意见，这些人也被谣言迷惑，都拿不定主意，能站出来为廉颇说话的人只有蔺相如。他劝赵孝成王说："大王凭名声任用赵括，就像用胶粘死弦柱弹瑟一样，只能弹出一个调。赵括只会读书不懂变通，请大王明鉴！"赵孝成王哪里听得进去，于是，赵孝成王拍板了："廉颇损兵折将，畏缩不前，贻误战机，革职问责。任命赵括为前线主帅，即日上任。"

田单到赵括家宣读任命。就在前些日子，老将军赵奢驾鹤西去，家中依然沉浸在悲痛之中，而赵括听后却无比振奋，非常高兴。心想：终于有机会一展身手了。赵括的母亲一听这样的任命，大吃一惊。因事关重大，急忙觐见赵孝成王，要替儿子推掉这个差事。

赵母之所以不让儿子出征，是因为丈夫在世时留过话儿，说："这个儿子虽然熟读兵书，也能夸夸其谈，但不能带兵。战争是你死我活的事情，而括儿把它看作儿戏似的那么容易。赵国不用他是万幸，一旦用他，坑害赵国的必然是赵括！"

见到赵孝成王，赵母说："大王，赵括不能担任主帅去长平前线，他没这个资格。"

"为什么？"

"我侍奉夫君赵奢一辈子，深知他的为人。夫君担任国家将领时，将自己的俸禄买来粮食和副食，接济生活困难的部属几十人，来家吃饭的穷亲戚朋友常常有上百人。大王和宗室一有赏赐物品，全都与下属官吏和将士共享，平时与下属将士情同手足。他一旦接受大王命令执行军事任务，就不再过问家事，一心一意操持军务。赵括却反其道而行之，每次议事，下属将士都战战兢兢不敢仰视。大王您赏赐给他的金银玉

帛，都藏在家里一人独占。手中有钱了，就派人到处打听合适土地和住宅，然后买下。赵括和我夫君是两种心境的人。所以，夫君曾说过：'战争是生死之搏，而赵括却视作儿戏。赵国不用赵括是万幸，用了赵括，祸害赵国的必是赵括。'赵括万万不能为将啊。"老夫人光明磊落，不护犊、不护短、不遮丑。

赵孝成王哪里听得进去。他对廉颇讨厌得要死，对赵括欣赏得要命。他与赵括是同代人，有共同语言，他深信赵括一旦出征，一定能打败秦军。他对赵母说："这件事我已经决定了，请不要再说了。"

赵夫人已经料定赵括不会打胜，一旦战败会株连全家。于是她对赵孝成王说："既然大王已经决定，如果战事不顺，请不要株连我及全家，望大王恩准。"

"可以。"赵孝成王答应了。

词　曰：

巫山一段云　廉颇

咤叱风云将，忠贞赵国臣。南征北战立功勋，勇冠众三军。

上党三关险，高墙抵虎贲。精心固守伴晨昏，拖死外乡人。

第三十八章　白起秘密到前营　赵括莽撞葬三军

诗　曰：

> 赵括春风得意时，雍州白起竖须髭。
> 全师出击营帷洞，断尾中分食路羁。
> 倾国征兵青壮尽，抬头待哺战人饥。
> 封喉一箭男儿死，万骨从今入鬼池。

赵括带着20万军队走马上任，赵成王六年（前260）七月上旬到达长平前线大营，与廉颇军合兵一处。赵括下车伊始，就哇啦哇啦发议论，说这些将领无能，那些官员笨蛋。于是，他把廉颇定的规矩统统废除，让赵军上下无所适从；把廉颇的将领全部撤换，把赵营内外搞得人心惶惶。最要命的是要改变廉颇坚壁不出的战略，责备廉颇畏敌如虎，不敢出战。认为只要对秦军发动猛烈攻击，定然会将他们一举击溃。不与将领们商量，他早早把进攻计划拟定完毕，他不仅在战略上藐视敌人，在战术上也轻视敌人。

就在同时，秦军也进行了主帅调整。秦昭襄王不是赵孝成王，他知道赵国军队的实力是东方六国中最强的，虽然赵括代替廉颇，赵军的战力仍不可小觑，何况驻扎在长平的赵军有40万人之多，一只狼想吃掉一头大象谈何容易。于是他命令名将白起暗中接替王龁担任总指挥，好钢用在刀刃上。让王龁担任副将，王龁毕竟还年轻。

白起，秦国郿人（今天陕西省眉县），秦国最著名军事家和将领，战功卓著。秦昭襄王十三年（前294）崭露头角，担任主将进攻韩国新城；十四年（前293），白起升任左更，率军进攻韩国伊阙，打垮韩、魏

联军，斩杀24万人，俘虏对方将领公孙喜，夺取5座城邑。战役一结束，白起升任国尉；下半年再度出征，跨过黄河攻取安邑以东的韩国大片领土，深入韩国领土上百里；十五年（前292），白起攻魏，夺取大小城邑61座。二十年（前287），白起参与了两次大的战役，其中一次夺取了赵国光狼城。二十九年（前278），白起讨伐楚国，夺取楚国鄢、邓两城，第二年又攻楚，攻陷并占据楚国都城郢，秦国随后把郢改置为南郡，于是郢成为七大国中第一个被秦占领的大国都城。因这一殊勋，白起晋升为武安君。

白起能征善战，但非常残暴，每次战役取胜后，杀人如麻，把成千上万俘虏杀掉。三十四年，白起与赵国将领贾偃交战，把赵国士兵二万四千人沉入黄河水中。在诸侯各国，提起白起的名字，无不风声鹤唳，闻风丧胆。

为把赵军就地歼灭，尽快取得长平战役胜利，秦国非常谨慎，白起秘密潜入长平前线，不至于吓走赵军。秦军下达命令：透漏白起到达前线消息者斩首。

赵括这边果真以为还是王龁指挥秦军。其实，即使白起来了，他也不以为然，一个白起何足道哉！

前一时期由于战事僵持，秦军也做出了打持久战的准备，在自己的阵地上构筑起了坚实城堡和壁垒，与赵军壁垒遥遥相望，中间隔着一大片开阔地。军事常识是：遇这种情况，谁想攻破对方的壁垒都不容易，最好的办法是把对方引出壁垒外，伺机围而歼之。

不用秦军引诱，赵括早耐不住性子了，命令赵军全线出击，于是赵军几乎倾巢而出，黑压压如喷涌的乌云一样向秦军阵地扑去，人啸马嘶，旌旗遍野，战鼓声惊天动地。赵括想一举捣毁秦军的防御工事，毕其功于一役。当然，赵括也离开大营，随军出征。他虽然幼稚，但绝非贪生怕死之辈。

赵军分东西两阵，分别负责攻打秦军东西两线的营垒。两部赵军很快接近秦军的壁垒。秦军也不示弱，东西两处各有一哨人马出关迎敌，谁知双方交手时间不长，两队秦军就纷纷败退，都很快撤进关内，闭门不出。赵括一看秦军战败，十分得意，命令将士攻城。赵军将士十分英勇，架起云梯，手提戈矛，密密麻麻攀爬上去。然而秦军的壁垒比自己的关隘还坚固还高大。尽管赵军将领奋勇向上，前仆后继，不是被弓箭射中，就是被长矛挑下。不到一天，秦军关隘下横七竖八全是赵军的尸体，赵军被滞留在秦军的壁垒之下。

就在赵括的注意力全在秦军关隘前的时候，两队秦军悄悄出动了，其中一支秦军二万五千人绕道潜入赵军背后，迅速攻占赵军壁垒，断绝赵括的退路，另一支五千人的骑兵也绕到赵军的背后，然后从赵军东西两部的结合部由后向前猛插进去，骑兵的进军的速度非常快，一下子把赵军分割成相互孤立的两部分，相互不能支援，联系也被掐断了。更可怕的是，赵军的粮食输送道路被隔断了，这一切当然都出自白起的计谋。

接下来，秦军逐渐紧缩了包围圈，40万赵军被分成了两大坨坨。赵括被包围在哪一坨里，不得而知。这时，赵括才如梦刚醒，才知道父亲说得对：战争是你死我活的拼杀，绝非儿戏，一招失策，满盘皆输，此时他肯定后悔了。但赵括并没有绝望，认为赵军有40万人，你秦军撑死也不过10万人，秦军再强，不过是想吞大象的一条狼，没那么容易。于是，下令赵军就地取材，构筑防御壁垒，坚守待援。

据历史学家对长平古战场进行实地考察发现，那时候这块开阔地上有一条小河，流水还挺清澈，赵军的水源因此没有被断绝，虽然随身携带的粮食一天天减少，但还能杀马割树皮、挖草根维持，不至于一下子陷于绝地。秦军不断进攻，赵军依然在不断反击。秦军一时拿赵军没办法，双方陷入非对等的僵持状态，就是秦军虽略占优势，但是不太明显，如果这时赵国再增兵，或其他国家前来救援，秦军这种微小的优势就会丧失。

这时的秦昭襄王很清醒，担心其他国家前来救援，他说："齐楚救赵，如果真出兵，我们就退兵，不真出兵，我们就进攻，消灭赵军。"秦昭襄王明白，面对40万赵军，即使金戈铁马的秦军也没完全把握。他已经做好了一旦出现战局逆转撤兵的准备。

消息传到邯郸，赵孝成王远没有秦昭襄王那样冷静，立马慌了神儿，把楼昌和虞卿请来商量如何办，曾有向齐、楚、魏、韩国求救的动议。但是长平之战直到赵军全军覆灭期间，其他各国都清一色作壁上观。有两方面原因，一方面是各国基于自身利弊考量，都选择不去救援。

例如：韩国认为，秦攻赵正是自己舍弃上党的本意，现在躲还躲不及呢，哪敢再露头。

魏国权衡利弊，认为韩国是魏国抵御秦国进犯的天然屏障，保全韩国比救援赵国更重要。早在赵惠文王三十二年（前267），魏国信陵君对魏安釐王说："夫存韩安魏而利天下"，"今不存韩，二周、安陵必危，楚、赵打破，卫、齐甚畏，天下西乡而驰秦入朝而为臣不久矣。"意思说，一旦失去韩国，魏国及东方六国防线将全线崩溃。两害取其轻，现在，因上党郡投降而战火引向赵国，未必不是一件好事，因此按兵不动。

楚国因连年被秦国侵略，连首都郢也被秦国端掉了，被迫迁都于陈（今天河南省淮阳），国力大大削弱，自顾不暇，还是多一事不如少一事吧。

更可气的是赵国向齐国借粮食，以解决长平前线赵军断粮问题。齐国大臣周子深明大义，向齐王建讲了一番唇亡齿寒的大道理，建议齐国借粮食给赵国，齐王建就是不听。

另一方面是秦国的计策起了作用，下章再叙。

秦昭襄王得知赵国军队在长平前线粮道被截断，非常振奋，预感全歼赵军的时机到了。于是，他亲自来到长平前线督战，要求白起发起进攻，一举歼灭赵军。白起却说，赵军人数众多，我军兵力不够，必须马上增兵。

其实，秦国国内已经无兵可调，现有兵力使用已经到了极限。于是，秦昭襄王把心一横，传令：赏赐秦国居民每人爵位一级，征调国内十五岁的男子全部入伍到长平前线，用于增补堵断赵国粮道和增援的兵力。

不长时间，秦国增兵渊源不断来到长平，一下子让秦军兵力占了优势，里边赵军像铁桶一般被围得动弹不得，外边救援的人别想沾边。

到这年九月，赵军已被围困46天，连树叶草根都吃光了，甚至挖地三尺也找不到什么可吃的了，饿殍遍野，死尸相枕，幸存的士兵竟然暗地里相互杀戮，吃起了人肉，这里成了人间地狱。

赵括看到内无粮草，外无救兵，再也坐不住了，终于决定突围。赵括把赵军编成4队，冲击秦国包围圈，想打开缺口，无奈秦军壁垒防线十分坚固，赵军攻击了四、五次也没有成功。于是赵括亲自上马冲锋在前，带领士兵攻击。谁知秦军的弓弩手早就瞄准了他，一箭射来，不偏不斜，一箭射中赵括咽喉，赵括一头栽倒马下，以身殉国了！

赵括死了，赵军群龙无首，乱成一片，秦军攻杀过来，被砍下的赵军将士的头颅像滚圆的石头一样骨碌了一地又一地，惨不忍睹。赵军将士都已精疲力竭，失去战力的四十万人只好投降了。

秦军胜利了，战绩辉煌，然而这一大堆赵军俘虏却让白起难以处理。白起对王龁说："前些时候我军已经占领上党，但是上党人不愿意归顺秦国而投降赵国，无论韩国人还是赵国人，从心眼里不服秦国。今天赵军的俘虏这么多，而且向来反复无常，留着恐怕要横生事端，不如统统杀掉。"

白起是一个杀人魔王，向来杀人连眼都不眨一下。这次，他又动杀机了。不过，这么多的人，要是硬杀，恐怕杀不过来，弄不好还会引起哗变，必须想别的法子。

到底怎么杀的，《史记·白起王翦列传》只是说"乃挟诈而尽坑杀之"。于是我展开想象的翅膀描述一下：秦军对赵军俘虏说：秦国是仁义之国，现在就把你们遣返回国，跟我们走吧！于是，趁着一个月黑头的夜间，秦军带领俘虏一队队朝着赵国方向走去，谁知道前面就是秦军事先挖好的一处处深得不见底的大坑，前挤后拥的俘虏们像瀑布一样掉下去，不长时间40多万人全掉下去了，秦军不顾下面惨叫声山呼海啸，把大石头雨点一样砸了下去，沙土铺天盖地撒下去，可怜的赵军士兵一个个蝼蚁般的葬身坑底。白起一手制造了战国历史上上一次杀人45万

记录，堪称骇人听闻！

　　秦军并没有杀"尽"所有俘虏，而是选择了其中240个年龄幼小的士兵放回赵国，长平之战在血雨腥风中落幕了。

　　词　曰：

声声慢

　　君王惺惺，论客萌萌，相投气味惜惜。错把贤臣谪，向书生揖。惊奇几次阔论，四座呼、醉心筋奕。小事也，空谈兵，小视陕军强敌。

　　老将凄然离席。憔悴损，如今有谁怜觅？恰在当时、白起潜临阵邑。乎乎傻齐出动，被人围，箍桶铁壁。这一夜，血雨苦风雀鸟戚。

第三十九章 赵丹悴心失方寸 虞卿苦口谏主公

诗 曰：

> 长平折戟尚无销，逼债烽烟扑面烧。
>
> 赵郝奴颜卑大国，虞卿硬骨怼雄枭。
>
> 豺狼血口难填壑，劲敌贪心不饱雕。
>
> 终定联齐邦魏楚，彷徨赵孝直身腰。

长平之战赵军全军覆没，赵孝成王把肠子都悔青了，后悔不听平阳君赵豹的话，不但上党郡没有得到，连自己最精锐的40万军队全赔进去了，赵国从此断了一条胳膊。

当初，廉颇掌军时小挫，战死一个都尉，算是一个高级将领，胜败扑朔迷离。赵孝成王把楼昌和虞卿叫来商量对策，这时，赵丹想调来赵国全部军队与秦国决一死战（这是他犯兵家大忌临阵换将的主要原因）。

会议上，楼昌反对继续打下去，主张与秦国议和。虞卿虽然对赵丹拼死抵抗未置可否，但坚决反对无原则议和。虞卿说："现在秦军略占优势，秦国的目的是彻底消灭长平的赵军，你想议和，而议和的主动权却在秦国，议和只能是一厢情愿。"

赵丹也看出来了，秦国这次不遗余力，是要彻底消灭赵军而后快。

虞卿建议："大王您听我的，委派使臣携带珍宝去魏国、楚国。两国见到重礼必然隆重接待我国使臣，消息传到秦国，秦国必然怀疑我国与楚、魏联合抗秦，会担心害怕起来。到时候，我们再去议和，主动权会在我们一方。"

虞卿说得很有道理。前一章已经说过，秦昭襄王非常担心赵国与其

他国家联合起来对付自己，并且做好了一旦其他国家有救援迹象就撤军的准备。

然而，赵丹没听虞卿的，却与平阳君赵豹商量，派了一位重臣郑朱前去秦国议和。赵丹突然由抵抗变成了妥协，可谓转弯一百八十度。然后叫来虞卿，告诉他："寡人已经和平阳君商量好了，派郑朱去秦国议和。在秦国得到范雎的高规格接待，看来议和有希望了。"

虞卿一听大惊失色，说："大王您错了！现在听说我军长平之战不利，诸侯各国都去秦国恭贺胜利去了。而这时候我们的使臣到达秦国，都以为我国战败以求城下之盟，谁还会出兵救援我们呢？我们长平之战必败无疑了！"

果然，各国无人救援，赵括战败身死，赵军全军覆灭。

秦昭襄王端着胜利者姿态，趾高气扬地通知赵孝成王：拿6座城给秦国，咱们讲和，否则，就攻打你们邯郸！

赵孝成王不得不亲自到秦国去求和。到了咸阳，就被秦昭襄王扣留。但是，赵孝成王还真有骨气，秦国让他割地赔款，他就是不答应、不屈服，有一股子赵氏子孙的浩然之气。秦昭襄王拿他没办法，只好把他放了回来。关于这段历史，司马迁记载就一句话："王还，不听秦。"这是赵孝成王人生中最闪亮的一页。

长平之战之前，秦、赵虽有战争，但是规模不算太大，也非连续性的，而长平之战之后，赵国的国力军力断崖式下降，从此赵国同韩、魏一样，成了秦国重点打击对象。长平之战第二年，也就是赵孝文王八年（前258），秦国进攻赵国，从此一发不可收拾。这年十月，秦将王齕攻取赵国武安（今河北武安市）、皮牢（今天山西翼县西北）两城，其中武安离邯郸只有60里了。然后，秦将司马梗占领太原，完全据有韩国上党郡，赵国西部屏障尽失。加上长平之战前，秦国攻取魏国东郡（今河南北部一带），并入秦国，捎带把卫国国君迁到野王，赵国南部的屏障也化为乌有。秦国扫清了邯郸外围障碍，邯郸大门洞开。随后，秦军将领王齕、郑平安率军兵临邯郸城下，邯郸被围，危在旦夕。

赵孝成王这回真慌了神儿，赶紧派宠臣赵郝跑到秦国求和。赵郝答应割让6个县给秦国，以此换取秦国退兵。重臣虞卿听说了，赶紧觐见劝说他不要这样做。虞卿问："秦军虽然围住了我们，他们真能攻陷邯郸城吗？"

插一句，虞卿是位游说之士，虞姓，真名不可考，很有智慧和才华。前不久，他穿着草鞋、撑着雨伞来到赵国，游说赵孝成王。第一次见到赵孝成王，一番宏论让赵孝成王相见恨晚，赏赐他黄金百镒，白璧一双。再见，被赵孝成王封为上卿，故大号虞卿。

赵孝成王仔细想了一下，说："经过长平战役，他们（指秦国）拼了血本，已经很疲惫了，短期攻下邯郸不大可能。"

虞卿说："既然秦军围攻邯郸而不能下，大王您却拱手送给人家6个县，这不是帮助秦军进攻自己吗？如此下去，大王您没救了。"

这时的赵孝成王已经不是罢免廉颇的时候了，一朝被蛇咬，十年怕井绳，方寸大乱、六神无主。于是赶紧把赵郝找来，把虞卿的话鹦鹉学舌了一遍。赵郝问："虞卿真的摸清了秦军军力实力情况了吗？秦军绝非疲惫之师。现在，我们连弹丸之地都舍不得，一旦秦军攻破邯郸，我们还拿什么向他求和呢？"

赵孝成王问："割让6县，你能保证秦国解邯郸之围，并且不再进攻我们吗？"

赵郝答："我办不到。以前赵、魏、韩与秦国关系都挺好，而现在秦国只对魏、韩好，偏偏进攻我们，正说明我们侍奉秦国不如魏、韩。割让6县，正是消除我们与秦国误会的第一步。只要我们开关通商，然后再与魏、韩交好，我们的处境会好起来的。至于秦国会不会再来进攻，要看我们侍奉秦国周到程度，这与我无关。"这人的逻辑是：割6县而后秦军罢兵，成功了是我的功劳，不成功是你们的责任，一幅奴才加无赖嘴脸。

赵孝成王觉得似乎有理，又把这话原封不动讲给虞卿听。虞卿说："赵郝说不媾和邯郸之围不解，来年秦军再来进犯，大王将无城可割让了。割地求和却又不能保证秦军不再进攻我们，那么割让6县有什么用？如依了他的主意，等于我们把秦军武力得不到的东西拱手相送，这

不是等同自杀吗？不如不与秦媾和，坚守待援，秦军虽强悍，却不能轻易得6县；赵国虽不善守，也不至于白白失去6县。秦军久攻邯郸不下，必然疲惫而归。那样，我们以6县作为砝码归拢天下诸侯信心，进而联合抗击疲惫的秦军。即使战端再开，纵然失去6座县城，也能保住邯郸，昭示了我们的胜利和秦军的退却。这与不进行任何抵抗，平白无故割让6县，损赵利秦哪一个好呢？'请大王不要听赵郝忽悠。"

"现在赵郝说：'秦国友善魏、韩，独恨赵国，是我们侍奉秦国不如魏、韩'，这是让大王每年割让6城给秦国、坐以待毙的死路。秦军一来，就割地媾和，赵国城邑有数，秦国贪欲无限，大王您终有给不了的一天。不给，我们之前做出的努力付之东流，秦军会大举进攻我们，想给他却无城可给。俗话说：'强者长于进攻，弱者穷于防守。'现在，乖乖听秦国摆布，让秦军毫发无伤就得地收城，等于资助秦国而自损赵国，面对贪得无厌的秦国，等到大王无城可割的一天，赵国也不存在了！"

赵孝成王还是拿不定主意。恰好楼缓从秦国回来，他是赵国人，早年辅佐过赵武灵王，参加过消灭中山国战役。赵惠文王二年（前297）入秦，被任命为丞相。第二年因为对付六国联军中失利而罢相，但依然在秦国做官。这次返回赵国，是受秦昭襄王的指派，专门引诱赵国割地求和的。赵孝成王不知底细，赶紧把他请来商量，问："割城好还是不割好？"

"这件事我说不好。"楼缓真会装模作样，故意推辞。

"先生不要谦让了，说说您的心里话吧。"

楼缓答话了。"想必大王也听说过公甫文伯母亲的故事了吧？"他说的公甫文伯是鲁国大夫。楼缓说话拐弯抹角，或许是因为心虚。他是赵国人，却为秦国做说客，底气不足。

楼缓接着说："公甫文伯在鲁国做官，生病死了。他的婢妾哭得死去活来，在他的房中自杀的就有两人。而他的母亲听说了就是不哭。他家里一个老保姆对这位母亲说：'哪有儿子死了母亲不哭的道理呢？'这位母亲说：'孔子是大贤人吧，被鲁国驱逐，而我那个死去的儿子却不跟随。今天他死了，妾婢为他殉情自杀的有两人，像他这样薄情于有德之贤者、厚情于妻妾的人，我能为他哭泣吗？'这话从这位母亲嘴里说出来，证明她是个好母亲，这话假如从妻子嘴里说出来，就是另一个意思了，只能说他的妻子嫉妒成性。所以，同样一句话，从不同身份的人嘴里说出来，意思就大不一样了。今天我刚从秦国来，说不割城吧，不是上策；说割城吧，恐怕大王您以为我为秦国做说客。所以我不敢说。"

说到这儿，楼缓略微停顿了一下，一句话从嘴里蹦出来："如果真要为大王您考虑，我认为还是割城好。"绕了大半天，终于说出了真心话。

傻乎乎的赵孝成王一听有道理，说了声："是啊。"

虞卿听说了这件事，赶紧过来了，告诫赵孝成王："楼缓说的全是鬼话，大王千万不要上当，务必不能割城媾和！"

楼缓得知，赶忙过来对赵孝成王说："虞卿只知其一，不知其二。你想啊，现在赵、秦为仇而天下诸侯很高兴，何也？他们都在议论：'机会来了，我们终于可以依靠强秦削弱赵了。'现今邯郸被秦军围困，诸侯们必然站在秦国一边。所以不如及早割地求和，让诸侯们以为赵、秦已经和好，打消他们的非分之想。不然，诸侯们墙倒众人推，乘赵国危难之际，一齐攻打赵国，把赵国瓜分。赵国就要灭亡了，拿什么去对付秦国呢？所以说虞卿只知其一，不知其二。希望大王赶紧拿定主意，对割城媾和不要再犹豫不决。"

楼缓一番鬼话又让虞卿知道了，虞卿赶紧来见赵孝成王。虞卿说："危险了，楼缓一心让赵国割让土地，一旦得逞，更让天下诸侯见证了秦强赵弱，越看衰唱衰赵国。而赵国在秦国那里更抬不起头了，谈何讨秦国欢心？我主张不割6城，是不割给秦国，但是可以送给齐国。齐、秦是仇人，齐得6城，齐王必然心花怒放，我们去求他合力进攻秦国，不等我们把话说完，他就答应了。如此，大王失城于齐却得之于秦，齐、赵大仇都可以一起报了。而且，在天下诸侯面前证明我们不是软弱可欺。大王您可以就此发表声明，表达赵、齐联合抗秦的决心。我预料赵、齐两国征讨军队还没走出边境，就会有秦国的车载马驮重礼来到赵

国向我们求和了。韩、魏两国也看秦国眼色行事，必会敬重大王您了。敬重大王您，必将会把重礼送到您面前。大王一举交好三国，进而逼迫秦国改弦更张了。"

赵孝成王一听是这个理儿，说了声："好吧。"于是派虞卿去见齐国君主，商量讨伐秦国大计。虞卿还没返回，秦国就得知这一消息，赶紧派使臣来到赵国讲和。楼缓一看大事不好，脚底抹油——溜了。虞卿谋划大获成功，赵孝成王赏赐给他一座城邑。

从此虞卿以擅长合纵理论闻名，平原君主动向他请教合纵术。平原君因学习"成绩优异"，第二年受赵孝成王委派，率团出使楚国，说服楚国出兵解救邯郸之围。

虞卿算得上赵国历史上少有的贤臣，又是一个能为朋友两肋插刀的厚道人，司马迁把他的传记与平原君赵胜写到一篇里，可见对他的看重。这次策论之后不久，他的好朋友叫魏齐的慌慌张张来到邯郸找他。魏齐本是魏国相国，不知道什么原因与时任秦国丞相范雎有仇，秦国要通缉他，魏国不敢得罪秦国，罢免了他的相国之职，他不得已来邯郸投奔虞卿。虞卿一听非常同情，他知道魏国信陵君无忌贤，于是放弃在赵国的高官厚禄，领着魏齐沿着小道偷偷找信陵君，劝说信陵君收留魏齐。谁知信陵君对魏齐不信任，不肯收留，魏齐绝望自杀。虞卿从此困在大梁城，开始著书立说。参照《春秋》，根据当前局势，写出了《节义》《称号》《揣摩》《政谋》等8篇著作，论述治国理政的得失。后世将它流传下来，称为《虞氏春秋》。

比较可信的是，解邯郸之围的是魏国公子信陵君无忌和楚国的军队。这便是下两章需要叙述的内容。

词　曰：

南乡子　虞卿

批赵赫，驳楼奸，六城切莫付秦欢。当下联齐亲魏楚，同心渡，浪急风高江可溯。

第四十章　选随从毛遂自荐　说楚王广廷盟歃

诗　曰：

平原府邸客三千，奇士能人理应全。

主定随从须偶数，谁知将尾缺单员。

毛君自荐锋芒出，考烈终惊苦辣煎。

割腕同盆鲜血滴，邯郸邑外楚旗搴。

秦使臣虽抵邯郸，秦并不撤军，邯郸仍让被围。赵孝成王决定向楚、魏两国求救。这次，他派平原君带队先去楚国。平原君叫赵胜，赵武灵王之子，赵惠文王之弟，赵孝成王之叔。他先后担任赵惠文王和赵孝成王相国，且三去相，三复位，封邑在东武城（今山东省陵县）。他卒于赵孝成王十五年（前251）。第二年葬于邯郸城东30千米处的今天邯郸市肥乡区元固乡西屯庄西北。墓区现今为河北省重点文物保护单位，同时也是一处供人瞻仰的旅游胜地。

另一说，平原君葬于封地东武城。明代嘉靖朝陵县知县沈珹曾发现墓碑一块，上面"平原君"三字清晰可辨。史学界认为，平原君也有可能葬于封地。到底葬于何处，难以定论，姑且"疑者存疑"吧。

平原君在赵国各位公子中最贤能，喜热闹，爱人才，手下养着几千个门客，三教九流什么样的人都有，既有学富五车者，也有鸡鸣狗盗之徒。他与楚国春申君、魏国信陵君、齐国孟尝君并称战国四大公子。

赵胜府第靠近平民家的房子。百姓中有一个瘸子，一天一瘸一拐出来打水，恰被站在后院楼上赵胜的一个美妾瞧见了，"叽里嘎啦"地笑出声来。瘸子一听，非常不高兴，第二天就找上门来，对赵胜说："我

听说公子您喜欢士，天下的士不远千里投靠您，就因为您重视贤人而轻视妇妾。我不幸身体残疾，而公子您一个美妾却笑话我，我感到非常委屈，我请求得到您那个美妾的人头。"

赵胜一听随口一说："行啊。"瘸子走了。但扭头对手下人笑着说："瞧这个瘸子，就因为笑了一声就要我杀一个美人，是不是太过分了。"于是好长时间不杀这个美妾。过了一年多，他的门客陆陆续续走了一大半，赵胜感到很奇怪，说："我对宾客和门客们不薄啊，怎么走这么多啊？"手下一人对他说："主公啊，这是因为您答应过瘸子杀那个笑话他的美妾，到现在不杀，大家以为您喜欢美色而轻视士人，所以离去。"赵胜一听大惊失色，立即杀掉了那个美妾，然后亲自到瘸子家赔礼道歉。不久，那些离去的宾客和门客都悄悄地一个个回来了。

这次出使楚国的目的，先请楚国出兵以解邯郸之围，而后与楚国合纵抗秦。赵胜此行踌躇满志，发誓说："这次楚国之行要心平气和地进行谈判，说服楚国同意合纵联合抗秦，完成在谈判的大厅上歃血会盟使命！只许成功，不能失败。"

赵胜决定挑选门客中文武兼备的20人一块去，他说："这次随从就不从外边选了，都从宾客门客中挑吧。"于是开始选人。按说到赵胜这里都是能耐人，可挑来挑去只有19个人还符合要求，剩下的一个人横竖挑不出来。

赵胜身边门客几千人，咋偏偏最后一个人就挑不出来？我想，这并不奇怪。赵胜爱才，在吸纳人才时或许把关不严，不免有一些"南郭先生"混进来，待动真格面试时候露馅了；也许没有给其中有真才实学的人表现自己的机会，所以选不出来，

其中一个人属于后一种情况，他就是毛遂。

毛遂大胆走到赵胜面前，自我推荐说："主公您好，我听说您要出使楚国商谈合纵，人不外选，要从门下人里选20人一同前去，挑了19人，剩下1人挑不出来，那就让我做个充数的人吧！"

赵胜问："先生您到我这里有几年了？"赵胜仔细打量着这位毛遂，貌不惊人，怎么看也想不起他是谁。

"有3年了。"

"贤能之士活在世上，好像锥子立在袋子里，他的锋芒立即就显露出来了。现在，先生来到我这里已经3年了，上下左右都没有人称赞您的，我也从未听说过您，说明先生没有什么才能，先生还是留下吧。"

毛遂不服气，委婉却十分自信地回答："那就请主公现在就把我放在袋子里，让我到楚国去。假若主公先前就把我放在袋子里，我会早早脱颖而出了，岂止锋芒，恐怕连锥子炳都露在外边了。"

赵胜一听，这几句话有棱有角，铿锵有力，让赵胜心里一震，眼前这个貌不惊人之人倒有些不同凡响之处。于是，同意毛遂随队前行。

赵胜一行经过千里跋涉，到达楚国都城陈城，下榻馆驿。期间，毛遂与同行的人谈论此行对策，毛遂侃侃而谈，句句在理，条条有据，说得旁边人都点头称是，都认为毛遂是一个有胆有识的人。

赵胜走进王宫大殿，拜见楚考烈王，按照礼节，楚王把赵胜请到台陛之上，赐座，当然是盘腿而坐，面前的桌几上摆着茶点。随行20人没有这样待遇，都站在大殿台阶下静候。

赵胜开口了，首先通报目前秦军围困邯郸的情况，然后希望楚国发扬光荣传统，再做一次合纵长，举起东方六国联合抗秦的大旗，救援赵国以解邯郸之围。赵胜分析形势，晓以利害，谈论唇亡齿寒的道理，直说得口焦舌燥，腰酸腿疼。

然而，眼前的这位楚考烈王不是当年的楚怀王，现在的楚国不是以前的楚国了。现在楚国已经陷入低谷，让他们出兵救援赵国，确实强人所难。楚考烈王想来想去拿不定主意，支支吾吾不置可否。

谈判从太阳出来开始，到大中午还没结束，台上的赵胜急得脸颊上青筋条条直暴，豆大汗珠滴答滴答往下掉。时间一分一秒过去了，楚考烈王磨磨唧唧，让台下的随从实在看不下去，其他19个人七嘴八舌地对毛遂说："别和他啰唆了，先生您上去跟他理论理论。"

其实，毛遂早就憋不住了，旁人的话音还没落，毛遂纵身向前，手握剑柄，两脚"噔、噔、噔"飞快地登上台阶，站在平原君跟前，然后双手作揖说："主公啊，赵、楚两国合纵，本来就是两句三句话就定了的事，今天从早晨说起，到中午还没结果，到底为啥？"

楚考烈王一惊，这个人也太冒失，太不懂礼节了，急忙问赵胜："这位客人是什么人？"

赵胜说："这位是我的宾客，叫毛遂。"

楚考烈王一听火了，大声呵斥毛遂："大胆，我正与你的主公谈论国家大事，哪有你插嘴的份儿，还不赶紧下去！"

毛遂手握剑柄，上前一步，稳当当站在楚考烈王面前，说："现在我的主公坐在这里，凭啥轮到您训斥我？大王您之所以能这样大声小气呵斥我，无非这是在楚国地面上，仗着你人多势众。但是现在，我就站在离大王您十步之内，人多势众不起作用，大王的性命就悬在我毛遂的手里！"

楚考烈王一下子被毛遂的气势镇住了，没有吭声。

毛遂接着说："我听说昔日商汤王凭借七十里之地而称王天下，周文王凭借百十里地而让诸侯称臣。显威风、造气势、扫天下并不一定非得人多。"

毛遂话锋一转，说起楚国，"今天楚国土地五千里，军队百万人，这是楚国成为霸主的资本。以楚国如此强大，各国谁能匹敌？白起，一个竖子罢了，然而，他率领区区几万人竟能大举进攻楚国，一战攻占鄢、郢，再战烧掉夷陵，三战而辱没了楚国的先人。这是百世的怨恨，也是赵国的羞耻啊，但是大王今天您谈论合纵却犹豫不决，举棋不定，实在是不知羞愧啊。今天我们谈论合纵，不单单为了赵国啊，实际上是为挽救楚国。我主公在这里，您还训斥什么？"

毛遂所说的一战是前276年攻占楚国都城郢，逼迫楚国迁都。再战是指前279年，白起攻占楚国鄢、邓等5城，三战是指白起烧掉楚国王陵夷陵。以上战争，让楚国的先王蒙受奇耻大辱。

毛遂这一招"忆苦思甜"真管用，楚考烈王大为震动，国仇家恨让楚考烈王怒火中烧，连忙说："行，行，就一切按毛遂先生所说的办，我决意要倾全楚国之力推动合纵联合抗秦！"说话声音也随即高亢铿锵，

原来哼哼唧唧的声音没有了。

毛遂趁火打铁，追问："大王，合纵之事定了吗？"

楚考烈王说："这件事定了！"

毛遂异常兴奋，大呼楚考烈王的左右侍从们："把鸡血、狗血、马血献上来！"

这些侍从也被毛遂刚才慷慨激昂的言论感动了，并未经楚王同意，立即去杀鸡、宰狗、锥马，不一会，一位侍从端着一铜盘子还冒着热气的鲜血上来了，递给毛遂。

毛遂接过铜盘，"扑腾"跪在楚王面前，声如洪钟："请大王带头歃血，然后请我家主公歃血，我是第三个，以此表达合纵抗秦的决心！"说罢，双手捧起铜盘子，伸到楚王的胸前。

这时，楚王也不犹豫了，刚才毛遂一番话让他热血沸腾，他还害怕嚯点儿血吗。于是，他站立起来，双手捧过铜盘，把冒着热气的鲜血大口喝入嘴里。

"壮哉！"毛遂又是一声大呼。刹那间，平原君赵胜也是猛饮一口，嘴唇和胡须全被染红，毛遂歃血紧随其后，此刻，大殿上气氛无比庄严。

眼前这一幕让台下的19人看傻了。忽然，毛遂左手托着铜盘子，右手一挥，招呼他们上台来。大喊道："你们啊，诸公就甘心碌碌无为，做依赖别人成就事业的人吗？赶快到大殿上歃血盟誓呀！"

台下19个人这时才如梦初醒，"噌噌噌"地一个个飞快跑上了台阶，依次完成歃血盟誓。

平原君一行不辱使命，完成任务回到邯郸。他召集宾客大会，自责说："我相士向来很多，多的时候几千，少的时候也不下数百，自以为已网罗了天下人才，识别了所有高人贤良，想不到我还是遗漏了毛先生这位大才之人。毛先生一到楚国，一下子提高了赵国声望，让赵国声威重于九鼎，尊于庙堂，可谓三寸不烂之舌，胜过百万之雄师啊。单凭这事，也让我不敢再轻易相士了。"

自此，赵胜尊毛遂为上宾。楚考烈王也没食言，并立即派春申君黄歇与将军景洪率师救赵，这年是赵孝成王九年（前257）。

词　曰：

沁园春　毛遂

绿水青山，翠柳苍槐，卧虎又藏龙。绣闼楼榭阁，高朋满座，如云胜友，壮志乘风。上论三皇，下谈五帝，战国春秋几日冬。大男子，鄙青蛙卧穴，一井凝空。

多年事主无功。待匣玉金焉被久封。有西东学贯，经纶满腹，过人胆魄、报国心胸。自荐荆江，青霜按剑，雄辩滔滔举座恭。歃血矣，见平原考烈，各自成龙。

第四十一章 平原君切责魏无忌 好如姬偷出真虎符

诗 曰：

秦军持续困邯郸，国急民危滏水寒。

赵胜三番求内弟，信陵几次沥真肝。

侯嬴定下增援计，弱女偷回解救燹。

箪食壶浆迎魏旅，拉车拽镫接恩官。

在火烧眉毛之际，前来帮助解邯郸之围的，还有魏国公子信陵君无忌。他的姐姐就是平原君夫人，秦军围困邯郸后，这位姐姐非常着急，几次写信给信陵君无忌，让他想法子说服魏王出兵救援。无忌不敢怠慢，立即觐见魏王，经过他口焦舌燥的劝谏，魏安釐王思虑再三，思谋一来自己弟弟说情，二来自己的妹妹在赵国，一旦邯郸被占，必定凶多吉少，让他不忍心，所以决定帮赵国一把。

这位信陵君不仅重情重义，而且是一位杰出的政治家，在大是大非面前从来不糊涂。司马迁在《魏世家》记载了一件事，或能说明这个问题。

魏国宰相范痤得罪了赵国，至于什么原因没有记载，赵国派人告诉魏王："你们替我把范痤杀了，我们给你们七十里土地。"魏安釐王对范痤也不感兴趣，答应了，并把范痤关押起来但没杀掉。这个范痤是绝顶聪明之人，他爬上房骑在房脊上，对着下面看管他的人说："请您报告大王，今天杀了我不如拿我做个交易。如果范痤死了，赵国不给你土地怎么办？不如先不杀我，等赵国给了土地再杀范痤不迟。"看管人报告魏王也觉得有道理，却又不敢放走范痤。范痤然后又写信给信陵君，

说："我范痤，仅仅是一个魏国罢免的宰相，杀了我倒无关紧要。如果秦国用同样的手段要挟魏王杀您，那可怎么得了！"信陵君一听，立即禀告魏王，终于把范痤放了。

同平原君一样，无忌也礼贤下士，士子无论有无本事他都愿意与他们交往，也不以自己显贵的身份怠慢他们。所以，天下的士子都趋之若鹜，手下的门客有三千人。因府邸能人云集、贤士荟萃，各国都很敬重他，10多年不便进犯魏国。

魏国有个隐士叫侯嬴，一贫如洗，做大梁城夷门（东门）看门的。无忌听说了，慕名前去探望，并准备了一份厚礼，但是这个侯嬴就是不收，说："我修身洁行几十年，不能因为做一个穷看门的而接受信陵君的钱财。"

一天，无忌大摆酒席宴请宾客。无忌自己赶着马车，让几个小弁跟随，把马车上左边的座位空起来，一声"驾！"一阵子马蹄声碎，马车停在了侯嬴家门口。无忌让人通报，说信陵君无忌前来接侯先生赴宴。侯嬴一听，穿着一身邋里邋遢的衣服，一步就跨上了车，稳稳当当坐在左边的座位上，对无忌一句客气话也没有。谁知无忌不在意，反而对侯嬴越发敬重，认真赶着马车踏上返程。半路上，侯嬴又说："我有个朋友朱亥在集市里屠宰卖肉，请委屈一下您的车马，让我拜访一下。"无忌说："好的。"于是，赶上马车拐到集市。侯嬴下车一边跟朱亥说话，一边斜眼瞧着无忌，故意唠叨了好长时间，那边无忌就跟没事人一样，端坐恭候。集市上的人都看见无忌亲自拉着车马的缰绳，稀罕坏了。几个随从看不下去了，嘴里嘟嘟囔囔骂侯嬴四六不懂。

侯嬴觉得无忌态度始终不变，才与朱亥告别，上车出发。到无忌家，这里早已宾客满座，贵人盈堂，正等着无忌举杯开宴。无忌把侯嬴扶到上座，把宾客一一介绍给他，宾客们大为惊愕，心想，公子怎么找了个这样寒酸朋友。

开宴了，酒喝到兴头上，无忌站起来，走到侯嬴面前敬酒。侯嬴大为感动，对无忌说："我是一个穷看门的，万万想不到，公子您能屈身亲自驾车，把我迎入大庭广众之中。开始我对您的举动略有怀疑，于是我故意提出去拜访朋友，想不到您又答应了，这才知道您的诚意是真的。"

侯嬴接着说。"作为回报，我故意在集市上待了好长时间，好让过往行人目睹公子的谦恭，也把我当成一个不知好歹的小人，以成就公子虽显贵却能礼贤下士的名声。今天我折腾公子您了，务必见谅！"

无忌一听，心头一震，再拜，感谢侯嬴良苦用心。从此，侯嬴成了无忌的座上宾。

告辞时，侯嬴告诉无忌："来的时候顺路我拜见的朋友叫朱亥，是一位贤达士子，了解他的人很少，所以他隐居市井做屠夫。"

事后，无忌几次去拜访朱亥，朱亥就是不回访，这让无忌非常奇怪。心想，这朱亥到底是一个什么样的人，脾气咋这么咯燎（邯郸方言：古怪）呢？

回到正题。魏安釐王决定出兵救赵，派将军晋鄙率领10万部队前往邯郸前线。大军刚出发，秦昭襄王就知道了，要说，秦国的情报工作真是了不得。秦国使者很快赶到大梁，面见魏王。使臣传达秦王的话说："我大秦的军队攻下邯郸是旦夕的事儿，诸侯各国胆敢救援赵国的，一旦邯郸拿下，扭过头来就打他。"这一招儿，真的把魏安釐王吓唬住了。不怨安釐王胆小，秦国也确实太强大、太霸道了，魏国被秦国打怕了。于是赶紧命令晋鄙停止前进，在邺城扎营驻扎，救赵的旗号不变，但是要观察秦、赵两国的动静和事态发展再做定夺。

邯郸这边平原君对楚、魏两国的救兵日夜望眼欲穿。他清楚，楚兵从陈邑出发，有上千里，不会一天两天就到，可魏国距离较近，扳着指头算下来，魏军应该到了，可是一等不来，二等还是不来，心急如火，于是派出一拨拨使臣去魏国催促，前一拨使臣刚出发，就把第二拨使臣派出去，在邯郸通往大梁的官道上，后边使臣可以清清楚楚望见前拨使臣车子上篷盖。各拨使臣一到大梁，直奔信陵君府邸，见了无忌，都传达平原君赵胜的意见，劈头盖脸地数落起来："我之所以高攀，与您结为姻亲，是仰慕公子您深明大义，能及时解救别人于危难之中。现在邯郸危在旦夕，而魏国的救兵至今未到，怎能体现公子您急人之所急，帮

人之所需的精神呢！即使公子您不把赵胜我放在眼里，让我做秦国的俘虏，难道您就不可怜您的姐姐吗？"

无忌当然着急，几次去劝说魏王，还指使自己的宾客、辩士车轮战一样去魏王那里做思想工作，可这位魏安釐王就是害怕秦国，横竖不听。无忌绝望了，他不忍心赵国灭亡，一旦平原君和自己的姐姐被杀被俘，自己有何面目独自活在世上！于是他把宾客们召集起来，讲明利害，动员大家准备了车马一百多乘，打算自己带领这些宾客去解救邯郸之困，与秦军拼个你死我活，大不了与邯郸同归于尽。

这支部队果然出发了，路过夷门，无忌见到侯嬴，告诉他们去干什么，表达了与秦军拼命的决心。无忌心想，侯嬴听到他的话一定会慷慨激昂，起码要送几句鼓励的话来。谁知侯嬴听罢只是冷淡地说："公子您好自为之吧，我不能跟您一块去了。"

无忌又出发了，心中纳闷："我对侯嬴关心备至，照顾无微不至，魏国人都知道。现在我要去拼命了，而侯嬴却没拿一言半语安慰我，是不是我哪里做得不好呢？"越想越不对劲儿，不行，得回去问问。于是一行人掉头返回。见了侯嬴，无忌急忙问这是为什么。侯嬴笑了，说："我就知道公子您会回来的。"

侯嬴接着说："公子您喜欢士人，闻名天下。今天赵国有难，公子实在想不出别的办法营救，自己率领一百车马去抵抗秦军，就像把肥肉送到饿虎的嘴里，还谈什么建功立业？您这样意气用事，还要宾客干什么？公子您对我太好了，我从内心愿意给您出主意，但是看您出门时心急火燎，恐怕劝不下来，于是不说宽慰的话，以激怒公子，公子必回。"

无忌恍然大悟，急忙躬身再拜，问侯嬴有什么万全之策。侯嬴把无忌拉到一处背地格落（邯郸方言：角落），悄悄对无忌说："还是有办法的。我听说魏国的调兵虎符放在魏王的卧室内，拿到虎符就有办法。"

虎符是调兵的凭证。当时魏国虎符是一对左右对称老虎模型，两模中间合拢，正好合称一只老虎。调兵时，一半颁发给领兵主将，另一半放在魏王手里。如果无忌要改变魏军驻守邺城的命令，须持另一半虎符，与主将手中一半合拢一起，主将才可进军邯郸。

侯嬴接着说："有一人能偷出虎符，就是如姬。如姬最受魏王宠幸，能自由出入魏王卧室。如姬的父亲被人杀死，她逢人就央求捉拿这个杀父仇人，自魏王以下，都想替如姬报这个仇，但是，一直没有如愿，让如姬忍恨含悲了整整3年。那天，如姬找到公子您，鼻子一把泪一把地央求公子帮忙她捉拿凶手。公子不但一口答应，而且让宾客们很快把这个凶手抓住，砍下头颅献给了如姬。如姬从此对公子感激涕零，甚至愿意为公子去死也在所不辞，只是没有机会罢了。"

"如姬这个女子善良贤淑，深明大义，只要公子您诚心诚意向他开口，她一定会帮助公子拿到虎符的。到时候公子您可以带着虎符前往晋鄙大营，夺取魏军的指挥权，率军开赴邯郸前线，打退秦国军队，救赵国于危亡之秋，这是可比五霸的业绩啊，公子从此名留青史了。"

这里说的五霸是指春秋时期齐桓公、晋文公、秦缪公、楚庄王、宋襄公五位诸侯霸主。

无忌按照侯嬴的建议，去请求如姬帮助。如姬一口答应，潜入魏王寝室，偷出魏王调遣晋鄙的另一半虎符，交给无忌。

无忌又要出发了。这次，侯嬴主动出来送行。无忌说："先生有什么嘱咐？"

侯嬴说："俗话说，将在外主令有所不受，这是国家治军利战的惯例。公子您到达军营，即使公子携带的一半与晋鄙的另一半虎符完全契合，估计晋鄙仍不相信，反过来去请示魏王，不授予您军权，您就危险了。我那位朋友朱亥虽是个杀猪宰羊的，但既侠肝义胆，又力大无穷，可以陪同您一起去。到那儿，晋鄙听从公子交出兵权固然好，如果不交，就当场击毙。"

无忌一听大哭起来，侯嬴问他："公子是不是怕死了，哭什么？"无忌说："想那晋鄙乃是勇冠三军、治军有方、经验丰富的老将军，他是在执行魏王的命令，对魏国对我兄长忠心耿耿，到那儿以后，肯定不会听从我的摆布，其结果必然要杀死他，我不忍心啊，所以哭起来。"

开弓没有回头箭，不忍心也得去。于是无忌把朱亥请过来，说明此行目的，问他愿意不愿意一同前往。朱亥一听，欣然同意。他笑着对无

忌说："我是一个在民间拿着刀子干屠宰的草民，公子看得起我，三番五次拜访，我所以没有到府上致谢，是认为小礼没有什么用处。今天公子十万火急，我愿意与您一同去邯郸！"

回过头来，无忌向侯嬴致谢并辞行。侯嬴说："我本来应该与公子一同前往，无奈岁数不饶人，请原谅我不陪同了。我在家扳着指头数着公子行程，公子到达晋鄙军中之日，就是我自尽之日。"侯嬴知道无忌夺军是灭门之罪，自己是主谋者，首恶必办，魏王岂能轻饶。自尽是最悲壮的选择。

无忌当然感动，他也和侯嬴一样，早已把生死置之度外了。

一行人到达晋鄙大营，公子把一行人安置在军营之外暂时安歇，自己带着朱亥走进晋鄙大帐。寒暄过后，无忌掏出虎符递给晋鄙，告诉他："奉魏王指令，请将军移交军务，返回大梁，这支部队由我带领营救赵国，即日开拔。"晋鄙拿出自己的虎符，两符一对，严丝合缝，无忌带来的果然是魏王那另一半。但是，老谋深算的晋鄙心生狐疑，手里举着虎符，两只眼睛咄咄逼人，盯住无忌说："我奉大王命令率领10万部队，驻扎边境之上，担负着国家重任。今天公子您就驾着一辆车前来，说取代我就取代我，究竟为啥？"不想交出兵权。

这时无忌一使眼色，旁边的朱亥从晋鄙背后，抢起40斤的大铁锥，手起锥落，铁锥不偏不斜，正好砸在晋鄙的头上，晋鄙一声没吭倒下，脑浆子流了一地。

无忌立即把将领们召集在大帐内，宣布魏王命令，说："晋鄙将军违反大王军令，临阵畏葸不前，该杀。从今天起我就是全军主将，众将士必须服从我的命令，违令者斩首。"

毕竟，无忌是一个仁义之人。他当然知道战争是要死人的，于是下达命令："父子都在军中的，父亲回家；哥弟都在军中的，哥哥回家；独生子的，回家奉养父母。"命令一下，军中欢呼雷动，无忌很快挑选了8万精兵强将，这些将士都愿意跟随无忌赴汤蹈火。

魏军开赴邯郸，会同先期到达的楚军，从背后出其不意地攻击秦军。秦军猝不及防，仓促应战，自料抵挡不住，不得不退出邯郸外围，但是并没有走远，窥测形势，以待时机。邯郸解围之战从赵孝文王八年十月持续到赵孝文王九年。邯郸保住了，赵国保住了，赵国人民沿途箪食壶浆迎送无忌和他的部队。赵孝成王赵丹、平原君赵胜带领满朝文武出城迎接，从赵国边界上把无忌迎进邯郸。赵胜背着满袋子箭亲自为无忌牵马拽镫，推车引路，这时候的平原君对无忌佩服得了不得，自愧不如，当然愿效犬马之劳。赵孝成王赵丹对无忌特别感激，躬身向无忌一拜再拜，说："自古以来英雄侠士无数。没有一个能比得上公子您啊！"

就在无忌到达晋鄙大营那一天，侯嬴拿起宝剑，面向北方自刎了。

词　曰：

惜红衣　如姬

婀娜娇娘，柔荑手泽，玉凝脂涤。螓首蛾眉，亭亭也颀立。瓠犀皓齿，丹凤眼、秋潭泓熠。羞涩，樱口欲开，胜黄莺吟碧。

精神侠脊。其父冤魂，焉能自孤寂。仇人既已伏质，谢东席。遇请托何须避，入大内偷王秩，调得精兵去。强敌果快快息。

第四十二章　燕王不量自身力　廉颇威震蓟渔邦

　　窃符救赵虽然成功，赵国有惊无险，无忌却回不去了，只有待在邯郸"政治避难"，想不到这一待就是10年。无忌在赵国被奉为上宾，不用说，他在大梁时的三千宾客，也陆续来到邯郸，继续众星捧月一般围聚在无忌身边。无忌是正人君子，也是杰出的政治家，他在邯郸做寓公，当然不会吃白饭，辅佐着平原君赵胜，少不了直接或间接地替赵孝成王出谋划策，给赵国政坛带来了一股清风正气。

　　至于那位偷虎符的如姬如何下场，司马迁没说。不管如何下场，她也青史留名了，值了。

　　此时的赵孝成王痛定思痛，"一日三省吾身"，检讨自己的过失，洗心革面，振作精神治理国家。邯郸解围的第二年（前256），魏国和韩国联手打击进犯赵国新中（今河南省安阳）的秦国军队，迫使秦国撤军，秦军对赵国的威胁暂时解除了。关于新中战役，《赵世家》《魏世家》《韩世家》均无记载，只是在《史记六国年表》分别在《魏》《韩》栏目中写了一笔。《六国年表》大概以秦史为基准，应该确有其事，只是详情无法查询。即使凭这条简单记载，透露出赵、韩、魏三国在这年已经化敌为友，说明赵孝成王头脑清醒起来，里面有没有信陵君无忌的联络说和，不得而知。

赵孝成王在付出巨大代价后成熟起来，加上信陵君无忌在赵国，秦国对赵国的攻击节奏放缓了，赵国获得了一段休养生息的时机。赵孝成王选贤任能，重用了一批贤臣良将，其中包括燕国名将乐毅的族侄乐乘。

乐乘本是燕国将领，曾随燕国军队进攻赵国，燕军战败，乐乘和同事庆舍被俘，投降赵国。"树挪死，人挪活"，在赵国屡立战功，逐步得到重用。赵孝成王十年（前256），秦将王龁进犯赵国，乐乘与另一名赵国将领庆舍带兵迎敌，把秦军打得大败，这是长平惨败之后，赵国对秦作战第一个胜仗，赵国人长长出了一口恶气。

赵孝成王反思以赵括代替廉颇战守长平的惨败，对老将军廉颇愈加尊敬和倚重，赵孝成王十五年（前251），平原君赵胜去世，任命廉颇为假相国（副相国），并把尉文这块地方奖励给廉颇，加封廉颇为信平君，表彰他多年来对赵国的巨大贡献。

其间，赵国经济也有所发展，赵孝成王十一年（前255），赵国建设了元氏城（今河北省元氏县），城市数量增加，也充实了中部的防务。把上原设置为县，这是赵国历史上第一次现代化区域建制改革，赵国推广郡县制，不断进步。

赵孝成王时期，也是赵国外交活动空前活跃时期。前往赵国拜会赵孝成王的策士络绎不绝。赵孝成王二年，任用齐国安平君田单为相国，这是赵国历史上第一次起用外人主持朝政。战国四大公子中的其他二位也先后造访过赵国。除"窃符救赵"的信陵君魏无忌外，楚国春申君、齐国孟尝君也给赵国出了力。赵孝成王七年，即使长平之战伤痛未平，赵孝成王为联络楚国联合抗秦，把灵丘（今山西省灵丘县）也封赏给了楚相春申君。

树欲静而风不止，赵国想和平发展，北边的燕国却打起了小九九。赵孝成王十五年（前251），燕国得知平原君赵胜病重去世，认为时机来了，想出兵占领赵国的土地。燕王喜先是派丞相栗腹出使赵国，明面上是与赵国交换关卡，缔结燕赵同盟，实际上让他打探赵国国情。栗腹不

惜花费五百两黄金为赵孝成王置办酒席，讨好赵孝成王，让赵孝成王喝得天旋地转，面红耳热。俗话说，酒后吐真言。喝得半醉的赵孝成王把栗腹当作知心朋友，把长平之战后的困境说得一清二楚，甚至连一些国家机密也抖搂出去了。

栗腹回到燕国，向燕王喜报告："赵国经过长平一役，青壮年都战死了。这些将士的遗孤还没长大成人，军队兵员不足，可以进攻赵国了。"燕王喜又把昌国君乐间叫过来，问他能不能打赵国。这位乐间是乐毅的儿子，他的头脑很清醒，劝燕王说："赵国是一个四战之国，老百姓彪悍无比，习惯战争，战斗力极强，不可进攻。"

"四战之国"出自《东周列国志》九十三回："（赵）武灵王自念赵邯郸北边于燕，东边于胡，西边于林胡、楼烦与赵为邻，而秦止一河之隔，居四战之地。"

这位燕王喜上台刚三年，用邯郸话说是个"生瓜蛋子"，听了乐间的话很不服气，说："赵国人再能打仗，好汉架不住人多，我以众伐寡，我们两个人打他一个人，行不行？"

乐间说："不可行。"

燕王喜又问："我们用五个人打他一个人，行不行？"

乐间回答："还是不行！"语气斩钉截铁，不容置疑。

燕王喜一听怒不可遏，心想你太小瞧燕国了。随即又把所有大臣都叫过来，同样发问一番。结果大臣几乎众口一词："行吧。"

于是，"生瓜蛋子"加"愣头青"下令出兵。任命栗腹为主将，卿秦为副，领兵60万，战车两千乘，兵分两路，一路20万人由卿秦带领，进攻赵国代郡，一路由栗腹亲率，进攻赵国腹地鄗邑。气势汹汹，六十万军大向南进犯。燕王喜倾全国之兵，要志在必得了。

这还不算，燕王喜还要跟随侧翼部队，御驾亲征。这时，站出来一个人，他是燕国大臣将渠。那天燕王临朝开会，他恰好不在家。事后听说这样的大事，急急忙忙找到燕王喜，劝燕王喜说："大王您委派使臣，与赵国缔结同盟，用五百两黄金与人结欢，使臣刚回来就翻脸不认账，发大兵进攻人家，恐怕不吉祥。"

燕王喜哪里听得进去，就要动身随军出发，将渠一步撵上去，也顾不得君臣礼节，一把拽住燕王喜后腰上绶带，不让他走，高喊道："大王万万不能随军亲征，去了也不能取胜！"

燕王喜很着急，用脚向后猛踹在将渠身上，将渠一惊手松开了，他哭着有点声嘶力竭了："我不是为自己，是为大王您啊。"

燕王喜最终没有随军出发，他或许被将渠感动了。但是，乐间却看透了燕王喜，跑到赵国邯郸去了。

燕军很快到达赵国宋子（今天河北省晋州市南）。赵孝成王派廉颇为主将，乐乘为副，领兵14万迎敌。廉颇分析燕军情势，认为燕军虽人多势众，但骄傲轻敌，加上长途跋涉，人困马乏，决定采取看住一坨，先打一坨，然后各个击破的作战方针。他命令乐乘领6万人在代郡坚守，看住卿秦，不让他南下增援。自己率领主力部队8万人在鄗邑迎击栗腹。

廉颇英勇不减当年，身先士卒，带领赵军向燕军阵地发起冲锋。赵军上下同仇敌忾，奋勇杀敌，燕军大败，主帅栗腹被斩杀。北边进攻代郡的燕军听说南线溃败，主帅被杀，立即军心动摇。乐乘趁机反攻，这支燕军也被打得七零八落，俘获了卿秦。燕国两支残军节节向北溃散，廉颇随即率军追击，深入燕国境内500里，进军到燕都城蓟城（今天北京西南），将它团团围住。

这时，燕王喜才知道马王爷三只眼，赵国招惹不得。眼看兵临城下，就要到亡国关头，平日里那股"愣头青"脾气早就丢到九霄云外去了，急忙派了一位大臣找到廉颇求和。廉颇对这个人连眼都不眨一下，根本看不起他。

廉颇说："你们这些人，连同你们那个燕王喜，都是一帮子不讲信用的泼皮无赖。被我们斩杀的你们那个丞相栗腹，带了五百两黄金糊弄我们大王，说是互通关卡，缔结联盟。回来就出兵攻打我们。你回去吧，我不相信你，回去捎个话儿，除非你们现在的丞相将渠前来，才能有资格谈判。"

世上的事情就是这样的，狼狈常常为奸，良臣往往相惜，尽管各为其主。廉颇知道将渠是位耿直人，讲道理，在燕王喜犯浑的时候，只有他和乐间头脑清醒，敢说真话，并且以死相谏，他佩服。

燕王喜乖乖让将渠来到廉颇大营，将渠很真诚，提出愿意割让5座城池给赵国，求得赵国退兵。廉颇答应了，占据5座城后，廉颇班师回朝了。

事情并未完结，燕王喜对赵国仍然耿耿于怀，时不时在边境上制造事端，搞点儿摩擦。这让廉颇很气愤，第二年（前250）廉颇又率领大军进攻燕国，打得燕军龟缩在都城之内不敢出战。

这年，为表彰乐乘在上年攻燕的功绩，赵孝成王封他为武襄君，鉴于廉颇常年在外领兵，让乐乘代理相国。赵孝成王这一决定，让廉颇老不高兴，从此心中与乐乘结下了疙瘩。廉颇并不是一个心胸十分开阔的人，想当年，蔺相如当上了上卿，排位在他之前，他也是老不高兴，非要羞辱蔺相如不可。幸好蔺相如大度，最终让廉颇感动，演绎了一场负荆请罪的千古佳话。

第三年，就是赵孝成王十七年（前249），乐乘又对燕国用兵，第三次围困蓟城。

第四年（前248），信平君廉颇又帮助魏国攻打燕国。燕国不知道因为何事招惹了魏国。我对魏国攻打燕国有些匪夷所思，两国距离遥远，中间隔着赵国，他们不应该发生纠纷。因为找不到记载，只能妄加猜测一下，最有可能原因是燕王喜挑拨秦国攻打魏国。燕王喜时秦国的势力范围早已越过黄河，秦军在进攻赵国的时候，已经对燕国形成实质性的威胁，燕王喜为了转移秦军视线，有可能暗地里捅咕秦国攻打魏国。没有不透风的墙，魏国知道了当然不会饶恕他。果如其然，燕王喜真不是一盏省油的灯。

赵国打燕国打上瘾了，对燕国战争持续了整整4年。如果没有意外情况发生，估计对燕战事还会延续下去，直至把燕国消灭。但是就在赵孝成王十八年（前248），也就是廉颇助魏打燕这一年，秦国军队大举进攻赵国，占领榆次等37座城池。形势危机，对燕战争不得不停下来。

于是，双方讲和了。赵孝成王十九年（前247），赵国与燕国相互交换城邑，赵国把龙兑（今地址不详）、汾门（今河北省徐水县西北）、临乐（今河北省固安县西南）交给燕国，燕国把葛（今河北省高阳县西北）、武阳（位于今天河北省易县西北）、平舒（今天山西省广灵县平舒乡）三城交给赵国。赵国把靠北的城交给燕国，燕国把靠南的城交赵燕国，双方都便于管辖。

秦国对赵国的侵略几乎放缓了10年，此时重起对赵用兵有两个原因，一是秦国瞅准了赵国连年对燕国用兵，无暇顾及西北部领地；二是这年信陵君无忌离赵返魏，秦国认为赵国少了个智囊人物，可以有恃无恐了；三是这时的秦国国君是秦庄襄王，他与赵国有过节，当然对赵国不客气了。关于这位庄襄王，下章介绍。

词　曰：

鹧鸪天　二赞廉颇

北战南征两鬓苍，一生戎马保边疆。辱荣莫虑寻常事，甲旅时关社稷康。

雄赳赳，气昂昂，横刀立马世无双。兵分两路燕辽栗，席卷千军斩逆狂。

第四十三章　居奇货不韦助子楚　觊东疆嬴政占晋阳

诗　曰：

> 精明翟贾吕春秋，料准商机设计谋。
>
> 说动华阳收嗣嫡，偏荣子楚送媛优。
>
> 庄襄即位东疆觊，蒙骜兴师北鄙休。
>
> 苦雨飘摇多外患，君王赵孝白眉头。

赵孝成王二十年（前246），出现了中国历史上一件大事，秦王嬴政即位了，他就是后来的秦始皇，统一华夏大地的千古一帝。

第二十一章已简略介绍了吕不韦生平。因要说说秦王政，有必要把吕不韦与秦王政的瓜葛牵连详细介绍一番。吕不韦，韩国阳翟（今河南省禹州）人，从商致富，身价千金。

这里所说的"千金"如果是指黄金，身价千金到底有多富？先秦的黄金计量单位是二十两为一镒，一镒为一金。即便按现今的标准衡量，这位吕先生也是名副其实的大富翁。

但是，郭沫若《中国史稿》说，这里的"金"是黄铜。即使是黄铜，在当时也是贵金属，价格也不菲，总之，吕不韦属于有钱人是言之凿凿的。

云走雾动，阴差阳错，让他与秦国攀上了关系。秦昭襄王57岁那年（前267），在魏国当人质的秦太子却死了。于是，让老二安平君替补。这位安平君多子多福，光儿子就有20多个，说明给他生儿子的老婆很多。但是，他偏偏喜欢不能生儿子的一位小老婆，把她扶为正室，号称华阳夫人。

268

公子子楚，是安平君20多个儿子中的一个，排行第二。邯郸话说：大的疼，小的娇，挨打受骂半中腰，中间的孩子不受待见。加上子楚的亲娘叫夏姬，不受安平君宠爱，地位低下，弄得子楚更像一个弃儿，于是被送到赵国邯郸当人质。当时，秦国经常攻打赵国，赵国对子楚很不礼貌，经常对他爱搭不理的，有时还出点儿小难题。

爷爷昭襄王不疼，父亲安平君不爱，子楚在邯郸处境尴尬，生活窘迫，有时出门连个车子都坐不上，吃饭也是吃了上顿没下顿，心情凄楚可想而知。这时，恰好吕不韦做买卖来到邯郸，发现了困顿中的子楚，觉得怪可怜的。商人就是商人，立即嗅到子楚身上可以利用的价值。他暗想："这个人奇货可居啊！"他认为这是顶级稀有资源，运作好了可以名利双收，且千倍、万倍收益，他决心要赌上一把。

于是，吕不韦登门拜访子楚。饱受门庭冷落车马稀的子楚当然高兴，赶快躬身相迎。吕不韦进门就说："公子您好，我是光大您门庭来了！"子楚一听不以为然，说："先生您先光大光大自己的门庭，然后再光大我的门庭吧。"吕不韦连忙再拜："公子您不知道吧，我的门庭需要光大，但是必须在您的门庭光大之后。"

子楚是个聪明人，听出了弦外之音。于是说："先生请坐，有话慢慢说。"三言两语，两人成了能推心置腹的好朋友。

吕不韦走南闯北，对各国的风土人情、禀赋物产，乃至朝廷大事都了然于胸。他说："就说你们秦国吧。秦昭襄王老了，现在您父亲安平君为太子，登上王位是早晚的事。听说您父亲非常宠爱华阳夫人，将来能当储君的只有华阳夫人自己的孩子，而华阳夫人偏偏没有儿子。现在您兄弟20多人，您排序第二，不受待见，又长期在外当人质，弄不好，家里的人早就把您忘了。一旦您爷爷去世，您父亲即位，就要选太子了。凭您现在的处境和名望，几乎没有可能与您的哥哥弟弟们争夺太子职位。"

"先生所言极是，那该咋办？"子楚心知肚明。

吕不韦说："我自有打算。您现在近乎穷苦潦倒，客居异国他乡，身无分文奉养二老双亲，更没有资本结交天下宾客，所以憋屈在这里。

我吕不韦虽然不富裕，却愿意拿出一千金资助公子。我立即西去秦国打通安平君和华阳夫人，解决公子您当王位继承人问题。"吕不韦说话底气很足，信心满满。

于是，吕不韦拿出五百金交给子楚，作为生活开销和结交宾客朋友的费用。另用五百金买来珍宝奇玩，自己带着这些东西来到秦国咸阳。

华阳夫人有个妹妹也住在咸阳，以往在做生意时，吕不韦经常给这位"华妹妹"带些稀罕玩意儿，出手阔绰，于是成了她家的常客。吕不韦找到华妹妹，请她帮忙把带来的东西捎给华阳夫人，当然也少不了她的好处。

送礼是敲门砖，重要的是托华妹妹给华阳夫人捎话，报告子楚在赵国的情况。华妹妹按照吕不韦设计好的套路，见了姐姐先送上大礼，弄得华阳夫人眉飞色舞。然后说："有位商人从邯郸来，说在邯郸遇见了子楚公子。说子楚现在可有出息了，又聪明又贤能，博览群书，广交宾客，朋友遍天下，声誉名望如日中天。子楚对您非常尊敬，逢人便说：'子楚我这辈子唯一的依靠就是华阳母亲，我日夜思念华阳母亲，常常夜里哭醒。'"

华阳夫人一听又惊又喜，就像数九寒天里喝了一碗姜糖水，浑身暖洋洋的。心想：子楚要是我的亲儿子就好了。

吕不韦一看有门儿，赶紧实施第二步。他又托华阳妹妹给她姐姐捎话，这些话当然是吕不韦事先编织好的："我听说，女人最大的资本是年龄和姿容，好看的女人君王才喜欢。一旦年老色衰，君王就不待见了。现在姐姐您与安平君夫唱妇和，非常恩爱，只可惜没有儿子。不如现在跟姐夫说一句话，早早挑选诸位公子中最贤能最孝顺的一个，过继过来做儿子。这样，姐夫在您夫贵妻荣，姐夫不在了儿子继承王位，您照样尊为太后，永不失势，这叫作一句话换来万世之利啊。不在身份显贵时早做打算，到了色衰爱懈时，想跟姐夫说一句话比登天还难。现在有一个人可以选：公子子楚贤能，他清楚自己是次子，有自知之明，不能被立嗣，他的亲娘又是那处境，所以想依附姐姐。何不趁机过继立为子嗣，姐姐您就不愁受宠一辈子了。"一番话说得华阳夫人心悦诚服。

一天，趁着安平君刚忙罢公务有点空闲时间，正儿八经地说起子楚的事。说子楚在赵国当人质，干得非常出色，南来北往的没有不说子楚好的。说着说着哭泣来了："我万分荣幸得到您的宠爱，掌管后宫。只是我没有亲生儿子，急得夜里都睡不着觉。现在子楚贤能，我愿意把子楚立为子嗣，当作终身的依靠，请夫君恩准。"

安平君正为选择接班人发愁呢，眼看自己鬓发渐白，自己20个儿子，思前想后定不了谁能继承自己的位子。既然华阳夫人喜欢子楚，子楚又是这样优秀，那就让子楚当子嗣吧，他同意了。于是刻了一方玉符作为凭证，约定子楚为子嗣。随后，派人给子楚送去好多资费，改善子楚的生活。

既然定为子嗣，须得到优质的教育，提高政治文化素质以及迎来送往的能力。安平君对吕不韦早有耳闻，觉得吕不韦不是一般人，出门能经商，入室能著文，就让吕不韦给他当师傅吧。果然，在吕不韦的教育下，子楚像变了个人，学识和能力大长，在诸侯各国中名声一天天显耀起来。

吕不韦在邯郸一住就是六七年，跟一个貌似天仙的妙龄女子好上了。这女子能歌善舞，多少有些轻佻，按现在说法是很时尚、很开放，跟吕不韦同居后怀孕了。一次，子楚与吕不韦在一起喝酒，这位女子前来见礼，两只大眼睛忽闪忽闪直往子楚身上扫，弄得子楚神魂颠倒，心中如猫爪子乱抓一样痒痒。女子退走了，喝得半醉的子楚把酒杯斟满，长跪向吕不韦祝酒，仗着酒劲儿说："先生把这美女赐予学生如何？"

吕不韦一听老大不高兴，打心眼儿里不情愿。但一想，自己为"奇货可居"大计已花光了全部钱财，眼看成功在望，再蹦一蹦就能摘下果子了，一个女子算得了什么！于是忍痛割爱，把女子让给了子楚。

这女子也很情愿，子楚毕竟比吕不韦年轻。她对自己有身孕的事只字不提，乖乖嫁给了子楚。十二个月怀胎一朝分娩，她生下一男孩，就是嬴政。此刻为秦昭襄王四十八年（赵孝成王七年）正月。《史记秦始皇本纪》记载，嬴政"蜂准，长目，鸷鸟膺，豺声"（马蜂鼻子、横长双眼、老鹰一样的胸脯、豺狼一样的嗓音），相貌非常奇特，是不是与

他在娘肚子里时间长有关？其父子楚在赵多年，母亲是赵国人，要说秦始皇是邯郸人，并非虚言。吕不韦精心导演的子楚立嗣大剧也是在邯郸期间完成的，吕不韦也算得上半个邯郸人了。

赵孝成王九年（前257），嬴政两岁了，秦将王龁带兵围攻邯郸，赵国人要杀子楚。子楚赶紧与吕不韦商议，让吕不韦花上五百金贿赂守城门的当官的，自己跑出邯郸城，逃到秦军大营，见到王龁，王龁赶紧派人把他送回秦国咸阳。得知子楚逃跑，赵国人说，跑了和尚跑不了庙，抓他的老婆孩子。不料这位子楚夫人是赵国豪门贵戚的女儿，消息灵通，母子俩赶紧藏得严严实实。

赵孝成王十五年，73岁的秦昭襄王去世，安平君即位，它就是秦孝文王。华阳夫人当上王后，子楚当上太子。赵国为表示和平诚意，修好两国关系，主动把嬴政母子送回秦国咸阳。

秦孝文王是个好人，父亲刚死，就大赦天下，安抚先王时期的功臣宿将，奖励有贡献的王室成员，停建楼堂馆所、花园猎场，一个劲儿地励精图治。把父亲安葬完了，在这年十月即位，谁知即位刚三天，得了暴病身亡。毕竟年龄大了，当上大王既兴奋又紧张，弄得个脑出血或心肌梗死也是可能的。

接下来的事顺理成章，子楚即位，他就是秦庄襄王，这年是赵孝成王十七年（前249）。吕不韦如愿以偿当上了相国，大权在握。在吕不韦的辅佐下，子楚想比他父亲更有作为，甩开膀子大干。不过，他也不长寿，当了三年秦王就死了，于是13岁的嬴政即位秦王。

子楚即位后，他在邯郸生活多年，对赵国情况了如指掌，也多少对"第二故乡"有割舍不了的依恋，不用放在秦国大战略上考虑，即使受个人潜意识上驱使，他也想把邯郸据为己有。于是，进攻赵国列入了他既定方针，赵国的厄运开始了。赵孝成王十九年（前247），就是子楚即位的第三年，派秦将蒙骜进攻赵国，一次夺取赵国榆次（今天山西省晋中市）等37座城池。37座城不是小数，标志今天山西晋中一带的国土几乎全被秦国占领，晋阳郡完全暴露在秦军刀兵之下。晋阳是赵氏家族发迹的地方，如果晋阳再丢，赵国在今天山西省的地盘就不多了。

果不出所料，赵孝成王二十年，秦王嬴政刚即位，赵国晋阳发生内乱，秦国趁机介入，秦将蒙骜以平定叛乱的名义占领晋阳。从赵简子开始经营晋阳，一直是赵国的陪都、西部的战略要地和经济文化中心，到如今已历230年，可惜从此姓秦不姓赵了。至此，赵国四大郡有两大郡被秦国侵占，赵国领土逐渐被蚕食。

词　曰：

南歌子　半个邯郸老乡吕不韦

闯北行南苦，乘舟驰马忙。周游列国贾银镶，买贱卖高家有万金仓。

恰到邯郸邑，钟情落魄郎。可居奇货莫彷徨，散尽千金取信贵华阳。

第四十四章 南下繁阳老将无敌 阴僭功臣郭开得逞

诗　曰：

> 国势虽艰戟未僵，廉颇劲旅克繁阳。
>
> 奸臣得宠呼风雨，太子偏听卸柱梁。
>
> 一怒冲冠刀剑出，三鞭夺隘马蹄锵。
>
> 从今寄食人檐下，老泪纵横企故乡。

前245年，赵孝成王去世，掐指算来在位21年。这位赵丹先生，在位期间犯下了颠覆性错误，上台第六年便临阵换将，断送了45万精锐之师，从此赵国元气大伤。后来虽然想有所作为，也曾一度重用廉颇等一批老臣，无奈秦国已经强大得无法抵御了，自己国家的颓势也无法扭转了，眼睁睁地将祖宗留下的基业丢失大半，带着无限的悔恨撒手人寰。

赵孝成王溘然长逝，王宫一片忙乱。太子赵偃既要处理父亲下葬的大事，又要准备自己登基大典，各种事情乱麻一样缠在一起，按下葫芦起来瓢，怎么也摆布不开。正在他焦头烂额时，郭开挺身而出，帮助他把事情一件件办得妥妥帖帖，滴水不漏，赵偃因此对郭开高看一眼，备加信任。

这时，廉颇正在领兵南下攻打魏国北部重镇繁阳（今河南省内黄县楚旺镇），这是赵孝成王生前下达的命令。

廉颇从赵惠文王十六年前后见之于史，至今为赵国服务已40年，假定出仕时三十岁，现在七十岁了。他一生总的来说是顺舟顺水的时候多，倒霉落魄的时候不算太多。第一次倒霉出现在长平之战时，第一次尝到"世态炎凉"的味道。风光的时候，家里的门客一堆一堆的，鞍前马后地伺候，撵都撵不走。赵孝成王七年他被罢官免职，从长平前线回到邯郸。家里的门客们一个个悄悄溜走，身边静悄悄的。待赵括战败，赵军40万部队被活埋后，赵孝成王逐渐明白自己错了，终于在8年后把廉颇官复原职。之后，门客们又陆陆续续回来了。廉颇心里不是滋味，心想这一伙人太势利了，责问这些人："你们来干啥！"埋怨里夹杂着一些愠怒。门客说："啊，将军不必想不开，人们交往共事跟市场做买卖差不多。将军您得势的时候我们跟您，图的是有事可做，您失势我们就得离开，为的是不给您添烦恼，这是最明白不过的道理，您可要想得开啊。"

春秋战国时期，贵族大致分为王侯、公卿、大夫、士几个阶层。士是一个量大面广阶层，聚集着当时数量最大的知识分子群体，他们当中不乏有理想、有抱负的有志之士，例如苏秦、张仪、蔺相如、毛遂、侯嬴、朱亥都是这样的人。但是，他们要干成事，必须攀附上王侯、公卿，通过才智与权力的结合，才能使自己有用武之地。而王侯、公卿阶层也必须依靠"士"的智慧和才能成就自己的事业，二者缺一不可。如同现在的投资人和经理人的关系一样，谁也离不开谁。大老板廉颇的"企业"破产了，"经理"自然会离开，这种现象不能仅仅用世态炎凉一词来解释。

赵国为什么要攻打繁阳呢？

赵孝成王二十年（前246），秦国出兵消灭了东、西二周两个小国，秦国东部边界延伸到了魏国都大梁以西，在黄河以南建立三川郡。北边在现今的山西境内，夺取了韩国、魏国、赵国大片领土，建立了河东、上党、太原三郡，三国领土大大萎缩。在正西方向，赵国原与秦国以黄河为界，而现今向东几乎推至太行山，赵国西行的道路彻底被堵住。由于赵、燕两国近年兵戎相见，赵国对外交往和通商只剩下向东到齐国，向南经魏国到楚国两条道了，但是魏国偏偏在这些地方放置重兵，向赵国客商征收高额关税，或者干脆不让过。于是赵孝成王让廉颇攻打魏国繁阳，力求打通南行通道。

繁阳是魏国一大商业都会，位于漳、卫两河之间的冲积平原上，南拥金堤，北望燕赵，东通齐鲁，西接太行，土地肥沃，人口密集，农业和商业发达，自古有"日进斗金"之说。拿下繁阳，打破秦国对赵国的经济封锁，对畅通物流至关重要。

廉颇不负使命，顺利攻占繁阳。廉颇当然高兴，心想可以班师回朝了。正在这时，乐乘带领一哨人马来了。下马后，乐乘传达太子赵偃口谕，说赵孝成王薨。廉颇立即向北跪拜，非常悲伤。而后，乐乘宣布太子赵偃命令，廉颇将军年事已高，繁阳已下，令廉将军回邯郸颐养天年，部队交乐乘管理。

廉颇一听，由悲转怒，顿时火冒三丈，大骂赵偃不是东西。恰乐乘看不出眉眼高低，逼着廉颇交出军权。廉颇本来就看不起乐乘，一听他竟然逼着自己交权，怒不可遏，抽出宝剑刺向乐乘。大帐内军士们都是廉颇亲信，无不同情老将军，几十口剑锋寒光闪闪，一齐插到了乐乘的喉咙边上。乐乘一看大事不好，跟跟跄跄跑了出去，骑马溜了。

这个乐乘知道廉颇是赵国宿将，功劳大，人脉广，自己在赵国待下去不会有果子吃。于是离开赵国，到底到什么地方去了，不见记载。

廉颇料定这是郭开出的坏主意。他根本看不起郭开，在他眼里郭开就是一个天天耍嘴皮子，溜须拍马，阿谀奉承，拨弄是非，不干正事的佞臣，平时见了他连正眼都不眨他一下。赵孝成王在世时，他翻不起大浪。先王刚死，他就迫不及待了，搞阴谋、耍阴招，把自己军权剥夺了。廉颇想，赵国从此小人当道，自己待着没意思了，此处不可久留。于是告诉部队"你们好自为之"，说罢快马加鞭，星夜往魏国大梁方向狂奔而去。魏安釐王知道廉颇的价值和为人，收留了他，于是廉颇在大梁安顿下来。

第二年（前244）赵偃即位了，他就是赵悼襄王。赵国虽然打下繁阳，但是南行的道路还是不通。假如廉颇还在，赵军或许还能继续进军，攻下中牟甚至到黄河北岸或有可能。现在廉颇走了，乐乘逃了，国家一时没有可用之将，无力再对魏用兵，于是赵悼襄王备了一份大礼，派人去大梁拜见魏安釐王，请求魏国开放中牟大道，因为这里是通向齐国平邑（今山东临沂市境内）的必经之路，但是，魏王正为赵国占领繁阳恼火呢，回答只两个字："不行！"

赵悼襄王只好作罢。

词　曰：

伤春怨

苦雨凄凄作，树叶纷纷摇落。古堡黑霾飞，镂柱花梁斑驳。

赵丹离王钥，土鳖何其恶。卷蝎舌狼唇，国事乱、朝纲浊。

第四十五章　但有雁门飞将在　再无匈奴单于雄

诗　曰：

> 边关远地近林胡，抢掠牛羊百姓辜。
>
> 打铁还须身板硬，俘酋总得箭弓殊。
>
> 钓鱼水下需香饵，剿敌门前靠血躯。
>
> 一次厮拼安北国，从今响马断南图。

不幸中万幸的是，赵国还有良将。赵悼襄王二年（前243），北方雁门关将领李牧，率领部队攻打燕国，一举攻占武遂（今河北省徐水县西北遂城）、方城（今河北省固安县境内），赵国继续保持对燕国的军事优势。

司马迁在《货殖列传》中说："种、代，石北也，地边胡，数被寇，人民矜懻忮，好气，任侠为奸……自全晋之时固已患其剽悍，而武灵王益厉之。"种、代是指今天河北省西北部一带，战国时为赵国代郡。面对北方游牧部落的经常骚扰入侵，老百姓养成了争强好斗尚武习性，赵武灵王时推行胡服骑射军事改革，让这一带人更加剽悍而有血性。李牧就是在这种环境中成长起来的将领。在赵孝成王时期，他参军入伍，一步步升任一方主将。他驻守雁门关（今山西省忻州代县县城西北），抵御匈奴入侵。

赵国边境驻地实行军政合一的管理体制，李牧即是这支军队主将，又是这一带行政最高长官。他设置官吏不拘一格，怎么好管理怎么来。按现在的话说，就是遵照精简、高效的原则设置机构和人员，避免机构臃肿和人员冗杂。他创造了一套战时经济管理体制，关税和地租收入足额纳入国库，除上缴中央政府以外，余下的全部作为部队的军饷。做到"手中有粮，心中不慌"，后勤保障充实充足。

他在防务上有自己的一套。概括起来就是"习骑射，谨烽火、多间谍，厚遇战士。"习骑射就是练兵，增强将士的战役观念和战术技能，提高他们的军事素质，使每个战士都成为强兵悍将。谨烽火，他不轻易点燃烽火台上烽火。显然，他吸取了周幽王烽火戏诸侯的教训，除非有重大敌情不轻易报警，以免引起边民的惊慌失措，影响他们的生产和生活。做到这一点并不容易，缘于他对敌情的确切判断，尽量提高烽火报警的精准性。多间谍，他非常重视侦查工作，放出了不少斥候，也就是侦察兵，随时掌握敌情变化。厚遇战士，就是爱兵如子。每天杀几头牛，让士兵们吃得饱饱的，个个油光满面，身强力壮。

对匈奴人，李牧从来不硬拼，也不是有侵必战。他与将士们约定："遇到匈奴进犯，都要收拢人马进入营垒固守，有不听号令擅自出战者斩首。"此号令一出，见到前边烽火台上点火冒烟，各部队保护着老百姓赶着马、羊主动向后撤离，军民一同进入堡垒坚守避战，一晃几年过去了，李牧的部队和当地边民及财产毫发未损。

"消极避战"让匈奴人产生错觉，认为李牧胆小怕死，愈加不把李牧放在眼里。赵国人对此也很不理解，赵孝成王三番五次责备李牧，多次把李牧叫到邯郸数落，责令他反击，李牧就是不听。没办法，赵孝成王动了真的，干脆把李牧就地免职，派人取而代之。

又过了一年多时间，匈奴人又来进犯，继任主将当然要出战。但是一出战就损兵折将，老百姓跟着遭殃，牲口被匈奴人掳走的不少。匈奴人得逞一次，接着又来二次、三次，赵军依旧屡战屡败。

这一带虽是边境，却是赵国牲畜、马匹的主要出产地，匈奴人把牲畜、马匹抢走了，赵军的马匹得不到补充自不必说，还让商人断绝了货源，怨声载道又无可奈何。更糟糕的是赵国内地的肉食短缺，肉价猛涨，百姓叫苦不迭，甚至连达官贵族的生活也受到波及，整个赵国的国计民生和经济发展都受到影响，国人纷纷上书赵孝成王，要求改变现状。

赵孝成王想起了李牧，把他请了出来，让他继续带兵。李牧说："大王要用我，我有一请求，就是我继续实行以前的对敌战略战术，否则不敢领命。"赵孝成王答应了他的请求。

李牧官复原职回到雁门关，继续按既定方针办。几年下来，匈奴人来袭扰，都空手而归，虽一无所获，但是对李牧屡次不出战的做法，从心里看不起，认为李牧就是个怯战之人。就连李牧的部属将士，也看不下去了，他们纷纷议论：面对匈奴铁骑的横冲直撞，不能老是忍让下去了，军队不打仗还要我们这些人干什么！况且我们每天都能领到不少赏赐，不打仗就是无功受禄。于是全军上下都憋足了一股劲儿想痛痛快快打上一仗。

李牧早就看透将士的心思，其实他自己何尝不想打上一仗，只是时机不成熟，不能打无把握无准备的仗。这次条件终于成熟了，一是将士都想反击，士气正旺；二是匈奴那边产生了严重的麻痹轻敌思想，战正合时。

李牧进行了一次很好的战役策划和部署。李牧精心制造了上等战车一千三百辆，挑选了优良战马一万三千匹，把装备准备得很精良。另外，选拔年俸禄一百金的将士五万人、弓箭射手十万人，这些人都是训练有素、骁勇善战的战士，且士气高昂。粮草被服也筹备得很充足。

李牧不打则已，要打就打一个大歼灭战，彻底把匈奴人打趴下。李牧怕匈奴人不来、来少了。于是，李牧命令老百姓把牲畜放得漫山遍野都是，男女老少散得四面八方全有。匈奴人往南一看，这边密密麻麻不是人就是马、羊，馋得口水都流出来了，毕竟他们好几年没有抢到像样东西了，一股匈奴骑兵急不可待地纵马而来，上来就要抢东西。老百姓赶着马、羊急忙后撤，李牧派来的小股部队掩护百姓边打边退，佯装败退。

这一次，匈奴人略有收获，尝到了小甜头，准备大干一场。第二天，李牧故技重演，大队匈奴军队狂奔过来，很快进入雁门关外一峡谷。殊不知他们已经进入李牧布置的口袋，埋伏在两边高地上的赵军弓箭手万箭齐发，箭头密如流星雨射向匈奴马队，匈奴人纷纷落马，非死即伤，弓箭覆盖之后，匈奴人损兵大半。随后大队赵军从南北两个方向围拢包抄过来，势如飚风，疾如闪电，快刀利戟所向，匈奴人即刻毙命。一场厮杀直杀得天昏地暗，日月无光，血流成河。李牧的战士们把刀刃砍卷，把戟尖刺折了，血染战袍，肉溅脸颊，让匈奴人横尸遍野，10万胡兵灰飞烟灭，赵军大胜。

李牧乘胜追击，连续攻破匈奴的澹褴、东胡、林胡三个部落，匈奴的单于逃跑了。从此之后十几年，来自北方游牧部落的威胁解除了，在赵孝成王后期，赵悼襄王全期，乃至赵王迁、公子嘉时期，赵国北方查不到匈奴南侵的记载。

词　曰：

满庭芳　李牧

潡水蜿蜒，恒山挺拔，一巍楼叙沧桑。朔原疏阔，草底见牛羊。恨狄人飚野马，贼强盗，来去疯狂。豺狼性，杀人打劫，带血舞刀枪。

无双！思李牧，英姿勃发，器宇轩昂。一身系安危，官在封疆。练就兵强马疾，善技击，骑射精良。歼来敌，单于丧胆，代郡变宁乡。

第四十六章　赵国发行三孔币　悼襄抗击燕侵军

诗　曰：

> 蝗虫吵闹扰西秦，颗粒无收饿庶民。
>
> 顷刻漳河风浪静，一时石邑火窑春。
>
> 黄铜铸币三圆孔，宋子雕花二两银。
>
> 赵国天工今罕见，金融改革炳寰尘。

前244年，赵悼襄王即位，在位9年。这9年，恰是秦王政三年至十一年。秦王政年纪尚轻，起初把国政委托给大臣。如果秦庄襄王在世时，宰相吕不韦还比较规矩，处处谨言慎行。现在秦王政当政了，他心里清楚，眼前的秦王政就是自己的儿子，他胆子就大起来了。他对外用兵的方向集中于韩国，因为他是韩国人，要光宗耀祖，所以总想把故乡"解放"过来，魏国靠近韩国，魏国成了捎带对象。秦王政三年（前242），秦将蒙骜进攻韩国，夺取韩国城邑13座；三年，秦王政五年，蒙骜领兵进攻魏国酸枣（今地址不详），夺取城邑20座。

秦国这几年也发生了太多的事。秦王政四年七月，三秦大地蝗虫铺天盖地，粮食绝收。秦国颁令，老百姓贡献一千石粮食者，封给一级爵位。另外，大将王龁、蒙骜相继去世，长安侯嫪毐造反，弄得秦王政焦头烂额，暂无暇无力再对外用兵，尤其无暇对赵国用兵。

这不等于秦国不对赵国动心思，工于心计的吕不韦还是对赵国的土地觊觎不已。司马迁不惜笔墨写了一件事。赵悼襄王二年（前243），秦国邀请赵国春平君访秦，平都君陪同。这位春平君原是赵孝成王的太子，现任国君赵悼襄王的兄长，赵孝成王十七年时当过相国，第二年，赵国攻打燕国时，秦国趁机夺取赵国榆次等37城。赵国为避免两面作战，把春平君质押到秦国，谁知，到了那儿就被秦国软禁。赵悼襄王对这位哥哥很尊重。但是，赵悼襄王的大臣们对他很嫉妒，当然包括郭开在内，总想挤他。吕不韦起初的打算是，把春平君扣留在秦国，要挟赵国割地赔款。秦国大臣泄钧对吕不韦说："春平君深得赵王信任，你把他扣留了，不是正中赵国那些大臣的计了。不如把平都君扣下，把春平君放回去，让他在赵王面前说句好话，让赵国割地赔款，赎回平都君极有可能了。"但是，赵悼襄王没有上当。

赵悼襄王虽然倚重郭开这样的佞臣，用人不慎，气走了廉颇，但还是个务实的人。他利用这段不长的休养生息时机，干点实事了。他一上台办的第一件事就想打通通往大梁、淄博的道路，畅通对外联系的经商的渠道，目的是想发展赵国经济，可惜没办成。第二件事就是搞了一次货币改革，铸造发行三孔布货币。

赵国前期货币耸肩尖足首空铲形币，是从镈演变而来的，镈是一种除草的农具。所谓空首，就是上首——銎的位置外圆中空，原先是安装柄（邯郸话说"把"）的位置。农具制作工艺复杂，材料也昂贵，所以人们起初把镈用来当商品的等价物，当货币用。镈与布谐音，所以人们习惯也把镈币叫布币。把镈币叫布币还有一个原因，春秋时期，帛布曾当货币，即使使用镈币以后，人们仍然把它称作"布"。

货币是等价物，具有符号意义，必须便于携带、储存、流通。原始的铲形币又厚又重，而当时赵国商品交换和流通已经发展到很高的程度，货币需要量日益加大，需要把镈变薄、变小、变轻，方便使用。赵悼襄王一上台，就着手货币改革，就在石邑（今河北获鹿）铸造发行三孔币。

有关铸造发行三孔布币具体细节查不到记载，不得不从现存的三孔布币实物中解读信息。现今出土的为数不多的三孔币有宋子和武阳两种，经过专家论证倾向于为赵国铸造和发行。这两种三孔布轮廓仍为铲形，但整体为片状，且圆首、圆肩、圆足，币首与两足各有圆孔一个，故称三孔布。圆形代替棱角，装在口袋里也不会划破布料；设置三个孔，减轻了重量，使他更接近符号的意义，还可以用绳子穿起来，便于多个钱币携带。端详三孔布币，重心基本位于它的中心位置，质地趋于均匀，充满了对称美，有很高的艺术价值。

"宋子"三孔布币，因布币正面铸有"宋子"二字而得名。宋子是地名，位于河北省赵县，先属于中山国，赵惠文王三年（前296）并入赵国。凭此，专家倾向于此币属于赵国所铸。现存的三孔布有两种型号，大的称"大晶"，小的称"小品"。大晶背面有纪值"两"，长5.5厘米，重8克；小品正面有"宋子"二字，背有纪值"十二朱（铢）"（一铢等于0.458两），布首铸有"十七"，或许表示铸造的批次。通长5.34厘米，肩宽2.6厘米，重6.5克，布周与孔皆有廓。

"武阳"三孔布币，也是赵国武阳铸造。此币重15.5克，属大晶三孔布，20世纪出土于河北石家庄地区，同样，此地赵惠文王三年开始属赵国。币面文字清晰，面、背周沿廓完整，浇口在首部，合范准确，铸造精美。面文"武阳"上下书写，阳字两边间隔距离稍大。布币材质为青铜。

武阳原为燕邑，曾是燕国下都，分为东西两城，规模宏大，是一个都会。《赵世家》记载，赵孝成王十九年通过两国互换，武阳归了赵国，在这个地方铸币是很自然的事情。不过，有一记载引起我对其归属产生了猜测，就是，在赵孝成王十九年之前，武阳曾一度归赵，后又归燕。郑平安随范雎入秦，秦昭襄王任用范雎为相。前259年，郑平安由范雎推荐为将，率军攻打赵国，在邯郸被赵军围住投降赵国，被赵孝成王封为武阳君，封地当然是武阳，死后封地被收回。如果记录无误，武阳在赵孝成王十一年时应属于赵国。赵悼襄王能在前244年后铸造武阳三孔布币，我推测武阳早有铸币的历史，否则不会有铸造精美的三孔布币如此高超的工艺技术基础。

我认为，赵悼襄王时期铸造发行三孔布币，意义不在赵武灵王胡服骑射之下。如果说胡服骑射是赵国的武功，三孔布币则是赵国的文治。不但说明赵国这时的经济、金融已经发展到很高的程度，而且技术、文化也愈显灿烂，三孔布币就是赵国祖先留给邯郸、留给河北的一笔宝贵的文化遗产。

赵悼襄王办的第三件事是抗击住了燕国的侵略。赵悼襄王三年（前242），还是那个燕王喜，对去年李牧夺取自己的武遂、方城耿耿于怀，觉得赵国屡次受到秦国的侵略，被秦国占领了太多的地方，还觉得廉颇走了，乐乘逃了，国家衰败，人民疲惫，已今非昔比，现在是进攻赵国的又一次机会。于是他征求大臣剧辛的意见，问现在攻打赵国可行不。

这位剧辛原是赵国的将领，对赵国情况略知一二，认识了一些人，还是赵国大臣庞煖的好朋友。后来，剧辛得罪了赵悼襄王，逃到燕国，得到燕王喜的重用。他对燕王喜说："现在赵国能打仗的是李牧，而李牧在雁门关。朝中大将只有庞煖了，这个人我了解，没多大本事，不可怕。赵国可伐。"于是，燕王喜任命剧辛为主帅攻打赵国。

兵来将挡，水来土掩，赵国派庞煖抵抗。开战之前，赵悼襄王首先稳住魏国，委派相国与魏国的相国在鲁国旧地"柯"会晤，签订互不侵犯盟约。随后，庞煖不辱使命，旗开得胜，一鼓作气把燕军打得大败，俘获燕军两万人，包括剧辛在内。从此，燕国再也不敢侵犯赵国了，剩下的事只剩下赵国打燕国了。赵悼襄王九年（前236），赵国攻打燕国，夺取了燕国的狸（今地址不详）和阳城（今地址不详）。

赵悼襄王办的第四件事是当了一回合纵长。秦国屡次欺负赵国，赵悼襄王从小立志要雪耻。在打败燕军的第二年（前241），赵悼襄王先派人联络楚、魏、燕三个国家，商量抗秦大计。他们对秦国都有丧权辱国的历史，四国一拍即合，都同意出兵攻秦。于是，庞煖率领赵、魏、楚、燕四国军队，进攻秦国的蕞地。这个城邑在今天的什么地方无从查起，但从"蕞"字义推测，这个"蕞"不是个大城市。可惜的是，或是秦国军队太强悍了，或是庞煖的军事才能比李牧还差点儿，四国的精锐之师竟然没有攻克一个小小的蕞。但是，庞煖的指挥还是比较灵活，打得赢就打，打不赢就走，于是率领四国军队回师东进，路过齐国，打下齐国的饶安（今河北省沧州市盐山县千童镇），总算此次用兵没有空手而归。

赵悼襄王办的第五件事是加强国防。赵悼襄王二年，赵国修建了韩

皋邑（今地址不详）。五年，派将军傅抵驻守平邑（今山东省平邑县），镇守东部边疆；将军庆舍统率驻守在黄河东岸的部队，守卫跨河桥梁，保护边境安全。由于赵悼襄王有所作为，赵国在魏、楚等国中威信大涨。在赵悼襄王六年（前239），魏国把北部重镇邺城送给了赵国。可惜，仅仅过了三年，邺城被秦国占领。

赵悼襄王在位九年，闪过一丝丝中兴的余光，算作一次落日前的辉煌吧。

词　曰：

蝶恋花　三孔布币

赵国土肥梁菽足，铁好煤丰，还有牛羊畜。巨贾名商趋若鹜，马驮车载真忙碌。

铲币流通民局促。三孔新钱，小巧轻盈笃。买卖双方全瞩目，美观别致枚枚酷。

第四十七章　传假话廉颇不用 进谗言李牧殒命

诗　曰：

> 大厦将倾万事瘢，奸臣当道好人难。
> 无门报国廉颇泣，有力驱秦李牧残。
> 地震蝗灾齐降罪，狼军虎旅急攻邯。
> 东阳小邑期年倏，流放房陵葬岗峦。

前236年，赵悼襄王去世。他在位时虽然几件事办得可圈可点，但另一件大事办得比他的高祖父赵武灵王更糊涂。司马迁在《赵世家》篇尾说："太史公曰：吾闻冯王孙曰：'赵王迁，其母倡（娼）也，嬖于悼襄王。悼襄王废适子嘉而立迁。迁素无行，信谗，故诛良将李牧，用郭开。'岂不谬哉！"连太史公都看不下去了。

赵王迁全称叫赵幽缪王赵迁，他母亲受到赵悼襄王的宠爱，将他替代仁贤的公子嘉而立为赵王。赵迁或许因缺乏正规的教育，信任郭开，诛杀李牧，导致赵国亡国。他不仅是亡国之君，更是赵国的千古罪人，站在赵国立场上，赵迁堪称罪大恶极，罄竹难书。

赵氏家族中犯同样错误还有赵迁的高祖父赵武灵王，他宠爱惠后，废除太子赵章，立惠后儿子赵何为赵王，引起赵章造反，自己死于非命。现在赵悼襄王又被同一块砖头绊倒，岂不悲哉！

就在赵悼襄王九年，秦国对赵国下手了。秦王政身边谋臣荟萃，将星璀璨，他们对各国形势作了一番透彻的分析，认为赵国可以作为韩国之后第二个重点打击对象。依据是：赵悼襄王身体不好，说不定哪天就不行了。原来的太子公子嘉还是不错的，他在秦国当人质多年，秦国人

对他印象不错，有志向、有礼貌，与秦国朝野关系融洽，秦国在赵悼襄王时期曾暂缓攻打赵国，与公子嘉和秦国交好也有一定关系。公子嘉在赵悼襄王二年（前243）回赵国去了。赵嘉回国后对父亲宠爱一个妓女很是不满，多次规劝惹恼了赵悼襄王；再者看不惯郭开，郭开少不了说他的坏话。结果，不几年赵国太子换人了，新换的太子赵迁是个纨绔子弟，一天天和狐朋狗友混在一起。赵悼襄王一病，秦国认为机会来了。

这年，就在赵军进攻燕国，夺取燕国狸、阳城鏖战的关口，王翦、桓齮、端和率领秦国重兵趁机攻占赵国的邺城等9座城邑，这个邺城刚刚归属赵国3年，就落在秦国手中，严重的是，邺城离邯郸不足100里了，秦军已经兵临城下了。

接下来，秦国几乎不停手了。赵王迁二年（前234），秦将桓齮率军攻打赵国平阳（今山西省临汾市），平阳虽没丢，但赵军将领扈辄战败。同年，秦军进攻赵国武城（今山东省武城县），目的是从东边夹击赵国。赵将扈辄千里奔袭前来救援，后人诸葛亮说"千里奔袭必蹶上将军"，平阳到武城几百里，人困马乏的赵军必然不是以逸待劳的秦军的对手，结果被打败，扈辄战死殉国，10万赵军覆灭。

赵王迁急得像热锅上的蚂蚁，不知道咋办好。大臣们纷纷向他建议：赶紧把老将军廉颇请回来吧。廉颇毕竟在赵国有很高的威望。赵王迁一听，急忙说：行，行，快去，快去。

郭开不乐意了，他恨廉颇恨得牙根都疼。于是，他把被派往魏国大梁那个人一把拉到家里，好酒好菜伺候着。然后把一包黄金推到他面前，告诉他，你得想法子不让廉颇回来。这个人见钱眼开，一口答应。

廉颇从赵孝成王二十一年（前245）来到大梁一住就是10年。人在魏国，心在赵国。这几天又听说扈辄战死，赵国危机。廉颇心急如焚，恨不得马上回去上阵杀敌。正好赵国使臣来了，他一猜就知道是请他来了，极度兴奋，赶紧请使臣吃饭，他自己一顿饭吃了一斗米、10斤肉，然后披甲上马，策马扬鞭，手持长戟，在自己空旷的院子里舞动一番，习武过后开怀大笑，不知道多开心了。下马对使臣说：老夫还行吧？

使臣回到邯郸，向赵王迁报告：廉颇一顿饭上了三次茅房，不行了。赵王迁一听，耷拉了耳朵，启用廉颇计划告吹。

廉颇等待赵国召唤，一等不来，再等不来，彻底失望了。楚国人得知廉颇在魏国，赶紧秘密派人潜入大梁，把廉颇请到楚国。但是，廉颇朝思暮想的是赵国，对楚国的政务不感兴趣，不肯效力。不久郁郁而终，逝于楚国寿春（今湖北省寿春县）。

我想，尽管廉颇未被任用，虽有遗憾，总算得以善终。假如被启用，说不定会像李牧一样被郭开陷害而死，所以说，对廉颇来说，不被任用未必不是一件好事。

赵王迁三年（前233），秦将桓齮进攻赵国宜安（今天河北省藁城市宜安村），宜安陷落，兵峰直指赵国腹地。这年，秦国的军队遇到了对手。

赵王迁不得不把手中最后一张王牌拿出来了，把守卫北部边疆的李牧调来抵御桓齮。宜安恰是李牧建设，看到自己营建的宜安落到秦国人手里，十分气愤，立即率军驰援，李牧的部队是打垮匈奴的铁骑劲旅，桓齮的秦军虽强，却不是李牧的对手，李牧打垮了桓齮的一次次进攻，桓齮落荒而逃。赵国打了一次胜仗，赵王迁也松了一口气，他很感谢李牧，把李牧封为武安君。武安君是一个很高的爵位，只有武功盖世、功劳很大的人才能得到。赵国历史上，赵奢因阏与战役胜利，曾被赵惠文王封为武安君。

赵王迁四年（前232），秦军兵分两路，一路兵陈太原、邺城，威胁邯郸，另一路进攻赵国狼孟（今山西省阳曲县）、番吾（今河北省平山县东南），狼孟、番吾相继陷落，兵峰再指赵国腹地，还是李牧率兵抵御，击退了秦军。

俗话说：祸不单行，福无双至，赵王迁的运气确实也不好。赵王迁五年（前231），代郡发生大地震。当时没有地震仪器，无法知道地震的震级。而司马迁记载了这次地震的破坏程度。这次地震发生的地点西从乐徐（今河北省易县西南）以西，北至平阴（今北京市以南），纵横100多里。这一带的台基、房子、墙垣一半以上倒塌，地震中心地面上裂开了一条大缝，东西长一百三十步，一步折合一米。比照现今地震级别，这次地震至少在7级以上。

赵王迁六年（前230），赵国又发生了大饥荒，大概是旱灾。联想到十四年前（前244）秦国大饥荒，十三年前（前243年）秦国蝗灾，十年前（前240）彗星（科学界已经证实，这颗彗星就是每76年回归一次的哈雷彗星）造访地球，同年，秦国也出现大饥荒等一系列自然现象。我根据天文学知识猜测，这些现象并非偶然，不是太阳黑子爆发引起的地球气候异常，就是彗星逼近地球引起的地壳变动。然而古人不懂得这些科学知识。严重的自然灾害，让赵国老百姓人心浮动，误认为上天警示，于是谣言四起，说什么："赵为号，秦为笑。以为不信，视地生毛。"翻译成现代话语是：赵人大哭，秦人大笑，如若不信，请看地里长不长苗。

这年，秦国派内史腾进攻韩国，韩王安被俘，韩国灭亡。在本国大灾之年，仍然对外用兵，不用说，一个重要目的为了抢夺韩国土地、粮食。结果秦国占领韩国全部领地，设置颍川郡，让韩国成为东方六国里第一个灭亡的诸侯国。得手后，秦军挥师北上，进攻赵国邯郸，大将李牧和将军司马尚，把秦军阻挡在邯郸之外。任凭秦军反复强攻，始终未能突破赵军的防线。撼山易，撼李牧军难。

秦王政知道李牧不好对付，于是使出了反间计，派人送重金给赵国宠臣郭开。郭开见钱眼开，无耻陷害李牧，在赵王迁面前说："李牧和司马尚将大兵布置在邯郸周围，想干什么，这是要造反啊。"赵王迁一听似乎有道理。可不是，李牧的精锐部队就在邯郸城外，真有可能造反，于是急忙派赵葱和齐国新来的将领颜聚代替李牧。李牧和廉颇一个脾气，很自信，也很自负，就是不交权。赵王迁没办法，采取阴险的手段，诱捕了李牧，然后将他杀害。如何诱捕，司马迁没说，可以想象一下：赵王迁宣旨让他到邯郸"议事"，到邯郸后将他逮捕杀害。可惜了一世英雄，竟遭到这样的悲惨下场。随后司马尚也被免职。

赵王迁自毁长城走向自掘坟墓。由此联想起1800年后的明朝后期将领袁崇焕，也是被清军实施反间计被崇祯帝凌迟处死，简直是李牧之死的复制版。

李牧死了，秦国再次大举进攻赵国。赵王迁七年（前229），秦国王翦率领部队，进攻赵国井陉，井陉陷落。派端和统率河内的部队，让羌瘣进攻赵国其他地方，自己围攻邯郸。赵王迁吓破了胆，逃离邯郸，躲进了赵地东阳（今地址不详）。

赵王迁八年（前228），邯郸陷落。秦军在王翦、羌瘣带领下，很快击溃赵葱所属赵军，赵葱生死不明，颜聚逃亡，秦军攻陷东阳，俘虏赵王迁，随后将他流放房陵（今湖北省十堰市房县），估计从此为奴。郭开哪里去了？不见史迹。不管他是跑是降，是死是活都不重要了，重要的是他已经永远地被钉在历史的耻辱柱上了。

词　曰：

雨霖铃

人民呜咽，百工凄戚，宅雀啼血。西军肆虐郊外，良田践踏，城乡残缺。郭佞谗言在内，将危众臣谲。怎奈得，思障昏王，末日时时近宫阙。

妖狐妲己弯眉黠。废贤嘉，竖子行能劣。廉颇斗米骑射，谁料到，僭三遗血。李牧奇功，难脱，奸臣诱捕身折。扼腕也，娇美江山，就此快快别！

第四十八章　公子嘉卧薪尝胆 太子丹异想天开

诗　曰：

　　　　邯郸陷落祚还存，赵氏宗人代邑奔。

　　　　买马招兵图再起，联燕携狄雪三瘟。

　　　　岂知太子生枝节，怎料田光抹脖根。

　　　　说服游民当刺客，荆轲立刻列新尊。

　　赵王迁刚一被俘，他的哥哥公子嘉带领宗室、贵族几百人转移到代郡（治所今河北省蔚县西南）。随后，公子嘉被拥立为代王，赵国进入公子嘉时期，国祚得到短暂的延续。公子嘉收拢李牧余部，重建赵军。随后，赶到燕国都城蓟城（今北京市主城区内），拜见燕王喜。尽管燕王喜患得患失，经常做一些愚蠢的事情，但公子嘉态度诚恳，令燕王喜感动。于是在大敌当前的特殊时期，两国尽弃前嫌，商讨联合抗秦大事。在公子嘉的建议下，两国组建一支燕赵联军，由燕国太子丹担任统帅，联军驻扎上谷（今河北省怀来县）。上谷以这里有一上谷山而得名，上谷城就建在上面，居高临下，地势险要，易守难攻，是秦军进军代郡和燕国的必经之地，战略地位重要，两国军队做了长期固守抗击秦军的准备。

　　这一年还发生了一件事，秦王嬴政到邯郸来了。他8岁那年离开邯郸，今年31岁"衣锦还乡"，回到阔别23年的故乡。不过他是个很记仇的人，小时候受尽了邻居的白眼儿，打小心里窝着一肚子气。他一到邯郸，就下令把那些小时候与他母亲有过节的邻居，不管大人小孩，统统给活埋，一肚子怨妇的心肠，一脸子狰狞的面孔。

还是这年间，秦国又发生大旱灾，秦国老百姓的吃饭问题成了问题，秦军的进攻减缓了，给了公子嘉的代国和燕国以喘息机会。公子嘉抓紧这段时间，发展经济，招募兵丁，训练军队，以待时机。如果不发生意外事件，只要公子嘉能对外韬光养晦，对内励精图治、奋发图强，国家战略方针不发生大的错误，赵国或许还能多延续一段时间。

意外还是发生了。就在代王嘉元年（前227），演绎了一出荆轲刺秦王惊天大剧。司马迁用将近5000字非常详细生动地为他立传，故事牵涉的人物很多，情节也很复杂，而且故事梗概几乎家喻户晓，我不必鹦鹉学舌了，挑主要情节换成大白话说说吧。

燕国的太子叫姬丹，国人叫他太子丹。早年在赵国当人质，恰好秦王嬴政也在邯郸，因同病相怜，两个小伙伴成了好朋友。之后，嬴政当了秦王，太子丹又去秦国当人质，不想嬴政不念旧情，对他很不礼貌，太子丹愤愤不平，觉得受不了，逃回燕国，天天考虑怎样报复这个无情无义之人，无奈燕国弱小，报复秦国根本无可能。这时，秦国大兵步步紧逼，东攻韩、赵、魏，南攻荆楚，北攻赵、燕，眼看就到燕国边境。太子丹也非常惊慌，忙请教自己的师傅鞠武该怎么办。鞠武说："秦国强大，燕国弱小，还是从长计议吧。"

恰好，秦国一位将军樊於期犯了事逃到燕国来了。太子丹收留了他，师傅鞠武劝他："樊於期是秦国的政治犯，你收留他会引火烧身，不如把他引渡到匈奴去，既能保证他人身安全，又能消除秦国对燕国的敌意。另外，我们燕国应该南边联合韩、魏、赵，东南边结交齐、楚，北边交好匈奴，共同抗击秦国，这才是燕国谋生存图发展的上策。"

心急火燎的太子丹却说：这需要多久啊，我想早点儿快点儿报仇，就想明天就把秦王嬴政给宰了，以解我心头之恨。何况樊於期在穷途末路投奔我，我却把他撵到匈奴去，多不够意思啊！

鞠武说："我把丑话说到前头。秦国如洪水猛兽、狠鸷凶鹰，现在招惹秦国无疑以卵击石。因庇护一人而置燕国利益不顾，请考虑后果。您既然不听我的建议，那就另请高明吧。我给你推荐一人，他叫田光，去请教他吧。"

鞠武把田光引荐给太子丹。这位田光果然与鞠武思路不同。鞠武谋全局看长远，田光擅长搞短平快，搞短促突击，非常切合太子丹急功近利的念想。他认识荆轲，荆轲是卫国人，先后流浪于齐国、赵国、燕国，无正当职业，不像朱亥那样有武艺，也不像毛遂、侯嬴那样有学问，甚至有些胆小怕事，所以与他交往过的人都看不起他。

田光却把他看得透透的：没有老婆孩子，没有家产，光棍一条，了无牵挂，有时还能替人解决点小问题，经过教育洗脑，在重赏之下或许能玩命。于是，他把荆轲请过来，先讲论了一番"燕秦不两立"大道理，然后告诉他："太子丹有军国大事要与你商量，什么事儿，太子没对我说。并且告诉我一定要保密。我老了，干不了大事，以后的事全靠你了。"说罢，田光"以身作则"，竟然抽出宝剑抹脖子死了，他对燕国已极度绝望。

荆轲惊呆了，心想，田光受人之托，以死相报，太"伟大"了，我得好好向他学习。随后，去见太子丹，告诉他田光已死，临终前告诉我您找我有事。太子丹一听"扑通"跪下，用布拉盖儿（邯郸方言：膝盖）跪着蹭到荆轲跟前，号啕大哭，一个劲儿说起了当前危局。

他说了一大段秦国如狼似虎，想鲸吞天下的话之后，挑明了自己的打算："我知道秦王嬴政非常贪婪，我想招募天下勇士出使秦国，我们用重礼厚利作为诱饵，得到接近他的机会。先劝说他把侵占诸侯各国的土地退回去，这样最好，说不定能成就一番齐桓公善待曹沫的佳话。"

曹沫是鲁国人。齐桓公五年（前681）攻打鲁国，鲁国战败，鲁庄公割让遂邑求和。随后齐鲁两国会盟，曹沫拿着匕首直刺齐桓公咽喉，大喊："还给我们鲁国的土地！"情急之下齐桓公答应了，曹沫丢掉匕首回到座位上，齐桓公又反悔了，想不还鲁国土地还想杀曹沫。管仲赶忙劝他，不能图一时之快悔掉已经答应的事，这样会失信于天下的。齐桓公最终履行了诺言。太子丹想，秦王嬴政最好是齐桓公。

"如果秦王嬴政不答应，就当场杀掉他。"太子丹接着说，"这样一来秦国群龙无首，大臣们互相猜忌，他们的将军们带兵在外，不知所措。趁此机会，东方各国合纵起来，打败秦国大有希望，这是我的最大的愿望。现在想物色一个出使秦国的人，请荆君留意。"

荆轲一听，哼哧了半天才说："这是国家大事，我是一个驽钝之人，恐怕办不了这件事。"

太子丹急了，又一次"扑通"跪下，磕头如捣蒜，再三请求荆轲答应。荆轲没法儿，说了声："好吧。"从此将荆轲奉为上宾，牛羊猪肉不厌其精，金钱美女不厌其多，穷小子荆轲一步登天，对太子丹感激涕零。

一晃两年过去了，赵王迁被俘，赵国南部全被秦军占领，王翦的部队逼近燕国边界，太子丹害怕起来，把荆轲找来，说："秦军就要度易水了，我想将您留下我身边，无奈局势不允许啊！"荆轲当然知道要他去干啥，说："不用太子您说，我早准备好了去秦国。可惜缺少拿出手的信物，秦王不可能接见我。秦国正用钱千金、邑万家悬赏樊於期将军。如果能有樊将军的人头，外加燕国督亢地图，献给秦王，秦王一定会出面，到时候见机行事。"

督亢是燕国的膏腴之地，物产丰富，今天河北省涿州市东南有督亢陂。督亢境域包括今天河北省定兴、新城、固安的平原地带，秦国对这一带早已垂涎三尺。

太子丹还是那一句话，不忍心樊於期去死。

没法子，荆轲找到樊於期，说自己要去秦国刺杀秦王。老樊知道自己一家老小没了，秦国回不去了，既愤懑又绝望，心想不如报效一下燕国收留之恩，献出头颅，于是自尽身亡。荆轲把老樊的头颅用匣子装殓好，怀揣督亢地图，里面裹上一把用毒药蘸过的锋利匕首，带上一个叫秦舞阳的壮小伙，——曾经杀过人的亡命徒——准备一搏了。

太子丹不听鞠武的话，到底搭上了樊於期的性命，虽然他不情愿让老樊死。

词 曰：

醉花阴

赵简子千辛万苦，挣得膏腴土。不肖子孙迁，毁业销家，凄切邯郸路。

赵嘉聚拢残军部，上谷屯兵黍。尝胆卧柴薪，以待时机，无奈天无助。

第四十九章　荆轲刺杀秦嬴政 莽汉殃及公子嘉

诗　曰：

> 荆轲大殿献疆图，匕首寒光逼寡孤。
> 刺客驱前撕绮袂，秦王退后拔绳枢。
> 双人滚柱难抽剑，一罐冲肩刹击颅。
> 勇气虽佳终被斩，江中逆遄泄东吴。

在太子丹的一再催促下，荆轲驾车出发了，时令已到深秋。太子丹一行人白衣白帽一路送行，真像一支出殡的队伍，只差没有吹响器的（邯郸方言：乐队）。这时的易水两岸，秋风萧索，黄叶乱飞，小雀入林，大雁南归，散落在岸边的衰草在冷风中哆里哆嗦，河水哭泣着向东流淌，似乎无奈地向过往人等倾诉着不幸和悲哀。

河对岸就不是燕国的地界了，为了给自己壮胆，也为鼓舞随行的人员士气，荆轲唱起歌来："风萧萧兮易水寒，壮士一去兮不复还！"歌喉先缓后快，先抑后扬，歌咏志诗咏言，荆轲心知肚明：此去必定凶多吉少，说不定再也回不来了，这是与燕国的诀别，事已至此，豁出去了。歌罢，驾车渡河走了，头都没回一下。

到秦国，把带来的金银玉帛献给秦王嬴政的宠臣中庶子蒙嘉。蒙嘉先向秦王政报告："燕王慑于大王虎威，诚心臣服，纳税进贡甘当郡县。现在燕王委派荆轲带着樊於期的人头和燕国督亢地图，前来投诚，任凭大王处置。"

秦王嬴政大喜，毕竟，不战而屈人之兵是最好的选择。于是他穿朝服，设九宾，在咸阳宫隆重接待荆轲一行。此刻，荆轲双手捧着盛着樊

於期人头的匣子走在前面，秦舞阳双手捧着地图跟在后面，躬身低头，不敢仰视，亦步亦趋地进入大殿。走到大殿台阶下，秦舞阳突然脸色发黄，两条腿筛糠似的哆嗦，秦国左右大臣都很奇怪。荆轲这时候很镇静，他回头对秦舞阳笑了笑，暗示他不要害怕，然后对秦国大臣们解释："我们是从北边偏远地区过来的乡野之人，没有见过天子，不免惊慌，见谅，见谅。"

秦王嬴政端坐台陛之上，群臣都站立在台陛之下大殿中。嬴政身边只有几个近侍和一位御医夏无且，他手捧着药罐子侍立在嬴政后面，嬴政这几日偶感风寒。荆轲向台上躬身一拜，高声说："请大王宽容，以便我们近前敬献礼品。"秦王嬴政回答："准。呈上督亢地图！"

嬴政关心的是督亢那块肥美地盘，樊於期的死人头他倒不在乎。

于是，荆轲从秦舞阳手中接过卷着的地图，一人走上台阶，轻轻地走到秦王政面前。把地图摆在条几上，荆轲一点点摊开地图帛卷。地图彻底摊开了，裹在里面的明晃晃的匕首露出来了，说时迟，那时快，荆轲右手一把抓住匕首，身体向前一纵，左手抓住嬴政的一条胳膊上长衣袖，抡起匕首向嬴政猛刺过去。

嬴政大惊，两腿一蹦，"嗖"地站起来，被荆轲死死拽住的袖子"哧啦"撕断了。那时君王穿丝麻编织的衣服，远没有现代布料的坚韧，所以用力一扯便可断裂。

嬴政右手就要拔剑，可是腰间的宝剑很长——天子的宝剑比一般人要长，拔不出来，情急之中，只能握住剑鞘，抵挡荆轲刺来的匕首。荆轲逼上来，嬴政且战且退，朝着大殿柱子退去，寻求躲避，荆轲追了上来，两个人干脆围着柱子转了起来。

眼看着二人演"二人转"，旁边的大臣们没见过这样的阵势，都没了主意。秦国规定，大臣们上殿一律不许带兵器，而且不许擅自上台陛，拿武器的武士们都在大殿外边，干着急没办法。嬴政被追得狼狈不堪，甚至连喊一声殿外武士的机会都没有，大臣们顾不得那么多了，纷纷登上台陛，拥上前来用手与荆轲搏击，掩护嬴政后退。好汉架不住人多，趁此机会，嬴政跑脱了。

愣小子秦舞阳是个窝里横，被当前场景吓傻了，呆呆地站在下面，一动不动。荆轲只有以一当十的份了。

嬴政还在使劲拔剑，死活拔不出。一个大臣灵机一动有了主意，大喊："大王把宝剑背起来，然后拔剑！"嬴政也明白了，左手把剑鞘推在后背，右手从肩头握住剑柄拔剑。恰好此刻御医夏无且计上心来，把手中的药罐远远向荆轲砸去，老夏的投掷技术还挺高，投掷不偏不斜，一罐命中，砸在荆轲肩上。

荆轲一趔趄，就在这瞬间，嬴政背后的剑鞘向下一坠，宝剑终于拔出来，随着一道寒光闪烁，一剑把荆轲的左大腿劈断。荆轲立即扑倒在地，但还是顽强地一条腿站起来，使尽最后一把力气，把手中的匕首向嬴政投去，可惜，荆轲武艺不精，没有投中，匕首落在地上。嬴政走上前来，往荆轲身上连刺几剑，荆轲身体八处受伤。此刻荆轲清楚"斩首"行动已经失败，于是靠着柱子，两腿张开，半蹲着对嬴政大笑说："我之所以杀不死你，就是因为我想活捉你，带着你去见太子丹，实现我的承诺。"

这时，殿外武士上来了，几戟就把荆轲戳死了，秦舞阳也死在乱戟之下。

一场风波收官了，以太子丹和荆轲失败而告终，却招来了秦王嬴政的报复。代王嘉二年（前226），秦国大将王翦率军进攻燕国，首先攻打上谷，无奈燕赵联军兵少将寡，抵挡不了秦国虎狼之师，很快被打垮。代王嘉刚刚组建起来的军队玉石俱焚，韬光养晦计划告吹。

秦国乘胜追击，直捣燕国都城蓟，蓟陷落，燕王喜仓皇外逃，临行前，代王嘉向他建议，不如把惹祸的太子丹交给秦王处置，以舍卒保车，如惊弓之鸟的燕王喜当然答应。得到太子丹，秦军罢兵，燕王喜得以迁居辽东苟延残喘。

代王嘉只过了三年的安生日子，其间，秦国加紧了统一华夏的步子，代王嘉三年（前225），秦将王贲攻打魏国，引黄河水灌大梁城，大梁城墙经不住大水浸泡，多处坍塌，秦军攻进城内，魏王假（姓魏名假）投降，魏国全部领土随即被秦军占领，魏国灭亡。代王嘉四年（前

224)，王翦重新被启用。起初，王翦以年老多病推脱，嬴政不准，强行命其进攻楚国。王翦一路南行，攻破楚国都城陈（今河南省淮阳县）到平舆几十座城池，俘虏楚王负邹。第二年（前223），秦王嬴政南游郢、陈两邑，不想楚国大将项燕自立荆王在淮南造反。秦军大将王翦、蒙武率军征讨，项燕战败自杀，楚国灭亡。

代王嘉六年（前222），秦国王贲重兵进攻燕国辽东，俘虏燕王喜，燕国灭亡。转过头来，进攻代郡，此时的代王嘉已经势单力薄，战败被俘。赵国灭亡。

前221年，还是王贲进攻齐国，俘虏齐王建，齐国灭亡，华夏归为一统。

赵国是东方六国中倒数第二个亡国的诸侯国。如果从三国分晋（前403）算起，赵国存续时间为182年。根据司马迁《史记·六国年表》，从赵简子始纪年的前476年算起，赵国存续时间为256年。

词　曰：

西江月

小闹剧荆轲圻，死非命让人怜。倒行逆施走刀边，怎不徒珠泪潸。

秦国灭韩诛魏，北疆又伐辽燕。赵嘉力薄只身单，上谷联军戟断。

第五十章　剖析兴衰成败事 诠释立废功罪人

诗　曰：

> 创业先人筚路艰，披荆斩棘过雄关。
>
> 简襄百折成基国，骑射千辛改旧颜。
>
> 怎奈长平埋劲旅，谁知竖子宠邪奸。
>
> 终归雨打风飘去，良将贤臣热泪潸。

战国时期赵国灭亡了，如何评论当时赵国的历史地位，这是一个很不容易回答的问题。大哲学家黑格尔有一句名言："凡是合乎理性的东西都是现实的，凡是现实的东西都是合乎理性的。"[①]不妨沿着历史的脉络寻找这些合乎理性的因素。

一

中国上古经历了三皇五帝时代，而后进入夏、商两个朝代的奴隶社会。殷商灭亡后，周朝建立。一方面，商朝曾是一个高度发展的奴隶制国家，商朝旧贵族势力还很强大；另一方面，周边少数民族不断侵扰，对周朝边疆安全构成威胁；三是华夏地域辽阔，许多地方需要开发。所以，旧贵族需要安抚，边疆需要保卫，荆蛮之地需要开发，都需要委派人员去治理，于是一场大分封开始了。

荀子说，周武王、周公、周成王先后建置七十一国，估计比这个数字还要多。《史记·周本纪》记载，周武王封商纣王之子禄父继续食邑殷都（今河南省安阳市），并委派自己的弟弟管叔鲜、蔡叔度为相，名

---

① 黑格尔.法哲学原理[M].贺麟,译.北京:商务印书馆,1961:11.

301

第五十章　剖析兴衰成败事 诠释立废功罪人

为辅佐，实为监视。考虑到一些先王圣主的后代颇有政治影响，于是封神农的后人于谯（今安徽亳州），封黄帝的后人于祝（今地址不详），封尧的后人于蓟（今北京市），封舜后人于陈（河南省淮阳），封禹后人于杞（今河南杞县）。

把这些人安顿好了以后，然后分封功臣谋士。第一个受封的是武王的老师尚父——姜子牙，他的封地在营丘（今山东临淄），国号齐。封自己的弟弟周公旦——也是最大的功臣——于曲阜（今山东曲阜），国号鲁。封三公（尚父、周公、召公）之一的姬姓贵族召公于燕（治所先易后蓟），召公之子在周成王时立国，正式建立燕国。

还有一个封国值得一提，就是宋国。国君是宋微子开。他是商纣王同父异母兄。周武王克商时，他自缚含璧，族人抬着棺材向周朝投降而被赦免。在禄父造反时，他也没有参加，于是被封在宋国，都商丘。

第三步分封自己的弟弟15人，同姓40人以及其他周朝贵族，其中就包括晋国、卫国、郑国。另外还有先"自主创业"，后被宗周承认册封的姬姓吴国，芈姓的楚国等。

分封的意义在于：

一方面，分封是周朝一种基本政治制度，是周朝中央授权被封人治理地方一种形式。郭沫若在《中国史稿》中定义它为"部落殖民"。他通过封国把土地奴隶分赐给公、卿、大夫各级贵族，让他们代行统治。但是，这些土地的所有权属于周王，他们只有使用权。封国对周王负责，卿对封国负责，层层按规定纳贡。周朝分封的实物是土地。广义的土地当然指国土，包括这块国土上山川、森林、矿藏、野生动植物、耕地、城邑、居民等资源，狭义的土地指耕地。

这种分封不像现在经济责任制"横向到边，纵向到底"，分到卿、大夫就到底了，在土地上劳动的庶民没有资格得到土地，他们唯一能提供的是劳动力。

另一方面，分封出去的诸侯国对当地的经济文化社会开发都颇有建树。例如燕国被封到的土地包括今天河北东北部、内蒙古南部、辽宁南部，以及朝鲜半岛南部，都是未开垦的处女地，经过燕国多年经营，其经济文化水平有很大发展。吴国的吴太伯"奔荆蛮，文身断发"（《吴太伯世家》），得到土著人民的拥戴，"归之千余家"，逐渐发展成一个强大的诸侯国。楚国的祖先"辟荆山，筚路蓝缕，以处草莽，跋涉山林以事天子"（《楚世家》），在汉江、淮河流域建立起一个强大的诸侯国，而后拓展到长江以南。

二

西周前期仍处于奴隶社会生产方式兴盛时期。周朝的公有耕地实行井田制，在城邑外土地上开辟出纵横交织的田间道路，称之为"阡陌"，中间是大大小小井字形状耕地，都是周宗主的公田。公田规模很大，动则以千亩计，以至"千亩"成了公田的代名词。

在诸侯、卿、大夫的监督下，老百姓在公田上集体劳动。《诗经·大田》讲的就是庶民在公田上劳动的情形。诗中写道："大田多稼，既灌既戒，即备乃事。以我覃耜，俶载南亩。播厥百谷，既庭且硕，曾孙是若。""曾孙来止，以其妇子，馌彼南亩，田畯至喜。"写的是庶民在田里耕作，种植作物，一切按照"曾孙"的意图办事。曾孙就是周王，这位曾孙很体贴民情，亲自到大田巡视，慰问，并且派自己的妻子送饭到地头，喜得田官笑得合不拢嘴。这个周王大概是周成王，他是周族古公亶的曾孙，只有他还懂得民间疾苦。

在周朝前、中期，私田悄悄出现了。还是《诗经·大田》中说："有渰萋萋，兴雨祁祁。雨我公田，遂及我私。"云卷云舒，老天下雨了，先浇灌公田，我的私田也沾光了。由于人口增加，铁器使用，避开周朝监管视线的新开辟的耕地越来越多。起始，开垦者设法逃避领主的监管，偷偷耕种起来。后来私田一再增加，周宗主鞭长莫及，法不责众，不得不承认私田合法了。

周朝后期，出现了开辟私田的高潮，场面蔚为壮观。《诗经·载芟》歌云："载芟载柞，其耕泽泽；千耦其耘，徂隰徂畛。侯主侯伯，侯亚侯旅，侯强侯以。有嗿其馌，思媚其妇，有依其士。有略其耜，俶载南亩，播厥百谷，实函斯活"讲的是割草砍树，开辟新田，许多人在各自

的土地上并行耕地。有的人赶到低洼地，有的人在路上奔走，一片繁忙。父亲领着儿子，哥哥带着弟弟，一个个身强力壮，送饭的妇女三五成群，都很漂亮，叽叽喳喳说个不停。她们把饭送到自己男人手里，眉目含情，男人们来了精神，操持起锋利的耜一个劲儿翻地，然后在平整好的土地上种下了五谷。劳动场面热火朝天、如火如荼，因为开垦的土地是自己的了，这时送饭的不再是"曾孙"妻子了，而是自己家的媳妇了，高兴的不再是"田畯"了，而是成千上万的劳动者自己。这种情形大概出现在周的后期。

私田大量出现并逐渐扩展，井田制分崩离析，以家庭为生产单位的生产方式逐渐成为主流。庶民家庭拥有了土地的所有权，形成了封建社会的生产方式，西周后期成为中国奴隶社会向封建社会过渡时期，到前475年前后，华夏终于敲开了封建社会的大门。

三

赵国的母体是晋国。晋国首任国君是晋唐叔虞，周成王之弟，被赐为侯爵。晋国最初领地在今天山西省中南部，原为夏朝故地，夏遗民和戎族杂居，人文情况非常复杂。晋国"启以夏政，疆以周索"，努力开辟新区，发展经济文化，疆域日渐扩展，促进了民族融合。晋文公重耳以后，晋国疆域扩展到今天河北中南部、河南北部、陕西中南部地区，成为北方大国。

晋平公之后，随着"井田制"经济基础瓦解，分封制度必然衰落，晋公族大权旁落，逐渐被兼并或剪灭，代表新兴地主阶级的陪臣日益兴盛，晋国政柄归赵、魏、韩、知伯四家。之后，赵襄子除掉知伯氏，赵国得到周宗主的承认，正式列为诸侯。

赵国立国时，封建生产关系已经建立。主要特点是：

农民已经有比较充分的人身自由，可以自由选择居住国。孟子周游列国，他提供的情况绝不是仅限于魏国，赵国大致也如此。梁惠王抱怨自己尽心治理国家，但是魏国人口不增反减，感到不理解。孟子告诫他"不违农时，谷不可胜食也；数罟不入洿池，鱼鳖不可胜食也；斧斤以时入山林，材木不可胜用也……是使民养生丧死无憾也。养生丧死无憾，王道之始也。"国策不惠，必失其民，因为农民已经获得了居住自由。此其一。

"自给自足的自然经济占主要地位。"[①]孟子对梁惠王说："五亩之宅，树之以桑，五十者可以衣帛矣。鸡豚狗彘之畜，无失其时，七十者可以食肉矣。百亩之田，勿失其时，数口之家可以无饥矣。"虽然有商品生产与商品交换，并且衍生了像吕不韦那样的大商人，却只是国民中的极少数，商品交换也一般限于稀缺物资和奢侈品，绝大多数农民的吃穿住用等基本生活资料要靠自己生产，包括赵国在内的东方六国也大致相同。此其二。

土地已经可以自由买卖，由此引发土地兼并，土地逐渐集中于地主和大地主手中。在赵简子以前，卿、大夫一类贵族主要通过弱肉强食争夺土地。《国语·晋语》记载："范宣子与大夫争田，久而无成，宣子欲攻之。"范宣子与赵武同时，范宣子为了争夺土地，甚至不惜诉诸武力。韩非子说：赵襄子时，赵国的住宅园圃已经可以自由买卖了。之后，住宅土地买卖更为普遍。赵括用赵王的赏赐购置田产、住宅等。他们买的土地从何而来？应该主要从农民那里买来的。若像孟子说的反过来一想，"百亩之田"，失去其时，农民就会破产，最后只有典当土地了。失去土地，只能租种地主土地，缴纳地租，承受剥削。

尽管如此，相对于奴隶社会，这种生产关系和社会制度仍属历史的进步，封建社会生产方式促进了赵国经济社会发展。

一是人口大长，城市剧增。例如，赵奢在与田单论战，说赵国现在到处是"万丈之城，万邑之家"。赵国除都城邯郸以外，晋阳、上党、代郡都是规模较大的城市。自赵献侯始，历代君主几乎都有建设新城邑的记载。

二是经济发展。长平之战赵国动用军队四十多万人，加上北方防御匈奴的军队，赵国总兵力估计不会少于六七十万，赵军鼎盛时期军队数量仅次于秦军。如果没有强大的经济作为支撑，养这样一支军队是不可

[①] 毛泽东.毛泽东选集：1—4卷合订本[M].北京：人民出版社，1964：486.

能的。赵悼襄王时期，进行货币改革，发行制作精美的三孔布币，金融发达。

三是完成了局部统一。赵武灵王后期和赵惠文王前期，赵国付出了巨大的牺牲，灭亡中山国，部分消除了国土分割状态，也为秦始皇完成华夏统一啃掉了一块最难啃的骨头。

四是民族融合。司马迁《货殖列传》说："殷人都河内……王者所更居也，建国各数百千岁，土地小狭，民人众，都国诸侯所聚会，故其俗纤俭习事……种、代，石北也，地边胡，数被寇，人民矜懻忮，好气，任侠为奸，不事农商……其民羯夷不均，自全晋之时，固已患其剽悍。"赵国承继了晋国中北部领地，民族众多，部落繁杂，民俗差异，经过二百余年的经营，促进了各民族融合、部落同化。

五是文化进步。郑音、卫音这些原来不能登大雅之堂的音乐兴盛起来，开一代新声，连赵烈侯都迷上了。赵国是礼仪之邦，燕国人都要到邯郸学习走路。邯郸还是中国著名的成语之乡，邯郸学者郝在朝收集到的起源于邯郸典故而形成的成语就有1500多条。其中多数是形成于春秋战国时期。文化是社会政治经济现象的反映，离开有声有色的历史事件，文化就成为无本之木、无源之水。以邯郸为题材的成语量大面广，充分说明邯郸乃至整个赵国历史丰富厚重。

六是政治制度翻天覆地，西周初期那一套完全"礼崩乐坏"。赵简子在铁之战的战前"誓言"，是最确凿的证据，证明世袭世禄在赵国已经失灵，取得爵位和功名要靠军功。"君子之泽，五世而斩"成为常态，赵孝成王时，连他的弟弟没有军功也就不可能世袭了。

七是涌现了许多著名军事家。战国有四大名将，赵国有其二，乃廉颇、李牧也（另两位是秦国的白起、王翦）。军事理论也形成了自己的特色。例如赵奢的"集中优势兵力"说，李牧的不打无把握之仗的理论，廉颇的避其锐气、等待战机的战法等。

八是胡服骑射军事体制改革，在中国军事史上占有重要位置。赵国的经济文化军事的各项成就，是灿烂中华文明的组成部分，永放光辉。

四

赵国失国不全是悲剧。

统一是大势所趋，对广袤的华夏而言，赵国毕竟属于封建割据，赵国灭亡是历史的必然。换言之，赵国带着自己辉煌的业绩汇入秦朝，很好地完成了自己的历史使命。在历史丰碑面前，赵国不仅不应有愧色，而且应该十分自豪。就像滏阳河，发源于邯郸鼓山东麓，出滏口一路向北流淌，最后汇入子牙河与海河。他是海河众多支流之一，不因汇入海河失去自身而遗憾，反而应为自己为海河输送汩汩源流而自豪。因此，赵国失国是凤凰涅槃，浴火重生。即使秦国作为统一中国之主体国，在秦朝建立后，它在一定意义上也灭亡了，因为这时的秦朝也不是原来的秦国了。国家统一是历史的进步，从这意义上讲，我们不必为赵国灭亡惋惜，赵国失国顺应了华夏统一的大趋势，消除了封建割据，善莫大焉。

第一，封建分封在西周前中期具有进步意义，但是随着时间的推移和周宗主权利弱化，分封变成了割据。割据状态越来越阻碍社会的发展。马克思历史唯物主义告诉我们，社会主要矛盾是生产力与生产关系的矛盾。战国时期生产力发展到了一个较高的水平，生产社会化程度越来越高。商业发展很快，大商人穿梭于各国之间，从事物资交换和买卖。齐国的海产品，楚国的鸟兽牙骨皮毛，吴国的铸剑、赵国的铁器等，都纷纷向外输送销售。为开辟市场的迫切需要，战国时的交通也随之发展起来，连接魏、赵、韩的"午道"，贯通成皋（今河南省荥阳西北虎牢关）沿黄河到函谷关（今河南灵宝市东北）的"成皋之路"，从今南阳盆地东出伏牛山隘口的"夏路"都是当时的交通要道。水上交通也不逊色。例如前360年开挖的鸿沟，使黄河与汝水、淮水、泗水相通。东部有前486年开挖的邗沟，让长江与淮水相通，并北上与济水、沂水汇合。这些水利工程不仅旱能浇涝能排，而且作为水上大动脉构成各国贸易、外交、旅游的重要干道，客观上为货畅其流、人畅其行提供了条件。

然而，封建割据却让物资交流和经济发展受到了种种限制。封建割据下，各国货币不统一，度量衡杂乱无章，单位和进位紊乱，结算起来非常麻烦，拉长交换时间，让老百姓头疼，让买卖人却步。各国在各自边境设立关卡，对来往商人敲诈勒索，常常使商人胆战心惊。如果遇到战争，商人或许血本无归，风险极大。各国以邻为壑，互相掣肘，《战国策·东周策》说：西、东周分别处于河流上下游，"东周欲为稻，西周不下水，东周患之"。东周不得不请来苏代说和。因此，生产力发展与封建割据之间存在着巨大的矛盾。此时的战国时代就像一个越来越粗壮的人穿着一件又短又窄的小衣服，难受又难看。新兴地主阶级迫切要求消除割据，实现国家的统一。

第二，无休止的战争给人民带来无穷的困苦和灾难，老百姓希望国家统一。战国时期，战争规模大、持续时间长。例如，长平之战，秦、赵两国动用的军队估计在八九十万，秦国甚至把国内十五岁以上的男子全部征用上前线。赵成侯时魏国围困邯郸达两年之久，人民群众遭受无穷灾难。当时战争非常残酷，对待俘虏往往是统统杀光，长平之战就坑杀赵国士兵40余万人，杀人不眨眼。战端一开，参战双方惯用的手法是掘河堤引水灌城，例如秦军水浇大梁，让魏王投降，城里居民自然"或为鱼鳖"。老百姓在长期战争环境下，不能安心生产，或颠沛流离、生灵涂炭，或死于非命，因此痛恨战争，盼望国家安定。

在这种情况下，华夏统一成为人心所向。

五

下一个问题，为什么秦国完成了华夏统一，而赵国不能？

本来，齐、楚、燕、韩、赵、魏、秦七国，在战国初期处于同一起跑线上，都具有统一华夏的资格。但是，经过战国两百多年沧桑岁月的磨洗，各国发展出现了差异。就像一场马拉松赛，体力与技战术领先的运动员最先跑到了终点。魏文侯启用法家李悝，推行改革，最先富强起来，领地纵横今天陕、晋、豫、冀、鲁等五省，一度消灭中山国，盛极一时。秦国立国较晚，一开始不占优势，甚至有点灰头土脸，领土只有渭河平原一点地方。秦襄公七年（前771）才被周平王封为诸侯，比晋国受封晚了73年。秦孝公三年（前359），秦国启用商鞅变法，"开阡陌"，废井田、奖军功、励农耕，建郡县、设丞相，彻底废除旧制度，随后不断对外扩张，南占巴蜀，李冰开都江堰，让巴蜀成了天府之国；东陷宜阳，引用韩国人郑国在关中平原上开挖郑国渠，让渭河平原和北边的黄土高原一度成了鱼米之乡，由此国力空前厚实，军力空前强盛。秦国不拘一格用人才，秦孝公之后的大良造或宰相，如商鞅、张仪、公孙衍、魏冉、甘茂、楼缓、范雎、蔡泽乃至秦王嬴政时的李斯，都是外来户，这些人都是能人或杰出政治家，他们的智慧和才能让秦国获得了统一中国的资质。

相比之下，东方六国的改革或不彻底，或没有坚持到底。韩国启用申不害改革，昙花一现。魏国虽曾兴盛一时，到魏惠王时却跌到谷底，没笑到最后。赵国对晋国的领地承继最多，底子比较厚，但客观上受晋国传统束缚最多。在经济政治体制上，除赵简子有一席话外，经济政治改革几乎不见史迹，因此我判断没有十分出彩的地方，即其改革的深度、广度、力度远不及秦国。赵武灵王虽然进行了胡服骑射改革，这仅限于军事方面。赵国用人观念陈旧，赵国旧势力很强大，政权高层几乎都是赵姓把持。赵武灵王实行胡服，首先遇到赵姓贵族的阻挠，其中就有公子成、赵文、赵造、赵俊。公子成虽然接受了胡服，但对他赵武灵王十分不满，以致在沙丘异宫政变中，他伙同李兑蓄谋饿死赵武灵王，居然阴谋得逞，说明赵国旧贵族势力非常强大，甚至连像赵武灵王这样的强势国君都敢谋害，简直阴险之极、猖狂之极。赵国相国大多数也是赵姓人，如赵豹、赵胜等，都是赵氏家族的近亲。即使有一两个外来户，都待不长，例如田单、虞卿就是如此。蔺相如在赵惠文王时算一个例外，就整个赵国历史上说，只是个例。尤其在赵国后期，官场腐败、龌龊、黑暗，一些高官卖国求钱，好人窝囊受气，坏人弹冠相庆。郭开接受秦国贿赂，逼走廉颇，杀死李牧，导致亡国，骇人听闻。

第二方面看君主。反观秦国，这个国家历代君主都是奋发有为之士，个个生机勃勃，无能之辈几乎没有。其中，秦孝公、秦昭襄王、秦

王政最为杰出。就是"举重运动员"秦武公也没有干过出格的事情，历届秦君在政治外交上几乎没犯过错误。

赵国就不同了。赵国基业起于赵武（文子），经历赵景叔（景叔子）、赵鞅（简子），完成于赵毋恤（襄子）。四人都是成就斐然的大政治家，尤以赵鞅最为雄才大略，对赵国的开创建立了不朽功勋。他和他的先人赵盾一样，经常躬耕垄亩。《晋语九》记载他在"崚"这个地方种地，作为晋国正卿，实属难能可贵。一次，他同下属窦谈话，窦批评范氏、中行氏对老百姓不好，说："夫范、中行氏不恤庶难，欲擅晋国，今其子孙将耕于齐，宗庙之牺为畎之勤，人之化也，何日之有？"赵鞅十分赞同。说明他很能体察民情，了解平民疾苦。

赵鞅非常重视吸纳人才，似乎到了思贤如渴的程度。范氏、中行氏灭族后，他很想得到这两个人手下的人才，他说："我愿得范、中行之良臣也。"（《晋语九》）他派尹铎经营晋阳，去时嘱咐他："必堕其垒培，吾将往焉，若见垒培，足见寅、吉射也。"原因是高城壁垒不易人才和百姓归拢。而尹铎没有理解他的用意，到了晋阳就加高城墙，赵鞅到晋阳一看，火冒三丈，要杀尹铎，要不是别人说情，尹铎人头就要落地了。赵鞅很善于听不同意见，不甘百人诺诺，独喜一人谔谔。因此，下属能在他面前畅所欲言，甚至唱反调。

所以赵武、赵鞅、赵毋恤等三人，比起各自同时代的秦国国君都有过之无不及，尤其赵鞅和赵毋恤都有一股咄咄逼人的英气。可惜，赵武灵王之前的几代继承者都相对平庸，作为不多。虽然各有客观原因：献侯差点儿被赵襄子弟弟废黜，弄得心神不宁；烈侯"好音"，有点心猿马意；敬侯元年就碰上武公子作乱，也不得安生；成侯时，魏文侯强大，经常攻打赵国，甚至邯郸都被魏国占领；肃侯时，赵国陷入魏、秦、齐等连环战争之中，他满脑子"合纵"，没有心思干别的。但最根本的是这几个君主缺乏远见卓识，也缺少像李悝、商鞅这样的人辅佐。在此期间，恰魏国李悝变法完成，秦国商鞅变法成功，赵国却失去了经济政治体制改革的最佳时机。

　赵武灵王胡服骑射取得成功，收拢中山国，载入史册。但晚年却犯了严重错误。他过早退位，让一个年幼孩子执政，自己白白奉送了励精图治的千载难逢时机。他过早退位，往好的讲，是为了超脱一些，专心致志对付秦国。往不好的说，或许他看到国内各种势力盘根错节，矛盾交织，不好处理，借此回避，至少是缺少担当精神；他废长立幼，引发内乱，一个堂堂国君被饿死，以致成为笑料。要害是他的改革是半拉子改革，军队改革了，用人制度却没有改革，以致让赵姓贵族根深蒂固，尾大不掉，教训惨痛。

我倒欣赏赵惠文王。他执政三十三年，赵国处于相对清正、清明、清廉时期。他重用蔺相如、廉颇，把赵奢从一个小官提拔到大将军位置，难能可贵。

我推测，赵惠文王之所以比较有为，是和他有一个贤内助分不开的，她就是赵威后。第三十四章介绍了赵威后听从劝谏，把自己心爱的小儿子送到齐国当人质换取齐国出兵救援的故事，足见其人知道孰轻孰重。《战国策·赵策》记载，还有一件发生在她身上的事情，再一次见证她见识不凡。这个故事的名字叫"舍本逐末"。

一次，齐国派一使臣到赵国拜访赵威后，表示友好。赵威后热情接待了他。这位使者先是奉上礼品，然后呈上一封齐王的书信。赵威后接过信，并没立即拆封，而是请使者落座，亲切地问："久未问候，贵国的庄稼长得好吗？"使者一听，不高兴了，回答说："我是奉了我国国君来慰问您的，您不先问候我们国君，先问庄稼，分明是先贱后贵。难道一个治理万民的国君，还比不上庄稼和百姓吗？"

赵威后没有生气，笑着对使者说："这你就错了。没有庄稼咋养活人民？这不是贵贱之分，而是本末之别啊。难道要舍弃根本，去问那些末节吗？"一句话说得齐国使者口服心服。

至于赵孝成王，上台七年就犯了颠覆性错误，葬送了赵军四十余万人，让赵国由强而衰，责任最大。那个亡国之君赵王迁，更是罪不可赦。

从这点说，赵国失国又有些遗憾，令人扼腕，教训也是蛮沉重的。

但是，赵国的历史地位不容抹杀，对中华民族的贡献永载史册，赵

国优秀的历史文化值得我们学习和传承，并且要发扬光大。作为一名邯郸人，铭记赵国先人披荆斩棘之功，感悟其兴衰成败之道，弘扬其光荣传统，吸取其经验教训，把当前事情办好，是我们读史研史应有之义。

词　曰：

水龙吟

千秋事费思量，实难细数长河浪。春秋战国，烟云过目，谷峰跌宕。变革思潮，废存阡陌，何人能挡？赞有初税亩，刑书铁铸，丘田换，平民唱。

赵武弭兵贤相。赵鞅雄，赵襄高亢。晋分三国，开疆拓土，刀枪谁让？再度图强，胡衣骑射，笑中山上。恨玄孙不肖，长平之战，后人惆怅。

二○一七年二月十七日起笔
二○一八年二月一日初稿于安徽省芜湖市东泽园
二○一九年十二月至二○二○年二月修改于安徽省芜湖市中央城

附　表

表 1　赵世家年表

序号	宗主或君主	姓名	与历代宗主关系	在位年数	在位起止年份
1	先祖	大戊御	与秦国人同为嬴姓	不详	不详
2	后世	蜚廉	先祖后世	不详	不详
3	后世	季胜	蜚廉之子	不详	不详
4	宅皋狼	孟增	季胜之子	不详	不详
5	后世	衡父	孟增之子	不详	不详
6	赵氏	造父	衡父之子	不详	不详
7	奄父	奄父	衡父六世孙	不详	不详
8	叔带	叔带	奄父之子	不详	约前780—前746
9	赵夙	赵夙	叔带五世孙	不详	约前676—前651
10	共孟	共孟	赵夙之子	不详	前661
11	赵成季	赵衰	共孟之子	16	前636—前622
12	赵宣孟	赵盾	赵衰之子	21	前621—约前599
13	赵庄子	赵朔	赵盾之子	3	前598—前597
14	赵文子	赵武	赵朔之子	56	前597—前541
15	赵景叔	景叔成	赵武之子	24	前542—前518
16	赵简子	赵鞅	赵景叔之子	60	前517—前458

序号	宗主或君主	姓名	与历代宗主关系	在位年数	在位起止年份
17	赵襄子	赵毋恤	赵鞅之子	33	前457—前425
18	赵桓子	赵嘉	赵伯鲁孙	1	前424—前424
19	赵献侯	赵浣	赵伯鲁孙	24	前423—前409
20	赵烈侯	赵籍	赵浣之子	9	前408—前400
21	赵武公	武公	赵浣之弟	13	前399—前387
22	赵敬侯	赵章	赵浣之子	12	前386—前375
23	赵成侯	赵种	赵章之子	25	前374—前350
24	赵肃侯	赵语	赵种之子	24	前349—前326
25	赵武灵王	赵雍	赵语之子	27	前325—前299
26	赵惠文王	赵何	赵雍之子	33	前298—前266
27	赵孝成王	赵丹	赵何之子	21	前265—前245
28	赵悼襄王	赵偃	赵丹之子	9	前244—前236
29	赵幽缪王	赵迁	赵偃之子	8	前235—前228
30	代王嘉	赵嘉	赵偃之子	6	前227—前222

表2　春秋时期晋国纪元表

序号	国君	姓名	与历代国君关系	在位年数	在位起止年份
1	唐叔虞	姬子干	周武王子、周成王弟	不可考	不可考
2	晋侯	姬燮	唐叔虞之子	不可考	不可考
3	武侯	姬宁族	晋侯之子	不可考	不可考
4	成侯	姬服人	武侯之子	不可考	不可考
5	厉侯	姬福	成侯之子	不可考	不可考
6	靖侯	姬宜臼	厉侯之子	18	前858—前841
7	釐侯	姬司徒	靖侯之子	18	前840—前822
8	献侯	姬籍	釐侯之子	11	前822—前812
9	穆侯	姬费王	献侯之子	27	前811—前785
10	姬殇叔	姬殇叔	穆侯之弟	3	前784—前781
11	文侯	姬仇	穆侯之子	35	前780—前746
12	昭侯	姬伯	文侯之子	7	前745—前739
13	孝侯	姬平	昭侯之子	15	前738—前724
14	鄂侯	姬郗	孝侯之子	6	前723—前718
15	哀侯	姬光	鄂侯之子	9	前717—前710
16	小子侯	姬小子	哀侯之子	4	前709—前706
17	晋侯愍	姬愍	哀侯之弟	26	前706—前679
18	武公	姬武公	穆侯曾孙	2	前679—前677
19	献公	姬诡诸	武公之子	26	前676—前651
20	惠公	姬夷吾	献公之子	14	前650—前637
21	怀公	姬圉	惠公之子	不足1年	前637
22	文公	姬重耳	献公之子	9	前636—前628

序号	国君	姓名	与历代国君关系	在位年数	在位起止年份
23	襄公	姬骦	文公之子	7	前627—前621
24	灵公	姬夷皋	襄公之子	14	前620—前607
25	成公	姬黑臀	文公之子、襄公之弟	7	前606—前600
26	景公	姬据	成公之子	19	前599—前581
27	厉公	姬寿曼	景公之子	8	前580—前573
28	悼公	姬周	襄公之曾孙	15	前572—前558
29	平公	姬彪	悼公之子	22	前557—前532
30	昭公	姬夷	平公之子	6	前531—前526
31	倾公	姬疾	昭公之子	14	前525—前512
32	定公	姬午	倾公之子	37	前511—前475
33	出公	姬凿	定公之子	17	前474—前452
34	哀公	姬骄	昭公之曾孙	18	前451—前434
35	幽公	姬柳	哀公之子	18	前433—前416
36	烈公	姬止	幽公之子	27	前415—前389
37	孝公	姬颀	烈公之子	17	前388—前372
38	静公	姬俱酒	孝公之子	2	前371—前370